Margit Heider * Auf den Sternen liegt Schnee

MARGIT HEIDER

AUF DEN STERNEN LIEGT
SCHNEE

Die Geschichte einer Liebe

Bibliografische Information der Deutschen Nationalbibliothek:
Die Deutsche Nationalbibliothek verzeichnet diese Publikation
in der Deutschen Nationalbibliografie; detaillierte
bibliografische Daten sind im Internet über http://dnb.dnb.de
abrufbar.

© 2023 Margit Heider
Kreuzwies 1 * 72379 Hechingen
autorin-margit.heider@web.de

Lektorat: Dr. Peter Schäfer, Gütersloh
Umschlaggestaltung: Rita Sriharningshi, Yogyakarta
Autorenfoto: Verena Müller Fotografie

Herstellung: BoD – Books on Demand, Norderstedt

ISBN: 978-3-00-076732-6

http://margitheiderautorin.jimdofree.com

Instagram: margitheider.autorin

PROLOG

DUFT DER ERINNERUNG

Nina sitzt im TGV nach Paris und wirft einen Blick nach draußen durch das Abteilfenster, an dem oben steht: *Laissez-vous rêver*. Träumen. In größter Eile rennt eine mondän aussehende, nicht mehr ganz junge Frau den Bahnsteig entlang. Ihr braunes Haar weht nach allen Seiten. Der schwarze Koffer, den sie hinter sich herzieht, wackelt und droht umzukippen. Doch er fängt sich wieder. Der Gürtel flattert zu beiden Seiten des langen, offenen Tweedmantels. Die schwarze Umhängetasche rutscht ihr von der Schulter, und sie schiebt den Henkel im Laufen wieder hoch. Ein Schaffner wedelt mit dem Arm. Nina hält den Atem an, fragt sich, ob er die Frau noch einsteigen lässt.

Die Frau rennt noch schneller, hält den Taschenhenkel fest umklammert, dann verliert Nina sie aus dem Blick. Die Tür des Zuges piepst gleichgültig und schließt sich kurz darauf mit einem Ruck. Der Schaffner trillert mit der Pfeife und hebt die Kelle. Der TGV nach Paris setzt sich in Bewegung.

Schwer atmend taucht die Frau am Eingang zu Ninas Großraumabteil auf und bleibt kurz stehen. Sie ringt nach Luft und versucht, sich zu orientieren. Nina kann ihr direkt ins

Gesicht sehen. Langsam kommt die Keuchende den Gang entlang in Ninas Richtung.

Ihre Augen sind so hellblau, wie das Wasser in einem Glas sich färbt, wenn nur ein Tropfen Königsblau vom Pinsel tropft. Ganz durchsichtig wirkt die Iris. Das schwarze Brillengestell und der dicke Lidstrich verleihen ihrer Erscheinung etwas Hartes, Maskulines. Es steht in krassem Gegensatz zum leichten Farbhauch ihrer Iris. Ihre Kleidung wirkt formstreng. *Wie die von Mutter*, denkt Nina. Unter dem geöffneten Mantel zeigt sich eine Hemdbluse und eine Tuchhose mit Bügelfalte und leicht ausgestellten Hosenbeinen. Das braune, hervorragend geschnittene Haar liegt in weichen Wellen um das helle Gesicht.

Nina ist gefesselt von ihrem Anblick, bemüht sich aber, die Frau nicht anzustarren, sondern nur kurze, wie zufällig wirkende Blicke in ihre Richtung zu schicken.

Nach ihrem Sitzplatz suchend, kommt die Mitreisende näher. *So war ich mal*, denkt Nina, *eine Karrierefrau. Das ist mein früheres Selbst. Ich hätte mich nicht angezogen wie sie, aber damals habe ich etwas Ähnliches ausgestrahlt.* Ihr fallen alte Mantras ein: *Den Graben zwischen Entschluss und Ausführung schmal halten. Die Umstände, die man braucht, selber schaffen. Kühn handeln. Machen, nicht nur planen. Mehr arbeiten, als die anderen.*

Direkt hinter Nina bleibt die Fremde stehen, wechselt ein paar Worte auf Französisch mit einem Mitreisenden und setzt sich auf den Platz hinter Nina. Knisternd packt die Frau etwas aus oder ein.

Der Duft nach Patschuli und Sandelholz dringt in Ninas Nase und von dort sanft, aber bestimmt in ihr Bewusstsein. *Es ist sein Duft.* Der Geruch strömt über Ninas Sitzlehne. Er quillt durch den Spalt zwischen Ninas Sitz und dem des Cellos am Fensterplatz neben ihr. Er schleicht sich von links, vom Gang her, an. Er streckt den Kopf höhnisch grinsend zu Nina herein und kriecht über ihre Schulter in ihre Nase und mit jedem Atemzug tiefer in sie hinein. *Sein* Duft hat Nina aufgespürt. Jetzt, wo sie für drei Stunden im Hochgeschwindigkeitszug nach Paris sitzt, ist *sein* Geruch wie aus dem Nichts da. Als ob er Nina gesucht hätte. Um sie zu zwingen, sich an alles zu erinnern.

Nina war, als hätte er ihr nachgestellt, dieser Geruch nach Patschuli und Sandelholz, nach Zino Davidoff. Von der Frau ausgehend dringt er gewaltsam in ihre verschütteten Erinnerungen ein.

Nina hält die Luft an. Wie lange kann das Luftanhalten helfen? Der Duft ist ja längst in ihr. Die Duftmoleküle sind in ihrem Gehirn angekommen, sonst hätte sie den Geruch gar nicht erkannt und keine Gänsehaut bekommen. Die Zino-Moleküle zirkulieren in ihrem Blut, erreichen jede Zelle. Nina atmet wieder ein. Atmen muss sie ja.

Die Augen könnte ich vor deinem Gesicht, vor deiner Gestalt verschließen. Aber atmen muss ich dich. Womit habe ich deinen Duft angelockt? Ist es das Vergessen, das du nicht erträgst? Wenn meine Sehnsucht dein Lockstoff ist, dann findest du wohl noch den letzten übrigen Rest davon.

Es ist, als ob *er* wieder da ist und Nina ins Ohr flüstert, wie Mephistopheles dem Doktor Faust einst ins Ohr gewispert hat: ›Mich wirst du nicht los.‹

Die Haut dieser Frau wird morgen früh noch nach Patschuli und Sandelholz riechen. So anhaftend ist dieser Duft. Schon häufiger ist Nina aufgefallen, dass auch Frauen ihn tragen. Das ist noch schlimmer, als wenn ein anderer Mann danach riecht. Nina merkt, wie sie schneller und flacher atmet. Ihr wird ein wenig übel von diesem Geruch. Oder vom Hereinbrechen der Erinnerung, die sie nicht haben will.

Langsam und geräuschlos, damit es niemand merkt, atmet Nina tief aus und schließt die Augen. Mit ihrem nächsten

Atemzug riecht sie *ihn*, als säße *er* neben ihr, als fixiere *er* sie mit eisigem Blick. Nina weiß – und sie weiß es sicher, weil sie es von Berufs wegen wissen muss – dass es keine bessere Methode gibt, um in die Vergangenheit zurückversetzt zu werden, als durch Duft.

Nina kann, wenn sie will, an Gewürznelken riechen und steht wieder auf einem Schemel am geöffneten Gewürzschrank ihrer Oma. Ein selbstgenähter, grün-beiger Vorhang mit roten Blumenornamenten verhängt das Reliefglasfenster der offenstehenden Schranktür. Nina öffnet ein Gewürzdöschen nach dem anderen. Sie atmet den intensiven Geruch von Rosmarin, den würzigen von Majoran und drückt das Tütchen mit den Zimtstangen, während sie den an Weihnachten erinnernden Duft einsaugt.

Wie nichts anderes sonst, vermag Duft die Zeit zurückzuholen. Er ruft die Sinneseindrücke ab, die es damals gab, Emotionen, Bilder, sogar Töne.

Nina schließt die Augen und reist zurück, nach innen.

25 JAHRE ZUVOR – NINAS STURZ

Ihre Absätze klackerten auf dem grauen Steinfußboden. Kollom, kollom. Ninas Nacken war feucht. Ihre Bluse klebte am Rücken. Der Faltenrock ihres Kostüms schlackerte um ihre Knie. In letzter Minute würde sie im Saal ankommen.

Gerade weil Nina sich so beeilen musste, fühlte sie sich wichtig. Wichtiger, als sie in der Firma nach nur einem Jahr sein konnte. Es bescherte ihr ein Glücksgefühl, so durch das Foyer rauschen zu müssen, weil ein Telefonat sie aufgehalten hatte. Ihr Beruf war ihr wichtig. Sie war gut in ihrem Job.

Nina lief durch die Halle zum Vortragssaal und malte sich aus, wie sie in diesem Moment aus der Sicht eines Fremden aussah. Vielleicht dachte er bei ihrem Anblick: Was für eine energiegeladene Frau, noch so jung und ganz offensichtlich schon so erfolgreich.

Selbst nach vierzehneinhalb Monaten bei Rochdale Biotechnology kam sie sich im Businessoutfit wie in einem Rollenspiel vor. An Tagen wie heute, an denen sie nicht ihren Laborkittel trug, sondern feinen Zwirn, merkte sie insgeheim, dass sie im Inneren noch immer die Biochemiestudentin war.

Sie war heute Vormittag bei der Präsentation nicht gelassen genug gewesen. Sie hatte rote Flecken im Gesicht bekommen, während sie über kleine G-Proteine referiert hatte. Sie hasste es, wenn jeder ihr ansehen konnte, dass sie gestresst war.

Ninas zwei liebste Chemiker-Kollegen standen Schulter an Schulter in der noch offenen Flügeltür zum großen Saal – mit dem Rücken zur ihr. Sie trugen Anzüge wegen der Tagung am Vormittag.

Tobias, Chemiker mit Brille, Halbglatze und schiefgeratener Nase, hatte gleich als Erster am Morgen einen brillanten Vortrag über Zytokine und Signal-Transduktion gehalten. Nina beneidete ihn dafür, wie gelassen er seine Vorträge hielt. Ihm zitterten weder die Knie noch die Hände noch die Stimme.

Nina versuchte, die letzten drei Meter mehr auf den Ballen zu gehen, damit ihre Absätze nicht so laute Geräusche machten. Aber Tobias hatte sie schon kommen hören und drehte sich zu ihr um. Sonst lächelte er, wenn er Nina sah. Heute blickte er sie ernst an. Er war der größere der beiden Männer, der, bei dem alles »Magnum« war, nicht nur das Eis. Warum fiel Nina diese Bemerkung von ihm ausgerechnet in diesem Moment ein? Tobias hatte sie in einer Mittagspause gemacht, mit dem Eis in der Hand und vielsagendem Blick.

»Auch schon da«, flüsterte er. Es klang neckend, nicht gemein.

Nina flüsterte. »Warum diese kurzfristige Vollversammlung?«

Tobias neigte den Kopf zu ihr herunter. Er roch nach dem holzigen, würzigen Duft von Aramis, den Nina eigentlich mochte. Sie konnte die Gewürznelke darin riechen. Eugenol. Irgendwo zwischen 70 und 85 Prozent. Aber das Eau de Toilette erinnerte sie an ihren arroganten, verwöhnten Bruder, der es täglich benutzte, obwohl er erst siebzehn war. Nina fand es vollkommen übertrieben, dass ein Siebzehnjähriger Aramis trug und Stoffhosen und weiße Oberhemden, nur weil er der jüngste Student an der juristischen Fakultät war und meinte, das noch herauskehren zu müssen.

»Sag du es mir.«

Nina spürte seinen Arm an ihrer Schulter. Tobias deutete mit dem Kinn in die erste Reihe zum einzigen noch freien Platz im Saal.

Während Nina zum Platz hintrat, nahm sie aus den Augenwinkeln wahr, dass der Niederlassungsleiter zum Rednerpult ging. Sie stutzte und drehte ihren Kopf zu ihm hin. Hatte seine Gangart heute etwas Schlurfendes?

Nina setzte sich zwischen den Mann von der Poststelle mit den Krücken und die blonde Biologin Karen aus der Entwicklungsabteilung. Karen, die sonst offen und zugänglich war, starrte auf ihre im Schoß verschränkten Hände. Auf einem unsichtbaren Schild um ihren Hals stand: Nicht ansprechen. Nina drehte den Kopf möglichst unauffällig nach links und schaute in die Gesichter einiger Mitarbeiter. Gesenkte Blicke. Zusammengekniffene Münder.

Nina musterte den Niederlassungsleiter, während er seine DIN-A4-Blätter raschelnd zurechtrückte. Etwas stimmte nicht mit Jobst Oberthier. Nina kam nicht darauf, was es war. Er war doch immer so dynamisch gewesen, so selbstbewusst, so attraktiv. Ein Alphatier in gestreiften Hemden, mit Pudelhaar, schwarzem Brillengestell und Blicken wie aus einer Schusswaffe abgefeuert. Nina überlegte, was an ihm heute so anders war als sonst. War er müde vom Jetlag? Jemand hatte beim Mittagessen in der Kantine des Biochemischen Instituts behauptet, Oberthier sei erst am Morgen aus den USA zurückgekehrt.

»Manchmal ... scheitert ein Plan«, sagte er und räusperte sich. Sonst dröhnte seine Stimme. Mit Daumen und Zeigefinger schob der Niederlassungsleiter die Brille in seinem todernsten Gesicht zurecht. »Manchmal scheitert ein Plan, dann bleibt uns nichts anderes übrig, als einen neuen Plan zu machen.« Sein Blick klebte am Papier. Dabei war es doch gerade er, der Wert darauflegte, dass man zu Beginn eines Vortrages seinen Zuhörern in die Augen sah.

Der Mann von der Poststelle rieb unablässig mit seinem rechten Daumen über den blauen Griff seiner Krücke.

»In dieser Lage, nämlich einen neuen Plan machen zu müssen, finden wir uns ab heute alle wieder.«

Nach diesem Satz hob Oberthier den Kopf und sah Nina direkt in die Augen. Seine Augen waren die eines Toten. Nina kamen Bilder von abgenagten Hähnchenknochen in den Sinn. Ausgenommene Garnelenpanzer. Karkassen. Oberthier war entbeint. Eine Hülle seiner Selbst. Das war es, was heute anders war. Vom Eigentlichen war nichts mehr da.

Es schmerzte Nina, ihn so schwach zu erleben. Hatte Nina sich nicht im Geheimen vorgestellt, wie sich eine Frau in den Armen dieses starken Mannes fühlen müsste?

Heute bebten seine Hände wie die eines verunsicherten Abiturienten. Dieser Anblick verstärkte Ninas ungutes Gefühl.

»Jeder einzelne von uns«, fuhr der Niederlassungsleiter fort, sich an Ninas Blick festhaltend, »wird einen neuen beruflichen Plan machen müssen.«

Nina stockte der Atem. Sie wechselte einen bedeutungsschweren Blick mit dem Mann von der Poststelle. War Jobst Oberthier tatsächlich im Begriff, ihnen allen die Kündigung auszusprechen? Warum hatte kein Mensch in der Firma bisher Andeutungen gemacht? Nie war auch nur im Ansatz die Rede davon gewesen, dass die deutsche Niederlassung von Rochedale Biotechnology schlecht dastehen würde. Weder in der Kantine hatte Nina Gerüchte gehört, noch im Labor oder in Gesprächen vor den Büros.

Oberthier schluckte trocken. Seine Zunge schien am Gaumen festzukleben. Sie löste sich mit einem schmatzenden

Geräusch. »Zu meinem tiefen Bedauern muss ich ihnen heute allen mitteilen ...« Während der folgen Redepause hielt Nina die Luft an. Die Personalchefin, die nicht weit von ihm entfernt auf einem Stuhl saß, senkte den Kopf und fixierte ihre verschränkten Hände. »... leider muss ich ihnen mitteilen, dass Rochdale Biotechnology U.S.A. ... unsere deutsche Niederlassung zum 31.12.94 aus Rentabilitätsgründen schließen wird und ihnen, uns allen, keine alternativen Stellenangebote machen kann, sofern wir in Deutschland bleiben wollen. Glauben Sie mir bitte, dass diese Nachricht unsere Personalleiterin und mich ebenfalls vollkommen überraschend getroffen hat.«

Oberthiers Blick fiel zu Boden. Nina fühlte sich wie im freien Fall.

Sie drehte sich um und suchte den Betriebsratsvorsitzenden, um festzustellen, wie er auf die Worte des Niederlassungsleiters reagierte. Mit zu Schlitzen verengten Augen saß er mit rotem Kopf auf seinem Stuhl – sein Blick eine Drohung.

Nebel zog sich vor Ninas Augen. Ihre Ohren hörten wie durch Watte. Durch ihren Kopf geisterte ein einziges Wort: arbeitslos. Erst vor wenigen Wochen hatte sie zu Achim gesagt, sie fühle sich jetzt gut eingearbeitet, habe die Abläufe verinnerlicht, kenne alle Gesichter und wisse in etwa, wie jeder ticke.

Davon, was der Niederlassungsleiter noch sagte, bekam Nina nichts mehr mit. Sie hörte ein Raunen im Saal und stand wie ferngesteuert auf, als ihre Kollegen sich erhoben. Einige Mitarbeiter rauschten an ihr vorbei. Manche gingen zu Oberthier, andere zur Personalchefin, die aufgestanden war und sich die Kostümjacke gerade zog.

Nina drehte sich um. Wo waren Tobias und Jens? Sie wollte ihre Gesichter sehen. Hinten im Saal standen Kollegen in kleinen Gruppen zusammen und berieten sich mit gesenkten Köpfen. Auch Tobias und Jens waren dabei, aber Nina konnte ihre Gesichter nicht sehen. Jemand empörte sich lautstark über »den unwürdigen Stil, Mitarbeiter von heute auf morgen auf die Straße zu setzen« und drohte mit dem Gang vor das Arbeitsgericht. Nina sah, wie die Biologin Karen aus dem Saal huschte.

Ninas Gesicht prickelte, als stächen feine Nadeln von innen durch ihre Haut. Ihre Ohren klirrten. Ihre Hände froren. In ihrem Kopf hörte sie ihre Mutter ein abfälliges »Na bravo« sagen. Als könne Nina etwas dafür. Als hätte sie Schuld an dieser Misere.

Jobst Oberthier löste sich mit aschfahlem Gesicht aus einer Gruppe aufgebrachter Leute. Er winkte ab, ratlos und besiegt, und huschte aus der oberen Saaltür wie ein Gespenst.

Nina wollte nach oben ins Büro und ihre Tasche holen und dann sofort verschwinden. Einen neuen Plan machen. Wie betäubt betrat sie das Treppenhaus. Sie zog die schwere Brandschutztür zum Flur im ersten Stock auf und seufzte.

An der entgegengesetzten Seite des Flurs tauchte Ninas Abteilungsleiter auf. Nina blieb nichts anderes übrig, als an ihrem Büro vorbei- und einige Meter auf Severin zuzugehen.

Aus kaffeebraunen, kugelrunden Augen voller Mitleid, als habe das Unglück allein Nina getroffen, blickte der fast schon vollständig ergraute Vierzigjährige auf Nina herunter. In einer Zeitlupenbewegung streckte Severin den Arm aus, als hinge er an einem Gummiband, gegen dessen Widerstand er anziehen musste. Ungelenk streichelte Severin mit seiner Hand über Ninas Ärmel.

»Es wird schon weitergehen. Mach dir keine Sorgen«, sagte er mit solcher Sicherheit, dass Nina vor Erleichterung die Schultern sinken ließ.

Auf einmal wurde ihr ganz merkwürdig zumute, so, als bestünde Severins Gesicht aus nicht zusammenfügbaren Einzelteilen. Die Flurwände drifteten fort. Nina hatte das Gefühl, die Welt nicht mehr entschlüsseln zu können. Von einer Minute auf die andere war nichts mehr so, wie es gewesen war.

Nina senkte den Kopf, damit er ihre Tränen nicht sehen sollte. Er machte einen Schritt auf sie zu. Nina fühlte seine Hände an ihren Oberarmen und spürte, wie sie von dort zu ihrem Rücken wanderten. Er verstärkte den Druck seiner Umarmung so, dass sein Oberkörper den ihren berührte.

Auf einmal war es die Liebkosung eines Liebhabers, und Nina erstarrte.

Sie wich nach hinten. Severin ließ die Arme sinken. Ninas Gehirn tastete im Nebel nach Worten, fand aber keine. Ihre Nerven spannten sich noch stärker an, wie zu hoch gestimmte Saiten. Kurz vor dem Reißen.

Severin griff sich mit einer Hand ins graue Haar und strich es nach hinten.

»Fahrn wir erst mal jeder nach Hause«, sagte er, »so eine Nachricht muss man erst mal verdauen. Es wird irgendwie weitergehen für jeden von uns. So viel ist sicher.«

Nina nickte, drehte sich wortlos um und floh in ihr Büro.

Sie atmete schwer aus, als sie sah, dass sie allein war. Nina setzte sich auf ihren Bürostuhl. Eigentlich hatte Nina geplant, direkt nach der Arbeit übers Wochenende zu ihren Eltern nach Hannover zu fahren. Das war ihr jetzt unmöglich. Schon in ihrer bloßen Vorstellung ertrug sie die vorwurfsvolle Reaktion ihrer Mutter kaum. Sie sah ihre eiskalten blauen Augen vor ihrem inneren Auge. »Aha. Und jetzt?«, würde sie sagen. »Ich habe dir ja gleich gesagt: Promoviere erst! Dann hättest du einen ganz anderen Stand gehabt.«

Innerlich zitternd wählte Nina die Telefonnummer ihrer Eltern in Hannover und versuchte zu lächeln, damit ihre Stimme normaler klang.

Nina sagte ihren Besuch ab. Sie log sich etwas zurecht. Aus Angst vor Mutters Reaktion auf die Wahrheit. »Viel Arbeit.« Das verstand Mutter. Arbeit war für sie immer ein Grund. Wohl der einzige, den sie stets gelten lassen würde.

Nina fuhr ihren Computer herunter. Sie packte ihren Wintermantel, der am Haken hinter der Tür hing und schlüpfte wütend hinein. *Warum habe ich keine Mutter, der ich mein Leid klagen kann? Eine Mutter, die mich auffängt, wenn es mir schlecht geht? Warum muss ich ihr die Wahrheit verschweigen, wenn ich hinterher nicht noch elender dastehen will? Warum muss ich mich immer wieder als Versagerin fühlen, obwohl ich schon so viel erreicht habe?*

Zügig verließ Nina das Büro. Sie wollte nur noch heim zu Achim. Bei ihm würde sie ihren Tränen freien Lauf lassen können. Im Flur hörte sie ein Geräusch, das nach Erbrechen klang. Sie hielt inne, und dann steuerte sie die Damentoilette an. Das Würgen klang fürchterlich und wurde schlagartig lauter, als sie die Tür öffnete.

Nina fand die Karen, die vorhin wie eine Steinstatue neben ihr gesessen hatte, schwer atmend auf den Knien vor einer Kloschüssel. Schnell holte Nina saubere Papiertaschentücher aus ihrer Handtasche, machte sie nass, legte sie Karen von hinten auf die Stirn und hielt ihr den Kopf.

Nina fuhr Karen nach Hause.

Auf dem Heimweg dachte Nina an Achims gefasste Art. Er würde bestimmt so etwas sagen wie: »So ist es eben. Das Leben geht weiter. Es gibt Schlimmeres. Dann suchst du dir eben was Neues.«

Achim glaubte zwar, Nina sei direkt von der Firma aus zu ihren Eltern nach Hannover gefahren, aber er würde sicher daheim sein. Er war keiner, der allein ausging.

ACHIM WINDET SICH

Nina öffnete die Wohnungstür. Hinten im Wohnzimmer brannte Licht. Alles andere lag im Dunkeln. Der streichelnde Klang des Jazzbesens von Achims Lieblings-Jazzballade schwebte durch den Flur. Achim liebte Jazz. Nina hasste ihn. Für sie klang selbst dieser Smooth Jazz nach Chaos. Das machte sie nervös. Erst recht heute.

Nina rief nicht wie sonst, wenn sie heimkam, hallihallo. Ohne Licht zu machen zog sie ihren Mantel aus. Sie streifte die Winterschuhe ab und stellte ihre Reisetasche neben die Kommode.

Es roch nach einem neuen Duschgel oder einer Seife – ein Geruch, den Nina nicht kannte.

Auf Socken ging sie den Flur entlang zum Wohnzimmer. Sie erwartete, Achim in seinem Lehnstuhl sitzen zu sehen, die Beine auf den Hocker gelegt, im sanften Licht der Stehlampe, eine Zeitung oder die CD-Hülle in der Hand, ein Glas Grauburgunder neben sich auf dem Beistelltisch. Nina würde wortlos auf ihn zugehen, er würde ihrem Gesicht sofort ansehen, dass etwas nicht stimmte. Sie hoffte, dass er die Hände frei machen und aufstehen würde, dass er auf sie zukommen und ihre Schultern fassen würde und sie mit prüfendem Blick ansehen und besorgt fragen würde: »Was ist los?«

Nina blieb im Türrahmen stehen und erstarrte. Das Bild hing vor ihr, wie ein Gemälde im Louvre: Im sanften Schein der Wohnzimmerleuchte, die neben dem grauen Wollstoff-Sofa stand, schob Achim die roten Haare der neuen Richterin Bärbel zurück. Seine Fingerspitzen fuhren ihren weißen Hals herab. Die obersten drei Knöpfe an seinem Oberhemd waren offen. Bärbels Hand lag auf seinem Schenkel, ihr Kopf an der Stelle zwischen seinem Hals und seinem Schlüsselbein. Ninas Lieblingsstelle. Ihr Häuschen. Der Platz, an dem sie früher abends eingeschlafen war, bevor Achim angefangen hatte, sich zum Einschlafen auf die linke Seite zu drehen.

Nina betrachtete die Szene wie ein Stillleben. Mann und Frau auf dem Sofa. Schimmerndes rotes Haar. Alabasterhaut. Achims zärtliche, leicht gebeugte Finger. Verzaubertes Lächeln. Achims Brille lag auf dem schwarzen, runden Holztisch vor dem Sofa. Ninas Gehirn sträubte sich gegen das Gesehene.

In einer Galerie konnte man weitergehen, von einem Gemälde zum nächsten. Man konnte das erste Bild vergessen und ins zweite eintauchen, dann ins dritte. Und nur, wenn man wollte, konnte man zum ersten zurückgehen und es noch einmal auf sich wirken lassen.

Wie zum ewigen Betrachten dieser Szene verdammt, stand Nina regungslos in der Wohnzimmertür. Es war ihr Wohnzimmer. Ihres und das von Achim. Dieses Bild drängte Nina eine Szene auf, die sie niemals hatte ansehen wollen. Der Mann darin war nicht der Achim, den Nina kannte. Ihr Lebensgefährte war kein zärtlicher, hingebungsvoller Liebhaber, der sanft über Haut streichelte. Ninas Achim tatschte mehr mit der flachen Hand, drückte unsichtbare Briefmarken auf ihr fest.

Wie vorhin im Flur mit ihrem Abteilungsleiter Severin, begann die Luft vor Ninas Augen wieder zu flimmern. Hinter Schlieren bewegten sich verwischte Objekte. Unscharf sah Nina Achim den Kopf heben und zu ihr her starren. Seine Augen waren weit, sein Gesichtsausdruck erschrocken, seine Gesichtshaut gerötet. Nina dachte: *Als ob es jetzt noch Sinn macht, dass du so lächerlich versuchst, den Arm möglichst unauffällig von ihrer Schulter zu nehmen. Als ob ich nicht längst alles gesehen habe.*

Als Ninas Knie anfingen zu zittern, spürte sie, dass sie nicht nur Betrachterin, sondern Teil dieser Szene war. Ihr wurde bewusst, dass sie gleich im Türrahmen zu Boden sinken würde, wenn sie nicht sofort die drei Schritte zum Sessel gehen und sich dort hinsetzen würde. Das letzte bisschen Kraft, das nach Oberthiers Worten noch in ihr verblieben war, entwich. Ihre rechte Hand berührte das kalte Leder des schwarzen Sessels. Kurz wurde ihr schwummrig. Ein grauschwarzes Gepünktel tanzte vor ihren Augen.

Sie hörte das Aneinanderstreifen von Oberschenkeln in Nylonstrumpfhosen, während die Richterin an ihr vorbeihuschte. Nina nahm denselben Duft wahr, der ihr beim Hereinkommen aufgefallen war. Rein und weiß und wie frisch gebügelt. Es roch nach runder Seife in Seidenpapier. Im Flimmern vor ihren Augen sah Nina die Alabasterfrau in den dunklen Flur verschwinden und Achim reglos mit geöffnetem Mund auf dem Sofa sitzen.

Nina hörte die Haustür ins Schloss fallen. Ihre Sicht wurde klarer. Das Geräusch der zufallenden Haustür schien Achim die Fassung zurückzubringen. Er setzte sein Staatsanwaltsgesicht auf, den nüchternen, autoritären Gesichtsausdruck. Er sagte kein Wort, aber Nina kam es vor, als verhöre er sie wie eine Angeklagte. Nur sein Blick sprach: »Warum befindest du dich zu dieser Zeit an diesem Ort, obwohl du dich in Hannover aufzuhalten angegeben hattest?« Wortlos drehte Achim den Spieß herum. Wie immer. Die Schuld des anderen entlarven, benennen, bestrafen, das war seine Aufgabe als Staatsanwalt.

Nina hielt diesem Blick nicht stand. Sie verbarg ihr Gesicht in den Händen und begann zu weinen. Trümmer, wohin sie auch ging. Achim hatte ihre beschädigte Liebe nun ganz zerschlagen. Nina fühlte ihre Handflächen nass werden. Ihr Weinen wurde heftiger, lauter. Ihr Körper zuckte inmitten zerhackstückter Träume. Vor lauter Schluchzen bekam Nina kaum Luft. Ihre Lungen sogen die Luft in kurzen Rucken ein. Es schüttelte ihren Oberkörper. Tränen rannen ihr den Hals und die Unterarme hinunter. Ihre Nase lief.

Als nach wer weiß wie langer Zeit keine Träne mehr in ihr übrig war, die sie hätte weinen können – und sie wollte weinen – hob sie den Kopf und hielt nach Taschentüchern Ausschau. Achim saß immer noch wie angewachsen auf dem Sofa. Er starrte sie an. Sein Blick war nicht mehr anklagend, sondern groß und erschrocken. Er fand keine Worte. Vielleicht suchte er auch keine. Er wusste nicht, was in den verzweifelten Momenten eines anderen zu tun oder zu sagen war.

Nirgends entdeckte Nina Papiertaschentücher. Nicht auf dem kleinen Glastisch, wo sonst immer ein Päckchen neben der dunkelroten Tischleuchte lag. Nicht im Wohnzimmerschrank vor dem Fernseher. Nicht auf der Kommode beim CD-Player. Nina fiel das Taschentuch in ihrer Rocktasche ein, was sie schon im Büro benutzt hatte. Sie zog es hervor, faltete es auseinander. Fussel fielen auf ihren braunen Faltenrock und über die nassen Spuren darauf, die ihre Tränen hinterlassen hatten. Sie putze sich die Nase.

Vielleicht war es schon während des Weinens gewesen oder während sie das Taschentuch gesucht hatte oder erst, als sie Achims hilflosen Gesichtsausdruck wahrgenommen hatte, als sich tief in Ninas Innerem ein Spalt öffnete. Lava quoll heraus. Zäh wälzte sich die glühende Masse über Ninas Eingeweide, füllte langsam ihren Bauch und stieg hinauf bis zum Hals. Von dieser inneren Hitze wiederbelebt, sprang Nina vom Sessel auf. Sie starrte Achim an. Sie spürte die von Tränen und verschmierter Wimperntusche spannende Haut um ihre Augen. Aus dem Nichts bäumten sich neue Kräfte auf.

»Jetzt reicht's mir.« Ihre Stimme klang wie das Fauchen einer Katze. Hier, in diesem Wohnzimmer, in dieser gemeinsamen Wohnung mit Achim würde sie nicht bleiben. Nina wollte weg. Weg, und zwar schnell.

Sie lief aus dem Wohnzimmer zur Kammer im Flur. Sie holte ihren Koffer heraus, rannte mit ihm ins Schlafzimmer. Sie warf ihn aufs Bett und öffnete den Kofferdeckel. Sie machte die Tür ihrer Schrankseite auf. Eine Sekunde lang präsentierte der Schrankspiegel Ninas zerzaustes Haar. Ihr verschmiertes, rotes Gesicht. Drei übereinanderliegende Wollpullover zog sie aus dem Schrank und drehte sich damit so schnell zum Koffer um, dass ihr der oberste, der dunkelblaue, zu Boden fiel. Sie bückte sich, um ihn aufzuheben. Da erschien Achim in der Tür.

»Bitte, Nina, es ist doch vollkommen übertrieben, jetzt deine Sachen zusammenzupacken, als hättest du mich in flagranti erwischt. Das ist ... kindisch.« Seine Stimme klang ungewohnt flehend und gleichzeitig mahnend.

Das »kindisch« hat er absichtlich gesagt. Es soll mich treffen. Mich in die Defensive drängen. Doch Achims Reizwort erreichte das Gegenteil. Es machte Nina noch wütender. Sie hatte das Gefühl, im Waggon einer Achterbahn unaufhaltsam durch die Schleifen zu rasen, den Wind im Gesicht, die g-Kräfte in der Magengrube. Am Ende dieser Höllenfahrt würde sie in Achim hineindonnern. Nina sah ihrem Freund ins Gesicht. Sie spürte die Wut aus ihren Augen kochen, durch ihre Haut dampfen, ihren Mund öffnen.

»Du bist eine Stunde allein hier und hast gleich eine andere Frau im Arm?«

»Da war nichts.«

Nina schmiss den blauen Pullover zurück auf den Boden.

»Ach nein? Ist das normal bei dir, dass du dir von einer Kollegin das Hemd aufknöpfen lässt und ihr über den Hals streichelst, während sie die Hand auf deinem Schenkel hat und den Kopf an deiner Schulter? Habe ich diesen Normalzustand bisher nur noch nicht mitgekriegt?«

Achim zuckte mit den Schultern. »Die war schlecht drauf wegen eines angefochtenen Urteils. Ein Fehlurteil. Ich wollte sie ein bisschen trösten.«

Nina presste ihre Kiefer zusammen und verengte ihre Augen zu schmalen Schlitzen. »Deine Brille lag auf dem Tisch. Du nimmst die Brille nie ab. Nur, wenn du unter die Dusche oder ins Bett gehst. Du hast sie absichtlich abgenommen, damit sie dir beim Fummeln nicht im Weg ist. Also lüg mich nicht an!«

»Du übertreibst völlig. Ich hab sie ein bisschen getröstet wegen dieses Fehlurteils. Gut, wie das dann so ist. Sie hat die Situation ein bisschen ausgenutzt.«

»Das ist eine fadenscheinige Ausrede. Du bist kein Haar besser als deine Angeklagten.« Nina griff sich mit beiden Händen ins verwuschelte Haar. »Fehlurteil, Fehlurteil!«, brachte Nina hervor, an Achims Liebschaft denkend. »Ein Fehlurteil ist das, was ich bisher von dir gehalten habe.«

Achim schüttelte den Kopf. Eine tiefe Falte zwischen seinen Augenbrauen grub sich ein. »Ich verstehe nicht, weshalb du so überreagierst. Okay, man kann die Situation mit Babs ...«, er räusperte sich, als habe er einen Krümel im Hals, »mit Bärbel nicht ganz in Ordnung finden. Ich würde schon verstehen, wenn du ärgerlich wärest. Aber du drehst ja vollkommen durch.«

Nina starrte ihn an. Absichtlich dehnte sie die Zeit in die Länge, bis sie weitersprach.

»Meine Nerven sind zum Reißen angespannt. Ich habe vorhin meine Kündigung bekommen.«

Achim schluckte. Das tat er, wenn eine Nachricht ihn unvorhergesehen traf. »Echt?« Seine Augenbrauen zogen sich in die Höhe. »Warum? Warum hast du die Kündigung bekommen?«

»Die ganze Belegschaft hat die Kündigung gekriegt. Der Standort wird aufgegeben«, sagte Nina wie beiläufig. Sie spürte die Wut hinter ihren kalten Worten. »Ich habe gehofft«, sagte sie mit erhobener Stimme, »bei dir Halt zu finden. Aber wie ich sehe, war genau das kindisch. Und erst recht kindisch war, dass ich an deine treue Liebe geglaubt habe.«

Wieder liefen Nina heiße Tränen über die Wangen. Sie sah Achims entgeisterten Gesichtsausdruck nur noch verschwommen. Immer lauter hörte sie ihre eigene Stimme. »Du hast natürlich recht. Ich habe euch nicht beim Sex erwischt. Aber was ich gesehen habe, genügt mir. Unsere Liebe ist nicht das, was ich geglaubt habe, dass sie ist. Sonst hättest du es nicht nötig, eine andere in den Arm zu nehmen, kaum dass ich weg bin. Und glaube bloß nicht, dass ich vergessen hätte, wie du schon vor Wochen von Bärbels Alabasterhaut geschwärmt hast, nachdem ihr zusammen in der Sauna wart.« Sie fasste sich an die Stirn und schüttelte den Kopf. »Wer geht denn mit seinen Kollegen in die Sauna?«

»Das überbewertest du.«

Nina warf den Kopf in den Nacken. Für einen Moment nahm sie das Schillern des gläsernen Kronleuchters über dem Bett wahr. Nina stützte beide Hände in die Hüften.

»Ach, ich überbewerte das? Dann musst du dir bitte eine Frau suchen, die so was nicht überbewertet.« Sie dämpfte ihre Stimme und ließ sie gerade dadurch gefährlich klingen. »So eine lächerliche Ausrede: Du wolltest sie nur trösten. Bei uns im Wohnzimmer. Mit offenem Hemd.« Sie sprach wieder lauter, damit Achim auch ja alles hörte. »Hätten wir ein erfülltes Liebesleben, hätte ich vielleicht über diese Trösteraktion hinwegsehen können. Aber bei uns stimmt etwas Grundlegendes nicht.« Weitere Tränen stiegen in ihre Augen. »Bei deiner Richterin kannst du auf einmal den romantischen Liebhaber spielen. Das ist das, was so weh tut.«

Achim senkte den Kopf. Schweigend standen sie voreinander. Alabaster-Bärbels Parfüm wogte vom Flur herein ins Schlafzimmer.

»Das mit der Kündigung tut mir übrigens leid.« Seine Stimme klang weicher.

Nina schwieg. Sie drehte sich wieder zum Schrank und wischte sich die Augen mit einem gepunkteten Schal trocken. Wahllos stopfte sie Kleidung in den Koffer. Socken, Jeans, Unterwäsche, T-Shirts, noch zwei Pullover, den gepunkteten Schal. Am Ende zog sie den Reißverschluss am Koffer zu. Sie strich sich ordnend durchs Haar, straffte die Schultern und zog mit Schwung den Koffer vom Bett.

Achim versperrte ihr breitbeinig die Tür. Beide Hände an die Türpfosten gelegt. »Was hast du vor?«

Nina zitterte wieder vor Wut und Enttäuschung. »Wonach sieht das hier aus?!«

»Das kann nicht dein Ernst sein.« Achims Stimme wurde lauter. »Du kannst doch nicht einer lächerlichen Szene wegen gehen.«

Nina stellte sich dicht vor ihn und bemerkte erst jetzt, dass er seine Brille wieder trug. »Und ob ich das kann. Ich will keinen Mann, der mich so verrät. Lass mich durch.«

»Wo willst du denn hin?«

»Zu Else.«

TRAURIGER HARLEKIN

Nina hielt die Hände gefaltet auf der Tischdecke mit dem Olivenmuster, das sie so gern mochte.

Else klappte ihr Brillenetui auf und zu. »Du kannst so lange oben wohnen, wie du willst. Du musst wahrlich nicht in der Wohnung sein, wenn Achim Besuch von Alabaster-Bärbel bekommt.«

Nina lächelte schwach, weil Else den Ausdruck »Alabaster-Bärbel« von ihr übernommen hatte.

Else schob sich mit dem kleinen Finger eine dünne, braune Haarsträhne aus dem Gesicht, wie unzählige Male am Tag und sagte: »Ich hätte nicht damit gerechnet, dass Achim mal eine Affäre haben würde.« Sie zog ihre Schultern zurück. »Er wirkt immer so beherrscht und unterkühlt.« Else hob plötzlich wie ertappt die flache Hand. »Verstehe mich bitte nicht falsch. Ich mag Achim. Er ist eigentlich ein guter Mann.« Sie schüttelte den Kopf. Die Strähne fiel zurück in ihr schmales Gesicht, dessen Mund etwas zu groß für die kleinen Augen war. »Dass ausgerechnet er so etwas macht. Das zeigt nur eines: Er weiß nicht, was er an dir hat. Achim wird seinen kleinen Fehltritt noch sehr bereuen. Glaub mir, er wird noch daran zu knabbern haben.«

Nina betrachtete Elses dünne Goldkette, an der eine Perle hing, die von einem auf dem Kopf stehenden, goldenen

Blütenkelch gehalten wurde. Am Hals, an den Händen und an den Fältchen neben den Augen sah man, dass Else schon knapp über vierzig war. Elses tröstende Worte hatten Gewicht bei Nina, denn ihre fünfzehn Jahre ältere Freundin hatte mehr Lebenserfahrung. Else war Ninas Querflötenlehrerin gewesen, bevor sie beste Freundinnen wurden. Elses Einfühlungsvermögen hatte Nina umso mehr fasziniert, als sie keine Menschen mit solchen Antennen in ihrem Elternhaus hatte.

Der an diesem Tag massiv hereingebrochene Selbstzweifel flüsterte Nina ins Ohr: *Wärest du Achim eine so wunderbare Partnerin, hätte Alabaster-Bärbel heute Abend nicht in seinem Arm gelegen.*

Else sah Nina eindringlich an. Ein klarer, ordnender Blick, der Nina half, ihre Gedanken und Gefühle zu sortieren.

»Nimm es mir bitte nicht übel, wenn ich das jetzt sage, aber ich glaube schon länger, dass es zwischen euch nicht ganz stimmt. Achim ist ein guter Mann. Ganz bestimmt, das ist er. Aber er ist zu ...« Else suchte mit den Augen zwischen den Oliven des Tischtuches nach der richtigen Formulierung. »Er ist zu langweilig für dich.«

Else beugte sich ein wenig vor, lehnte sich auf ihre Unterarme, das Brillenetui in den Händen, und flüsterte verschwörerisch: »Viel zu laaaangweilig.«

Hatte Nina nicht vorhin noch ähnliche Gedanken gehabt? Dennoch sträubte sich ihr Inneres gegen diese Einsicht. Sie presste ihre Lippen aufeinander und dachte sich: *Das hättest du mir ruhig früher sagen können.* Doch weil in Elses blauem Blick so viel Wohlwollen lag, sackte Ninas Widerstand gleich wieder in sich zusammen.

Schweigend, den Kopf gesenkt, gestand Nina sich ein: Achim war ihr als Mann zu langweilig. Wohl war sie stolz auf seine Intelligenz, auf seinen Erfolg als Jurist, darauf, dass sie vor ihrer Mutter, überhaupt vor allen, damit prahlen konnte, die Freundin eines so außergewöhnlichen Mannes zu sein. Aber als Partner war er fantasielos, müde und dauergenervt von der Schlechtigkeit des Menschengeschlechts.

Else stand auf und holte zwei Südweingläser und die Flasche Portwein aus der Anrichte. Nina fixierte den Mann im schwarzen Mantel auf der Flasche. Schon als Jugendliche hatte sie ihn geheimnisvoll und aufregend gefunden und sich seinen eindringlichen, brennenden Blick vorgestellt. Ihr Vater hatte behauptet, das Bild stelle einen portugiesischen Studenten dar. Portugiesische Studenten trügen schwarze Umhänge. Nur der Hut, der Hut sei allerdings spanisch. Das Bild stimme also nicht so ganz. Das nenne man künstlerische Freiheit. Jetzt, während Else die Flasche abstellte, dachte Nina: *Das Bild stimmt sehr wohl. Denn die Gestalt ist weder spanisch noch portugiesisch. Sie ist der Tod.*

Else hob ihr Portweinglas wie zum Ausbringen eines Toasts. Ihr Gesicht erhellte sich, als wolle es ausdrücken: Nun habe ich eine hilfreiche Idee, die alle dunklen Wolken vertreiben wird. »Du könntest doch promovieren.«

Schweigend schlug Nina die Augen auf.

»Ganz im Ernst«, beteuerte Else. »Es war doch schon einmal eine Überlegung.«

»Es war vor allem Mutters Überlegung. Nicht meine.«

Der Portwein schimmerte rubinrot.

»Ich meine mich zu erinnern, dass du anfangs gar nicht abgeneigt warst.« Elses blau-weiß gemaserte Augen leuchteten wie Muranoglas im Licht.

»Ja. Möglich.« Nina drehte das kleine Glas am Stil hin und her und betrachtete die matt eingeschliffenen Sternchen.

»Du könntest doch mal drüber nachdenken, ob jetzt nicht ein guter Zeitpunkt wäre, doch noch zu promovieren. Denk dabei aber gar nicht an deine Mutter. Frage dich nur, ob du selbst es willst. Du musst nicht die überhöhten Anforderungen deiner Mutter erfüllen. Immer willst du es ihr recht machen. Manchmal fürchte ich, du könntest dabei unter die Räder kommen. Wenn du, du allein, promovieren willst, dann ist es richtig.«

Ninas Gedanken rollten rückwärts durch die Gehirnwindungen, und ein jeder vermischte sich mit den zwei unablässig wiederkehrenden Worten »arbeitslos« und »Alabaster-Bärbel«. Das Einzige, was reibungslos zu funktionieren schien, war ihre innere, nie ausgelebte Auflehnung gegen die fordernden Wünsche ihrer ehrgeizigen Mutter. Nina rang um Haltung, rief sich in Erinnerung, dass Else es doch gut meinte. Sie versuchte ein Lächeln und wusste nicht, ob es gelang oder nicht. Else würde wenigstens ihr Bemühen sehen, und das würde zählen.

»Ich denk drüber nach.«

Die mit weinrotem Teppich belegte Holztreppe führte direkt auf die weiße Kassettentür zu, hinter der das Zimmer lag, das für die nächste Zeit Ninas sein würde. In einem einzigen, zwanzig Quadratmeter großen Zimmer würde sie vorerst leben. Das schmerzte nach vier Jahren in einer noblen Altbauwohnung in der Wiehre mit hohen, stuckverzierten Räumen, Designerleuchten in allen Zimmern und Originalgemälden an den Wänden.

Else ging nach rechts über den Läufer, dessen orientalisches Muster das Weinrot des Treppenläufers aufnahm, und klopfte an der Tür des hinteren Zimmers. Der Untermieter Johannes öffnete. Er wohnte seit drei Monaten bei Else. Nina war ihm schon einige Male begegnet, hatte aber nur ein »Hallo« und ein »Guten Abend« mit ihm gewechselt.

Else entschuldigte sich für die Störung und erklärte, dass Nina ab sofort für eine noch unbestimmte Zeit im Zimmer neben ihm wohnen würde. Er reichte Nina mit warmherzigem

Lächeln die Hand. Johannes' braunes Haar lag in dichten, weichen Locken auf einem wohlgeformten Kopf mit hoher Stirn. Seine Augen leuchteten hellblau. Sie leuchteten mehr als die Augen anderer Leute.

»Habe die Ehre.« Er verbeugte sich leicht. »Johannes Stöckel.« Ein Bayer? Wer sonst hieß Johannes Stöckel und hatte die Ehre? Er verneigte sich ein zweites Mal. »Auf gute Nachbarschaft.« Dann lächelte er und ging wieder zurück in sein Zimmer.

Ninas Zimmer zeigte zum Vorgarten, wo winterfest gemachte Rosensträucher standen, wie erstarrte und in Säcke gesteckte Menschen. Else öffnete den großen Kirschbaumschrank und nahm drei Sommermäntel heraus, um Platz zu schaffen. Nina wedelte mit der Hand.

»Oh, lass sie nur hängen. Sie stören nicht.« Mutter hatte recht, Nina machte immer Umstände.

Else hängte die Mäntel zurück, kam auf Nina zu und streichelte sie über den Arm, sagte gute Nacht und schloss leise die Tür hinter sich. Nina stand allein mitten im Zimmer, das ihr fremd war und drehte den Kopf in alle Richtungen. Es roch nach Lavendel. Der Duft kam von der Seife im angrenzenden, kleinen Badezimmer, das mit sonnengelben Fliesen gekachelt war und ein kleines, viereckiges Strukturglasfenster hatte.

Nina duschte hinter dem hellblauen Vorhang. Es gab keine Regendusche wie bei Achim. Nur diese altertümliche Brause. Die Dusche war gerade so groß, dass Nina sich drehen und die Arme heben konnte. Aber es war im Moment ihre Dusche, ihre allein, in der keine Bärbel jemals das Wasser über ihre »wunderschöne Alabasterhaut« laufen lassen würde.

Nina schaltete die mit gelbem Stoff bezogene Deckenlampe aus, die sie an ihre Laterne aus Kindertagen erinnerte. Dann schlüpfte sie unter die fremd riechende Bettwäsche: hellblaue

Rosen auf zartgelbem Grund. Else liebte Laura Ashley-Bettwäsche. Im Sommer hatten sie zusammen eine mit blauen Ranken auf weißem Grund ausgesucht. Sündhaft teuer.

Das Kissen war Nina zu groß. Sie schob es zurecht und drückte es gegen das Kopfteil des Biedermeierbetts aus Nussbaumholz. Endlich lag sie gut und schaute im halbdunklen Zimmer umher. An der Wand, gleich neben dem Badezimmer, hing ein gerahmter Kunstdruck: Picassos Sohn im blau-gelben Harlekin-Kostüm. Runde, schwarze Augen, kleines Mündchen. Erstarrt. Wie Nina. War nicht ein erstarrter Harlekin ein Widerspruch in sich selbst? Nina knipste die Jugendstil-Nachttischleuchte aus, deren milchgläserner Schirm aussah wie ein Röckchen mit Volants.

Von der Straßenlaterne fiel Licht ins Zimmer. Nina hatte die Vorhänge absichtlich nicht zugezogen, um sich nachts im Raum halbwegs orientieren zu können. Das Licht warf den Schatten des Fensterkreuzes über das Bild von Picassos traurigem Harlekin.

Nina schloss die Augen und weinte leise. Ihr bisheriges Leben hatte sich innerhalb nur eines Nachmittages und eines frühen Abends in Nichts aufgelöst. Alles, worauf sie stolz gewesen war, war weg. Sie hörte Jobst Oberthier sagen: *Plan B.* Und sie sah Achims erschrockene Augen.

Nina spürte die Feuchtigkeit der Tränen auf ihren Schläfen und in ihrem Haaransatz. Sie hörte auf zu weinen, weil sie es hasste, wenn Tränen über ihre Schläfen in ihr Haar liefen. Mit dem Bettzipfel wischte sie die Nässe fort. Sie fühlte sich wie eine Erstsemesterstudentin, die sich in ihrem WG-Zimmer mit Heimweh in den Schlaf weint.

Nina roch den Lavendelduft, und ihr fiel ein, dass Lavendel beruhigt, weil er Alpha-Wellen im Gehirn bewirkt. Und während sie das dachte, verhüllte der Lavendelduft den Plan

B und Achims schreckensweite Augen und den ernsten Blick des Harlekin-Kindes. Nina schlief ein.

WEIHNACHTEN ZU HAUSE

Am Nachmittag des folgenden Tages trat Nina einsame Spuren in den Schnee hinauf zur Burgruine Staufen. Klares Eis überzog die Sträucher, die Hagebutten, das schmiedeeiserne Tor. Jedes Ästchen, jedes hängen gebliebene Blättchen, alles war von Eis umhüllt. Nirgends ein Mensch. Nina war eine Übriggebliebene. Die Letzte ihrer Art. Alle anderen waren erfroren, und sie würde folgen. Schuldlos. Eine Frage der Zeit.

Sie ging durch das offene Burgtor und die Stufen hinauf bis zur Tafel, auf der stand:

Im Jahre 1539 hat der damals residierende Freiherr Anton von Staufen den vielbeschrieenen Alchimisten und Nigromanten Dr. Johannes Faustus in seine Dienste genommen. Historische Quellen ... bezeugen dies und mündliche Überlieferungen, sowie die Sage behaupten, dass Mephistopheles, der obersten Teufel einer, seine Seele der ewigen Verdammnis überantwortet habe.

Faust hatte doch eine Wahl gehabt? Oder nicht? Im Gegensatz zu Nina. Sie war direkt überfallen worden, ohne Chance auf Gegenwehr.

Nina ging die letzten Stufen hinauf, schaute übers Land. Die Sonne hing kraftlos am trübgelben Himmel: ein milchiger Punkt über weißem, vergessenem Land. Nina fror. Sie zog den Schal enger und die Wollmütze tiefer. Über Nacht war es eiskalt geworden. *Mit der Arbeitsstelle, mit der Kündigung hast du keine Wahl gehabt. Aber den langweilenden Egoisten Achim hast du in dein Leben gelassen. Du allein.*

Am 23.12.94 fuhr Nina mit ihrem roten Golf nach Hannover und parkte vor dem Haus ihrer Eltern unter den alten Eichen, die die Häuser weit überragten. Selbst im Sommer lagen sie im Schatten. Im Winter wirkte ihr Elternhaus wie eine Höhle. Nina stieg aus. Während sie ihre Reisetasche aus dem Kofferraum holte, warf sie einen Blick zum Haus mit dem hohen, steilen Dach. Hinter allen Fenstern brannte Licht – hinter den vier hohen Fenstern im ersten Stock und den vier kleinen im Erdgeschoss. Alle Fenster hatten Schutzgitter. Für Nina waren es Gefängnisgitter.

Nina schloss den Wagen ab. Wie mit angezogener, innerer Handbremse ging sie auf das Gartentor zu und hindurch und über die unregelmäßig geformten Platten zur hohen Eingangstür aus Eichenholz, an der ein Kranz aus merkwürdig gestalteten Zapfen hing. Diese waren mit etwas besprüht, das sie grau und verstaubt aussehen ließ. In drei Lagen saßen sie übereinander. *Hauptsache auffallen,* dachte Nina. *Nur keinen Kranz aus Tannenzweigen an die Tür hängen, wie die Leute in der Nachbarschaft.*

Ninas Bruder Felix öffnete. Tuchhose, Aramis, Küsschen rechts, Küsschen links. »Komm rein.« Mutter kam aus der Küche mit einer rot-weiß-karierten Weihnachtsschürze mit Hirsch über der Brust und einem Küchenhandtuch, an dem sie sich die feuchten Hände abtrocknete.

»Oh, du siehst schlecht aus, Herzchen. Hast wirklich viel Arbeit gehabt.«

Gar keine, dachte Nina, *keine.* Dank Ninas Lüge musste sie aber nichts erklären. Hätte sie nicht gelogen, hätte sie sich für ihre Abgespanntheit rechtfertigen müssen.

»Jetzt erhol dich erstmal«, sagte Mutter.

So einfach würde Nina nicht mit der Wahrheit herausrücken und das leidige Thema abhaken können. Sie würde in den nächsten drei Tagen eine Gelegenheit abpassen müssen, um von der Kündigung und von Achim er-zählen zu können.

Nina begrüßte ihren Vater im Wohnzimmer, der beim Aufstellen des Weihnachtsbaumes so ungeschickt war wie sein Sohn. Papa standen die Haare zu Berge. Das taten sie ohnehin immer, aber wenn er sich solchen Herausforderungen gegenübersah, erst recht. Anders als Felix trug er zwar eine Jeans, dazu aber einen feinen, hellbraunen Kaschmirpullover in dem man, fand Nina, einfach keinen Weihnachtsbaum aufstellte. Meist ging die heitere Phase, in der die beiden sich noch befanden, Papas Wutausbruch voraus. Kein Mann war handwerklich ungeschickter als er. Felix war nicht viel besser.

Um das große Stillleben über dem dunkelroten Ledersessel neben der Glasvitrine aufzuhängen, das Papas Onkel ihm vererbt hatte, hatte es den Nachbarn gebraucht. Ein düsteres, hässliches Bild mit einem toten Fasan neben einem Glas Rotwein. Das Erbstück hatte zu langen Diskussionen zwischen den Eltern geführt. Vater wollte es aufhängen. Mutter keinesfalls. Am Ende hatte der tote Fasan Papa einen seiner wenigen Siege gegen Mutter eingebracht.

Auf gespielt leisen Sohlen verließ Nina wieder das Wohnzimmer. Im Flur, auf der alten Truhe, auf der auch das Telefon stand, lagen die neuen Ausgaben der Special-Interest-Zeitschriften, die Vater herausgab. Kanu. Unterwasser. Golf.

Mutter war in ungewöhnlich heiterer Stimmung. Nina wusste nicht, ob ihr das beim Herausrücken mit der Wahrheit helfen oder ob es hinderlich sein würde. Nina setzte sich auf die Eckbank und half beim Glasieren der Zimtsterne. Mutter buk und kochte gut, obwohl sie es selten tat. Das Durchbrechen ihrer Gerichtsroutine an Weihnachten schien Mutter in diesem Jahr in gute Laune zu versetzen. Freudig bat sie Nina darum, im Wohnzimmer den Tisch für ein Kaffeetrinken zu decken. Es war tatsächlich mehr ein Bitten denn ein Anweisen.

Am ovalen Tisch unter den drei Stofflampenschirmen saßen sie wenig später beisammen und unterhielten sich über die Söhne der Nachbarn, die zum Skifahren nach St. Moritz gereist waren, und über den im Januar bevorstehenden Besuch eben jenes Fasanen-Onkels. Worüber Nina sich wunderte: Sie unterhielten sich weder über Mutters Arbeit bei Gericht noch über Papas Verlag noch über Felix' Studium. Erst als die Schale mit Mutters Weihnachtsgebäck beinahe leer war, sprach Felix seinen Wunsch an, in eine WG ziehen zu wollen, um nicht so allein leben zu müssen, wie momentan in seiner Zwei-Zimmer-Wohnung in Osnabrück.

Beim Abräumen des Tisches warf Mutter Nina einen etwas bedauernden Blick zu. »Schade, dass Achim dies Jahr zu Weihnachten nicht hier sein kann. Aber verständlich, wenn seine Eltern schon am 25. nach Mallorca fliegen und ihr beide zwischen den Jahren arbeiten müsst.«

Mutter trug die feinen Porzellantassen in die Küche. Nina fing Papas nachdenklichen Blick aus grünbraunen Augen auf. Sie fühlte sich ertappt. Vater wusste, dass etwas nicht stimmte, und Nina wusste, dass er es wusste. Beide wussten, dass keiner von ihnen es ansprechen würde.

Als sie sich noch einmal auf einen Grappa zusammensetzten, besprachen sie den morgigen Tagesablauf. Vielmehr: Mutter gab den Heiligen Abend vor. Man würde in die Kirche gehen. Das tat man nur zu Weihnachten. Nicht, weil man an Gott glaubte, sondern der Stimmung wegen. Und man würde nicht in die nahegelegene Petrikirche gehen, denn Mutter mochte erstens den neugotischen Bau nicht, zweitens wollte sie nicht in oberflächliche Gespräche mit Leuten aus der Nachbarschaft verwickelt werden. Also kündigte Mutter an, nüchtern wie sie eben Urteile verkündigte, dass man lieber ein

Stück mit dem Auto fahren und um achtzehn Uhr an der Christvesper in der Gartenkirche teilnehmen würde. Nina war noch nie dort gewesen.

Die Gartenkirche mit ihrem hohen Turm befand sich mitten in einem Friedhof. Mutter ging den Weg durch das winterliche Gras voran, rechts und links Grabsteine mit grünlich-schwarzer Patina. Mutter betrat als erste die Kirche durch die offenstehende Tür. Sie gingen unter dem Kreuzrippengewölbe über den Fliesenboden bis in die dritte Reihe, wo sie Platz fanden, weil sie früh genug dran waren.

Nina saß neben Felix, der sie schon mehrfach ungewohnt warmherzig angelächelt hatte, seit sie angekommen war. Er trug eine anthrazitfarbene Stoffhose und einen Wintermantel, der eine Nuance dunkler war. Seine Hände lagen jede auf einem seiner Oberschenkel. Um des lieben Friedens willen schien er alles geduldig und widerspruchslos über sich ergehen zu lassen. Nina roch seine Bergamotte in Leder und Moschus. Ein viel zu erwachsener Duft, aber er passte zu Felix' Selbstbewusstsein, das heute Abend mit einer an ihm ungewohnten Milde gepaart war.

Das Blau in den Glasfenstern zog Ninas Aufmerksamkeit magisch an. Als Jugendliche war sie vom überirdischen Licht in Sainte Chapelle so berührt gewesen, dass sie nachts von einem blauen Buntglasfenster geträumt hatte. Nirgends in der natürlichen Welt hatte sie ein Pendant zu diesem himmlischen, jenseitigen Blau ihres Traums gefunden. Nicht im Kobalt, nicht im Morpho-Schmetterling, nicht im Lein. Selbst Sainte Chapelle bot lediglich eine Ahnung des Blaus ihres Traums.

Vor den Buntglasfenstern ragte ein gekreuzigter Christus hoch auf. Nina schaute ihm lange ins Antlitz, bis es ihr so vorkam, als frage er sie: Wo ist das kleine rote Büchlein? Das *Neue Testament*, in dem ganz hinten dein Name steht?

Als die Orgel anfing zu spielen, vergaß Nina das Büchlein. Doch immer dann, wenn sie während des Gottesdienstes zu der Figur aufsah, fiel es ihr wieder ein. Sie beschloss, Felix später zu fragen, ob es ihm beim Aussortieren von Büchern vor seinem Umzug nach Osnabrück aufgefallen war.

Bis zum Morgen des 25. Dezember hatte Nina noch immer weder Mut noch Gelegenheit gefunden, mit ihren Eltern über ihre Arbeitslosigkeit und ihren Auszug aus der gemeinsamen Wohnung mit Achim zu sprechen. Gerade weil das Weihnachtsfest so ungewohnt freundlich verlief, weil Mutter sich so viel Mühe gegeben hatte mit dem Karpfen und den glasierten Bratäpfeln und den individuell ausgesuchten Geschenken, lag ein Bann des Schweigens über Nina.

Am Abreisetag trug Papa Ninas Reisetasche zum Auto. Er umarmte seine Tochter und sah ihr tief in die Augen. Da holte Nina Luft, war drauf und dran doch noch etwas von ihrem jüngsten Schicksal zu berichten, aber sie merkte, dass ihr Vater fror in seiner dunkelgrünen Trachtenjacke, und so ließ sie es bleiben.

Wenig später stieg Nina ein und schloss die Fahrertür. Mutter nickte ihr durch die Windschutzscheibe zu. Ein bisschen lag in ihrem Gesicht der Ausdruck: So, nun bist du erholt, nun geht es wieder ran an die Arbeit. Streng dich an.

Auf der langen Fahrt zurück nach Freiburg sah Nina in ihrer Erinnerung Mutter die »Bäckchen« des Karpfens auslösen und rote Geschenkbänder zusammenrollen und in ein Kästchen ordnen und Vater den Weißwein einschenken und Felix im Buch lesen, das er zu Weihnachten bekommen hatte: *Politically Correct Bedtime Stories*. Und immer wieder zwischendurch, ganz zu Ninas Erstaunen, fiel ihr der Blick des in Stein gehauenen Jesus ein und das Blau hinter ihm, das nicht von dieser Welt war.

PLAN B

Fisseliger Schnee fiel aus grauen Wolken. Alle vier Räder von Ninas Golf standen in hellbraunem Schneematsch auf dem Parkplatz des Pharmazeutischen Instituts. Vorsichtig zog Nina sich am Rückspiegel den Lippenstift nach. Ihre Lippen sollten nicht geschminkt wirken, sondern so natürlich wie möglich. Vor Aufregung und Kälte waren ihre Wangen rosarot, was genau den Eindruck erzeugte, den sie hinterlassen wollte: gesund und frisch. Sie war im Begriff, Dietrich Konerding nach einer Promotionsstelle zu fragen. Bei ihm hatte sie bereits ihre Diplomarbeit gemacht und die erste Promotionsstelle ausgeschlagen. Sie war gespannt, wie Diddi auf ihre Anfrage reagieren würde.

Sie zog die Eingangstür auf und stieg die kurze Steintreppe ins Hochparterre hinauf. Der Gang nach links führte in die Abteilung für Pharmazeutische Technologie und Biopharmazie. Die Räumlichkeiten waren alt. Es roch nach altem Gemäuer und chemischen Substanzen. Eine Diplomandin oder Doktorandin im weißen Kittel und mit Brille kam Nina auf dem Flur entgegen. Nina passierte das große Bild der DNA-Doppelhelix. Ein Kunstwerk sollte es sein, aber Nina fand, es stelle mehr eine Strickleiter dar, als das, was man mittlerweile über das Aussehen des Bauplans des Erbmaterials wusste.

Sie las das kleine Schild neben der Tür: »Prof. Dr. rer. nat. Dietrich Konerding, Head of Departement Lipids & Liposomes«. Die Tür stand wie immer offen. Dietrich Konerding saß in seinem Büro am Computer und hob auf Ninas vorsichtiges Klopfen hin den Kopf. Bei Ninas Anblick gingen in seinen Augen Lichter an.

»Störe ich?«, fragte Nina.

»Du störst nie. Anders gesagt: Du darfst mich immer stören. Wie schön, meine Lieblings-Diplomandin mal wiederzusehen.«

Von Tobias hatte Diddi bereits vom Schicksal der Rochedale Biotechnology-Mitarbeiter gehört. Diddi bot Nina sofort eine Promotionsstelle an, als habe er schon damit gerechnet, dass sie ihn deswegen aufsuchen würde.

»Erst ab Oktober? Ich dachte, ich könnte früher anfangen.« Ninas Blut wurde dünn wie Wasser. Das war zu spät. In ihrem Lebenslauf würde eine riesige Lücke klaffen. Und sie würde übergangsweise jobben müssen, um sich finanziell über Wasser zu halten.

Diddis Blick war groß und voller Bedauern. »So sehr ich es will, ich kann den Startzeitpunkt nicht vorverlegen. Ich habe erst ab Oktober Kapazitäten und Drittmittel. Da plane ich dich fest ein. Die Stelle ist für dich. Die sage ich dir zu. In der Zwischenzeit kannst du recherchieren und Fachliteratur lesen.«

Neun Monate würden zu überbrücken sein. Ein Dreivierteljahr.

»Damit du nicht in der Hausbrauerei Feierling bedienen musst, um dich über Wasser zu halten, hätte ich eine Idee.« Diddi zog die unterste Schublade seines Schreibtisches auf, jene, die sich nicht ganz schloss, und holte ein Heftchen hervor.

Während er blätterte und einen Namen und eine Telefonnummer abschrieb, bemerkte Nina, dass seine Haare grauer geworden waren.

Diddi reichte ihr den Zettel. »Hier, ruf den Gundi mal an. Guntram Gutbier. Er leitet eine Lexikonredaktion und sucht gerade freie Mitarbeiter für die Erstellung eines Nachschlagewerkes über berühmte Biologen. Wenn's nicht klappt, lasse ich mir im Sommer auch gern ein kühles Radler im Feierling-Biergarten von dir bringen.« Er lächelte ermutigend. »Hey, so kenne ich dich gar nicht. Du bist doch eine Kämpferin. Seit wann lässt du den Kopf hängen?«

Nina sagte die Promotionsstelle zu. Sie gaben sich die Hand. Das reichte vorerst. Sie waren Menschen, bei denen das etwas galt. Und obwohl Nina nun eine Doktorandenstelle in Aussicht hatte, verließ sie das Institut mit hängenden Schultern.

DER MISANTHROP

Am Spätnachmittag des 1. Februar 1995 betrat Nina den Lesesaal im zweiten Stock der Universitätsbibliothek in Freiburg. Draußen, vor der Fensterfront, war es bereits dunkel. Nina ging den Gang entlang, vorbei an still arbeitenden Studenten, zum einzigen freien Tisch am Fenster. Ninas Spiegelbild kam erst frontal auf sie zu, dann, als sie nach rechts abgebogen war, lief es neben ihr her. Nina vermied es, ihr Bild anzusehen, weil es ihr zeigte, was in den vergangenen Wochen aus ihr geworden war: Eine depressive, düster dreinschauende Mittzwanzigerin, der Schatten jener energiegeladenen Frau, die sie noch vor Kurzem gewesen war. Ein Gespenst, wie Jobst Oberthier eines geworden war.

Nina legte einen Stapel kopierter Fachartikel auf ihren Arbeitstisch. Der Redaktionsleiter Herr Gutbier hatte ihr die Unterlagen mitgegeben. Sie blätterte die Artikel durch und las die Überschriften.

In ihrer Erinnerung tauchte Gutbiers Gesicht auf. Die Spitzen seines gezwirbelten Schnurrbarts hatten die roten runden Wangen berührt, als er vor Freude gestrahlt hatte. »Sie glauben nicht, wie froh und erleichtert ich bin, dass ausgerechnet eine so kompetente Kraft wie Sie für die kommenden Monate bei uns mitarbeitet.«

Nina nahm sich den ersten Artikel über den französischen Botaniker Michel Adanson vor. Danach las sie über den portugiesischen Arzt Cristóbal Acosta. Dann über die Schilderungen Adansons über den Affenbrotbaum. Sie unterstrich, was ihr wichtig erschien. Informationen auf das Wesentliche eindampfen, das lag ihr. Streichen, was nicht zwingend nötig war. Aus fünf Sätzen einen machen.

Nina hätte ebenso gut in ihrem Zimmer bei Else ihre Lexikon-Stichworte schreiben und sie anschließend in der Redaktion in den Computer tippen können. Aber sie hatte das starke Bedürfnis, Menschen um sich zu haben: Menschen, die Nina weder kannten noch ansprachen. Sie sollten einfach nur da sein.

Carl Adolph Agardh. Bei den Worten Geheim- und Verborgenblüher blieb sie hängen. Das waren Kryptogame. *Kryptos*: geheim – gamein: heiraten. Pflanzen, die sich ohne Blüten vermehrten, unauffällig, heimlich, unbemerkt. Niedere Pflanzen, Pilze, Moose, Flechten, Farne. Sie waren wie Nina, denn sie war eine Unauffällige geworden, eine sich unerkannt in die Bibliothek Flüchtende, eine Untertauchende.

Zum ersten Mal, seit sie an diesem Nachmittag an diesem Platz saß, hob sie den Kopf und musterte ihre Umgebung. Dieser Ort bot ihr das, was sie in ihrer schweren Zeit suchte: Konzentration, Ruhe, Abgeschiedenheit. Hier in der Unibibliothek, mitten unter den vertieft über ihren Büchern sitzenden Studenten, würde sie für eine Weile bleiben. Hier würde sie sich sammeln und wieder fokussieren und zu sich selbst zurückfinden können. Wie hätte sie etwas anderes annehmen sollen als das?

An ihrem zweiten Nachmittag in der UB saß Nina zwei Tische weiter, quer zum Fenster. Von diesem Platz aus konnte sie einem merkwürdigen Studenten direkt ins Gesicht schauen. Es war das unangenehmste Gesicht, in das sie je geblickt hatte. Dieses Gesicht störte Nina so sehr, dass sie ihren Blick kaum von ihm lösen konnte und immer wieder hinsehen musste. Seine Gesichtszüge wirkten kalt, verschlossen, unversöhnlich, wie die eines ausgemachten Menschenhassers.

Was musste einer Person, dachte Nina, in so jungen Jahren widerfahren sein, um zu einer solchen Haltung gezwungen zu sein? Dieser Gedanke kam ganz flüchtig und ohne jedes Mitleid. Immer wieder musterte Nina den Studenten unauffällig. Es fiel ihr niemand ein, gegen den sie je zuvor eine so spontane und starke Abneigung gefühlt hatte, wie gegen diesen Mann, mehr ein Jugendlicher noch.

Seine strubbeligen braunen Haare umrahmten sein längliches schmales Gesicht. Er war nicht hässlich oder entstellt. Es war allein der Ausdruck, der sie störte. Sein Anblick weckte in Nina einen namenlosen Widerstand und machte sie kampfbereit. Dabei hatte dieser Student kein einziges herausforderndes Wort gesagt oder sie unverschämt angesehen. Nichts dergleichen.

Nina las. Eine ganze Weile dauerte es, bis sie wieder zu dem Studenten hinsah. Da trafen sich ihre Blicke zum ersten Mal. Ganz anders, als Nina erwartet hatte, lag in seinen Augen nichts Bösartiges, Ablehnendes oder Misstrauisches. Stattdessen schaute sie in die ernsthaften und vor Müdigkeit matten Augen eines seit Stunden Lernenden. Sein müder Blick wirkte blassblau. Bei näherem Hinsehen war seine Augenfarbe aber cognacbraun.

Etwa eine Stunde arbeitete Nina noch, ohne den Studenten weiter zu beachten. Ab und zu tauchten Gedanken in ihr auf, die Nina niederdrücken wollten. Gedanken an Achim, der gerade mit Alabaster-Bärbel im Skiurlaub war. In Krün, wo er mit Nina schon zweimal gewesen war. Er hatte Nina ausgetauscht. Sie stand draußen. So war sie es gewohnt. So kannte sie es seit ihrem achten Lebensjahr, als ihr Bruder Felix auf die Welt gekommen war. Warum sollte sich daran etwas geändert haben?

Als Nina gegen halb sieben ihre Unterlagen zusammenräumte und aufstand, fiel ihr Blick noch einmal auf das unsympathische Gesicht des Studenten. *Was für eine fiese Visage, was für ein unangenehmer Typ.*

Nina ging durch das Treppenhaus hinunter in die große Halle und verließ gleich darauf die UB. Draußen, unter dem Winterhimmel, blieb sie kurz stehen und sog Luft ein. Sie konnte den Schnee riechen, der bald fallen würde. Dann ging sie weiter. *Das Gröbste wird bald hinter dir liegen.* Bald, das wollte Nina glauben, würde es bergauf gehen. Und das konnte sie annehmen, weil sie nicht wusste, was mit der Begegnung mit dem jungen Misanthropen begann.

ADLERAUGE SITTING BULL

Nina hatte mit Tobias am Telefon besprochen, dass beim Spieleabend weder über ihre Situation mit Achim noch über Rochdale Biotechnology gesprochen werden würde. Gleich zu Beginn des Raclette-Essens verkündeten Tobias und Inès, die aus Chile stammte und unfassbar dickes schwarzes Haar hatte, ihren drei Gästen ihre Verlobung. Sie luden Nina und das junge Apotheker-Ehepaar zu ihrer Hochzeit ein.

Als sie mit Sekt anstießen, die Gläser klirrten und das kühle Glas Ninas Lippen berührte, spürte sie ein Engwerden in ihrer Kehle. Hatte sie nicht gehofft, sie und Achim würden diejenigen sein, die mit anderen bald ihre Verlobung begießen würden? Nina sehnte sich nach Geborgenheit, Sicherheit und Schutz. Bei Achim war davon nicht viel zu finden gewesen. Nicht, dass Nina im Leben nicht allein zurechtkommen würde. Das stand außer Frage. Darum ging es ihr nicht. Sie wollte geliebt werden und Liebe erwidern – für beide ohne Anstrengung, ohne Verdienst, nur als Belohnung dafür, auf der Welt zu sein. Nach einer solchen Liebe sehnte sie sich. Nach der großen Liebe.

Während des Essens unterhielten sich die beiden Paare über Heirat, Hausbau und Kinderkriegen. Der blasse, blonde Jung-Apotheker pflichtete seiner gesprächigen Freundin stets nickend bei, egal, was sie von sich gab. Man sprach über Hochzeitsvorbereitungen, Flitterwochen Grundstückspreise.

Tobias häufte Kartoffelscheiben, Speck und Raclette-Käse in sein Pfännchen. Er schob es in den Grill. Dabei warf er Nina einen entschuldigenden Blick zu, wohl weil man seit einer Stunde um diese drei Themen kreiste. Nina lächelte ihn mit einem schicksalsergebenen Gesichtsausdruck an und versuchte, ihn spüren zu lassen, dass sie ihm sein Glück gönnte. Im Stillen hoffte sie, dass sich das seine nicht zerschlagen würde wie ihres.

Nach dem Essen spielten sie zwei Stunden lang Jenga. Nina gewann am häufigsten. Während Inès nach Spielende die Holzstäbchen zurück in die Packung räumte, schien Tobias noch etwas klarstellen zu wollen. »Meine sehr verehrte, ehemalige Kollegin Nina Schäfer, auch Adlerauge genannt, gewinnt bei diesem Spiel immer. Das wollte ich euch nur vor dem Spiel nicht schon sagen. Sie hat Augen wie ein Adler und die Beharrlichkeit von Sitting Bull.« Er grinste Nina breit an. »Jedenfalls wenn sie nicht gerade einen Vortrag halten muss.«

Ninas Augen verengten sich zu Schlitzen.

»Sitting Bull passt ja wohl nicht zu Nina«, beschwerte sich Inès. Die Apotheker nickten eifrig.

»Nein, natürlich nicht. Also Adlerauge. Spaß beiseite. Nina ist wirklich eine ausgemachte Feinmotorikerin. Ich glaube, sie würde sogar mit der Glaspipette am Mund aufs Mikrogramm genau pipettieren können, wenn das noch erlaubt wäre.«

»So ein Quatsch.« Nina schüttelte den Kopf.

»Hast du mich je lügen hören?«

»Ja, eben gerade.«

Tobias hob mit wichtiger Miene den Zeigefinger. »Es geht noch weiter: Sie ist eine Nase. Le Nez. The Nose. Passt bloß auf, dass ihr in ihrer Gegenwart immer gut gewaschen seid und keinesfalls zu viel *Poison* auftragt – also ihr Frauen jedenfalls – da rastet sie nämlich aus.«

Jetzt musste Nina lachen. Sie nahm die Hände mit gespieltem Schuldbewusstsein vors Gesicht und gluckste zwischen ihren Fingern hindurch. »Allerdings raste ich da aus.«

Tobias erzählte vom entgeisterten Gesicht einer Sekretärin bei Rochedale Biotechnology, nachdem sie von Nina ruhig aber deutlich gebeten worden war, sich bitte möglichst bald darüber bewusst zu werden, dass ihre Mitmenschen atmen müssten, um existieren zu können, dass das Atmen in einer derartigen *Poison*-Duft-Dichte ohne Hilfsmittel jedoch nicht möglich sei. Im Sekretariat passe kein Molekül Sauerstoff mehr zwischen die schwebenden Partikel dieses Giftaerosols. Alle Fliegen seien bereits tot von den Wänden gefallen und zwar nicht nur von den vier Wänden im Sekretariat, sondern von allen Wänden von Freiburg bis Hamburg, denn diese Reichwiete habe der allmorgendlich abgegebene Sprühstoß dieses Parfüms. Tobias lachte, bis er sich den Bauch halten musste.

Als er sich halbwegs beruhigt hatte, ergänzte er: »Es ist ja normalerweise gar nicht deine Art, Leuten so was ins Gesicht zu sagen. Dazu bist du viel zu diplomatisch. Aber du hattest ja *so was* von recht. Endlich hat sich mal einer getraut, was zu sagen. Wir waren dir alle dankbar dafür. Endlich konnte man wieder in Richtung Sekretariat gehen, ohne in den Kittelärmel atmen zu müssen.«

»Apropos Nase«, hakte Inès ein, »zu unserer Hochzeit nächstes Jahr kommt ein alter Freund von Tobias' Familie. Er heißt Gustave Winter und ist aus Zürich. *Der* ist eine Nase. Vor allem dich, Nina, wird dieser Mann sehr interessieren. Er ist zwar kein Parfümeur, aber der Einkäufer von Naturstoffen für ein sehr großes Unternehmen.«

»Die stellen natürliche Duftstoffe her«, warf Tobias ein.

»Tobias und ich haben schon beschlossen, euch zusammenzusetzen. Er ist auch alleinstehend.«

Sofort warf Tobias seiner Verlobten einen mahnenden Blick zu.

Inès räusperte sich verlegen, aber rebellisch. »Nina, der wird dich faszinieren.«

Der Gedanke an eine Person, die von Düften ebenso begeistert war, wie sie selbst, holte ein altes Glücksgefühl aus Ninas Innerem an die Oberfläche. Es war, als sei endlich der richtige Name in den Raum gerufen worden, und etwas Vergessenes, Verlassenes, Verbanntes in Nina fühlte sich erkannt und gemeint. Zum ersten Mal seit der Verkündigung der Verlobung freute Nina sich auch um ihrer selbst willen auf das bevorstehende Hochzeitsfest, darauf, diesem Gustave Winter zu begegnen.

Selten traf Nina Menschen, mit denen sich leidenschaftlich und kompetent über Düfte sprechen ließ. In ihrem Inneren lebte etwas auf. Ihr ganzer Körper prickelte, als würde er gerade erst mit Blut geflutet. Vielleicht würde sie mit Gustave Winter über die Kühle des Veilchenduftes reden. Über die synthetischen Jonone, die man für die Herstellung dieses Duftes einsetzte. Über die Veilchenblätter, die der wichtige Teil dieser Pflanze für die Parfümindustrie war. Und darüber, dass Düfte Erinnerungen einbalsamieren konnten. Für alle Ewigkeit.

UNFALL MIT BÜCHERN

Am nächsten Tag, nach einer kurzen Pause in der Cafeteria, betrat Nina gegen zwei Uhr das Treppenhaus, um zurück in den Lesesaal im zweiten Stock der Universitätsbibliothek hinaufzugehen. Sie stieg die ersten Stufen im kalten Treppenhaus hinauf, vor ihr die blanke Betonwand. Eine namenlose innere Unruhe zischelte Nina ins Ohr: *Es ist nicht genug, was du leistest. Du genügst nicht. Du musst besser werden.*

Sie erreichte den ersten Treppenabsatz, überquerte ihn und ging linksherum zur nächsten Treppe. Vom hoch eingelassenen, länglichen Rechteck-Fenster fiel Winterlicht auf die Person herunter, die vor ihr aufgetaucht war. Im ersten Moment erkannte sie nur eine Silhouette, aber dann, mit dem Zusammenziehen ihrer Pupillen, bildete sich der Mann in Schwarz klar ab. *Schon wieder der!*

Der Misanthrop nestelte an einem kleinen Stück Papier zwischen seinen Fingern herum. Nina meinte, Pfefferminze riechen zu können. Also war es Kaugummipapier. Der Pfefferminzgeruch kollidierte mit dem schweren, schwülen Duft nach Patschuli und Sandelholz, der im Treppenhaus hing. Die beiden Gerüche wollten sich nicht mischen, stießen aufeinander wie kalte und warme Luftmassen.

Der Misanthrop war Nina drei Stufen voraus. Ihr Blick fiel direkt auf seine schwarzen Lederhosen. Das Leder glänzte unverschämt über seinen schlanken, aber strammen Oberschenkeln und lag um muskulöse Waden, die sich bei jedem Schritt abzeichneten und verrieten, dass er Sport trieb. *Radfahrer haben solche Beine. Wie leicht er die Stufen hinaufgeht!* Es schien ihn keinerlei Anstrengung zu kosten, sich von einer Stufe auf die nächste zu heben. Seine Bewegungen glichen mehr einem Hinaufschweben, als einem Steigen.

Der Misanthrop musste seinen Schritt verlangsamen, denn vor ihm mühte sich ein dicklicher Student in graublauer Wolljacke die Stufen hinauf. Der Schwarzgekleidete machte mit Kopf und Oberkörper eine leichte Bewegung nach links, wohl um herauszufinden, ob er genug Platz zum Überholen hatte. Es gab kein Vorbeikommen. Denn oben, auf dem nächsten Treppenabsatz, war bereits eine Studentin aufgetaucht mit dem Arm voller Bücher. Sie konnte nur seitlich an dem Bücherstapel vorbeischauen und hielt den Kopf leicht geneigt. Ein kugelrundes Auge lugte an den Büchern vorbei, hinunter auf die Stufen.

An dem Knopfauge und dem unmodernen dunkelblonden Pagenschnitt erkannte Nina die kleine, nervöse, fürchterlich viel quasselnde Studentin, die am Vortag in der Cafeteria am Nachbartisch gesessen hatte. Ihr Blick war nicht für drei Sekunden stehengeblieben. Er war herumgeflattert wie ein Schmetterling, war schon wieder aufgeflogen, nachdem er sich gerade erst niedergelassen hatte.

Der Student in der Wolljacke ging an der jungen Frau vorbei. Im letzten Moment erkannte sie ihn. Mit derselben überspannten Frauenstimme von gestern rief sie »Ah, hi«, als sollten alle im Treppenhaus es hören und nicht nur er. Im Hinuntergehen drehte sie sich mitsamt ihrem Bücherstapel über die linke Schulter nach ihm um. Er war auf dem oberen Treppenabsatz stehengeblieben und winkte ihr, schief lächelnd, mit dem restlichen Stück seiner Laugenbrezel zu.

Die Studentin verfehlte die nächste Stufe. Nina sah das oberste Buch durch die Luft fliegen. Der Misanthrop wich mit dem Oberkörper nach rechts aus, aber zu spät, das Buch traf ihn im Gesicht. Die Studentin kippte. Erst mit der rechten Schulter, dann mit dem Rücken voran fiel sie die Treppe hinab. Ihre Arme wedelten in der Luft. Nina hörte den dumpfen Aufschlag der Bücher auf den Steinstufen. Der gellende Schrei der Studentin erfüllte das Treppenhaus. Der Misanthrop schnellte aus dem Stand empor, sprang der Fallenden entgegen. Drei Stufen überwand er mit einem einzigen Satz. Seine ausgestreckten Arme bekamen die Frau zu fassen. In einer einzigen fließenden Bewegung drehte er seinen Oberköper und den Körper der Frau und ließ sich mit ihr auf die Stufe fallen. Dabei knallte er hart mit der Schulter gegen die Wand. Er sog hörbar Luft durch die zusammengebissenen Zähne ein. Er presste die Augen zu und öffnete sie gleich wieder weit und formte den Mund zu einem stummen O, aus dem die Luft herausglitt, wie ein ums Haus heulender Wind.

Er nahm die Hand von der Studentin und machte eine Drehbewegung mit der rechten Schulter nach hinten, um zu prüfen, ob sie intakt war. Noch während er die Drehung in die andere Richtung vollführte, wendete er seinen Kopf zu der jungen Frau. Sie saß da wie erfroren. Mit schreckensweiten Augen. Er fasste wieder ihren Arm, während die andere Hand immer noch um ihren Rücken und ihren linken Arm lag. Er hielt die Studentin fest, als könne sie, sitzend, noch von der Treppenstufe fallen. Er neigte sein Gesicht zu ihrem. Zum ersten Mal hörte Nina seine Stimme.

»Geht es?« Sie klang tief und warm.

Nina stand da und starrte mit offenem Mund. Von oben stierte der Student in der Wolljacke mit entsetzten Augen. Nina hörte Frauenstimmen hinter sich und drehte sich um.

»Was ist denn hier passiert?« Die eine bückte sich nach einem Buch und hob es auf.

»Ist hier jemandem schlecht geworden?«, fragte die andere. Sie wirkte bereit, als habe sie Medizinkenntnisse und als wolle sie diese augenblicklich zur Anwendung zu bringen.

Nina schüttelte mit dem Kopf und drehte sich zurück. Sie sah, dass die verunglückte Studentin zu zittern begonnen hatte.

»Danke«, stammelte die junge Frau. »O Gott!« Sie schlug die Hand vor den Mund und schaute ihrem Retter, der wohl kaum ein Misanthrop sein konnte, mit riesigen, ungläubigen Augen ins Gesicht. »Danke. O Gott, o Gott.«

Die Stelle an seinem linken Jochbein, die von der Buchkante getroffen worden war, blutete leicht. Die Hand der Studentin wackelte durch die Luft auf sein Gesicht zu.

»Du blutest.« Sie streckte den zitternden Finger aus. »Da.« Sie nahm die Hand zurück und wieder vor den Mund. »O Gott, o Gott.«

Der Student, der gekleidet war wie zu einer Beerdigung, von dem Nina angenommen hatte, dass er eine tiefe Verachtung für den allergrößten Teil der Menschheit hege, so wie ihr Ex-Freund Achim, fuhr sich mit dem Handrücken über die verletzte Stelle. Auf der Haut seines Jochbeines und seiner Hand glänzte verschmiertes Blut.

»Nicht schlimm.« Er ließ die Studentin los. Er fasste sich mit der linken Hand an die rechte Schulter, mit der er gegen die Wand gefallen war und drehte sie vor und zurück.

Nina hob das Buch auf, das direkt vor ihren Füßen lag. Die oberen Ecken waren eingedellt.

»Das war knapp«, hörte Nina ihn mit angenehm tiefer Stimme sagen.

Nina legte die Bücher vor die Studentin hin. Deren Stimme klang schwach.

»Wie hast du das gemacht? Du warst doch noch weit unten.«

Da stand er auf. Mit freundlichem Blick schaute er auf die Sitzende herunter. »Ganz unten war ich nicht mehr. Von da hätte ich es wirklich nicht geschafft. Sagen wir einfach: Du hast Glück.« Er zog die Augenbrauen hoch. »Verdammtes Glück.«

Er streckte ihr seine Hand entgegen. »Geht's wieder bei dir? Kannst du aufstehen?« Sie nahm seine schlanke Hand und ließ sich von ihm heraufziehen. »Also, geht doch«, stellte er fest.

Die Studentin schlug sich beide Hände an die Wangen und schüttelte den Kopf. »Wie kann ich dir nur danken?«

Er winkte ab. »Vergiss es. Sei einfach nur froh.«

»Wir müssen deine Verletzung versorgen.«

»Nicht der Rede wert.« Er hob das letzte Buch auf. »Man sieht sich.«

Bevor er sich umdrehte, um weiter hinaufzugehen, warf er Nina einen kurzen Blick zu, der so eindringlich war, dass ihr schwindlig wurde. Er verschwand um die Ecke. *Du magst ein Retter sein*, dachte Nina, *aber du bist gefährlich.*

Nina begleitete die Studentin hinunter zu den Schließfächern.

»Nie wieder, das schwör ich hoch und heilig, lauf ich mit so vielen Büchern die Treppe runter. Ich hätt 'nen Schädelbasisbruch haben können, stell dir das mal vor, oder 'ne Gehirnblutung, 'ne Gehirnerschütterung wäre noch das Geringste gewesen, 'nen Genickbruch hätt ich haben können, querschnittgelähmt hätt ich sein können, o Gott, oder tot, o Gott, o Gott. Aber ich hab ihn nicht mal nach seinem Namen gefragt. Weißt du, wer das ist, wie der heißt?«

Nina zuckte mit den Schultern. »Keine Ahnung. Aber das muss ich schon auch sagen: Das war unglaublich. Ich weiß gar nicht, wie das gehen soll, wie man aus dem Stand so springen kann.«

»Dem will ich irgendwas schenken. Oh ja, dem schenk ich was. Ich werde den hier in der UB schon noch mal treffen. Ich such den. Ich lauf durch alle Säle, bis ich ihn gefunden hab.« Die Studentin legte die Bücher in das Schließfach, nahm Nina die letzten Bücher ab und tat sie obenauf.

»Kann ich dich allein lassen nach dem Schreck?«

»Jaja, danke, es geht.« Sie fuchtelte abwinkend mit beiden Händen. »Danke noch mal. Vielen, vielen Dank.« Ihr Gesicht bekam wieder Farbe.

Nina ging zurück ins Treppenhaus und passierte die Stelle, an der die Studentin gerettet worden war. *Was für Reflexe!* Er hatte den Sturz kommen sehen, noch ehe dieser begonnen hatte. Was war er? Ein Wushu-Kämpfer? Brauchten nicht auch Tennisspieler große Sprungkraft? Und wie nett er zu der Frau gewesen war, wie freundlich und zugewandt. »Nicht der Rede wert«, hatte er gesagt, als fange er alle Tage abstürzende Leute auf, werfe sich Treppen hinauf und gegen Wände und blute im Gesicht.

» HIER STOCKT ES «

Den ganzen Vormittag hielt Nina Ausschau nach dem Misanthropen, der wahrscheinlich keiner war. Sie wollte wissen, was mit der Wunde in seinem Gesicht geworden war und sehen, ob er seine Schulter wieder normal bewegen konnte. Aber sie entdeckte ihn nirgends.

Es war voll im Lesesaal im zweiten Stock. Die Plätze in dem Bereich, in dem sonst auch der mysteriöse Student immer saß, waren inzwischen alle besetzt.

Nina ging in die Cafeteria. Sie stand bei der Kasse an, hinter zwei Männern. Dem vorderen segelte die dünne, weiße Serviette zu Boden. Er bückte sich und hob sie auf. Dann suchte er umständlich passendes Kleingeld und bezahlte. Doch ihm fiel ein, dass er noch einen Erdbeerjoghurt wollte.

Nina ließ den Blick über die Tische schweifen. Weißes Gastronomiegeschirr, orangefarbene Tabletts, portionierte Butter, Marmelade und Honig, Duft nach Kaffee, Klappern von Tellern und Besteck. Hier und da saßen Studenten beim Frühstück oder bei einer Tasse Kaffee.

An der Kasse ging es nicht vorwärts. Nina drehte sich nach hinten um. Sie zuckte zusammen. Sein Blick ruhte auf ihr. Kalt, dunkel und investigativ. Er stand direkt hinter ihr. Seine Jacke war blutrot, nicht schwarz.

Nina fing sich. Sie lächelte ihn an, als würde es nun zu einer Begrüßung, zu einem kurzen Gespräch über die Situation mit der fallenden Studentin im Treppenhaus kommen. Aber Nina erstarb das Lächeln sofort, denn er reagierte nicht drauf. Sein Gesicht blieb regungslos. Die Worte, die sie hatte aussprechen wollen, sackten ungesagt in sie zurück. Er tat, als hätten sie nichts miteinander zu tun. Nicht einmal ihr Lächeln löste etwas in ihm aus. Nina war, als solle sie es nicht wagen, ihn anzusprechen und ihm lästig zu werden.

Zu ihrem eigenen Erstaunen fand sie neue, belanglose Worte. »Hier stockt es etwas.«

Seine Miene blieb unverändert. »Ist hier manchmal so.«

Die Stelle an seinem linken Jochbein war blutverkrustet, geschwollen und gerötet. Er hatte sie nicht abgedeckt. Nina musterte die Verletzung, und er registrierte das. *Jetzt ist der Moment gekommen,* dachte Nina, *ihn auf gestern anzusprechen.* Sie holte Luft, versuchte ihren Worten mit einem neuen Lächeln den Weg zu bahnen.

Neben ihnen tauchte ein kleiner, bärtiger Mann auf. Er nickte zu einem der Tische hin, auf dem ein Tablett mit einem Frühstücksgedeck stand.

»Da hinten.«

»Ich komme gleich«, sagte der Misanthrop, der nun seinem ersten Spitznamen allzu gerecht wurde.

»Nächster!«, rief die Kassiererin. Nina hatte nicht bemerkt, dass es weiterging. Die Kassiererin lehnte sich an der Kasse vorbei, damit Nina sie besser sehen sollte.

Nina saß zwei Tische entfernt vom Studenten und seinem bärtigen Freund. Mit gespitzten Ohren versuchte sie Gesprächsfetzen aufzuschnappen. Der Dunkle schien sich brummelnd über etwas zu beschweren. Seine Stirn lag in Falten. Die Augenbrauen liefen in einem V zur Nasenwurzel hin.

»So ein Scheiß«, hörte Nina ihn fluchen. »Mann, so eine Scheiße!«, schob er hinterher. Der Bärtige murmelte etwas Unverständliches zur Antwort.

Die Schulter schien wieder zu funktionieren. Der Misanthrop hatte sein Tablett mit beiden Händen getragen, beschmierte seine Brezel mit Butter, warf das halbleere Päckchen zurück aufs Tablett, biss ab. Er sah nie zu Nina her, und dennoch hatte sie das Gefühl, dass er sie aus den Augenwinkeln im Griff hatte. Er wusste, wo sie war, was sie tat und dass sie zu ihm hersah.

Nina war mit ihrem Kaffeetrinken vor ihnen fertig. Sie stand auf, um ihre leere Tasse zurückzubringen. Als sie auf der Höhe des Tisches der beiden Männer war, verlangsamte sie ihren Schritt »Dann machst du halt mal eine Woche ein bisschen weniger«, sagte der Bärtige.

»Einen Scheiß mache ich«, giftete der Misanthrop.

Nina ging durch die Eingangshalle in Richtung Treppenhaus. Niemals hätte sie zu Hause ein solches Wort verwenden dürfen. Höchststrafe. Zimmerarrest. Küche schrubben. Im besten Fall Dostojewski lesen. *Die Brüder Karamasow*. Nina fand es abstoßend, wenn Menschen solche Wörter benutzten. Ihr Kopf wiederholte flüsternd dieses Wort, das er so laut gesagt hatte. Leise, vom hintersten Winkel ihres Gehirns aus, sagte eine Stimme: Er hat recht. Es ist alles ein riesengroßer … Scheiß.

ESSEN UND FRESSEN

Ninas Zimmernachbar Johannes öffnete die Dosen mit Kidneybohnen und Mais. Danach holte er das Hackfleisch aus der Metzgertüte. Else schnitt Tomaten in Würfel. Nina briet das Hackfleisch zusammen mit Zwiebeln an.

»Hire and fire«, empörte sich Else wieder über Ninas früheren Arbeitgeber, obwohl die Kündigung bereits zwei Monate zurücklag. »Sollen die Gefeuerten doch sehen, wo sie den nächsten Job finden. Rochdale ist ja nicht das Sozialamt. Was machen jetzt die Leute, die in meinem Alter sind? Und nicht mehr so jung wie du?« Sie legte ihr Messer weg und stand auf. »Ich soll mich nicht aufregen.« Seit ihrer Netzhautablösung musste sie sich schonen.

»Allerdings.« Johannes, ganz Arzt, warf ihr einen liebevollen, aber eindringlichen Blick zu.

Manchmal, wenn Else müde war, wie heute Abend, wirkte sie um ein Jahrzehnt gealtert, wie eine Frau Anfang fünfzig. Sie holte eine Medikamentenschachtel aus einer Küchenschublade, drückte eine rosa Tablette heraus und schluckte sie.

»Ja, ja, die rosa Tabletten.« Johannes verstellte die Stimme. »Herr Doktor, ich nehm die kleinen Rosanen, sie wissen schon.« Mit der eigenen Stimme sprach er weiter. »Nein, ich weiß es nicht. Es gibt viele Sorten rosafarbener Tabletten. Ich müsste schon den Namen wissen.« Er legte den Dosenöffner weg, drehte sich um und lehnte sich mit dem Rücken gegen die Arbeitsplatte. Er schien sich an etwas zu erinnern, das ihn amüsierte. Er schmunzelte. »Heute sagte mir ein Patient: ›Ich fress doch nicht jeden Morgen sechs Tabletten. Das mach ich nicht.‹ Da hab ich ihm geantwortet: ›Okay, es gibt den langen und den kurzen Lebensweg. Der lange: Sie fressen jeden Morgen sechs Tabletten. Der kurze: Sie lassen es bleiben.‹«

»Das hast du nicht gesagt!« Else sah ihn mit aufgerissenen Augen an und wusste nicht, ob sie es erheiternd finden sollte oder nicht.

Nina dagegen lachte. Manchmal musste man eben direkt sein.

»Doch, klar hab ich's gesagt. Es gibt genau zwei Optionen. Die habe ich ihm in wenigen Worten geschildert. Der Rest ist seine Entscheidung.«

Nina war überrascht, wie konsequent der sanfte, immer geduldige Johannes mit den Sternenaugen sein konnte. In seinen Augen war immer mehr Licht als in anderen.

Tagsüber arbeitete er in der Freiburger Universitätsklinik als angehender Kardiologie. An seinen freien Tagen, dienstags und am Wochenende, saß er lernend über Fachbüchern in seinem Zimmer oder leistete Else Gesellschaft. Woher Else und Johannes sich kannten und was der Grund dafür war, warum er ein Zimmer bei ihr hatte, hatte Nina noch nicht zu fragen gewagt. Es gab eine Seite an Johannes, die so aristokratisch wirkte, edel und unberührbar, dass sich jedes Nachfragen wie automatisch verbat.

MASKE UND NOVALIS-MUND

Am nächsten Morgen, Nina war noch drei oder vier Meter vom Eingang der UB entfernt, drehte sie sich um und las am roten Sandsteingebäude die goldenen Buchstaben: *Die Wahrheit wird euch frei machen.*

Als sie sich zurückdrehte, entdeckte sie den düsteren Retter mit den Cognac-Augen, der kein Lächeln für sie übriggehabt hatte. Er stand bei den Fahrradständern und schloss ein altes, schwarzes, klapprig aussehendes Fahrrad an.

An Nina rannten zwei kleine Jungen vorbei. Sechs Jahre alt mochten sie sein. Der Schnellere mit den dunklen Locken drehte sich beim Rennen zu seinem blonden Verfolger um. Der Misanthrop richtete sich auf und nahm die dünne, schwarze Ledertasche vom Fahrradgepäckträger. Als er den Stahlspanner herunterklappen ließ, rannte ihm der Flüchtende in die Beine. Der Verfolger stoppte direkt vor Nina, sodass sie stehen bleiben musste.

Erstarrt und mit schreckensweiten Augen fixierte der Lockenschopf das Gesicht des Studenten. Es war, als würde sich darin eine Maske hochschieben, als käme sein wahres Gesicht – oder eine zweite Maske – zum Vorschein, denn er lächelte auf einmal warmherzig. Er strich dem Kleinen gefühlvoll über die dunklen Locken. *Wer ein Kind so liebevoll anlächelt und streichelt, muss ein guter Mensch sein,* dachte sie. Nina spürte ein Sehnen nach dieser Berührung auf ihrer Haut.

Das Streicheln löste den Jungen aus seiner Erstarrung. Er drehte sich um und rannte davon. Das andere Kind jagte ihm nach.

Der Student kam auf Nina zu. Erwartungsvoll hielt sie die Luft an. Doch seine Maske war wieder herabgelassen. Sein Blick streifte Nina flüchtig und so, als habe er sie noch nie zuvor gesehen.

Am Mittwoch, dem 8. Februar 1995, betrat Nina um vierzehn Uhr die Eingangshalle der Universitätsbibliothek. Die Deckenbeleuchtung war schwach und das Geäst des Blauregens vor den ungeputzten Fenstern dicht. Das Tageslicht draußen war kraftlos, sodass es düster in der Halle war. Dunkel wie in Nina. Man ließ den Blauregen in Ruhe und schnitt ihn nicht zurück, denn im Sommer blühte er hinauf bis zur Terrasse im ersten Stock und zierte die Betonfassade.

Nina durchquerte die Eingangshalle und ging vorbei an zwei Studentinnen, die an den Microfiche-Geräten recherchierten. Die Halle kam ihr vor wie eine Höhle. Ein Fremder konnte nicht wissen, was sich dahinter anschloss. Vielleicht kleinere Höhlen, kältere, tieferliegende. Nina wartete auf den Fahrstuhl. In dieser Halle, dachte sie, war es wie beim Tauchen in trüben Gewässern. Nichts sah man klar und deutlich. Hinter den Säulen konnten sich merkwürdig gestaltete, lichtscheue, furchteinflößende Wesen verstecken.

Die Fahrstuhltür öffnete sich mit einem Pling. Dieser Betonbunker, in dem Nina gerade in den zweiten Stock hinauffuhr, war eigentlich ein guter Zufluchtsort.

Neben der Eingangstür zum Saal arbeitete eine Bibliothekarin mit gesenktem Kopf hinter einem grauen Betonklotz, ohne Notiz von Nina zu nehmen.

Nina betrat den Saal durch die offene Glastür, und der erste, dem sie begegnete, war der geheimnisvolle Mann, der sie seit Wochen beschäftigte. Er kam ihr im Gang entgegen, wohl auf dem Weg zum Ausgang. Er schlich mehr, als dass er ging, setzte seine Schritte dicht über dem Boden, wirkte beherrscht und kontrolliert. Mit halb gesenktem Kopf, wie von unten her, nahm er Nina ins Visier. Sein Blick wirkte nach allen Seiten hin geschützt, war umgeben von Wällen aus hochsitzenden Wangenknochen und etwas schräg zur Nasenwurzel hin verlaufenden Augenbrauen.

Er war wieder schwarz gekleidet, wirkte bedrohlich wie der leise durch die Gänge schleichende Tod. Wie der Todesengel, der durch die Lücken zwischen den Büchern lugte. Mit heimlichen Blicken hielt er Ausschau nach denen, die er mitnehmen und nie wiederbringen würde. Kaum zu glauben, dass er auch lächeln konnte, doch er konnte es. Nina hatte sich davon überzeugt.

Nina setzte sich neben einen Jurastudenten im blauen Pullover. Er saß meistens neben ihr. Sie mochte es, wie vertieft er arbeitete. Nie schien er Ninas Ankommen zu bemerken. Immer trug er diesen einen blauen Pullover. Diese Ordnung im Kleinen gab Nina Halt und beruhigte sie.

Sie las im ersten von fünf Artikeln über Aristoteles und machte sich Notizen und war sogar ein wenig zufrieden. Aus den Augenwinkeln nahm sie wahr, dass jemand an den freien Nachbartisch herantrat und den Stuhl zurückzog. Sie widerstand dem Impuls hinzusehen. Sie wollte keine Kontakte. Sie wollte ihre Ruhe. Nina registrierte, dass dieser Jemand sich setzte, näher an die Tischplatte rückte, etwas vor sich auf den Tisch legte und sich von da an kaum noch regte.

Eine Dreiviertelstunde später, als Ninas Augen müde geworden waren, schaute sie aus dem Fenster und las an der gegenüberliegenden Fassade des Kollegiengebäudes I die eingemeißelten und vergoldeten Worte: *Die Wahrheit wird euch frei machen.* Sie fragte sich: *Welche Wahrheit ist das, die einen frei macht? Frei machen wovon? Wofür?* Wieso, fragte sich Nina, waren ihr in all den Jahren diese Worte nie bewusst aufgefallen? Sie hatte sie gelesen, über sie hinweggelesen, aber keinen Moment über sie nachgedacht. Die Wahrheit darüber, dass Achim mit seiner Richterin ins Bett ging, hatte Nina bisher jedenfalls nicht befreit. Mit *ihr* ging er ins Bett. Nina stützte das Kinn auf ihre Hände. Sie las den Satz über die Wahrheit noch einmal. Die goldenen Buchstaben leuchteten auf dem roten Sandstein des Jugendstilgebäudes, das Else so gefiel, weil sie alles liebte, was in diese Epoche fiel. Wer hatte diesen Satz gesagt oder geschrieben? Nina würde klären, was es damit auf sich hatte.

Sie setzte sie sich aufrecht hin, dehnte ihren Rücken, atmete durch, und dabei fiel ihr Blick nach links zu der Person neben ihr. Mitten im Durchatmen hielt sie die Luft an, weil sie jetzt erst feststellte, dass die ganze Zeit schon der sonderbare Student neben ihr saß. Unauffällig, aus den Augenwinkeln, beobachtete Nina, wie er sein langes rechtes Bein, das in einer hellblauen Jeans steckte, am Tischbein vorbeischob. Seine schwarzen Lederschuhe waren schmutzig und für diese Jahreszeit zu leicht.

Nina las weiter: eudaimonia: Ziel allen Handelns ist die Glückseligkeit, die nicht in den Extremen liegt. Sie las es in dem Bewusstsein, dass die finstere, bedrohlich wirkende, mysteriöse Gestalt neben ihr saß.

Sie spähte wieder zu dem Studenten hinüber. Gedankenversunken saß er da, den Kopf leicht zum Heft hin gesenkt. Er schrieb mit der linken Hand, brachte die Buchstaben von oben her aufs Papier, was unbeholfen wirkte, wie bei einem Kind, das schreiben lernt. Nina beobachtete, wie er den Bleistift absetzte und nachdachte. Dann strich er die Zeile durch, die er zuvor geschrieben hatte und überlegte wieder. Wie gerade er seinen Nacken und seinen ganzen Rücken hielt! Es musste doch anstrengend sein, den Rücken dauernd so aufrecht zu halten. Wie ungewöhnlich hoch seine Wangenknochen saßen. Wie weit der Weg war von da oben über die schmalen Wangen bis hinunter zum Mund. Wie weich seine Lippen aussahen. Wie weich.

Der Anblick seines halbgeöffneten Mundes durchfuhr Nina wie ein elektrischer Schlag. Sie spürte, wie ihr Herz zu pochen anfing. Es klopfte wie ein aufgeregt morsender Funker. *Ein hochsensibler Hölderlin sitzt neben dir, ein verletzlicher, feinfühliger Mensch, wie du ihn suchst.*

Sein Pullover war grau und weich. Seine Gesichtszüge schienen sich verändert zu haben. Sie wirkten wie enthüllt. Von einem Moment auf den nächsten fühlte sich Nina dem Fremden innerlich nah. So nah, dachte sie, wie man sich nur mit jemandem verbunden fühlen kann, der seelenverwandt war.

Dieser Mund offenbarte den wahren Kern dieses Mannes. Alles Grimmige in seinem Gesicht schien sich nun wie von selbst zu erklären: Es diente als Schutzwall für das zartfühlende Innere. Ein Wimpernschlag hatte die Fratze in das schönste Männergesicht verwandelt, das Nina je gesehen hatte. Die Feinfühligkeit seiner Lippen drang durch die Kälte wie ein Veilchen durch den Schnee.

Welch ein Irrtum war Nina da unterlaufen. Wie unrecht hatte sie ihm getan. Wie liebte sie ihn von einem Augenblick zum anderen. Sie hatte gerade etwas Seltenes und Kostbares gefunden. Alles in ihr und außerhalb von ihr strebte diesem Mann entgegen und bündelte sich bei ihm. In ihm würde Nina alles finden, was sie so schmerzlich vermisste. Sie hatte das Gefühl, diesen Mann besser zu kennen als irgendjemanden sonst. So, wie sie es empfand, musste es sein. Sie wollte, dass es so war. Nina wollte nur noch eines: Diesem Mann nahekommen. So nah wie möglich.

Bis um acht Uhr abends saß Nina neben dem Studenten, den sie auf einmal liebte, ohne seinen Namen zu kennen. Bei Aristoteles las sie über das Entstehen und das Vergehen. Manchmal starrte sie minutenlang auf Textzeilen, ohne deren Sinn zu erfassen, weil sie dem Elementaren in sich nachspürte, das mit ihr geschehen war. Wie war sein Name?

Er zerknüllte ein Blatt Papier, dann ein zweites und ein drittes. Er stand auf und zog seine schwarze Lederjacke an. Ärgerlich warf er Block und Stift und das Heft in seine Tasche und schmiss die geknüllten Blätter in den nahestehenden Papierkorb. Danach verließ er mit großen Schritten zügig den Saal.

Wenig später ging auch der Jurastudent im blauen Pullover, der immer auf demselben Platz saß. In Ninas direkter Nähe saß niemand mehr. Nur weiter hinten büffelten noch wenige Studenten. Nina überlegte, wie sie es anstellen könnte, das zerknitterte Papier unbemerkt aus dem Abfall zu holen. Sie wollte unbedingt etwas von ihm besitzen. Sie wollte anfassen, was er angefasst hatte. Weil es dann ein bisschen so sein würde, als würde sie ihn selbst berühren.

Ihr kam eine Idee: Sie warf ein eingewickeltes Stück Kaugummi in den Papierkorb und tat so, als sei dies ein Irrtum gewesen. Dann holte sie den Kaugummi wieder heraus – mitsamt der Papierknäuel ihres Studenten. Schnell steckte sie alles in ihre Tasche und verließ die UB wie ein Dieb.

Nie hatte sie etwas Ähnliches getan. Mit seinen Zetteln in der Tasche, von denen er niemals wissen würde, dass Nina sie mit nach Hause genommen hatte, ging sie die Treppe zur Überführung hinauf. Im eisigen Februarwind überquerte sie die Straße. Rasch lief sie die Stufen hinunter bis zur Straßenlaterne.

Dort entfaltete sie sein erstes Papier. Über das ganze Blatt verteilt standen Formeln, Zahlen und Zeichen, die Nina nichts sagten, ebenso auf dem zweiten und dritten Blatt. Ein klein wenig war sie enttäuscht. Was hatte sie erwartet? Eine fremde Sprache? Philosophisches? Irgendetwas, was in ihrer Vorstellung besser zu einem feinfühligen Geist gepasst hätte, als Zahlen? Die Irritation dauerte nur Sekunden an, dann strich Nina mit dem Zeigefinger über seine Formeln.

Auf dem Heimweg zu Elses Haus lächelte Nina wie eine, die den Juwelier ausgeraubt hatte und wusste, dass sie niemals geschnappt werden würde.

Leise schlich sie sich ins Haus. Im Wohnzimmer brannte Licht. Während sie ihren Wintermantel im Flur auf den Messinghaken hängte, hörte sie Johannes etwas vorlesen.

»Denn das Gesetz des Geistes des Lebens in Christus Jesus hat mich frei gemacht vom Gesetz der Sünde und des Todes.«

Da waren wieder diese Worte: *frei machen*. Nina wollte Else und Johannes nicht stören und selbst nicht in ihrem Gedankenfluss unterbrochen werden. Darum ging sie auf Zehenspitzen in ihr Zimmer hinauf. Wenn sich einmal die Gelegenheit ergeben würde, dachte sie, dann würde sie Johannes auf die Sache mit der Wahrheit und der Freiheit ansprechen.

Später, nachdem sie einen letzten Blick auf den kleinen Harlekin geworfen und das Licht gelöscht hatte, träumte sie vom Mund ihres Studenten und lächelte immer noch vor sich hin. Sie war 25 und fühlte sich wie 15 und war auf einmal glückselig.

BRANDZEICHEN

Er war direkt hinter Nina. Sie roch ihn. Sie hörte seine leisen Schritte auf dem grauen Filzboden. Nina ging zu ihrem angestammten Platz am Fenster neben dem Juristen, und ihr Student folgte ihr. Der Jurist nahm keine Notiz von Ninas Ankunft, hob nicht den Kopf.

Ninas ganzes Inneres rotierte in Aufruhr. Der Schwarzgekleidete war am Tisch schräg gegenüber stehengeblieben. Ihr Atem wollte nicht mehr fließend gehen, ihr Herz nicht mehr regelmäßig schlagen. Ein wenig war ihr schwindelig, als sie vor ihrem Tisch stehend ihre Unterlagen auspackte. Ihre Hände zitterten vor Aufregung. Sie wusste, dass ihr Gesicht rote Flecken aufwies, und sie hasste es.

Sie saßen einander also schräg gegenüber, wie am Tag ihres ersten Blickkontaktes.

Nina beschäftigte sich immer noch mit Aristoteles. Sie strengte sich an, sich auf ihren Text zu konzentrieren, ertappte sich aber doch ständig dabei, wie sie nicht las, sondern nur auf die kopierten Seiten starrte, ohne den Sinn einzelner Worte und Sätze zu erfassen. So sehr war sie innerlich damit beschäftigt und davon abgelenkt, die Nähe ihres Studenten wahrzunehmen. Keine Regung von ihm sollte ihr entgehen.

Die anderen um sie herum arbeiteten ruhig. Der Jurist blätterte ab und zu leise knisternd um. Nina mochte das Knistern des dünnen Papiers seiner Gesetzbücher. Aber sie nahm es nur am Rande wahr, denn es interessierte sie nichts anderes, als die Gegenwart des Verletzlichen mit der harten Schale.

Sie musterte sein Gesicht, sobald sie annehmen konnte, er merke es nicht. Es war schmal und hätte jungenhaft gewirkt, wären nicht die Kieferwinkel ausgeprägt und männlich gewesen. Wie alt mochte er sein? 22? Nina beobachtete, wie er seine Hand an die Stirn hob, wie die schlanken Finger in die aschbraunen Haare tauchten. Manchmal hob er den Kopf. Das waren die Momente, in denen Nina ihren Blick schnell zu ihrem Artikel hin senkte. Immer, sobald es halbwegs sicher schien, sah sie zu ihm.

Nina bemerkte, wie er in Abständen mit schnellen Blicken aus den Augenwinkeln seine Umgebung kontrollierte, als gelte es, jemandem zuvorzukommen. Manchmal waren gefährliche Blicke dabei, die Nina vorsichtig werden ließen. Blicke wie Stichwaffen, die treffen würden, wo und so tief sie wollten. Aber dann waren wieder ganz andere Blicke dabei, solche, die von weit her zu kommen und sich nicht auszukennen schienen. Diese durchsichtigen, luftigen Blicke fesselten Nina.

Nur wenige Notizen zu Aristoteles hatte Nina sich an diesem Tag bisher gemacht, als sich gegen drei Uhr ihre Blicke trafen und aneinander haften blieben. Es gibt Momente, in denen die Zeit sich dehnt. Langsamer vergeht. In diesen Augenblicken offenbart sich alles gleichzeitig. Es sind Momente plötzlicher und absoluter Gewissheit.

Nina sah in seine cognacfarbenen Augen und wusste: *Mit diesem Mann kommt etwas auf dich zu.* Es war ein Wissen, keine Vermutung. Eine Ankündigung, keine Überlegung. Mehr eine Warnung als ein Versprechen. Es war das Hineinschauen in die Augen des Vorherbestimmten, dessen Existenz Nina bis dahin angezweifelt hatte. Es war der Gang durch die Wüste, den Blick fest auf die Oase geheftet, die niemals erreicht werden würde, weil sie nicht existierte? Es war eines Harlekins Ausruf »Da bin ich!« und die Gewissheit, dass Nina in die Welt dieses Mannes eintreten würde.

Zugleich spürte sie Ungewissheit. Nina konnte nicht vorhersagen, ob sie für diese fremde Welt geschaffen war, ob sie der Gefahr, die schon jetzt mitschwang, gewachsen sein würde. Nina hatte das drängende Gefühl, sie sollte das, was in seinem Blick auf sie zukam, erkennen. Sie strengte sich an, weil sie glaubte, es doch erkennen zu müssen. Aber sie bekam es nicht zu fassen. Sie konnte es nicht benennen. Sie wusste nicht, was es war. Nur eines war todsicher: Sie würde nicht ausweichen können.

Nina beobachtete, wie der Student seinen Blick zurück auf sein Blatt Papier lenkte und wie seine Augenlieder dabei flackerten. Wie eine Kerzenflamme im Luftzug.

Sie erschraken wohl beide voreinander, wichen vor dem zurück, was sie in den Augen des anderen gesehen hatten, was sie fühlten.

Nina fühlte sich, als sei ihr etwas zugestoßen. Sie las auf ihrer Kopie die Frage »Was ist der Mensch?« Ihr Brustkorb hob und senkte sich. Sie roch den süßlichen, schwülen Duft nach Patschuli und Sandelholz, der von seiner Haut aufstieg und zu ihr herüberkroch. Er drang in sie ein und legte sich über das Brandzeichen in ihrem Inneren, das sein Blick ihr vor einer Minute eingebrannt hatte.

OBSESSION

Mit seinem gezwirbelten, gewachsten, grauen Schnurrbart und seiner zufriedenen Ausstrahlung wirkte der Redaktionsleiter Herr Gutbier mehr wie ein Holzschnitzer auf Nina oder wie ein Modedesigner, weniger wie ein Astronom. Gutbier pflegte Nina neuerdings mit dem Ausruf zu begrüßen: »Da kommt ja unser Redaktionssonnenschein.« Dann blinkten seine graublauen Augen hinter der runden Brille, und die Enden seines Schnurrbarts berührten die geröteten Backen.

»Es ist so wohltuend, Sie so strahlen zu sehen, Frau Schäfer. Wissen Sie, es ist hier nicht immer ganz leicht.« Er schaute mit plötzlich sorgenvollen Augen hinüber zum heute nicht besetzten Schreibtisch der Lektorin Spieß. Diese war eine kleine, untersetzte, stets unzufrieden dreinschauende Mittdreißigerin, die Nina und Herrn Gutbier argwöhnisch aus den Augenwinkeln musterte, wenn sie da war. Nina hatte das Gefühl, Frau Spieß hege Hass auf Guntram Gutbier, Hass auf die freundliche Volontärin mit den vielen Locken namens Froehling, und Hass auf die neue, in ihren Augen wohl frech hereingeplatzte, freie Mitarbeiterin – Nina Schäfer.

Es kam Nina so vor, als wolle Gutbier ihr etwas sagen und verkneife es sich im letzten Augenblick. Nachdem er einen düsteren Gedanken abgeschüttelt zu haben schien, kehrte der freudige Gesichtsausdruck zurück, mit dem er Nina begrüßt hatte. Sein Blick wanderte über die in der Redaktion verteilt stehenden Tische, die mit Computern, Büchern, Artikeln und Fotografien vollgestellt waren. Gutbier ging zu einem Tisch mit Fotos und nahm eines in die Hand.

»Bildrechte lassen sich nicht so einfach sichern wie Rechte an Texten.« Er sagte das, als wolle er sich selbst ablenken. *Hinter Ihrem Schnurrbartlachen versteckt sich etwas Trauriges,* dachte Nina, *und ich habe es gerade eben für einen Augenblick gesehen.*

Nina mochte Gutbier. Er gab ihr das Gefühl, willkommen und hilfreich zu sein. Aber sie konnte seinen Geruch nicht ausstehen. Schon wenn sie die Treppe in den großen Redaktionsraum heraufkam, der die ganze obere Etage einnahm, schlug ihr der merkwürdige, undefinierbare Geruch von Guntram Gutbier entgegen. Besonders stark roch sie die eigenartige Ausdünstung seines Körpers, wenn sie am Computerarbeitsplatz neben ihm saß. Dort verbrachte sie gelegentlich eine Viertelstunde, um bereits gelesene Artikel in den Ordner mit der Aufschrift *Biologen A – E* abzuheften.

Von der Redaktionsetage aus konnte man das Tal und die immer noch leicht verschneiten Hänge und Wiesen überblicken. Das gefiel Nina. Sie hatte vom Balkon der Redaktion aus drei schöne Schwarz-Weiß-Fotos gemacht und sie in ihr Kästchen für Landschaftsfotos gelegt.

Herr Gutbier versorgte sie mit neuem Recherchematerial und bot ihr an, ab April für zwei Tage die Woche direkt in der Redaktion am Bildschirm die Artikel anderer Autoren Korrektur zu lesen. Einerseits freute es Nina, denn dadurch würde sie weiter Fuß fassen in der Redaktion. Andererseits verspürte sie Widerwillen gegen diese Idee, denn zwei Tage in der Redaktion bedeuteten zwei Tage weniger in der Universitätsbibliothek. Zwei Tage, in denen sie *ihm* nicht würde begegnen können.

Wie lange würde er überhaupt noch in die UB kommen? Die Zeit war kostbar. Wie hieß er? Was studierte er? Mathematik? Physik? Wie sollte Nina es anstellen, ihn kennenzulernen? Sie war nicht der Typ, der einfach zu ihm hinging und sagte: »Hey, wir sitzen jetzt schon seit Wochen nebeneinander. Gehen wir mal zusammen runter in die Cafeteria einen Kaffee trinken?« So etwas traute sie sich nicht. Würde sie den Versuch unternehmen, würde sie vor ihm stehen und etwas von Kaffee stammeln, ihr Gesicht würde mit roten Flecken übersät sein, und er würde denken: Was für eine lächerliche Figur.

Er war in Nina präsent, was sie auch tat. Ob sie in der Redaktion Artikel abheftete – neben dem chemisch riechenden, in den Computer tippenden Guntram Gutbier. Oder ob sie mit ihrem roten Golf nach Hause zu Else fuhr, die Berge vor sich am Horizont. Oder ob sie in der Küche die Tomaten für die Bruschetta schnitt. Er war da. Nina stand wie unter einer Obsession. Wieder und wieder spulten sich dieselben Filme in ihrem Kopf ab.

Wenn sie die Nachttischlampe ausgemacht hatte, schwebte sein Bild im Dunkeln über ihr. Sie rief sich in Erinnerung, wie er sich bewegt hatte. Wie er sie angesehen hatte. Was er ausgestrahlt hatte – eine unbezwingbare Mischung aus Männlichkeit, Anmut und Feinfühligkeit. Sie wollte einschlafen, wollte nicht mehr an ihn denken, aber ihre Gedanken ließen ihr keine Ruhe. In ihr knackte und knisterte die Glut, die er entfacht hatte. Die Funken brannten Löcher in ihre Haut und in ihr ganzes Sein.

Und wenn Nina endlich schlief, träumte sie von ihm. Sie stand am Ufer eines Meeres. Der Sonnenuntergang legte goldene Strahlen übers Wasser bis zu ihren Füßen. Sie träumte sich hinaus an den Horizont, in das Leben mit ihm.

Wenn sie aufwachte, war er ihr erster Gedanke. Er hatte sie zu einer Besessenen gemacht. Tag ein, Tag aus saßen sie nah beieinander in der UB. Atmend. Schweigend. Vollkommen aufeinander bezogen.

DIE WAHRHEIT WIRD EUCH FREI MACHEN

Nina betrat den Hausflur. Sie war froh, endlich in der Wärme zu sein. Else und Johannes saßen am runden Nussbaumtisch unter der Jugendstillampe, beide ein geöffnetes Buch vor sich.

»Jeder, der zu Jesus kommt, wird gerettet.« Johannes' Stimme klang weich und zärtlich.

Nina stellte sich in den Türrahmen. Die beiden hoben den Kopf und sahen zu ihr her. Während Johannes lächelnd nickte, musterte Else Nina schweigend von Kopf bis Fuß. Else schob sich mit dem kleinen Finger die vordere Haarsträhne zurück, die gleich wieder vorfiel. Mit ernster Miene schaute sie Nina ins Gesicht.

»Sag mal, wirst du immer weniger?«

Nina stellte sich dumm. Sie blickte an sich herab und tat ahnungslos, als sei ihr selbst noch nicht aufgefallen, dass sie in den vergangenen Wochen drei Kilo abgenommen hatte. Dabei merkte sie es jeden Morgen an ihren lockerer sitzenden Jeans und an ihrem Gürtel. Sie konnte den Dorn in ein Riemenloch einführen, das sie noch nie zuvor benutzt hatte. Sie aß weniger. Fühlte vor Aufregung keinen Appetit. Stand unter Dauerstrom.

Es breitete sich Schweigen aus.

Das Tischtuch mit dem Olivenmuster lag zusammengefaltet auf der Anrichte. Neben Elses Buch, das Nina mittlerweile für eine Bibel hielt, lagen ein kleiner Block und ein dünner, grün lackierter Kugelschreiber.

Nina fiel der Spruch am Uni-Hauptgebäude ein: *Die Wahrheit wird euch frei machen.* Sie trat einen Schritt in den Raum hinein. »Die Wahrheit wird euch frei machen – was bedeutet das?«, fragte Nina.

Am breiten Messingring der Hängelampe saßen Glasstäbe eng nebeneinander. Sie schimmerten. Wie Johannes' Augen. Sein Lächeln wurde breit und siegesgewiss.

»Jawohl, da kann ich weiterhelfen.« Er senkte den Kopf zu seiner Bibel, blätterte vor und wieder zurück, fuhr mit dem Zeigefinger über eine Seite, bis er an einer Stelle stehenblieb. »Johannes 8, Vers 31: Jesus sprach zu den Juden, die ihm geglaubt hatten: Wenn ihr in meinem Wort bleibt, so seid ihr wahrhaftig meine Jünger; und ihr werdet die Wahrheit erkennen, und die Wahrheit wird euch frei machen.« Er hob den Kopf und lächelte Nina freudig an.

Sie dankte und lächelte zurück. Aber nur halbherzig. Endgültig zufrieden war sie nicht. Zwar wusste sie nun, dass der Spruch aus der Bibel stammte und an welcher Stelle er stand, aber von welcher Wahrheit die Rede war, blieb unklar.

Nina wollte die beiden nicht weiter stören bei ihrer Art Bibelstunde oder was sie gerade abhielten. Darum stellte sie keine weiteren Fragen. Sie würde ein anderes Mal nachhaken.

»Viel Spaß dann noch euch beiden«, sagte Nina voller Unsicherheit. Sie wusste nicht recht, was man den Teilnehmern einer Bibelstunde wünschen sollte.

»Falls du mal Lust hast, dich zu uns zu gesellen ...«, sagte Johannes und warf dabei Else einen Blick zu.

»Ja!«, unterbrach ihn Else. »Nina, sei jederzeit herzlich gern dabei.«

Nina lächelte verlegen. »Danke.« Sie zuckte mit den Schultern. »Mal sehen.«

Sie ging die Treppe hinauf in ihr Zimmer. In ihrer Familie gab es keine gläubigen Leute. Man ging nicht in die Kirche, außer an Weihnachten. Nur ihre Oma, als sie noch gelebt hatte, hatte an Gott geglaubt und Nina in den Gottesdienst mitgenommen. Da war Nina sechs oder sieben gewesen. An einen Gottesdienstbesuch konnte sie sich gut erinnern, weil er eine Tortour gewesen war.

Vorne hatte ein Mann unendlich lange geredet. Unendlich lange. Die Zeit hatte nicht vergehen wollen. In diesem Gefängnis zwischen zwei Kirchbänken beobachtete Nina einen älteren Herrn. Seine dicklichen Hände lagen gefaltet im Schoß auf seiner Anzughose. Alles an ihm war graubraun. Der Anzug, das Haar, das Gesicht. Unaufhörlich drehte er seine Daumen umeinander. Vor und zurück. Vor und zurück. Nina verstand kein Wort von dem, was vorne gesagt wurde. Sie schaute nur den spielenden Daumen zu.

Wenn Nina mit Oma im Wohnzimmer saß, bis Mutter vom Gericht kam und Nina abholte, erzählte Oma ihr manchmal von Jesus. Oma war es auch, die Nina das kleine rote Büchlein schenkte: das *Neue Testament*. Nina konnte sich nicht erinnern, ob sie jemals darin gelesen hatte. Nur eine Situation stand ihr noch klar vor Augen: Sie saß draußen im Schatten eines Essigbaumes auf den Steinplatten von Omas Terrasse, den vollgehängten Wäscheständer im Rücken. Ihre Kinderfinger blätterten zur letzten Seite des Büchleins. Dort stand: *Jesus Christus, danke, dass Du mich gerettet hast. 26.12.1981.* Ninas Unterschrift stand neben dem Datum.

Nachdem die Oma drei Jahre später eingeschlafen und nie wieder aufgewacht war, hatte keiner mehr mit Nina über Jesus gesprochen und sie hatte ihn vergessen. Es hatte in ihrem

Leben keine Rolle gespielt, ob sie in diesem Büchlein unterschieben hatte oder nicht. Wo es heute war, wusste sie nicht.

Jetzt, während sie sich im kleinen Bad den Lavendelschaum von den Händen wusch, fragte sie sich, wo das kleine rote Buch sein könnte.

MAX

Nina machte sich gerade im Lesesaal Notizen zum Leben des Meeresforschers Jacques Cousteau, als sich von links kommend schwere Schritte ihrem Tisch näherten und dann stoppten. Nina drehte den Kopf. Am Nachbartisch, neben dem Mann mit dem Novalis-Mund, stand ein großer fülliger Mann mit rabenschwarzen, ausdruckslosen Augen, ein Pirat. Nina hielt ihn für einen Kommilitonen, für einen Freund, weil sie vertraut miteinander wirkten.

Der Blick aus pupillenlosem Schwarz ruhte auf Nina, während der massige Mann laut hörbar sagte, wo sonst nur geflüstert wurde: »Guten Tag, Herr Maximilian Pallas.«

Sofort drehte der Angesprochene seinen Kopf in Ninas Richtung. Wollte er sichergehen, dass sie zuhörte? Falls ja, warum verriet er sich durch seinen Kontrollblick? War es ihm egal, ob Nina erkannte, dass die Situation inszeniert war? Ihr war, als wollte er um jeden Preis erreichen, dass sie seinen Namen erfuhr: Maximilian Pallas.

In nur einem Augenblick presste dieser Name das Objekt ihrer Sehnsucht in eine Form. Er war nicht irgendein Martin oder ein Karsten, oder ein Volker. Er war ein Max. Max.

Das Wissen um seinen Namen rückte ihn nicht näher zu Nina hin, sondern zog ihn ein Stück fort. Er war ein Max mit einem Leben jenseits dieser beiden UB-Tische. Er war nicht mehr nur der Mann, der ihre Gedanken und ihre Träume besetzte. Er lebte irgendein Leben, von dem sie nichts wissen wollte, weil sie hier mit ihm für immer ungestört zusammen sein wollte. Sie wollte ihn als unbeschriebenes Blatt, sodass alle Träume und Möglichkeiten offen waren. Sodass alles vor ihnen lag. Nichts sollte hinter ihnen liegen. Sanft und leise sollte ihr gemeinsames Leben zu ihnen wehen. Ein Leben ohne Rückschläge. Ohne Abschiede. Ohne Aufkündigung ihrer Zweisamkeit. In weichen Pullovern und mit knisternden Gesetzbuchblättern und sanft ziehenden Wolken draußen über dem roten Sandsteingebäude mit den goldenen Buchstaben.

Es gab einen Seeräuber, der angeheuert worden war, damit Nina *seinen* Namen erfahren sollte. Er, Maximilian, hatte diese Situation konstruiert, damit sie seinen Namen erfuhr, damit sie einen Hinweis hatte, eine Handhabe, falls sie von heute auf morgen voneinander getrennt werden würden. Max – Max – musste seinem Freund von Nina erzählt haben. Davon, dass sie neben ihm saß und er nicht wusste, wie er es anfangen sollte, in näheren Kontakt mit ihr zu kommen. Waren die Hemmungen des Maximilian Pallas noch größer als ihre eigenen? Wenn es so war, würde seine Scheu ihn auch weiterhin davon abhalten, sie anzusprechen.

Also werde ich handeln und einen Weg zu ihm finden müssen.

Am frühen Nachmittag dieses sonnigen, warmen Apriltages betrat Nina mit einer Tasse Kaffee die Terrasse der UB. Max saß allein an einem Tisch unter dem knospenden Blauregen. Er trug die schwarze Lederhose und die blutrote Jacke.

Geh langsam, damit er dir ein Zeichen geben kann, aber tu so, als gingest du langsam, weil du den Kaffee nicht verschütten willst.
Max erkannte Nina, und seine Augen weiteten sich. Mehr vor Schreck, so schien es, als vor Freude. Sein Gesichtsausdruck rief: Du wirst dich ja wohl hoffentlich nicht zu mir setzen!

Rasch senkte er den Blick und stellte den Nacken gerade – und Nina setzte sich an den Nachbartisch.

Sie meinte spüren zu können, wie in Max ein hektisches Sammeln und Sortieren vonstattenging. In Nina flatterte es aufgeregt. Wildes Flügelschlagen. Denn dieser Ort ließ einen kurzen Wortwechsel zu, eine Unterhaltung. Jetzt war die Gelegenheit. Sie würden doch nicht so dumm sein und diese Chance verpassen.

Nina gab sich den Anschein von Gelassenheit. Sie versuchte, die Tasse nicht zittern zu lassen, während sie sie zum Mund führte. Sie schaute hinauf in den blauen Himmel, hielt ihr Gesicht der Sonne entgegen, vollkommen auf ihn konzentriert. Sie meinte, ihn atmen zu hören. Sie hätte Maximilian seinen Gleichmut abgenommen, würde er nicht mit offenem Mund atmen, seit sie auf ihn zugegangen war und sich einen Meter von ihm entfernt hingesetzt hatte. So genau beobachtete sie ihn, so feinsinnig nahm sie jede Änderung an ihm wahr, um diese Interpretation zu wagen.

Stumm saßen sie nebeneinander, wie sie es gewohnt waren. Beide schauten sie hinüber zu der Gruppe von Studenten, die vor dem Hauptgebäude aufgetaucht war. Beide sahen sie hoch zu den Schäfchenwolken am Himmel. Und beide blickten sie hinunter zu den Statuen von Aristoteles und Homer vor dem Eingang des Kollegiengebäudes. Je mehr Zeit verging, desto weiter rückte die Gelegenheit von ihnen ab, miteinander zu sprechen. Waren sie nicht beide bereit? Wie aus Stein gehauen saßen sie da.

Es war keine lange Zeit, die sie dort nebeneinandersaßen, zwei, drei Minuten nur. Dann kam der kleingewachsene, bärtige Mann mit dem buschigen Haar und der Brille zu Max an den Tisch, der schon einmal in der Cafeteria bei ihm gesessen hatte, als Max geflucht hatte. Der Blick hinter der Brille des Bärtigen ließ sich nur schwer finden. Gleich darauf erschien eine kleine, etwas burschikose, ganz hübsche, aber unauffällige Studentin mit dünnem braunen Haar und schlanker Figur. Eine Elfe mit schmalen Ohren und spitzem Gesicht. Die beiden setzten sich zu Max an den Tisch.

Max warf Nina einen schnellen Blick zu, wie um ihre Reaktion auf die Ankömmlinge zu prüfen. Hatte Max jede weitere Annäherung unterbunden, weil er gewusst hatte, dass die beiden kommen würden?

Max sagte nur wenig, weil die Frau viel und gestikulierend über die neuen drahtlosen Telefone redete, was der Bärtige mit Sachverstand kommentierte.

Nina ließ ihren Kaffee kalt werden, nahm selten einen Schluck, um so lange wie möglich bleiben zu können. Denn würde ihre Tasse erst leer sein, müsste sie wohl aufstehen und gehen, wenn sie nicht wie eine Lauscherin dasitzen wollte.

Max holte eine Zigarettenschachtel aus der roten Baumwolljacke, klopfte eine Zigarette heraus und schob die Schachtel zurück. Seine weich aussehenden Lippen legten sich um den Filter. Er zündete mit einem Streichholz an, zog und löschte das Feuer durch ein Wedeln mit der Hand. Während er den Bärtigen etwas fragte, quoll Rauch aus seinem Mund. Der Rauch wehte langsam in Ninas Richtung. Sie roch ihn, atmete ihn.

Immer wieder warf Nina einen schnellen Blick zum Geliebten. Gespannte Sehnen zeichneten sich unter der Haut seiner schlanken Hände ab. Seine Lippen blieben leicht geöffnet, als koste der Aufruhr im Inneren viel Sauerstoff. Manchmal zogen Schwaden seines Duftes nach Patschuli und Sandelholz vorbei. Orientalisch, überfrachtet und stark. Zu stark für einen scheuen Studenten wie ihn, fand Nina.

Wie ein Wasserfall im Hintergrund plätscherte die Unterhaltung der Frau und des bärtigen Mannes, während Max und Nina schweigend ganz aufeinander bezogen waren. Nichts hätte Nina diesen Eindruck nehmen können, dass sie dieses eine waren: ganz aufeinander bezogen. Kein Dementi von Max, keine Schnellschnittuntersuchung ihrer Gehirne, kein Ausbreiten und Durchleuchten ihrer Seelen. Ninas Brust hob und senkte sich viel zu schnell. Vielleicht fiel es Max auf, so wie sie die Änderungen bei ihm bemerkte. Beide hielten sie ihre Gesichter der Sonne entgegen.

»Du sagst ja gar nichts.« Die Frau schickte hektische Gesten in Max' Richtung. »Wieso sagst du nichts dazu?«

»Es gibt eigentlich nur zwei Möglichkeiten, weshalb er nichts sagt«, erklärte der Bärtige, »entweder, er denkt über ein paar interstellare Nebel nach oder über Dantes Göttliche Komödie.« Der Mann verzog den Mund zu einer Art Lächeln. Lächeln schien seinem Gesicht nicht geläufig.

Die kleine Frau verdrehte die Augen. »Nein, der geht im Kopf wieder Fechtstellungen durch.«

»Oh ja. Das klingt wahrscheinlich. Von nichts kommt nichts. Rennfahrer machen das auch so. Die fahren ihre Strecke in Gedanken unzählige Male ab. Sein Angriff neulich war schon grandios. Grandios, das muss man ihm lassen. Nach hinten springen und sich dabei so verdrehen, dass man den Gegner von rückwärts her über die eigene Schulter noch trifft. Das können sonst nur Olympioniken. Respekt.«

»Ihr könnt mich persönlich fragen, was ich denke. Ich sitze hier.«

Nina warf Max einen Blick zu. Er lachte verächtlich in sich hinein. Und dieses abfällige Grinsen, dieses Glucksen, das den Spalt zwischen seinen Schneidezähnen sehen und die Lippen schmal werden ließ, jagte ihr einen Schauer über den Rücken, denn es erinnerte sie an die ersten Tage, als sie ihn noch für einen Misanthropen gehalten hatte. Weshalb konnte er so lächeln, wo er doch sensibel, scheu und zu Schwächeren liebevoll war? Warum konnte er da so fies lächeln, so abfällig, so gemein? Nina trank den letzten Schluck Kaffee, stand auf und machte sich auf den Weg nach Hause.

SPIEL DER BEGEGNUNGEN

Nina hielt sich in ständiger Bereitschaft für eine Begegnung mit Max. Jeden Morgen wusch sie sich die Haare, damit sie weich fielen. Ihre Lippen schminkte sie rosenbraun, weil dies sinnlicher und mehr auf das Unterbewusstsein wirkte als auffällig rote oder pinke Lippen. Sie trug engsitzende, verwaschene Jeans und weiche Pullover oder Strickjacken, die ihre Brüste betonten.

Ninas Gedanken umkreisten Max. Es verging keine Stunde, kaum eine Minute, in der sie nicht an ihn dachte.

Sie fuhr an die rote Ampel heran und hielt – Maximilians Geist saß neben ihr, und er ging vor ihr über die Straße.

Sie stieg die Treppenstufen zur Redaktion hinauf – Max folgte ihr und erwartete sie bereits an ihrem Platz vor dem Computer.

Sie fuhr durch das Tal auf die blauen Berge zu – über ihnen schwebte Max und am Horizont, und er umstrahlte die Sonne.

Sie saß mit Else am Esstisch, aß Garnelen-Risotto und trank Weißwein – Maximilians tiefer Blick, während er aus seinem Glas Rotwein trank, durchbohrte sie.

Sie zog sich aus, legte ihre Kleider auf den Stuhl und ging ins Bad – gefolgt von Maximilians glühendem Blick.

Sie lag im Dunkeln im Bett und drehte sich vom Rücken auf die linke Seite – dort lag Max. Sie drehte sich auf die rechte Seite – und berührte ihn und roch ihn.

Nina wachte auf und dachte noch mit geschlossenen Augen an Max.

Sie war besessen von ihm. Er spukte in ihr. Irgendwann war Nina so erschöpft vom Kreisen ihrer Gedanken, dass sie sich nicht mehr mit Max beschäftigen wollte. Dennoch tat sie es, musste es tun. Ihr Inneres zwang sie dazu.

An einem Samstagvormittag, Nina war gerade auf Höhe des Hauses zum Ritter und ging Richtung Georgsbrunnen, da schlenderten Achim und Bärbel Arm in Arm von der Münsterstraße her auf den Münsterplatz.

Auf einmal hat man alle Zeit der Welt, dachte sie, *um an einem Samstagvormittag nicht über Gerichtsakten zu brüten, sondern über den Markt zu bummeln.* Ninas Magen zog sich zusammen. Sie spürte ihre Gesichtshaut fleckig werden.

Achim grüßte Nina mit schuldbewusster Miene und verlangsamte seinen Schritt, als frage er sich, ob er stehen bleiben solle. Doch dann wurde er von einem aus der Eisenstraße kommenden Mann angesprochen und schien sichtlich erleichtert darüber zu sein, keine Worte mit Nina wechseln zu müssen.

Nina zog die Schultern gerade und ging, ebenfalls mit einem Nicken, an ihnen vorbei. Sie ignorierte Bärbel vollkommen.

Als Nina vorüber war, spürte sie, dass ihr die Begegnung viel weniger ausmachte, als sie gedacht hätte. Denn schon Augenblicke später interessierte sie nur noch die eine Frage: Werde ich irgendwo auf Max treffen?

Ihre Blicke tasteten die Straßen ab. Und fielen auf die Ein- und Ausgänge der Geschäfte, auf die sich öffnenden Türen von Straßenbahnen. Auf die Radfahrer. Auf jeden größeren, schlankeren Mann mit schwarzer Lederjacke und verwuscheltem Haar. Würde Max aus dem engen Präsenzgässle kommen, das vom Münsterplatz heraufführte? War er unter den vielen Menschen beim Martinstor? Bewegte sich nicht da hinten ein Mann ähnlich raubkatzenhaft und schleichend wie Max?

Wenn Nina in der UB neben Max saß, sammelte sie Eindrücke von ihm mit der Besessenheit einer Wissenschaftlerin. Sie studierte alle Puzzleteile, die sie gesammelt und vor sich ausgelegt hatte, denn sie sollten ihr Maximilians Wesen erschließen. Alles registrierte sie: seine Blicke, seine Bewegungen, jeden Schritt. Alles vermerkte sie minutiös in ihrem Inneren:

Er trägt Schwarz. Manchmal ein dunkelrotes Halstuch. Die Hemden sind manchmal weiß, aber eher selten. Jeans trägt er auch. Niemals fehlt Schwarz.

Seine Bewegungen sind behutsam. Sein Profil wirkt kühl und männlich. Wenn er den Kopf aber nur ein wenig weiterdreht, ist es jungenhaft, beinahe androgyn.

Er reagiert freundlich, aber zurückhaltend auf seine Kommilitonen.

Er bleibt geduldig, wenn er unterbrochen wird.

Er nimmt seine Erkältung wie nebenbei hin, so wie er nur einmal kurz registrierend eine Augenbraue hochzieht, wenn plötzlich von irgendwoher ein lautes Geräusch kommt.

Mit seiner schwarzen Lederjacke verbindet ihn eine Art Liebesverhältnis. Er hängt sie behutsam über die Stuhllehne.

Seine alten, abgelaufenen Schuhe sind immer ungeputzt.

Die restliche Butter im Päckchen, die er zum Brötchenschmieren nicht mehr braucht, wirft er achtlos auf sein Tablett zurück.

Jeden Schritt in der Universitätsbibliothek tat Nina in der Hoffnung, Max würde im Treppenhaus um die Ecke biegen oder aus dem Leseraum kommen oder aus dem Herren-WC.

Tatsächlich stießen sie etliche Male aufeinander. Dann tauschten sie tiefe Blicke aus. Dennoch war es, als hätten sie sich nie zuvor gesehen, als wären sie nie zutiefst voreinander erschrocken. Es war eindeutig: Max *wollte* nicht, dass sie einander erkannten, sich grüßten oder sich auch nur angedeutet zulächelten. Arbeiteten sie an ihren Tischen nebeneinander, rang Nina Max gelegentlich einen Blickkontakt ab, weil sie genau wusste, genau spürte, dass er sie immer wieder lange aus den Augenwinkeln beobachtete. In ihrem Spiel der Begegnungen tat einmal Max einen Zug, einmal Nina, und beide konnten sie nicht ahnen, wie es ausgehen würde.

Nina kam vom Treppenhaus herauf in den Vorraum zum Lesesaal im zweiten Stock. In den Händen hielt sie den Artikel über den Sandelholzbaum. Sie hatte ihn per Fernleihe bestellt und gerade unten bei der Ausgabe abgeholt.

Ein Student reichte der Bibliothekarin hinter dem Betonklotz einige Bücher. Die von Max gerettete Studentin steuerte mit wiegendem Gang auf den Lesesaal zu, als höre sie in ihrem Kopf ein fröhliches La-lala-lala. Kleine, glückliche Mädchen liefen in dieser beinahe hüpfenden Art Saumpfade in Wiesen entlang. Sie ging, wie sie quasselte.

Weil Nina den Saal hinter ihr betrat, konnte sie beobachten, wie die Studentin ihren Schritt verlangsamte, wie sie den Hals reckte und von rechts nach links suchend über die Köpfe der Lernenden hinwegblickte. Abrupt blieb sie stehen. Sie zuckte aufwärts, wie von den Fäden eines Marionettenspielers am Kopf in die Höhe gezogen. Hörbar laut sog sie Luft ein. Dann tänzelte sie geradewegs auf Max zu, der einen Bleistift zwischen Daumen, Mittel- und Zeigefinger hin und her rollte. Mit einem winzigen Sprung kam sie neben Maximilians Tisch zum Stehen.

Er zuckte nicht zusammen, drehte seinen Kopf aber schneller als gewöhnlich zur Störquelle hin. Mit hochgezogenen Augenbrauen schaute er der Quirligen erst ins Gesicht, dann auf beide Hände, die ihm etwas Glänzendes entgegenstreckten. Nina konnte nicht erkennen, was es war, auch im Vorbeigehen nicht, denn die Studentin hatte sich zu Max heruntergebeugt und verdeckte die Sicht auf das goldene Etwas.

Wie wagt die es, ihm so nahe zu kommen? Woher nimmt die den Mut? Jetzt darfst du dir mit ansehen, wie einfach es anderen gelingt, mit Max in Kontakt zu kommen. Die kann ihn gerade riechen. Beinahe kann sie sein Haar an ihrem Mund fühlen.

Während Nina sich auf ihren Stuhl setzte, hörte sie den Flüsterschwall der Studentin. Max nickte langsam, zur Kenntnis nehmend. Unverhohlen schaute Nina zu den beiden an den Nachbartisch hinüber. Max stellte einen goldenen, nickenden Dackel vor sich auf den Tisch. Die Studentin tippte den Dackelkopf mit dem Zeigefinger an und kicherte leise. Sie lächelte Max an, und er lächelte sogar zurück. Schief und irritiert zwar, aber er lächelte. Der Dackel nickte. Max sah ihm dabei zu und nickte, nur viel langsamer. Während es beim Dackel ein lebhaftes Jajajajaja-Nicken war, war es bei Max ein nachdenkliches Aha-so-ist-das-also-Nicken.

Nina atmete tief ein, als die Studentin Max schon wieder ins Ohr murmelte. Als sei dies ihr, Ninas alleiniges, wenngleich noch nie wahrgenommenes Recht. Maximilians Rücken versteifte sich. Sein Lächeln fror ein. Er starrte den Dackel an. Dann flüsterte er der jungen Frau etwas Kurzes zu und Augenblicke später rauschte sie den Gang zurück zur Saaltür mit Ninas Blick im Rücken. Einmal drehte die Wackeldackel-Hüpferin sich zu Max um und winkte ihm fröhlich. Ein Strahlen im Gesicht. Sie und der goldene Dackel, das ließ sich an ihrem Gesicht ablesen, hatten große Freude über Maximilian gebracht.

Jetzt musste Nina schmunzeln. Max drehte den Kopf zu ihr her und sah es. Der Anflug eines Lächelns in seinem Gesicht hätte vom verwegenen Betrachter geahnt werden können.

Nina beugte sich über ihren Artikel über *Santalum album,* den Weißen Sandelholzbaum, den König des Sandelholzes. Heiliger Baum. Schmarotzer. Er saugt die Wurzeln ausgewählter Nachbarbäume aus. Wie Max mich aussaugt, dachte Nina. Der Sandelholzbaum konzentriert tief in seinem Inneren seinen holzigen, milchigen, einzigartigen Duft.

Wenn Nina ihren Blick ab und zu an den Nachbartisch schweifen ließ, fand sie Max entweder schreibend oder mit unbewegtem Gesicht den Dackel anglotzend. Manchmal tippte Max den Hundekopf mit seinem Bleistift an und ließ ihn nicken.

An einem Nachmittag im Mai begegneten sie sich im Gang zwischen den Bücherregalen. Sie sahen einander kommen. Er trug die schwarze Lederhose, ein weißes Hemd, eine schwarze Weste. Seine Schritte setzte er dicht über dem Boden. In der Mitte der Strecke, die noch zwischen ihnen lag, kam eine Engstelle: Ein Stuhl stand abgerückt von einem Tisch halb im Gang. Als Nina klar wurde, dass sie genau an dieser Stelle aufeinandertreffen würden, wenn keiner sein Tempo ändern würde, begann ihr Herz wild zu klopfen. Max fixierte Nina. Sein Blick war dunkel, kalt, bedrohlich aufgeladen. Keiner von ihnen verlangsamte seinen Schritt. Eine Armlänge waren sie noch voneinander entfernt. Dann brach Maximilians Blick und ging zu Boden. Ihre Ärmel berührten sich, und über Ninas Gesicht streifte die Luft, die ängstlich zwischen ihnen auswich, in der sich schweres Patschuli über ein paar Veilchen warf.

Gegen halb sechs räumte Max seine Sachen in die schwarze Tasche, zog seine Lederjacke an, schob den Stuhl an den Tisch und ging weg. Nina sah ihm hinterher. Gleich würde er durch die Glastür verschwinden. Da packte sie die Angst. Was, wenn er nicht mehr käme? Wo wohnte er? ›Dreh dich um und schau mich an!‹, rief sie ihm stumm hinterher. Da drehte er sich tatsächlich um und sah Nina eiskalt an, wie einer, der gerade seinen Degen aus der Brust des Besiegten zieht. Er verließ das Schlachtfeld ohne Verneigung.

FRÜHLINGSHAUCH

Von da an saß Nina Tag für Tag auf Maximilian Pallas wartend neben dem Juristen vor dem Fenster. Immer wieder suchte sie mit den Blicken die breiten Gänge nach ihm ab und die schmaleren zwischen den Bücherregalen. Sie ging hinaus in den Vorraum, vorbei an der Bibliothekarin. Sie warf einen Blick in den Kopierraum, ging das Treppenhaus hinunter in die Eingangshalle und kam wieder zurück in den Saal. Sie durchquerte sogar einmal den Lesesaal im ersten Stock, weil ihr der Gedanke gekommen war, Max könne sich dorthin zurückgezogen haben, um sie zu meiden. Aber er war nicht da. Er war nirgends.

Von ihrem Platz aus schaute sie auf die Straßenüberführung und zum Hauptgebäude hinunter. Nina betrachtete die an der Scheibe rinnenden Regentropfen und den Farbverlauf der Wolkenwand von Schmutzigweiß über Graublau zu Dunkelgrau. Sie war vor Traurigkeit zu nichts anderem imstande. Mit jedem weiteren Tag, an dem Max fortblieb, wurde Nina stiller und vergrub sich tiefer in sich selbst.

In den letzten beiden Maiwochen regnete es beinahe ununterbrochen. Auf dem nassen Asphalt der Hauptstraße vor der UB zerplatzten Wasserblasen und spülten sich anschließend die Straße hinunter. Mit durchfeuchteten Schuhen saß Nina an ihrem Tisch neben dem Juristen, schrieb unter Anstrengung und Zeitdruck über David Douglas und die Douglasie, über Alexander Fleming und das Penicillin und über die Vegetationskarte des August Grisebach. Sie hätte mittlerweile schon bei Robert Koch angelangt sein sollen.

In den Tagen Ende Mai fing Nina an, ihr Parfüm nicht mehr zu mögen, weil es ein Leidensgeruch geworden war. In diesem Veilchenduft hallte der Schock über die Kündigung nach. Darin steckte die Erstarrung vor Achims Bild mit Alabaster-Bärbel im Arm. Und am schlimmsten: Darin rauschte ihre Verzweiflung über das Ausbleiben von Maximilian.

Für Nina gab es kein Erwachen im Frühlingshauch – sie vermoderte im Dauerregen. Ihre Seele faulte. Sie fragte sich, ob sie im Begriff war, vor Sehnsucht nach einem Fremden wahnsinnig zu werden, vor Sehnsucht nach der einen großen Liebe, nach Maximilian Pallas.

Elses prüfende Blicke wurden täglich besorgter. Mehrmals setzte sie zum Sprechen an, schloss ihren Mund aber wieder, ohne ein Wort herauszubringen. Dann schob sie die Haarsträhne zurück, fühlte die Perle an ihrer Halskette mit den Fingern und ließ ihren Muranoglas-Blick durch den Raum wandern.

Eines Abends, saßen Nina und Else im Wohnzimmer. Die Flasche mit dem Mann im schwarzen Mantel stand vor ihnen auf der messinggerahmten Glasplatte des Couchtisches. Die Südweingläser mit den geschliffenen Sternchen waren gefüllt. Auf dem Beistelltisch lagen zwei Stapel Bücher, zuoberst Christiane Rocheforts *Ruhekissen*. Else würde ein Buch nach dem anderen lesen, so wie sie auch alle Bücher des Stapels auf ihrem Nachttisch und des Stapels auf dem hölzernen Hocker neben dem Wohnzimmerschrank lesen würde.

Sie stießen miteinander an, die Blicke ineinander. Elses Blick war kein fragender, sondern ein wissender.

Else beugte sich vor, um ihr Glas wieder abzustellen. Dabei zeichneten sich die Seitenteile und der Verschluss ihres BHs unter dem feinen, beigen, T-Shirt ab. Im Zurücklehnen fragte sie: »Was ist es? Achim?«

Nina brachte kein Wort heraus. Sie senkte den Blick auf das Weingläschen in ihren Händen.

»Ich habe dir nicht verschwiegen, dass ich Achim mag. Aber«, Else zog die Augenbrauen hoch, »könnte es nicht auch so sein: Achim ist wie der verlängerte Arm deiner Mutter. So, wie du es ihr recht machen willst, so wolltest du es auch Achim recht machen. Du machst dich zum Lamm und lässt dich von ihnen opfern. Von ihm und von ihr. Denn die beiden – deine Mutter in Ehren und auch Achim – denken letztlich nur an sich und ihre Karrieren. Und du wartest. Und hoffst.« Sie forschte in Ninas Gesicht nach der Wirkung ihrer Worte, prüfte, ob sie auf der richtigen Spur war. »Schutz und Geborgenheit und Anerkennung wirst du aber bei beiden nicht finden. Du suchst an der falschen Stelle.«

Nina schluckte und zuckte mit den Schultern

»Ist es das Warten auf die Promotion?«, machte Else einen neuen Versuch, »oder etwas ganz anderes?«

Elses letzte, vorsichtige Frage nach dem *ganz anderen* ließ den Damm in Nina brechen. Die ganze Wahrheit über die Ursache ihres Zustandes – ihr irres Verliebtsein in Maximilian Pallas – toste aus ihr heraus. Else hörte aufmerksam zu. Minutenlang. Ab und zu nickte sie verständnisvoll.

»Du musst dir Klarheit verschaffen.« Nie zuvor hatte Else gegenüber Nina die Worte *du musst* verwendet.

»Wie soll ich mir Klarheit verschaffen, wenn Max nicht mehr in die UB kommt?«

Else knetete ihren rechten Daumen, wie sie es manchmal tat. »Du kennst seinen Namen. Bei der Stadtverwaltung kann man den Wohnsitz einer Person erfragen. Schriftlich. Das kostet etwa zehn Mark.« Klug und blau glänzten ihre Augen. Die Iris war von Weiß durchmasert wie gesprungenes Glas.

Wäre ich Max doch nie begegnet, dachte Nina, *hätte ich doch nie seinen Novalis-Mund gesehen. Hätte ich doch nie das Leder über seinen Schenkeln glänzen sehen, den Sprung aus dem Stand, das Streicheln über den Kopf des Kindes, die gefährlichen Blicke, die mir Schauer über den Rücken jagen, weil sie mich besiegen wollen und ich mich ihnen ergeben will.*

Else hatte immer etwas Nervöses, wenn sie sprach, etwas Getriebenes. Das zeigte sich auch in ihrer Gangart: Sie ging mit kleinen, schnellen, unsicher wirkenden Schritten. Sie sprach nie laut, sondern gab flüsternde Hinweise auf der Flucht. »Du solltest Klarheit wollen, so wie du aussiehst. Alles Eindeutige wird weiterhelfen. Die Ungewissheit ist das Schlimmste.«

Elses Tonfall ließ Nina aufhorchen. Es war, als sage Else zwischen den Zeilen: Ich weiß genau, wie sich diese Art der Ungewissheit anfühlt.

»Du könntest ihm schreiben und ihn um ein Treffen bitten.« Da waren Elses vertraute Formulierungen wieder, ihr »du könntest doch …«, »wie wäre es, wenn du …«, »solltest du nicht …?« Mit dieser vorsichtigen, unaufdringlichen Art hatte Else sich damals einen Zugang zu Nina verschafft, gleich zu Anfang, als sie sich kennenlernten. Else war immer noch die sanfte Querflötenlehrerin von früher.

Nina verbarg ihr Gesicht in den Händen. »Soll ich etwa schreiben: ›Hallo Max, ich liebe dich. Bitte triff dich mit mir?‹ Wie peinlich wäre es, einem Mann derart nachzulaufen?« Nina schämte sich schon jetzt, bevor sie auch nur einen Satz zu Papier gebracht hatte.

Else dachte nach. Sie strich mit der Hand über ihren Mund und den Hals hinunter bis zu ihrer Kette. Sie betastete ihre Perle. »Du könntest schreiben: Sollten wir uns nicht treffen?«

Ninas Blick durchstreifte Elses Gesicht. »Sollten wir nicht« hieß: Da ist etwas zwischen uns, und das wissen wir beide. »Sollten wir nicht« setzte Max und Nina in dasselbe Boot. »Sollten wir nicht« bedeutete: Ich bin bereit.

Nina rutschte bis an die Kante des Sessels, beugte sich vor, die Unterarme auf den Oberschenkeln abstützend. Sie schaute Else tief in die Augen. Ihre bislang kalten Finger wurden warm. »Else, das ist gut. Das ist sehr gut.«

Else kicherte heiser. Nina hatte sie noch nie laut lachen hören. Vielleicht konnte sie das gar nicht. Nina schmunzelte, weil Elses Glucksen so witzig war. Die dunkle Wolkendecke über Nina riss auf. Klare Luft strömte heran, duftend nach Sehnsucht und Sommer und Hoffnung.

Elses Gesichtsausdruck wurde wieder ernst. »Nur eines, Nina. Pass nur ja auf, dass du nicht an einen neuen Achim gerätst. Ich habe ein bisschen Sorge, dass du gefährlichen Männern schutzlos ausgeliefert bist.«

Aber die Flügel waren längst ausgebreitet, die warme Luft schon unter ihnen. Nina würde sich darauf fallen lassen und schweben. Sie würde schreiben: »Sollten wir nicht.«

LUDWIGSTRAßE

Am Tag, als Nina an das Einwohnermeldeamt der Stadt Freiburg schrieb, trugen alle dreißig Rosenstöcke in Elses Garten Knospen. Nach dem Abschicken des Briefes verging eine Woche des Wartens. Zuerst war Nina voller Hoffnung und Energie. Sie las Fachartikel um Fachartikel. Sie schrieb die Texte zu etlichen Stichworten und holte ihren Rückstand auf.

Nina zerquetschte Läuse an Knospen und jungen Blättern, bis sie grüne Zeigefinger und Daumen hatte und lockerte die Erde um die Rosensträucher. Weiter hinten mähte Johannes den Rasen. In wenigen Wochen schon würde Nina Verblühtes abschneiden, gelbe Blätter entfernen und gegen Pilz und Weißfliegen und Läuse spritzen. Sie tat diese Arbeit gern und wollte sich damit bei Else nützlich machen.

Täglich fuhr Nina in Achims Wohnung, um nach ihrer Post zu sehen. Diese kam immer noch dorthin, weil sie es vermieden, die endgültige Trennung zu vollziehen. Achim zeigte sich zwar öffentlich mit Bärbel, doch mit Resten schien er noch an Nina zu hängen.

Endlich, nach einer weiteren Woche, fand Nina den Brief von der Stadt Freiburg auf dem Tischchen im Flur in Achims Wohnung. Mit zitternden Fingern riss sie den Umschlag auf:

Maximilian Pallas, Freiburg, Ludwigstraße 18. Mit erstem Wohnsitz gemeldet in Neufra, Friedhofstraße 32.

Nina las den Brief wie die geheime Nachricht eines Verbündeten. Sie atmete tief durch, als habe man ihr Maximilians Überleben gemeldet.

Hastig zog sie einen der Stühle an der Längsseite des Esstisches zurück. Die Stühle waren mit cremefarbenem Leder bezogen. Über dem Tischläufer mit den rosafarbenen Magnolien breitete sie den Freiburger Stadtplan aus und suchte die Ludwigstraße. Diese war nur zwei Kilometer von Elses Haus entfernt.

Nina setzte sich in ihren roten Golf, bog von der Karlstraße in die Ludwigstraße ab und fuhr ein einziges Mal am Haus mit der Nummer 18 vorbei. Ein schmutzig-beiges Haus mitten in einer Häuserzeile. Mit dunkelbraunen Fensterläden. Drei Stockwerke. Das oberste lag unter dem Dach und hatte drei Gauben. Dort vermutete Nina Max. Dort mochten Studenten wohnen.

Nur einmal fuhr sie vorbei. Häufiger wagte sie es nicht an diesem Tag, denn Max hätte zufällig aus dem Haus kommen und sie entdecken können.

An den zwei folgenden Tagen fuhr sie noch mehrmals die Ludwigstraße entlang. Nun fürchtete sie nicht länger, Max könne gerade dann aus der Haustür kommen, sondern sie hoffte es. Er kannte ihr Auto nicht, würde sie nicht erkennen. Nur kurz sehen wollte sie ihn. Nur für einen Moment. Dafür machte Nina Umwege nach dem Einkaufen und wenn sie aus der Redaktion kam und aus der UB.

So sehr der Brief von der Stadt Nina Erleichterung gebracht hatte, so sehr störte er sie aber auch. Jemand war in ihre Träume eingebrochen und hatte sich einen Teil daraus gestohlen und mit in die Realität genommen. Die Realität war zu Nina eingedrungen und beanspruchte die Hälfte ihrer Träume über Maximilian Pallas. Zwei Tage lang haderte Nina mit sich.

Dann setzte sie sich an den Nussbaumsekretär in ihrem Zimmer und schrieb: »Sollten wir uns nicht treffen?« Sie schickte den Brief ab.

SEHNENDES WARTEN

Nina malte sich aus (obwohl sie das nicht wollte und dagegen ankämpfte), wie es Max wohl erging, während er ihre Zeilen las. Wurden seine Augen ganz weit? Berührten ihn Ninas Worte peinlich? Schämte er sich für Nina? Fragte er sich womöglich sogar, wer die Frau eigentlich sei, die ihm diese Zeilen geschrieben hatte? Zerknüllte er den Brief und warf ihn verächtlich oder sogar ärgerlich in den Papierkorb wie seine Formelblätter? Würde er Ninas Brief dem Piraten und dem Bärtigen zeigen? Würden sie dabei Bier trinken und sich ausschütten vor Lachen?

Die Tage vergingen. Ohne Antwortbrief.

Johannes bemühte sich freundlich um Kontakt zu Nina, besonders, wenn sie zusammen im Garten arbeiteten. Während er den Auffangkorb aus dem Rasenmäher zog, schaute er zu Nina auf. »Sind wir jetzt Verdächtige?«

Nina legte eine welke, braunrosa Rosenblüte in ihren Korb. »Verdächtige?«

Johannes schmunzelte in sich hinein. »Es sind doch immer die Gärtner die Mörder.«

Höflichkeitshalber lachte Nina. Seine Freundlichkeit tat ihr wohl und tröstete sie. Das ruhige Arbeiten im Garten in seiner Nähe beruhigte sie.

Nina besprühte die Rosen mit einem Spritzmittel gegen Läuse, weil sie ihrer weder mit Seifenlauge noch mit Brennnesselsud Herr geworden war.

Johannes kratzte Unkraut aus den Fugen zwischen den Porphyrpflastersteinen des gewundenen Weges vom Gartentor bis zu den drei Stufen am Hauseingang. Immer wieder einmal grinste er verschwörerisch zu ihr her. Er kniete auf den Steinen in Treckinghosen und Wanderstiefeln, die vom Gras grün waren. Ein Strohhut, wie ihn Ninas Opa getragen hatte, schattierte sein inzwischen etwas sommersprossig gewordenes Gesicht. Die Haare an seinen Waden und seinen Unterarmen leuchteten, blond geworden. Immer wenn er den Fugenkratzer angesetzt hatte und ihn durch die Fugen zog, spielten die Muskeln unter der leicht gebräunten Haut seines rechten Unterarms.

Während Nina vom hohen Rosenstrauch der Gertrude Jekyll zu dem der Golden Celebration hinüberging, warf sie Johannes einen Blick zu. Er war gerade dabei, ein ausgewickeltes Bonbon in den Mund zu stecken und grinste ertappt.

Er griff in die Hosentasche, holte ein zweites hervor und streckte es Nina entgegen. »Karamell. Willst du? Ich liebe Karamellbonbons.«

Nina nahm es und wickelte es unter seinem genüsslichen Blick aus, schob es sich in den Mund, und sie grinsten sich an, als teilten sie gemeinsame Beute.

Nina wusste längst, wie gern Johannes naschte. Else hatte ein Körbchen mit Bonbons und Schokolade auf die Anrichte im Wohnzimmer gestellt. Vor allem für Johannes, denn Else selbst mochte keine Süßigkeiten, sondern knabberte lieber trockenes, salziges Gebäck. Anschließend musste sie alle drei Bisse lang von ihrem Weinschorle trinken, damit ihr die Krümel nicht im Hals stecken blieben. Schon mehrfach hatte Nina Johannes im Wohnzimmer mit Bonbonpapier knistern hören oder ihn mit einer Handvoll Süßigkeiten in sein Zimmer gehen sehen. Er hielt die Hand dann immer gesenkt, verlegen wie ein Schuljunge.

Als Nina am frühen Abend nach der gemeinsamen Gartenarbeit die Treppe hochkam, fand sie drei Karamellbonbons auf dem Fußboden vor ihrer Zimmertür. Tags darauf kaufte Nina eine Tüte Karamellbonbons derselben Sorte und legte Johannes drei Bonbons vor die Tür. Von da an wurde das Hinlegen dieser Süßigkeit zu einem Ritual, über das sie beide nie ein Wort verloren, das sie aber auf geheime Weise verband.

So pendelte Nina hin und her zwischen kurzen, frohen Momenten mit Johannes und dem peinlichen Berührtsein davon, dass sie Max geschrieben hatte und er sich nicht darum zu scheren schien.

BRENNNESSEL

Nina ging zu Fuß in die Innenstadt. An diesem Vormittag lag alles in klarem Licht. Die helle Junisonne leuchtete jeden Winkel aus und belebte alles. Am blauen Himmel strich ein Maler seine Pinsel aus; weiße Striche, dicke, dünne, kreuz und quer.

Auf der Haupteinkaufsstraße dasselbe Schauspiel, wie jeden Samstagvormittag: Vom Europaplatz her rollte eine Straßenbahn im Schritttempo Richtung Bertoldsbrunnen. Leute kreuzten die Schienen. Fahrräder fuhren der Bahn in den Weg. Die Bimmel ertönte. Auf der Höhe zwischen Schusterstraße und Salzstraße ging ein Clown mit einer langen, rotweiß gestreiften Zipfelmütze im Storchenschritt auf die Gleise.

Er stellte sich vor den Triebwagen und band ein unsichtbares Seil daran fest. Nina blieb vor dem alteingesessenen Damenbekleidungsgeschäft stehen und beobachtete den Clown. Er legte sich das Seil über die rechte Schulter und zog kräftig mit beiden Händen. Mehrere erfolglose Versuche unternahm er, bis er das imaginäre Seil endlich ärgerlich zu Boden warf. Er fuchtelte mit Armen und Händen vor der Frontscheibe, als stünde der Fahrer auf der Bremse, nur um ihn zu ärgern. Die Bimmel ertönte.

Der Clown ging ein Stück rückwärts, winkte die Bahn eilig mit beiden Armen zu sich heran, als drücke er aus: ja, ja, ja, nun mal endlich los. Die Bahn bewegte sich wenige Zentimeter auf ihn zu und musste dann seinetwegen erneut halten. Bei jedem Schritt wippte die rot-weiß-gestreifte Zipfelmütze, die ihm bis ins Kreuz hing. Der Straßenbahnfahrer trug ein schicksalsergebenes Gesicht zur Schau. Er kannte diese Scherze. Sie behinderten ihn und seine Kollegen an jedem Samstagvormittag auf der Kaiser-Joseph-Straße.

Der Zipfelmützen-Clown gestikulierte, als läge es allein am Fahrer, dass es nicht vorwärtsging. Die Leute zu beiden Seiten der Straße johlten und pfiffen. Väter hoben ihre Kinder auf die Schultern, damit die Kleinen besser sehen konnten.

Mit gespielter Empörung über die Unfähigkeit des Straßenbahnfahrers schüttelte der Clown den Kopf. Dann lief er, die Knie hoch Richtung Kinn ziehend, hinter den letzten Waggon der kriechenden Straßenbahn und schob sie mit aller Kraft an. Man konnte an seinem Gesicht ablesen, dass es allein seinen Anstrengungen zu verdanken war, dass es nun endlich weiterging.

Nina liebte diesen Clown. Sie freute sich jedes Mal, wenn er zufällig da war, während sie in der Stadt einkaufte. Stand Max irgendwo in der Menge?

Auf dem Markt kaufte Nina unter rot-weißen Marktschirmen für Else, Johannes und sich ein: Bundmöhren, Eichblattsalat, neue Kartoffeln und Erdbeeren und eine Wassermelone. Touristen fotografierten das Münster. Leute streiften an Nina vorbei. Hinter ihr sprach jemand Französisch. Eine Frau zeigte auf rote Gladiolen. Zwei Bäuerinnen unterhielten sich, die Köpfe zusammengesteckt, vor der Kapuzinerkresse. Ein Verkäufer suchte mit wettergegerbten Händen einen Strauß gelber Blumen für eine Frau mit großem Strohhut aus. Eine alte Bäuerin mit Kopftuch und gemusterter Schürze saß auf einem

Holzstuhl und beobachtete mit gefalteten Händen im Schoß die Leute.

Nina bekam Hunger. Darum stellte sie sich in die Warteschlange am Bratwurststand. Samstags war die Schlange lang. Nina sog den Geruch von gegrillter Wurst ein.

Ein vorbeischlenderndes Paar küsste sich. Nina drehte den Kopf weg, weil sie das nicht sehen wollte. *Maximilian Pallas, du antwortest mir nicht,* dachte sie. *Du demonstrierst mir, dass du keinen Kontakt willst. Warum mindert das meine Sehnsucht nicht, sondern heizt mein Verlangen nach dir an?*

Nina begriff nicht, was in den vergangenen Monaten mit ihr passiert war und immer noch im Gange war. Sie konnte erläutern, welche Funktion kleine GTP-bindende Proteine in der Zelle haben. Wie man wirksame Substanzen in Liposomen einbinden kann. Sie hatte jede biochemische Fragestellung während ihrer Diplomprüfung umfassend beantwortet. Aber was mit ihr geschehen war, als sie zum ersten Mal den Mund von Maximilian Pallas gesehen hatte, konnte sie nicht ergründen.

Sie hob die Einkaufstasche zwischen ihren Füßen an, machte einen Schritt vor und stellte sie wieder ab.

Das viele Sehnen hatte ihr Gefäßsystem undicht gemacht. Überall tröpfelte es aus ihr heraus. Verlor sich in die Gegend. Hier klebte etwas von ihr. Dort stand eine kleine Lache ihrer selbst.

Nina fühlte den Drang, wieder zu dem Liebespaar hinüberzuschauen. In ihrer Fantasie waren es Max und sie selbst, die langsam vom Münster wegschlenderten, die Köpfe zueinander geneigt.

Es musste der Duft von Patschuli und Sandelholz gewesen sein, der sich Atemzug für Atemzug in Ninas Bewusstsein vorgearbeitet und sie dann dazu gebracht hatte, sich in der Warteschlange umzudrehen.

Da stand er hinter ihr.

Max. Groß erschien er ihr, ach was, groß war er. In der blutroten Jacke stand er da. Sein warmer Blick ruhte auf ihr. Er versuchte ein Lächeln. Nina vergaß, wie man atmet.

»Wann treffen wir uns?« Seine Stimme klang tief und samten. Er fragte es wie selbstverständlich. Als gäbe es nichts einzuleiten, nichts überzuleiten, nichts zu erklären, als hätten sie beiden sich längst darüber ausgesprochen, was sie in den vergangenen Wochen aneinander beschäftigt hatte.

Ninas Herz pochte in den Schläfen. *Sei unkompliziert!* »Morgen Abend, neunzehn Uhr?«

»Okay. Morgen Abend, neunzehn Uhr. In der Brennnessel?«

Diese nüchterne Terminabsprache beruhigte Ninas Pulsschlag. Nina kannte weder die Brennnessel noch andere Studentenkneipen. Denn sie hatte nie ein normales Studentenleben geführt, war kaum je mit Kommilitonen durch die Kneipen gezogen. Stattdessen hatte sie Achim zu seinen Juristenfreunden begleitet. Einmal hatten sie bei Clemens zu Abend gegessen, dann bei Frederic ein Glas Wein getrunken. Sie hatten in der schmuddeligen Sitzecke der Wohnheimküche von Thilo, Achims bestem Freund, über Gott und die Welt diskutiert. Meistens aber hatte Nina abends auf dem Sofa neben Achim die Politsendungen und Dokumentationen mitangesehen, die er ausgewählt hatte. Sie waren wie ein altes Ehepaar gewesen.

»Brennnessel?«

»Die Brennnessel ist in der Nähe des Bahnhofs. Gleich nach der Brücke, stadtauswärts, rechts. Am besten wir treffen uns an der Straßenbahn-Haltestelle Eschholzstraße und gehen von dort aus zusammen.«

Während Nina nickte, entdeckte sie abseitsstehend den Piraten und den Bärtigen. Wie Trugbilder hinter sengender Luft. Nur Maximilians Bild existierte klar.

Er deutete mit dem Kinn zum Grillstand. »Gute Wahl übrigens. Hier gibt es die beste Münsterwurst. Eine bessere kriegt man nicht.« Sicher erklärte Max ihr diese Tatsache deshalb wie einer Touristin, weil Nina die Brennnessel nicht gekannt hatte.

Nina wunderte sich darüber, dass Max so ohne jede Scheu mit ihr sprach. Sie kam sich vor wie eine alte Bekannte. Dabei unterhielten sie sich doch zum ersten Mal. Zum ersten Mal richtig. Nur an der Anspannung in seiner Oberlippe meinte Nina ablesen zu können, dass auch Max diese Begegnung nicht ganz so leichtnahm.

Nina nickte. Max' Blick folgte ihrer Hand, die eine Haarsträhne zurückstrich.

»Wie bist du an meine Adresse gekommen?«

Da endlich war die Frage.

»Über das Einwohnermeldeamt.«

Maximilians Augen weiteten sich. »Die geben einfach meine Adresse raus?«

»Ja, man kann dort nach einer Adresse fragen.« Kein Wort würde Nina davon erwähnen, dass sie zehn Mark für diese Auskunft hatte zahlen müssen.

»Woher weißt du meinen Namen?«

Warum fragte er das? Hatten nicht Max und sein Piratenfreund alles so arrangiert, dass Nina seinen Namen hatte hören sollen? War es nicht genau so gewesen? »Dein Freund da drüben, der große, hat dich laut mit Maximilian Pallas begrüßt. Freiburg ist dein erster Wohnsitz, Neufra dein zweiter.«

Maximilians Mund blieb kurz offenstehen, der zarte, weiche. »Ach, das weißt du auch?«

Sicher würden die drei Männer nachher die Bratwurst in der Hand kalt werden lassen vor Lachen über Nina.

»Gut«, sagte Max, als würde er einen Haken hinter die Sache machen, »dann hätten wir das geklärt.« Wie eindeutig er war! »Okay, dann treffen wir uns morgen Abend an der Haltestelle.« Er nickte wieder zum Bräter hin. »Du bist dran.«

Nina nahm die beste Grillwurst der Stadt entgegen und drehte sich damit zu Max um. Zum Abschied nickten sie sich zu. So einfach war es auf einmal.

Nina fand erst nicht in den Schlaf, weil sie die ganze Zeit darüber nachdachte, was sie so sehr an Max faszinierte. Sie sah den weiblichen Mund im männlichen Gesicht. Die maskuline Ausstrahlung der feingliedrigen Gestalt. Die von Weichem und Zartfühlendem durchdrungene Kälte. Die schmale Hand eines Künstlers, die nicht Gedichte, sondern mathematische Formeln schrieb. Nina kam zu der Überzeugung, dass es das Nebeneinanderbestehen von Gegensätzen war, was sie bannte: die Fusion von Männlichem und Weiblichem, die irritierend vollendet erschien. Nur für den Bruchteil einer Sekunde leuchtete der Gedanke in ihr auf, dass es ihre Sehnsucht nach Liebe war, die Max eingesponnen hatte. Ihre Suche nach Geborgenheit. Ninas ganzes Lebensinteresse konzentrierte sich auf Max und trieb mit ihm auf stürmischer See. *Ich verliere mich an Max*, dachte sie.

Endlich schlief Nina ein. In der Nacht wälzte sie sich. Im Traum schlich ein streunender Hund ihr quer durch die Stadt hinterher. Als er sie einholte und seine scharfen Zähne zeigte, wachte sie auf. Ihr Radiowecker auf dem Nachttisch zeigte 03.16 Uhr. Sie lag wach. Bedenken überfielen sie. *Worauf lässt du dich ein? Was versuchst du zu erzwingen?* Sie hörte Johannes' Toilettenspülung. *Weshalb willst du dich mit einem beinahe fremden Mann treffen?* Sie roch Lavendel und schlief über dieser Frage wieder ein.

AN DER BAR

Von der gegenüberliegenden Haltestelle kam Max auf Nina zu. Sein Kopf gesenkt. Sein Blick durchdringend. Sein Mund leicht geöffnet. Ninas Blut glühte bis in die Finger_spitzen. Die roten Flecken im Gesicht brannten. Nina schämte sich für sie.

Auf den zweiten Blick nahm Nina Maximilians Aufmachung wahr. Seine schwarze, abgeschabte Lederjacke hing über seiner nackten Schulter. Seine Jeans war am Knie zerrissen und ausgefranst. Er trug ein enganliegendes, weißes Feinripp-Unterhemd. Und alles an ihm schien zu rufen: Hier bin ich, bereit für einen One-Night-Stand. Am liebsten hätte Nina abwehrend mit beiden Händen gewedelt: Das ist ein Missverständnis, ein Irrtum! Ich will die große Liebe. Die Nimm-Mich-Botschaft seiner zerrissenen Jeans und seines Unterhemds war Nina peinlich, als hätte Max sich auf offener Straße nackt ausgezogen. Innerlich wich sie ein Stück zurück, weil ihr unheimlich zumute wurde.

Er schritt also auf sie zu, mit leicht gesenktem Kopf und dunklem Blick und einem Lächeln, das Nina wie ein Zähnefletschen vorkam. Nina war zumute, als wollte er ihr sagen: ›Du wirfst dich mir zum Fraß vor? Ich werde dich in Stücke reißen. So hast du es gewollt.‹

Unter den Achseln wurden die Ärmel von Ninas bronzefarbenem T-Shirt feucht.

»Hallo«, sagte Max nüchtern. »Wir müssen auf die andere Seite. Es sind etwa dreihundert Meter bis zur Brennnessel.«

Auf dem schmalen Gehweg, zwischen der langen Reihe hintereinander parkender Autos und der Häuserzeile, mussten sie so dicht nebeneinanderher gehen, dass sich ihre Schultern beinahe berührten. Nina konnte kaum sprechen. Da war Max auf einmal. Ging neben ihr. Redete mit ihr. Nach all den Wochen des Sehnens und Hoffens. Seine Stimme war einlullend weich und tief.

»Ich war mit meinem Freund Moritz im Rigoletto. Im Stadttheater.«

»Ah, im Rigoletto.« Oper – zerfetzte Jeans. Harte Augen – weicher Mund. Nina war in eine Welt geraten, in der sie nur noch wenig verstand. »Moritz. Ist das der Pirat?«

Maximilians Kopf fuhr zu ihr herum. »Der Pirat?« Sein Lächeln war schief und interessiert, aber leicht abfällig.

»Der Große, der dich mal in der UB besucht hat und der auf dem Marktplatz gewartet hat, als wir am Grillstand waren.«

»Ja, der.« Kurze Pause. Max überlegte. »Zugegeben, er schaut etwas finster drein, aber er ist ein sehr netter Mensch. Wie dem auch sei, man hat die Heisterhagen als Gilda etwas voreilig hochgejubelt. Zumindest an dem Abend, an dem wir da waren, war sie nicht sooo doll. Aber gut, vielleicht eine Frage der Tagesform.«

Nina kam sich vor wie eine andere Frau, wie eine Fremde und fühlte sich gleichzeitig als die, die sie ein Leben lang im Tiefsten unerkannt gewesen war. »Bist du Mathematiker?«

Max grinste amüsiert. Die über seiner Schulter hängende Lederjacke berührte kurz Ninas nackten Oberarm. »Beinahe. Nein, ich bin Physiker. Königsklasse. In den letzten Zügen.

Noch zwei Prüfungen. Das mit der Königsklasse sagt übrigens ein Professor von uns. Das stammt nicht von mir. Ich bin aber gern bereit, diese Feststellung bestätigend zu wiederholen.«

Nina wusste nicht, ob sie den letzten Satz bewundern oder arrogant finden sollte. *Bestätigend*. So sprach doch kein normaler Mensch. Nicht einmal Achim oder Mutter.

Max grinste ein überhebliches Grinsen, als könne nun mal kein Mensch auf der Welt etwas daran ändern, dass die Physik die Crème de la Crème der Wissenschaft versammle. 24 Jahre alt sei er. Er war nicht der jungenhafte Student im ersten Semester, für den Nina ihn gehalten hatte.

Maximilians Augen funkelten wild und ungeduldig. »Mich interessieren die interstellaren Wolken. Sie bestehen aus Staub und aus Gas. Hast du schon mal was vom Pferdekopfnebel gehört?« Nina nickte. Sie bemerkte einen hellbraunen Fleck unter seinem linken Auge. »Das ist eine Dunkelwolke, die Licht absorbiert. 1500 Lichtjahre weit weg. Das ist doch gigantisch. Mach dir das mal klar: Ein Lichtjahr sind 9,46 Billionen Kilometer. Neunpunktviersechsnullpunktnullnullnullpunktnullnullnullpunktnullnullnull. Unvorstellbar.«

Nina spürte seine Begeisterung. Die schwarze Lederjacke wirkte heute bedrohlicher als sonst. Vielleicht entstand der Eindruck aber auch durch die Wildheit in seinen Augen. »Unvorstellbar«, wiederholte Nina.

»Die Physik ist konkret und handfest. Anders als die Philosophie. Philosophen irren im Nebel herum.« Max lachte kurz auf, wahrscheinlich weil ihm der Vergleich mit der anderen Art von Nebel eingefallen war. »Die Physiker sind am ehesten dazu imstande herauszufinden, was die Welt im Innersten zusammenhält.« Er drehte den Kopf zu Nina. Sein Blick ging zwischen ihren Augen hin und her, schien ergründen zu wollen, ob sie verstanden hatte, worauf er anspielte.

»Faust?«, fragte Nina.

Max nickte mehrmals herausfordernd. Er redete von oben herab mit ihr. Nina fühlte sich wie ein Schulmädchen. Belehrt, wie von ihrer allwissenden Mutter, der Richterin über schuldig gewordene Töchter, Mörder und Physiker. Schweigen breitete sich zwischen ihnen aus. Maximilians Schuhe machten ein helles, flaches Geräusch auf dem Asphalt. Max deute mit dem Kopf in Richtung einer vergilbten, ehemals gelb-weiß gestreiften Markise. Sie hing an einer tannengrün gestrichenen Hauswand, an der drei Außenleuchten brannten, obwohl es noch hell war und beschattete eine Reihe von Barhockern und Stehtischen aus dunklem Holz, obwohl die Sonne nicht mehr schien.

»Ich muss allerdings zugeben, dass ich in der Physik längst noch nicht alle Antworten auf meine Fragen gefunden habe. Genaugenommen gar keine.«

Du redest viel, dachte Nina, *fängst gleich mit den ganz komplizierten Themen an und kommst mir mit der intellektuellen Brechstange.* Wie konnte man so selbstbewusst sein? Nina fühlte sich beinahe ein wenig von Max hinters Licht geführt. Als habe er bislang absichtlich schüchtern getan, um sie in die Falle zu locken. Als zeige er jetzt sein wahres Gesicht. Dieser Max neben ihr hatte, abgesehen von seiner weichen Stimme, nichts von einem hochsensiblen, gefährdeten Hölderlin, einem scheuen Novalis, von jenem Mann in der UB, in den sie sich so verliebt hatte. Nina, verblüfft, brachte kaum ein Wort heraus.

In der Bar setzten sie sich auf Hocker. Sie bestellten jeder ein Pils. Max redete und redete. Nina war zu immer größerem Erstaunen verdammt. Max lerne gerade Mandarin. Nein, so schwer sei das nun auch wieder nicht, jedenfalls nicht, wenn man sprachbegabt sei wie er.

»Wie viele Sprachen sprichst du?«, fragte sie.

»Fünf Sprachen fließend. Deutsch ist ja klar, dann Englisch und Portugiesisch – in Namibia spricht man auch portugiesisch, dort bin ich aufgewachsen, bis ich achtzehn war – dann Französisch und Spanisch. Mein Italienisch ist nicht schlecht, aber nicht fließend. Mein Mandarin ist noch ziemlich am Anfang.«

Was würde denn noch alles kommen? Er war Physiker der Königsklasse, kannte sich mit klassischer Musik aus, sprach fünf Fremdsprachen und lernte die sechste. Überdies war er in Namibia aufgewachsen, und sein Vater war Botschafter in Windhoek gewesen.

»Beeindruckend«, sagte Nina. Sie brauchte nicht noch mehr tolle Leute um sich. In ihrer Familie waren alle over the top. Sie war das Dummchen vom Dienst mit nur einem Biochemie-Abschluss und einer Kündigung nach einem Jahr.

»Beeindruckend ist in Namibia vor allem eines: Der Sternenhimmel. Wenn du mal hinfährst, dann geh auf den Gamsberg. Danach studierst du Astrophysik, weil du glaubst, dass dir dort die Frage nach dem Sinn des Lebens beantwortet wird.«

Es gefiel Nina, dass er ein Sinnsuchender war. Einer, der noch nicht alle Antworten kannte. Max drückte den Stummel seiner dritten Zigarette im gläsernen Aschenbecher aus. Ninas Blick rutschte auf seine Oberschenkel in der zerrissenen Jeans. Der Anblick der geschlossenen Hosenknöpfe ließ sie erschauern. In ihrem Unterleib zog sich etwas zusammen und kribbelte. Das Bild löste ein Verlangen nach Max aus, vor dem Nina erschrak. Achim hatte sie nie auf diese Weise begehrt, auch sonst niemanden. Jedenfalls nicht bewusst.

»Du bist ein Sinnsuchender«, stellte Nina fest, mehr um sich selbst von ihrem Verlangen abzulenken.

Max zog kurz die Augenbrauen zusammen. »Natürlich bin ich ein Sinnsuchender. Das ist doch letztlich jeder. Wenn er etwas Grips hat, zumindest.« Max entnahm eine neue Zigarette aus einer schwarzen Schachtel.

Hatte er diese Packung nur gekauft, weil sie sich widerstandslos in sein Outfit fügte? Schwül war es in der Kneipe, stickig und verraucht und voller Patschuli-Sandelholz-Duft. Ninas Haut klebte. Seine schien zu dampfen unter der schwarzen Lederjacke, die immer noch über seinen Schultern hing. Wie zum Schutz vor Nina.

Seine Lippen legten sich sanft um den Zigarettenfilter. Nina spürte, wie Schweißperlen auf ihre Stirn traten. Sie wusste, dass andere Leute in der Bar waren, hätte aber nicht sagen können, wie viele es in etwa waren, wann jemand dazukam oder hinausging, weil sie sich nie umdrehte. Nur der Barkeeper und Max hoben sich aus dem murmelnden Nebel heraus. Der Barkeeper bewegte sich vor schimmernden Gläsern und Flaschen.

Max saß im Rauch seiner Zigarette, einen Arm auf den Tresen gelegt, die schmale Hand am Bierglas. »Hast du von dem großen Coup in Berlin gehört? Von diesem Banküberfall?«

Nina erinnerte sich schwach an eine Meldung in der Tagesschau. Hätte sie noch bei Achim gewohnt, wüsste sie Genaueres. Und würde sie öfter mit ihrer Mutter telefonieren, wüsste sie es auch.

In Berlin, fasste Max zusammen, hätten Bankräuber zwei Tunnel gegraben. Einer sei zwanzig Meter lang. Das müsse man sich mal vorstellen. Der andere fünfzig Meter. Von unten seien sie durch den Fußboden in den Tresorraum eingebrochen und auf demselben Weg mit der Beute entkommen. Das sei endlich mal ein originelles Verbrechen in der langen Reihe immer gleich gestrickter Überfälle und Morde. Alles sei »exakt« geplant gewesen. Als er »exakt« aussprach, schlug er mit der flachen Hand auf den Tresen. Geradezu »genial« sei das. Eines dürfe ja wohl klar sein: Nur gründlich geplante und diszipliniert ausgeführte Verbrechen führten langfristig zum Erfolg.

Nina spürte, dass sie im Laufe seines Berichts wieder aufgehört hatte zu schwitzen. Innerlich pendelte sie zwischen der Hingabe an diesen sinnlichen Mann und dem Abgestoßensein von seiner Selbstverliebtheit. Max hatte Königsklassenwahrnehmung, nur das Perfekte weckte Begeisterung in ihm. Nina entspannte sich, sobald er ihr weniger reizvoll vorkam. Doch er konnte ihr jederzeit wieder verlockend erscheinen, ihr war, als habe er mehrere Gesichter.

Nina ließ die verrauchte Luft in ihre Lungen strömen. Warum war Max so viel lebendiger, als sie angenommen hatte, so viel lauter, so viel kraftvoller? Warum ließ er ihr nur Bruchstücke von dem Mann übrig, den sie erträumt hatte?

»Noch etwas dürfte ja wohl auch klar sein.« Max nahm den Kopf leicht in den Nacken, blies Rauch aus und senkte dann einen durchdringenden Blick in Ninas Augen. »Uns beiden wäre ein Banküberfall zu wenig. Oder? Schäfer?«

Er nannte sie Schäfer? »Warum nennst du mich Schäfer?«

»Weil du so heißt.«

»Nina heiße ich.«

Max grinste, ließ den Spalt zwischen seinen Schneidezähnen sehen, zog an seiner Zigarette und hauchte den Rauch langsam aus. Dann schlug er wieder mit der flachen Hand auf den Tresen, diesmal noch kräftiger. »Schäfer«, presste er im Befehlston hervor, als sei sie eine Soldatin. »Der Name gefällt mir. Schäfer. Zack. Doch, du bist Schäfer. Das passt. Klar und entschieden. Nicht nur schön, sondern auch entschlossen.«

Ihr Nachname hatte so gar nichts von Zack und entschieden, fand Nina. In ihren Ohren klang Schäfer selbst dann noch geschmeidig, wenn Max den Namen in militärischer Manier aussprach. Nina kam sich vor, als stünde sie verirrt in einer

Stadt, deren Straßennamen sie nicht lesen konnte. *Schön* hatte er gesagt. *Schön*.

»Bin ich das?«, fragte sie. »Klar und entschieden?«

Max lachte halb unterdrückt auf, als sei nichts eindeutiger als das. »Ja, bist du. Du hast meinen Namen und meine Adresse rausgekriegt, und jetzt sitzen wir hier.«

So seltsam es auch war, dieses Kompliment, es richtete Nina auf. Klar und entschieden war sie bisher immer gewesen. Sie hatte, abgesehen von der Kündigung und der schiefgelaufenen Beziehung mit Achim, alles hinbekommen, was sie hatte erreichen wollen. Wenngleich es manchen zu wenig war, wie etwa Mutter. Und der Mutter ihrer Mutter, die nur »Spitzenleute« zur Welt gebracht hatte. Vielleicht sah Maximilian, was in ihr steckte und kannte sie besser als ihre Familie. Maximilians Zuspruch richtete Nina stärker auf als Diddis Lob ihrer Kämpfernatur.

Maximilians Nachname übrigens werde mit etwas mehr Schwung ausgesprochen, bitte. Pallas wie Ball und nicht wie Balingen. Das im Übrigen sei eine Kleinstadt in Süddeutschland, aber egal. Palas gäbe es selbstverständlich auch, was Nina ja wisse, wenn sie Namen so ausspreche. Übrigens: Eine neue Rebsorte hieße Palas. Und einen orientalischen Teppich nenne man so. Aber Pallas, das sei einst ein Ehrentitel gewesen. Mit wichtiger Miene zog Max eine Augenbraue hoch. Sein Vater allerdings bevorzuge die Erklärung, dass Pallas vom ungarischen Pallasch stamme. Das sei eine Bezeichnung für den sogenannten Kürassierdegen.

Max suchte offensichtlich in Ninas Augen nach Bewunderung für sein brillantes Wissen. Doch sie hütete sich, ihm ihre offene Bewunderung zu schenken. Nina überlegte, ob sie Max erläutern sollte, dass ein Schäfer jemand sei, der Schafe hüte. Dies wiederum seien wollige Tiere. Sie ließ es aber bleiben. Je mehr Max aufschnitt, desto ruhiger und gefasster wurde sie.

Ihr Traum löste sich auf wie der Rauch, der aus Maximilians Mund kam.

»Kürassierdegen«, wiederholte Nina, um überhaupt etwas zu sagen, »das muss ich mir wohl merken.«

»Ja, bitteschön. Ich bin schließlich Fechter. Kein schlechter überdies. Obwohl ich erst spät, erst in Deutschland, mit dem Fechten angefangen habe.« Daher also kamen seine dicht über dem Boden gesetzten Schritte, das Geschmeidige in seinen Bewegungen.

Nina erinnerte sich an sein Hochschnellen aus dem Stand im Treppenhaus.

»Der Sprung auf der Treppe war phänomenal«, entfuhr es ihr.

»Die Frau hat verdammtes Glück gehabt, dass ich zur Stelle war«, brüstete er sich. »Welchen Sport treibst du?«

»Wandern.« In Nina gluckste ein Kichern. Wie herrlich war es, Max zu verblüffen.

Er stutzte, stockte in der Bewegung, die Zigarette zum Mund zu führen. »Ah, wandern, auch schön.« Er trank einen Schluck Bier und stellte das Glas wieder ab. »Was studierst du?«

Da, endlich die Frage.

»Nichts mehr. Ich bin fertig. Ich bereite mich auf die Promotion vor und arbeite übergangsweise als Redaktionsassistentin.«

Max' Augen weiteten sich. Er setzte sich aufrechter hin und nahm die Schultern zurück. »Verstehe ich das richtig? Während wir anderen alle dasitzen und pauken, verdienst du am Nachbartisch Geld?«

»Was heißt Geldverdienen? Viel ist das nicht.«

»Das ist egal, aber du hast das alles hinter dir. Du bist fertig. Du stehst in Lohn und Brot.«

Nina wunderte sich über sein Erstaunen, weil das alles inzwischen eine Selbstverständlichkeit für sie war. Sie erzählte ihm in drei Sätzen davon, dass sie Biochemikerin war, ihren ersten Job verloren hatte und nun bis zur Promotion an einem Nachschlagewerk über berühmte Biologen arbeitete.

Auf einmal saßen sie sich auf Augenhöhe gegenüber. Alles Forsche, Überhebliche, Belehrende hatte ihn verlassen. »Wie alt bist du dann eigentlich?«

»25.«

»25.« Er nickte. Innerlich schien er etwas zurückzutreten, wie aus Respekt. »Ich habe dich übrigens zuerst entdeckt«, behauptete er.

Im Spaß stritten sie eine Weile darüber. Nina war sicher, Max zuerst gesehen zu haben – bis er ihr exakt sagen konnte, was sie an ihrem ersten Nachmittag in der UB angehabt und wie sie ihre Haare getragen hatte.

»Gelber Rollkragenpullover und Zopf.« Er machte eine Handbewegung an seinem Hinterkopf. »So ein gewippter.«

Den kürbisfarbenen Pullover und einen Pferdeschwanz hatte Nina tatsächlich nur an ihrem ersten Nachmittag in der Bibliothek getragen. »Du hast dir gemerkt, was ich anhatte?« Sie lockerte ihr Haar mit beiden Händen und strich es danach wieder glatt, beeindruckt und geschmeichelt.

Max saß nicht mehr ganz so gerade da. »Was heißt gemerkt? Ich weiß es eben noch. Willst du wissen, was ich gedacht habe?«

»Wahrscheinlich will ich das nicht wissen.«

»Ich habe gedacht: Du siehst ja toll aus.« Max blickte ihr tief in die Augen. »Und dann dachte ich: Aber *so* toll siehst du auch wieder nicht aus, dass du so eine arrogante Fresse ziehen musst.«

Nina zuckte zusammen. »Arrogant?« Niemals hatte das jemand über sie gesagt. An jenem Nachmittag in der UB war sie tief niedergeschlagen gewesen. Sie hatte sich zusammenreißen müssen, um sich überhaupt unter die Studenten im Saal zu wagen, so verunsichert war sie gewesen. Und Max hatte Hochmut von ihrem Gesicht abgelesen? »Weißt du«, Nina senkte den Kopf und hob ihn gleich wieder, »an dem Tag ist es mir nicht gut gegangen.«

Schweigen. Dieser Satz brachte Ruhe in Maximilians Blick. Seine cognacfarbenen Augen wurden weiter, sein Blick weicher. Er nickte, als verstünde er, wovon er doch nichts wissen konnte. Max beobachtete seine Finger dabei, wie sie die Zigarettenschachtel auf und zu klappten. Dann hob er den Kopf, und sein Blick lugte wie zwischen gespreizten Fingern scheu hindurch.

Da war er. Der Novalis. Ein Schauer durchlief Nina. Danach brandeten Wellen tosend von innen gegen ihre Rippen.

Max nahm seine Hand vom Bierglas und legte sie neben ihre Hand auf den Tresen. »Weshalb sitzen wir hier?« So weich war seine Stimme, so sanft, so verletzlich sein Blick.

»Das weißt du doch.« Wie von selbst war die Antwort aus Nina herausgeglitten, wie längst vorbereitet. Schweigend sahen sie sich in die Augen. Der Bann war gebrochen.

»Ja.«

Sie standen im inneren Kreis. Nah beieinander. Dort, wo sich nun doch alles zu bestätigen schien, was Nina in den vergangenen Monaten gefühlt, geahnt, gehofft hatte. Immer noch schwiegen sie. Halb angerührt, halb unsicher, wie es weitergehen sollte.

War sein Ja ein ›Ja, wir sitzen hier, weil wir in weniger als einer Stunde übereinander herfallen werden‹? Dachte er das? Nina wollte nichts anderes, als in seiner Nähe sein und seinen Mund sprechen, Rauch ausatmen und lächeln sehen. Natürlich wollte sie alles von ihm, aber nicht so schnell.

Maximilian nahm seinen Blick und seine Hände wieder an das Bierglas und hielt es fest. Sehnen zeichneten sich unter der sonnengebräunten Haut ab. Seine Stimme klang gepresst. »Ich bin gebunden.« Langsam und leise sprach er diese Worte, wie jemand, der den Degen nicht schnell, sondern Zentimeter um Zentimeter seinem Gegner in die Brust treibt.

Nina öffnete den Mund, um etwas zu sagen. Aber sie konnte es nicht.

Max sah ihr vorsichtig in die Augen und so, als sei das Buch ihrer gemeinsamen Geschichte nach der ersten Seite zugeschlagen worden. »Du hast Hannah gesehen. Auf der UB-Terrasse.«

Da erinnerte Nina sich an die kleine Frau, die mit dem Bärtigen am Tisch gesessen und mit ihm über diese neuartigen mobilen Telefone diskutiert hatte. Die Frau, die von Max behandelt worden war, als sei sie eine beliebige Kommilitonin. Die Frau, die nie an seinen Arbeitstisch in der UB gekommen war in all der Zeit.

»Ich bin auch gebunden«, sagte sie, um nicht in einer schwächeren Position zu sein. Kein Wort würde sie über Bärbel sagen, über ihren eigenen Auszug aus Achims Wohnung und ihren Plan, sich endgültig von ihm zu trennen. Sie musste mit Max auf derselben Ebene stehen. Sie durfte nicht in der schlechteren Position starten. Starten?

Max sah sie fahrig an und suchte angestrengt nach Worten. Auf einmal wirkte er aufgeregt, beinahe empört. Er nahm das Cellophan der Zigarettenschachtel in die Hand und spielte damit. »*Warum* bist du gebunden?« Sein Blick bohrte sich in ihren Blick hinein. Er durchwühlte Nina suchend, wie man hektisch eine Schublade durchstöbert und alles durcheinanderbringt. Die Tatsache, dass Nina gebunden war, schien Max aus dem Konzept zu bringen. Es war, als frage sein weit offener, beinahe entsetzter Blick: Warum hast du uns schon im Vorfeld alles kaputt gemacht? Als gebe es einen Unterschied im Grad ihrer Bindung an ihre Partner. Als sei es halb so wichtig, dass er mit Hannah zusammen war, jedoch alles entscheidend, dass Nina mit Achim liiert war.

Dann schlug er die Augen nieder. Schweigen breitete sich aus. Max fing sich. Als er wieder hochsah, blicken seine Augen durch ein geschlossenes Visier hindurch. »Vor Hannah habe ich mehrere kurze und sehr kurze Verhältnisse gehabt. Liebe war das nicht. Liebe war es erst bei Hannah, aber sympathisch waren die Frauen mir alle.«

Hannah sei Chemikerin, Doktorandin an der Chemischen Fakultät. Etwas älter als er. Logischerweise. Mit diesen Worten drehte Max den Degen in Nina langsam von rechts nach links und zurück.

Nina wollte nichts wissen von Hannah und nichts von den sympathischen Liebschaften.

»Du hast Augen wie ein Wolf«, sagte sie.

Max stutzte. Dann ließ er seine Augen gefährlich funkeln. Sein Lächeln wurde so breit, dass Nina wieder den Spalt zwischen seinen Schneidezähnen sehen konnte. »Wie ein Wolf?«

»Hat dir das noch niemand gesagt?«

»Nein, das hat mir noch niemand gesagt. Gefällt mir aber.«

Auf seiner Brust glänzten Schweißperlen.

Schon den ganzen Abend wechselten sie abrupt die Themen. Jetzt wieder. Max erzählte, dass er nicht an das Max-Planck-Institut für Astrophysik oder für extraterrestrische Physik gehen wolle oder in einen ähnlichen Bau, wo es kaum Frauen gebe und wo die wenigen, die es gab, unattraktiv seien. Aber es werde ihm vielleicht nichts anderes übrigbleiben, wenn er weiter über interstellare Wolken forschen wolle. Er habe sich für ein Stipendium an der Uni in Kalifornien beworben. San Diego. Strand. Schöne Frauen. Ganz sicher, todsicher, werde er die Welt bereisen. Schließlich wolle er alle schönen Frauen dieser Welt sehen.

Nina fühlte die Erdplatte sich neigen. Sie rutschte bis an ihren Rand. Sie war unmittelbar davor, in den freien Raum zu fallen. Das war sein erklärtes Ziel? Alle schönen Frauen dieser Welt zu sehen?

»Du wirst niemals alle schönen Frauen dieser Welt sehen können«, sagte sie. Ein wütendes, verzweifeltes Aufbäumen war diese Bemerkung. »Willst du sie nur *sehen*? Oder willst du sie *haben*?«

Maximilians Gesicht nahm den Ausdruck eines Besiegten an. Betroffen wie ein Kind, das einem in großer Sorge mitteilte, sein Schiffchen sei im Freiburger Bachlauf mitgerissen worden, und man würde es nicht wiederfinden.

Max senkte den Kopf und blickte auf Ninas Knie. »Ja, für mich ist das ein Ziel. Allen Ernstes, es gab Zeiten, da hat mich das sehr belastet, dass ich es niemals schaffen werde, alle schönen Frauen dieser Welt zu sehen. Nur sehen, das würde mir schon genügen.«

Das also war sein Ziel, sein Wunsch, seine Sehnsucht. Nina betrachtete den Rand seines weißen Unterhemds, die Grenze zu seiner braunen, glatten Brust. Alles in Nina bäumte sich auf, als ihr klar wurde, dass Max am entgegengesetzten Ende von treuer und verlässlicher Liebe stand. Außerhalb jeder Reichweite für sie. Lichtjahre entfernt. Es war, als hätte man ihr etwas weggenommen, was schon ihr gehört hatte.

Max wollte wissen, wie Ninas Freund hieße, wie lange sie schon zusammen seien. Achim. Sechs Jahre. Er und Hannah erst fünf. Während all dieser Fragen trug Maximilians Gesicht denselben ernsten Ausdruck. Nina wollte nicht mit Max über Achim reden. Sie wollte über sie beide reden, über Max und sie und darüber, weshalb sie hier saßen.

Aber Max ließ nicht locker. »Und?« Da war sie wieder, die Anspannung in seiner Oberlippe. »Affären gehabt während deiner Beziehung?«

Immer wieder Kreuzverhöre, Beichtgespräche, Aufs und Abs. Nina war angestrengt. »Nein, natürlich nicht.«

»Was heißt natürlich?« Max klopfte auf die Zigarettenschachtel und merkte, dass sie leer war.

Die leere Schachtel unterbrach das Verhör. Max hielt die Packung hoch, damit der aufmerksam gewordene Barkeeper die Marke erkennen konnte. Dieser brachte gleich eine neue Schachtel. Schweigend löste Max das Cellophan. Er entnahm die erste Zigarette und steckte sie an. Sog, atmete Rauch aus.

Er wirkte konzentriert wie jemand, der im Begriff war, etwas zu berichten und dabei nichts vergessen wollte. »Ich hatte bisher eine Affäre. Mit einer Freundin von Hannah. Eine Brünette. Ich habe ihr geholfen, ihre kleine Wohnung zu renovieren.«

Während er erzählte, roch Nina das Aceton der Farbe, mit der sie die Wände gestrichen hatten. Staubwolken in den Zimmerecken. Dumpfe Geräusche von Maximilians schwarzen Schuhen auf dem Malervlies. Mit weißen Spritzern übersäte Frauenhände glitten über Maximilians schmale Hand und nahmen ihr die Farbrolle ab. Die Brünette zog den Erstaunten und doch längst Wartenden ins Nebenzimmer, wo noch ein Sofa stand.

Die Erinnerung ließ Max erröten und schwerer atmen. Er strich sich mit der Hand über die Wange, als wolle er die Schamesröte verdecken oder fortwischen. Die Bilder von Max mit der Brünetten auf dem Sofa griffen Nina in die Magengrube.

Max fuhr sich durch das wirre Haar und machte den letzten Zug. Er drückte den Zigarettenstummel im Aschenbecher aus. Seine Offenheit schockierte Nina. Das Wissen um Hannah drängte sie mit dem Rücken zur Wand, und die schönen Frauen der Welt lagen alle im Haufen über ihr und drückten ihr die spitzen Ellbogen und Knie in den Leib. Aber die Fantasie von Maximilians Seitensprung mit Hannahs brünetter Freundin schmerzte Nina, als sei ihr selbst der Betrug widerfahren. Es war schlimmer als das Bild, das sie von Achim und Bärbel auf dem Sofa im Kopf hatte.

Max legte seine Hand wieder auf den Tresen neben Ninas Hand, ohne sie zu berühren. Sie schwiegen. Ratlos. Sie befanden sich in einer Sackgasse. Maximilians Blick wirkte schutzlos, während er in ihrem Gesicht, in ihren Augen nach einer sichtbaren Reaktion suchte. Er wirkte verletzt, und Nina wusste nicht, wovon und wodurch. Sie wollte ihre Hand heben und auf seine legen.

Er ließ den Blick auf ihre Hände sinken und sprach leise. »Ich kann nichts sagen, was unser Problem lösen würde. Ich kann nur etwas sagen, was es schlimmer machen würde. Also sage ich nichts.«

Dieser Satz zog Nina mit Schwung aus der tiefschwarzen Grube heraus. Max sah ihr in die Augen. Offen bis auf den Grund. Licht schimmerte um sie beide. Patschuli-Sandelholz in jedem Atemzug. Nina hatte sich in nichts getäuscht. Er *war* der Sanfte. Alles Harte an ihm war Rüstung. So war es. So, wie sie es sich ausgemalt hatte, so war es.

Max steckte sich eine Zigarette an. Sie schwiegen immer noch. Er atmete Rauch aus, und Nina atmete ihn ein. Max nickte traurig, als hätte Nina ihm einen Tod mitgeteilt. Alles schien besprochen. Alles entschieden. Er schob die Zigarettenschachtel in seine Jackentasche. Er gab dem Kellner einen Geldschein und hob die Hand, um zu zeigen, dass es so passe. Dann stand er auf.

»Lass uns gehen«, sagte er.

SEHEN WIR UNS WIEDER?

Schweigend gingen sie nebeneinanderher zur Straßenbahnhaltestelle. Nina hatte sich an Maximilians Anblick berauscht, an seinem Duft nach Patschuli, Sandelholz und Zigarettenrauch, an seinem feinfühligen Satz: »Ich kann nichts sagen, was unser Problem lösen würde, ich könnte nur etwas sagen, was es schlimmer machen würde.«

Bis zu diesem Abend, auch etliche Male während dieses Abends, hatte Nina sich im Stillen dafür geschämt, Max dieses Treffen vorgeschlagen zu haben. »Man läuft Männern nicht nach« und »Wenn man den Hund zum Jagen tragen muss, ist schlecht gejagt«, hätte Mutter gesagt.

Aber die Worte »Ich könnte nur etwas sagen, was es schlimmer machen würde« befreiten Nina von ihrer Scham. Mit diesem einen Teilsatz von ihm gab sich Nina nachträglich die Erlaubnis dafür, dass sie getrickst hatte, wie es nie ihre Art gewesen war, dass sie um Maximilians Nähe gebettelt hatte. Diese Worte erteilten Nina nicht nur eine verspätete Berechtigung, Max nachgestellt zu haben. Sie würden von nun an auch ihr Trost sein. Denn die Geschichte musste hier, Hannahs wegen, enden. Nina wollte keine Bärbel sein. Nina wollte nicht von Hannah in den Armen von Maximilian angetroffen werden, wenn diese unerwartet nach Hause käme. Ein Wiedersehen zwischen Max und Nina war unmöglich.

Zwanzig Minuten wollte Max mit Nina auf ihre Straßenbahn warten.

Zwanzig Minuten, in denen Max sich auf einmal laut ausmalte, wo sie sich gefahrlos wiedersehen könnten. Sein Blick fuhr die Straßenbahngleise hinauf zum Bahnhof und schwenkte zurück zu Nina. »Freiburg ist tabu. Das ist Hannahs Revier.«

Geklärt.

»Wir werden uns gar nicht wiedersehen. Genau *wegen* Hannah.« Diesen Satz ausgesprochen zu haben zog Nina das Herz zusammen. Nichts wünschte sie sich doch sehnlicher als ein Wiedersehen mit Max.

Max hob die Hand zu einem Stopp. »Warte.« Seine Augen suchten die gegenüberliegende Häuserzeile ab. »Welche Plätze sind ungefährlich?« Er dachte nach.

Nina schwieg. Sie wollte sich nicht an dieser Überlegung beteiligen. *Es ist falsch, dass wir uns treffen. Und doch will ich dich wiedersehen.*

»Wir könnten ins Umland fahren. Eine Oma von mir kommt aus Badenweiler. Ich kenne mich ein bisschen im Markgräfler Land aus. Sehr schöne Gegend. Sehr schön. Also. Markgräfler Land.«

Geklärt.

Nina dachte an seinen Satz, dass nur gründlich geplante und diszipliniert ausgeführte Verbrechen langfristig zum Erfolg führten.

»Wir müssen überlegen, wer in unsere geheimen Treffen einzuweihen ist und wer keinesfalls.« Max rieb sich mit der schmalen Hand über Mund und Kinn. »Auf Moritz ist Verlass. Guck nicht so. Auf ihn *ist* Verlass.«

»Auf meine Freundin Else auch.«

»Else. Klingt ein bisschen altmodisch, der Name. Aber gut, solange auf sie Verlass ist.«

Geklärt.

»Ich weiß nicht, Max.«

»Aber ich. Wer A sagt, Schäfer, der muss auch B sagen. Wir werden durch das Markgräfler Land fahren. Vorbei an den Weinbergen. Wir werden durch die Weinberge spazieren und in Straußis Bibbeleskäs und Brägele essen. Ich kenne eine Straußi, da schält die alte Bäuerin in der Küche jeden Abend die Kartoffeln und rädelt sie, und ihr Sohn brät sie. Manchmal steht die Tür zur Küche kurz offen. Dann sieht man die alte Frau auf ihrem Stuhl sitzen mit ihrer Schale im Schoß und schälen. Sie hat so einen ganz kleinen Dutt. Und alte Hände. Kennst du die Gegend überhaupt?«

Nina schüttelte den Kopf.

»Also, ich zeige dir diese wunderschöne Gegend.«

Geklärt.

Sie malten sich alles aus. Sie dehnten die Zeit, wie es ihnen gefiel. Sie dehnten sie bis zu Moritz, dem Eingeweihten, bis zu Else, Ninas einziger Vertrauten, bis hin zu den Bergen im Süden und über die Grenze hinaus und bis zum Rhein im Osten und zur Burgruine Staufen im Westen.

Die Lichter der Straßenbahn kamen vom Bahnhof her immer näher.

Max registrierte die anrollende Bahn. Eilig und mit eindringlichem Blick sagte er: »Wir sollten uns unbedingt wiedersehen.« Er gab Nina die Hand und drückte mit der anderen ihren Unterarm. Ihre einzige gewollte Berührung an diesem Abend. Ihre erste überhaupt. »Es wäre sehr schade, wenn wir uns nicht wiedersehen würden.«

»Ja, das wäre es.«

Die Straßenbahn hielt. Klappernd öffneten sich ihre Türen. Nina stieg ein. *Wann werden wir uns wiedersehen, Max? Wann?* Aussprechen konnte Nina diese Frage nicht. Das wagte sie nicht, obwohl die lautere Stimme längst gewonnen hatte, die,

die sagte: *Trefft euch!* Dennoch: Nina würde alles hier enden lassen, wenn Max nicht fragen würde.

Da rief Max zu ihr hinein: »Bist du morgen in der UB?«

Die Straßenbahntür schlug zu. Nina nickte. Die Bahn fuhr ruckend an. Mit beiden Händen an eine Haltestange geklammert, sah sie Max im Halbdunkel zwischen den Häusern verschwinden, wie ein angeschossenes Tier. Wie gewaltsam geöffnet. Wie durch Nina verstört und durch das, was mit ihnen beiden geschehen war. Seine Schritte blieben dicht über dem Boden, als sei er zu geschwächt, um die Füße richtig zu heben. Seinen Kopf hielt er gesenkt, und seine Schultern fielen ein wenig nach vorne. Die Lederjacke wirkte zu groß. Er kam Nina vor wie eine aufgeschreckte Kreatur auf dem Weg in ihre schutzbietende Höhle.

Dieses Bild verfolgte Nina die ganze Nacht über. Noch im Morgengrauen spürte sie den Schweiß seiner Hand auf ihrer Hand. Sie atmete seinen Rauch und roch seinen Duft nach Patschuli und Sandelholz. Ihr Herz klopfte. Die Geschichte war nicht zu Ende. Sie würde erst beginnen, denn sie würden sich wiedersehen. Weil sie es beide so wollten. Weil sie es mussten. So sehr trieb es sie dazu.

ORANGENKLEID

Nina kaufte sich ein kurzes, orangefarbenes Baumwollkleid und ging anschließend in den Dessous-Laden in der Salzstraße. Karen, ihre ehemalige Arbeitskollegin, war einmal dort gewesen. Fünfhundert Mark gab Nina für drei Teile aus.

Die rothaarige, sicher schon siebzigjährige Inhaberin Marie-Hélène wirkte, als habe sie nie im Leben gelächelt. Sie überreichte Nina fünf schwarze Spitzen-BHs zum Anprobieren.

Nina zog den grauen Samtvorhang der Umkleidekabine zu. Über ihrem Kopf hing ein Kristallleuchter, der dem Leuchter über Achims Bett ähnelte, in welchem Nina niemals Dessous getragen hatte, weil Achim keinen Wert auf derartigen »Firlefanz« legte.

Nina schob die Träger des ersten BHs über ihre Schultern. Sie fühlte sich wie eine Geheimagentin während ihres ersten Einsatzes. Vor dem Spiegel drehte Nina ihr Gesicht ins Halbprofil. Sie fand ihre glatten, hellbraunen Haare ausdruckslos und langweilig. Ihre Augenbrauen waren zu schwach ausgeprägt, ihre Stirn zu hoch und zu breit. Sie schüttelte ihre Haare auf, griff mit beiden Händen von hinten hinein und drückte sie nach oben, bis sie fülliger wirkten. Nina wollte Max doch so gern gefallen. Für ihn wollte sie verführerisch und unwiderstehlich aussehen. Solche Gedanken waren ihr bei Achim nie gekommen. Es hatte genügt, sauber und adrett zu sein und ansonsten etwas darzustellen. Das andere – das Sexuelle – lief nebenher, war eine körperliche Angelegenheit wie Essen, Trinken, Schlafen. Nur in der ersten Phase ihrer Beziehung hatte er Verlangen gezeigt, doch bald war ihr Sexleben zu etwas geworden, dass man erledigte, wenn man nichts Sinnvolleres zu tun hatte.

Mit von Arthrose deformierten Fingern schnitt Marie-Hélène am Glastresen das Preisetikett ab und schob den Stoff, der eigentlich nicht mehr als der Hauch eines Stoffs war, in eine kleine schwarze Plastiktüte.

Diese Tüte trug Nina durch die Schustergasse, wie man eine Tasche trägt, in der ein Goldbarren liegt oder zerknülltes Papier voller mathematischer Aufzeichnungen oder ein Bündel geheimer Briefe. Ninas Spiegelbild ging, in den Fensterscheiben der Geschäfte gespiegelt, manchmal ein Stück neben ihr her. Wann immer sie hinsah, ärgerte sie sich. *Dem Kleid fehlen zehn Zentimeter Stoff. Das bin nicht ich. Das ist eine andere Frau. Eine Jägerin.*

Es war elf Uhr. Nina schwitzte in der Sonne. Auf dem Rasen schräg gegenüber der Universitätsbibliothek saßen obdachlose Jugendliche mit ihren Hunden im Schatten der Robinien. Es waren die einzigen frei laufenden Hunde, vor denen Nina keine Angst hatte, denn sie waren friedlich und gehorchten ihren Besitzern aufs Wort.

Gleich beim Betreten der Eingangshalle der UB entdeckte Nina Max. Er ging auf die beiden Fahrstühle zu. Wie immer, wenn sie ihn zum ersten Mal an einem Tag irgendwo stehen oder sitzen sah, durchfuhr es sie bis in die Fingerspitzen. Dann brauchte ihr Inneres den dreifachen Platz. Ihr Brustkorb öffnete sich lautlos und gab Raum.

Der obere Teil ihres Orangenkleides war eng anliegend. Das würde Max gefallen. Nina wollte da weitermachen, wo sie gestern Abend aufgehört hatten – bei Maximilians letztem, eindringlichem Blick und dem Druck seiner Hand an ihrem Arm.

Max bemerkte Nina. Während sie auf ihn zuging, wanderte sein Blick an ihrem Körper hinunter und stieg dann wieder hoch in ihr Gesicht. Es war der kalte Blick eines Fremden, und Nina gab sich Mühe, nicht zu zeigen, wie sehr sein Blick sie entmutigte.

Während sie auf den Fahrstuhl warteten, redete Max belanglos daher. Nina erfasste nicht, worum es ging. Zu sehr beschäftigte sie die Kälte seines Blickes. Sie begann, innerlich zu frieren. Sie strengte sich an, gelassen zu wirken. Sollte ihr wieder alles genommen werden? Wieder innerhalb eines Augenblicks?

Sie stiegen in den Fahrstuhl.

»Ich bin schon seit acht da«, erklärte er. »Jetzt hole ich oben nur noch meine Sachen, und dann gehe ich mit Moritz ins Freibad.«

Nina strengte sich an zu lächeln, murmelte etwas von »schön« und »ideal bei diesem Wetter« und dachte: lächle! Wer war es gewesen, wenn nicht dieser Mann hier, der ihr gestern Nacht zum Abschied flehentlich in die Augen gesehen hatte? Er war es gewesen, Maximilian Pallas, der gerade tat, als erinnere er sich an nichts, als habe er in der vergangenen Nacht alles ausradiert, was am Abend gesagt, gefühlt, getan worden war.

»Das letzte Mal war da so eine Hübsche«, sagte Max, »mit einem silberfarbenen Badeanzug.« Er wurde rot im Gesicht. »Puh, also da konnte ich zwei Stunden später daheim am Esstisch nicht gerade sehr konzentriert Vokabeln lernen. Wie hätte ich da Vokabeln lernen sollen, bei dem Bild im Kopf?«

Nina nickte und dachte an die schönen Frauen dieser Welt. Sie senkte den Blick auf seine Schuhe. Braune Sandalen. Merkwürdig an ihm, die braunen Sandalen.

Nina hob den Kopf, sah Max in die Augen und dachte: Greif an. Frag ihn. Frag jetzt. »Ist bei dir alles in Ordnung?«

Wie aufgescheucht fuhr sein Blick durch ihr Gesicht, von einem Auge ins andere und blieb dann stehen. Er wirkte fast wieder wie der Mann, der an der Bar ruhig ziehend und doch beunruhigt eine Zigarette nach der anderen geraucht hatte. »Nina, man weiß nicht, wo das enden würde.« Sein Blick war von einem Moment zum nächsten aufrichtig und wirkte schutzlos, fast kindlich. Seine Stimme klang besänftigend.

Man weiß nicht, wo das enden würde, wiederholte sie seinen Satz in Gedanken.

Nina nickte. »Nein, das weiß man nicht.« Und wie gut wusste sie es doch. Es würde in der einen großen Liebe enden, in der einen großen Leidenschaft. Es würde die Welt auflösen zu einem leuchtenden Nebel zwischen den Sternen.

Im zweiten Stock, an der Tür zum Saal, blieben sie stehen.

»Wir bleiben nur bis zum Nachmittag im Freibad. Bis drei oder vier. Machen wir beiden heute Abend einen Spaziergang durch die Weinberge?«

Fragend sahen sie sich an. Er, auf positive Antwort wartend, sie aus Erstaunen.

»Durch welche Weinberge?«

»Egal. Hier gibt's ja überall welche. Um sechs.« Es war keine Frage.

»Okay, sechs.«

»Und zieh dir was Richtiges an.« Max lächelte spöttisch. »Das würde mich ja mal interessieren, was das Kleidchen gekostet hat. Das hat doch keine zehn Mark gekostet, oder?«

Nina erstarrte. Nur seinetwegen hatte sie dieses Kleid gekauft. Weil sie schön und sexy hatte aussehen wollen und nichts in ihrem Schrank gewesen war, was ihr dieses Gefühl gegeben hatte. Max hielt das Kleid also für billig. Vielleicht nicht nur im Sinne von günstig, mehr von unangemessen, von lachhaft, von ungehörig. Die Scham hielt sich an Ninas nackten Beinen fest, wie ein glitschiger, kalter Frosch.

Mit zugewachsenem Mund folgte sie Max in den Saal hinein, ging hinter ihm her bis zu seinem Arbeitsplatz. Er nahm seine Sachen vom Tisch, und sie legte ihre darauf.

»Sechs Uhr. Tschüss, Schäfer.« Er drehte sich um und ging.

Ninas nackte Schenkel klebten an der Sitzfläche ihres Stuhls, der bis vorhin seiner gewesen war. Seine Hand hatte an der Stelle der Tischplatte gelegen, an der ihre mit dem Stift in der Hand neben einem Artikel ruhte. Sie fühlte sich wie die einzige zu Fasching Verkleidete. Ihr war, als würden hinter ihrem Rücken alle im Saal Nina kopfschüttelnd anstarren.

Es kamen ihr die 24 Augen in Erinnerung, die Augen derer, die an der Festtafel ihrer Eltern gesessen hatten. Nina stand mit zwei Flaschen Mineralwasser in den Händen am Tischende. Die Augen durchbohrten Nina, nachdem die zugehörigen 24 Ohren den Kommentar ihrer Mutter gehört hatten: »Na ja, sie hat sich Mühe gegeben.« Als ob ein Studienabschluss mit einer 1 vor dem Komma nicht genug sei. Als ob nur 1,0 genug sei. Nina hasste ihre Mutter für solche Bloßstellungen. Sie musste plötzlich an Achims Kälte denken, an Situationen, in denen er unzufrieden war. Nina hasste unzufriedene, schulmeisterliche Blicke. »Zieh dir was Richtiges an«, hatte Max gesagt. Ihm verzieh sie derlei. Warum?

UND DIE ERDE DUFTETE

Nina öffnete die Haustür, trat in den Flur und schreckte zusammen. Vom Wohnzimmer her kam ein wildfremder Berner Sennenhund auf sie zu getrottet. Nina wich zurück.

»Otello!« Der Ruf der vollen Tenorstimme aus dem Wohnzimmer klang mehr gesungen, weniger gerufen.

Der Hund blieb stehen. Ein schwerer Duft nach Rose, Koriander und Vanille hing in der Luft, wie eine Dunstwolke zwischen Wolkenkratzern.

Der Geruch entströmte dem kleinen, leicht untersetzten, schwarzhaarigen Mann, der jetzt im Türrahmen auftauchte. Er bückte sich und griff den Hund beim Halsband. »Keine Angst, er macht nichts.« Ein eleganter Mann in dunkler Kleidung. Vermutlich ein Südländer. Seine Arme wirkten zu kurz. Vielleicht war auch nur sein Oberkörper so kräftig, dass die Arme nicht recht hängen wollten, sondern mehr auflagen.

Hinter ihm erschien Else. Sie wirkte aufgekratzt, noch nervöser als sonst. »Ach wie schön, dass ihr euch mal kennenlernt.« Lag da etwas Flehendes in ihrem Blick, etwas Nina Beschwörendes? Else spielte hektisch mit der Perle an ihrer Kette. Nina hatte noch nie etwas von Enrico Barrico, dem befreundeten Tenor aus Rom gehört. An Elses Blicken las Nina ab, dass der Opernsänger genau das nicht wissen durfte, nämlich, dass Else ihn tatsächlich noch nie erwähnt hatte. »Du erinnerst dich sicher, Nina. Enrico war der hochbegabte junge Gesangsschüler der Ehefrau meines Querflöten-Professors in Rom. Wir haben wunderbare Hauskonzerte miteinander bestritten, nicht wahr, Enrico?«

Nina tat so, als fiele gerade der Groschen bei ihr. »Aahhh«, und sie versuchte, ihre Augen leuchten zu lassen.

Entzückt reichte der Tenor ihr mit einer weichen Bewegung seine Hand. »Sehr, sehr angenehm«, sagte er, das R stark rollend, »ich habe schon viel von dir gehört, Nina.«

Zu Else gewandt – als stünden sie auf einmal begutachtend vor einem Gemälde in einer Galerie und nicht vor der lebendigen Nina – stellte er fest: »Was für eine Schönheit!« Enricos Blick glitt von Ninas Gesicht über ihr orangefarbenes Kleid bis zu ihren Füßen hinunter und denselben Weg zurück. Enrico drehte den Kopf zu Else, dann wieder zu Nina und gab nickend sein endgültiges Urteil ab: »La que puede, puede.«

Was war er nun? Italiener oder Spanier? *Ich könnte einen braun-lila-karierten Faltenrock und dazu einen gelben Hut und grüne Schuhe tragen, und er würde wahrscheinlich trotzdem sagen: Ja, die ist es, was für eine Schönheit!* Bestimmt schmeichelte er allen Frauen. Bestimmt bereiste er die ganze Welt, um alle schönen Frauen zu sehen. Maximilian würde ihn beneiden und könnte von ihm lernen, auch was Komplimente betraf.

Enricos Augen blickten so unschuldig drein, als sei Nina die erste aller Frauen dieser Welt (nach seiner Mutter und Else), der er begegnete. »Endlich eine Frau mit Mut. Eine ganz, ganz wunderbare Farbe. Kraftvoll. Voller Energie. Bellissimo. Bravo.«

Und wäre alle Freundlichkeit von Enrico gespielt und gelogen, seine Bemühung kam im rechten Augenblick. Sie nahm Nina den Stachel ihrer Scham. Weil Enrico Ninas Kleid mochte, bemühte sie sich gar nicht erst krampfhaft, den Stoff nach dem Hinsetzen so weit wie möglich in einer unbemerkten

Bewegung über die Schenkel herunterzuziehen. Sie ließ alles so, wie es war.

Else hatte Earl-Grey-Tee gekocht und schenkte ihn ein. Es dampfte aus allen drei Tassen. Enrico hielt seine Tasse mit spitzen Fingern. Sein Einstecktuch war brombeerfarben. Er bereitete sein Lächeln vor, wie Sänger es tun, wenn sie Luft holen, um anschließend einen Ton zu formen. So war es mit seinem Lächeln. Er setzte es auf. Wie Sänger die Augenbrauen hochziehen und die Nüstern aufblasen, um sich darauf vorzubereiten, einen Ton von hoch oben zu greifen und nicht von unten an ihn heranzulangen.

So war es mit Enricos Lächeln. Wenn er lächelte, war es das Lächeln einer Opernrolle. Und wenn er belanglose Sätze daherredete, wie »der Tee ist köstlich« oder »das Gebäck ist exquisit« klang es rezitiert. Nur wenn er etwas von sich erzählte, von seiner Einsamkeit in Hotelzimmern und Zwei-Zimmer-Wohnungen für zwei Monate, wirkte es auf einmal echt und ehrlich und kein bisschen so, als wolle er aus seiner Welt in der Schneekugel heraus etwas vorspielen. Das meiste an ihm wirkte aufgesetzt, und gleichzeitig war dieses imaginäre, brokatglänzende Kostüm, in das er sich gesteckt hatte, durchsichtig genug, um den wahren Mann darin erkennen zu lassen.

Nina mochte Enrico. Er rührte sie an. Er kam ihr so widersprüchlich vor, wie sie sich selbst wahrnahm. Angekommen und doch suchend. Ein lebendiger Widerspruch. Wie Nina selbst es seit Kurzem war.

Der große, schwarze Hund Otello schlief, während Enrico von seinen letzten Gastspielen in Darmstadt, München und Helsinki erzählte.

Nach seiner zweiten Tasse Tee und drei Stücken Tarte Tropezienne, legte Enrico seine zu groß aussehenden, weichen Hände auf die Oberschenkel. »Meine Ladys, ich muss euch jetzt verlassen. Ich will mich noch etwas häuslich einrichten in meiner Künstlerwohnung.«

Zwei Monate lang würde er dort leben. Solange das Gastspiel in Freiburg währte. Dann ging es weiter in eine andere Bleibe. Mit Otello.

Mit den Fingern der rechten Hand berührte Enrico seine Stirn. Er schloss die Augen, senkte den Kopf Richtung Schulter, holte Luft und sah ihnen dann abwechselnd in die Augen. »Aber ich brauche ein anderes Licht. Ich will ja nichts über meine Vorgängerin in dieser Wohnung sagen. Ich sage nichts über die Parallelen zwischen dem grellen Licht und der Stimme meiner Vormieterin.« Er winkte kopfschüttelnd ab. »Barbarisch muss man geradezu sein, wenn man solches Licht erträgt. Also: Das halte ich nicht aus. Ich brauche eine andere Lampe. Gestern, beim Abendspaziergang mit Otello, habe ich eine wunderschöne Papierlampe in einem Schaufenster gesehen, in dieser Straße, in der oben die blauen Blumen von einer Seite zur anderen ranken.«

»Konviktgasse«, half Else. »Blauregen.«

Enrico machte eine ausladende Armbewegung. »Konviktgasse unter Blauregen. Ladys, kommt ihr morgen mit, die Lampe kaufen?« Wenn er nicht lächelte und sein Mund geöffnet war, sah man keine Zähne. Dann schien er zahnlos. Wie ein Baby. »Ihr könnt mir natürlich statt der Papierlampe auch einen Stern vom Himmel holen.« Nun lächelte er ein breites, selbstzufriedenes Lächeln, das einen schmalen Rand von seiner oberen Zahnreihe zeigte. Er stand vom Sessel auf.

Otello mühte sich auf die Beine und gähnte. Morgen also würden sie die Lampe kaufen, weil die vorhandene nur für Barbaren war.

»Du wolltest mir doch noch sagen, welche Rolle du hier in Freiburg singst«, erinnerte Nina den Tenor.

Da warf sich Enrico in die Brust, hob die Hand hoch, als führe er einen Apfel zum Abbeißen Richtung Mund und holte Luft. Seine gesungenen Töne ließen Ninas Brustkorb vibrieren und sie mit offenen Augen und offenem Mund dasitzen.

Otello legte sich wieder hin. Schaute von unten her gelangweilt zum Herrchen auf.

Enrico sang eine kurze Passage, die bei *fragrante* endete. Er war, befand Nina, tatsächlich ein *richtiger* Tenor, kein Wald- und-Wiesen-Möchtegern-Tenor, den Else nur der Freundschaft halber übertrieben gelobt hatte. Ein Schauer der Hochachtung überlief Nina.

Mit Gänsehaut klatschte sie, während der Hund die Augen schloss. »Wunderwunderschön. Aber ich habe kein Wort verstanden, bis auf *fragrante*.«

»Das weißt du nicht?«, fragte Enrico verblüfft. Seine Verwunderung schien jedoch frei von Häme. Ihre Mutter hätte sogleich gesagt: Wie, du weißt nicht, dass das die Rolle des Mario Cavadarossi in Giacomo Puccinis Tosca ist? Dass dies die berühmte Arie *E lucevan le stelle* ist, die jeder, aber auch einfach jeder, kennt?

Hingebungsvoll und mit erfreutem Gesichtsausdruck übersetzte Enrico ruhig und langsam den ganzen Text, sodass Nina ihn verstehen konnte: »Und es leuchteten die Sterne, und es duftete die Erde. Es knarrte das Gartentor, und Schritte streiften über den Sand. Sie trat ein, duftend, sank mir in die Arme. Oh! Süße Küsse, o sehnsüchtiges Liebkosen, während ich bebend die schöne Gestalt aus den Schleiern löste! Für immer verflogen ist mein Liebestraum. Die Stunde ist entflohen, und ich sterbe verzweifelt! Und hab das Leben niemals so sehr geliebt!«

Ein Schweigen trat ein. Enrico und Nina schauten sich in die Augen. *Nie habe ich das Leben so geliebt, während ich innerlich verzweifelt sterbe,* dachte Nina. Und Enrico schien Nina wortlos zu verstehen.

BLAUE STUNDE

Am Abend fuhren Nina und Max nicht in die Weinberge, sondern stiegen den Schlossberg hinauf zum Kanonenplatz. Sie standen an der Bruchsteinmauer am rostroten Geländer. Überblickten Nina und Max die lange Zeile der Kaufmannshäuser entlang der Dreisam. Letzte Sonnenstrahlen beleuchteten einzelne Häuserwände. Alles andere lag schon im Schatten.

Nina erzählte von Enrico Barrico.

Max hatte schon Aufnahmen von ihm gehört und war neidisch, dass Nina ihn persönlich kennengelernt hatte. »Bitte arrangiere ein Treffen mit ihm. Das machst du für mich. Ich weiß es.«

Lachend warf Nina den Kopf in den Nacken. »Vergiss es.« Wie sehr genoss sie das bisschen Macht über ihn.

»Hannah ist heute Mittag aus München zurückgekommen.«

Nina verging das Lachen. »Was hat sie in München gemacht?«

»Ihre Oma besucht. Die erholt sich gerade von einem Schlaganfall.«

»Oh.« Nina blickte auf die Mauer. »Hast du Hannah von mir erzählt? Von unserem Treffen gestern?«

»Natürlich habe ich es ihr erzählt. Ich habe es auch Moritz erzählt.«

Natürlich, dachte Nina, *natürlich* berichtet man sich in gut funktionierenden Partnerschaften solche Vorkommnisse. Man erzählt sich derartige Ereignisse gerade dann, wenn sie nicht weiter ins Gewicht fallen. Denn hätten sie mehr Bedeutung für einen selbst, würde man sie verschweigen oder zumindest herunterspielen. Im schlimmsten Fall landete man klammheimlich mit der neuen Richterin auf dem Sofa.

Nina musterte Max von der Seite. Sein Blick ging zu den Bergen am Horizont.

»Und? Wie haben sie reagiert?«

»Begeistert war Hannah nicht gerade.« Sein Blick war weit fort. »Aber sie gönnt mir ein paar kleine Erfolge bei Frauen. Und sie versteht, dass ich mich um eine liebeskranke Verehrerin etwas kümmern muss.«

Ninas Atem stockte. »Eine liebeskranke Verehrerin?«

»Na ja, ein bisschen erklären musste ich es ihr schon. Aber sie hat dann eingesehen, dass wenn eine Frau sich so anstrengt, mich ausfindig zu machen, dass ich mich dann auch ein bisschen um sie kümmern sollte.«

»Liebeskrank.« Der schmale Streifen Sonne versank hinter den Bergen. »Eine liebeskranke Verehrerin, ja?« In Nina blubberte kochende Wut, brauner, ärgerlicher Matsch.

Max drehte den Kopf zu ihr her. Sein Blick fuhr, ihre Stimmung abschätzend, durch ihr Gesicht. Rasch öffnete er den vergilbten Stoffbeutel, den er bei sich trug, und holte ein dickes Taschenbuch heraus. Mit erwartungsvoller Miene streckte er Nina das Buch entgegen. »Hier.«

Max kam ihr vor wie einer, der zur Wiedergutmachung Blumen mit nach Hause brachte. Nina behielt beide Arme neben dem Körper. Sie wollte das Buch nicht in die Hand nehmen. »Was ist das?«

»Irgendein Roman. Ich hab ihn nie gelesen. Er ist nur symbolisch. Eine Anerkennung. Auf die Widmung kommt es an.«

Zögerlich nahm Nina das Buch und las den Titel: *Die Dämonen*. Sie legte das dicke Buch auf dem Geländer ab. Auf der ersten Seite, unter dem Titel, stand in Maximilians hoch auffahrender Schrift: *Angesichts so viel Mutes soll dir dieser Schinken Kraft geben.*

So viel Verständnis und Milde und Güte von Max und seiner Partnerin für sie, Nina, die arme irre Liebeskranke! Ninas Atem ging schnell. Sie nahm das Buch vom Geländer und spürte für einen Moment den Impuls, es den Abhang hinunterzuwerfen. In die Weinreben hinein. Oder in die kleinen Robinien. Explodierende Wut schleuderte sich in alle Winkel ihres Inneren und feuerte aus ihren Augen.

Maximilians Gesichtszüge erstarrten. Seine Augen wurden groß.

Nina drehte sich zur Sitzbank unter der Linde um und pfefferte das Buch auf die zwei Holzbretter, die von dem grünen Eisengerüst getragen wurden. Der etwas höher angebrachte Abschlussholm der Sitzfläche verhinderte, dass das Buch hinunterfiel. In die Schatten der Stadt hätte Nina den Schinken werfen sollen und selbst hinterherspringen, weg von Max.

Max beugte sich zur Bank hinunter und hob das Buch auf. »Komm.« Seine Stimme klang mild und beschwichtigend. »Wir setzen uns.« Wie entkräftet ließ er sich gegen die Rückenlehne fallen und schaute der stehenden Nina mit weit offenen Augen und unschuldigem, beinahe flehendem Blick ins Gesicht.

Nina spürte, wie sie weich wurde.

Max saß angelehnt auf der Bank und hielt den Roman in der einen Hand und die leere Stofftasche in der anderen. Beides lag auf seinen Oberschenkeln, wie durch Resignation dorthin gekommen.

Warum ist er so giftig? Und erschrickt dann vor seinem eigenen Gift? Sie setzte sich neben ihn. Mit Abstand. Sie spürte, wie sie ihm zu verzeihen begann.

Er merkte es und wirkte dankbar. »Moritz hat mich ernsthaft gewarnt. Er kennt sich mit Frauen aus. Er weiß, wie so was für gewöhnlich endet. Er war schließlich selbst mal in eine andere Frau …« Max hielt die Luft an.

Das fehlende Wort schlich einen Moment lang um sie herum und schwebte dann zu den Dächern der Stadt. Wenig später, während sie schon die Treppen hinunterstiegen, klang das fehlende Wort hinter ihnen her. Selbst, als das Geräusch der fahrenden Autos lauter wurde, als es hupte und Gelächter aus den Straßen zu ihnen drang, blieb das nicht ausgesprochene Wort bei ihnen. Wie ein Geist begleitete es sie bis zum Parkplatz, stieg mit Nina ins Auto und verharrte bei ihr.

TAUCHER

An einem sonnigen Nachmittag spazierten sie auf dem bewaldeten Kiesweg in Richtung Ottilienkloster. Unterhalb lag die Stadt, ein Mosaik aus grünen Baumkronen und roten Dächern. Ein heller Kirchturm und ein Baukran ragten aus dem Bild. Vom Tal drangen gedämpft die Verkehrsgeräusche zu ihnen herauf, wie aus einer anderen Welt. Hier, in ihrer abgeschiedenen Welt oberhalb der Stadt, war Zeit.

Nina malte sich aus, wie Maximilians Hand gleich flüchtig, aber absichtlich ihren Handrücken streifen würde, wie sein Arm ihren Arm berühren würde, wie sie tiefe Blicke austauschen würden. All das, wonach sie sich so sehnte, würde geschehen. Sonst wären sie nicht hier.

Insekten überholten sie oder kamen ihnen entgegen oder schwirrten um ihre Köpfe, wie magisch angezogen vom Duftgemisch aus Patschuli, Sandelholz und Veilchen.

Max trug die blutrote Baumwolljacke, obwohl es zu warm dafür war. Sein Gang wirkte heute hölzern. Er bemühte sich um Konversation, erzählte von seinem Vater, dem Diplomaten. Von seiner Mutter, die die besten Rindsrouladen der Welt machte. Vom Neffen, dem kleinen Sohn seiner älteren Schwester. Von seinem jüngeren Bruder, dem Schwarm aller Frauen in Windhoek.

»Und du? Warst du kein Frauenschwarm?«

Max erinnerte sich an einen Abend in der Disko. Erstes Semester. Freiburg. »An dem Abend habe ich tatsächlich mal gedacht, dass ich vielleicht auch einer bin, ein Frauenschwarm. Da hatte ich noch lange Haare und einen Zopf.«

Nina musterte ihn von der Seite. Sie konnte sich lange Haare an Max nicht vorstellen. »Das passt nicht zu dir.«

»Doch, das war gar nicht so schlecht.« Langsam schien sich Maximilians Anspannung zu lösen. »Ein bisschen südländisch hat das ausgesehen. Okay, für einen Spanier bin ich zu groß. Obwohl, es gibt auch große Spanier. Aber 1,86 ist vielleicht doch ein bisschen viel für einen Spanier. Jedenfalls habe ich auf einmal gemerkt, dass mich die Frauen anschauen. Ich weiß noch genau, wie ich gedacht habe: Mensch, die gucken dich ja alle an. Das war ein unglaubliches Gefühl. In der Nacht konnte ich vor Aufregung nicht schlafen, weil die ganzen Frauen mich angeschaut hatten.«

Es rührte Nina, wie unschuldig und glücklich er davon erzählte und wie bedeutungsvoll das Erlebnis für ihn war. Seine staubigen schwarzen Schuhe traten auf die Schattenmuster der Blätter.

Auf einmal erzählte Max von einer Laura.

»Laura?«

Seine erste Liebe. »Wir haben uns im Zug nach Paris kennengelernt. Wir haben im selben Abteil gesessen. Sie hat mich die ganze Zeit angesehen.« Er schluckte. »Dann hat sie ihre Bluse ausgezogen.«

Nina hasste Laura. »Sie hat im Zug ihre Bluse ausgezogen?«

»Was du wieder denkst, Schäfer. Sie hatte ein Top drunter. Allerdings, das gebe ich zu, ein ziemlich tief ausgeschnittenes. Weiß auf braungebrannter Haut. Also das hat schon sehr, sehr gut ausgesehen.« Laura habe ihn mit auf ihr Hotelzimmer genommen. Max wurde rot. »Genommen ist das richtige Wort.

Mehr wollte sie gar nicht von mir. Aber das ganz entschieden. Sie hat so laut geschrien, dass ich mich furchtbar erschreckt habe.« Er lachte ein schmallippiges Lachen. »So unerfahren war ich damals. Ich habe immer gedacht, besser gesagt gehofft, dass wir uns mal wiedersehen. Aber es ist nichts draus geworden. Laura habe ich es zu verdanken, dass ich so gut Französisch spreche. Weil ich immer geübt habe, falls wir uns mal wiedersehen. Ich habe versucht, sie zu kontaktieren. Wirklich versucht. Aber es hat nicht geklappt. Es hat schon einige Zeit gedauert, bis ich Laura aus meinem Kopf hatte. Verglichen damit waren Nummer vier und sechs nur Blitzlichter.«

Nina hörte ihre Schritte knirschen und die Vögel zwitschern. Von allen sechsen erzählte er. Von den kurzen und sehr kurzen Geschichten und von Hannah, in die er dann wirklich verliebt gewesen sei. Was würde Max seiner Nummer 71 eines Tages von Nina erzählen? Würde er sagen: »Die Sieben war etwas problematisch. Brauchte viel Betreuung. Lange Spaziergänge. Wollte einfach nicht lockerlassen, bis ich eines Tages doch nachgeben musste.« Würde er nachgeben, wenn Nina nicht lockerlassen würde?

Max dachte nach. »Wenn ich es genau überlege, habe ich mir keine von diesen Frauen aktiv erobert. Alle haben mich genommen.«

»Hannah auch?«

»Hannah auch. Es hat sich entwickelt, ging so hin und her. Aber den entscheidenden Schritt hat Hannah unternommen.«

»Was ist mit mir?« Wie mutig Nina sich fand, das zu fragen.

»Tja, Schäfer, was ist mit dir?« Er betonte den Satz wie eine Feststellung, nicht wie eine Frage. »Das werden wir noch sehen. Aufgefallen bist du mir schon. Alles andere wäre gelogen.«

Auf halber Strecke zum Ottilienkloster kehrten sie um. Im Schatten der hohen Bäume gingen sie nebeneinanderher, ohne jemandem zu begegnen. Im Tal rauschte das alltägliche Leben dahin, beruhigend weit fort.

Max riss einen langen Grashalm mit Blütenstand ab, drehte ihn zwischen Zeigefinger und Daumen. Ab und zu schlug er damit nach störenden Fliegen. Seine Gangart hatte sich im Laufe des Spazierganges geändert. Jetzt begleitete er Nina mit dem sicheren Schritt eines Gönners, eines Verständnisvollen, der sich den Bedürfnissen einer Notleidenden annimmt.

Ohne sich erklären zu können, weshalb, vielleicht, weil ein Schweigen zwischen ihnen eingetreten war, erzählte Nina Max ihren Traum der vergangenen Nacht.

»Ich bin vom aufgepeitschten Meer raufgekommen. In Straßenkleidung. In einer engen, klammen Felsspalte bin ich die Steintreppe raufgestiegen. Einmal noch hab ich mich umgedreht. Unten, auf der letzten Stufe, direkt beim Wasser, da standen noch drei Personen. Fremde. Ich bin oben angekommen. Dort, auf der Mauer, saß ein Taucher. Er muss gerade aus dem Meer gekommen sein. Sein Taucheranzug hat noch getropft. Er hat erst die Taucherbrille abgenommen, dann das Sauerstoffgerät. Da hat er mich entdeckt. Wir haben uns gegrüßt. Er hat an mir vorbeigeschaut, die Treppe runter Richtung Meer. Da hat er ganz weite Augen bekommen und ist von der Mauer gesprungen. Ein bisschen weiter hinten standen noch andere Taucher. Zu denen hat er gerufen: ›Bringt schnell drei Ausrüstungen runter, da sind noch Leute unten am Meer. Die halten den Druck dort nicht mehr lange aus.‹«

Max drehte den Kopf zu Nina. »Welchen Druck? Sie standen doch auf der Treppe. Druck ist doch nur unterhalb des Wassers. Je tiefer man taucht, desto mehr.«

»Es war ja ein Traum. Da war es halt so.«

»Okay. Weiter.«

»Ich hab den Taucher siegesgewiss angelächelt und gesagt: ›Ich komme gerade von da unten.‹ Er hat mich ungläubig angestarrt. Von Kopf bis Fuß. ›So, waren Sie da unten?‹ Ich hab nur genickt. Er hat mit dem Kopf geschüttelt. Ganz verwundert. ›Man kann den Druck da unten eigentlich nicht aushalten … aber ich sehe ja, dass Sie noch leben. Sie sollten doch wenigstens etwas trinken. Kommen Sie.‹«

Max schlug mit dem Grasstängel nach einer Fliege. »Unlogisch. Aber klar, es ist ja ein Traum.«

»Der Taucher hat mich in einen Biergarten geführt, einen furchterregenden Biergarten. Dort haben drei Männer auf einer Mauer gesessen und sich fluoreszierende, gelbgrüne Flüssigkeit in die Venen gespritzt.«

Max hörte Ninas Geschichte aufmerksam zu. Setzte gleichmäßig seine Schritte. Nina konnte seinem Gesicht keine Regung entnehmen.

»Ich bin auf benutzte Kanülen getreten. Hab gefroren vor Angst. Ich hab den Taucher gefragt: ›Was tun diese Männer da?‹, und er hat gesagt: ›Sie betäuben sich.‹ Das hat er so gesagt, als käme das hier regelmäßig vor. Ich wollte nicht mehr dortbleiben. Das hat mir Angst gemacht. Da hat der Taucher einen ganz fürsorglichen Tonfall bekommen und versprochen: ›Kommen Sie, ich bringe Sie hier raus.‹ Dann sind wir weggegangen von dem unheimlichen Ort.«

Schweigen.

Max wischte mit der Hand durch sein Gesicht, wie er es immer tat, wenn er rot wurde. Flüchtig, von der Seite, schaute er Nina ins Gesicht. Er sprach in der Art, als müsse er Nina rasch hinter vorgehaltener Hand eine wichtige Information geben. »Ist dir klar, dass das ein sexueller Traum war?« Seinem Gesichtsausdruck war anzusehen, wie peinlich ihm der Traum war, wie sehr er sich dafür schämte, dass Nina ihm davon erzählt hatte.

Nina hatte sich nie mit Psychologischem beschäftigt und war darum ganz erstaunt. »Nein, das ist mir nicht klar. Das habe ich bis jetzt nicht so gesehen.«

Blick eines Oberlehrers. Eine hochgezogene Augenbraue. »Schäfer, die feuchte Felsspalte, der Druck dort unten ... Das ist doch klar, oder?« Er sprach überdeutlich, dass auch sie es begreifen sollte.

»Ich weiß nicht, ob man das so sehen muss.«

»Doch, so ist das. Ich habe mal dreißig Seiten Freud gelesen.«

Nina musste lachen. »Dreißig Seiten Freud? Und das reicht für diese Interpretation?«

»Es genügt auch der reine Menschenverstand. Übrigens hatte ich auch einen Traum letzte Nacht.« Er wechselte in einen ankündigenden Tonfall, als werde er nun auspacken. »Wir beide waren in einem Hotelzimmer mit zwei Betten. Wir wollten sie zusammenschieben, aber es ging nicht. Was wir auch versucht haben, wir konnten sie nicht zusammenschieben.«

Dieser Traum packte Nina mit der einen Hand am Hals. Mit der anderen rieb er ihr ins Gesicht, was sie schon gedacht und jedes Mal schnell wieder weggeschoben hatte, weil sie es nicht länger hatte ertragen wollen: Sie waren in ihren Wünschen und Plänen vom Leben zu weit voneinander entfernt.

Nina wollte Max zeigen, dass es von ihr aus so nicht sein musste. Sie berührte seinen Rücken sanft und scheu. So, als fürchte sie bereits Protest.

Max blieb abrupt stehen. Drei Sekunden lang starrte er geradeaus. Er schien sich zusammenzureißen und sich zu einer halbwegs gelassenen Reaktion zu zwingen. Sein Blick war eiskalt. »Ich will jetzt gleich mal eines von Anfang an klarstellen: Ich will nicht angefasst werden.«

Nina zuckte zusammen. Hatte er ihr nicht in der Brennnessel-Nacht die Hand gedrückt und mit der anderen Hand ihren Unterarm berührt? Nina schluckte. »In Ordnung.« In ihrem Kopf hörte sie seinen Satz von vorhin: *Keine habe ich mir aktiv erobert ... alle haben mich genommen.* Das galt wohl für alle – außer für sie, Nina.

Max war wie ein wütendes Tier, das alle Borsten aufgestellt hatte. »Gut, dass wir das gleich von Anfang an geklärt haben. Diese Rothaarige aus dem Mandarin-Kurs grabscht mich auch immer an. Ich *kann* das nicht leiden.«

Sie gingen schweigend weiter. Nichts von dem, was Nina sich zu Beginn dieses Spazierganges erträumt hatte, trat ein. Es würde keine absichtlich flüchtigen Berührungen geben. Keine schüchternen Annäherungsversuche. Ninas Hoffnung steckte aufgespießt auf Maximilians Borsten. Der warme Windhauch strich belehrend über die flachsblonden Grasbüschel am Wegrand. Die Spatzen verhöhnten sie von den Bäumen, sie lachten Nina ins Gesicht.

Bis zum Kanonenplatz wechselten sie kein Wort mehr miteinander. Nina fühlte sich beschämt, wie von der Lehrerin in die Ecke gestellt mit dem Gesicht zur Wand, die ganze Klasse hinter sich, alle Blicke im Rücken.

Vom Kanonenplatz aus bestaunten Touristen das Panorama, zeigten hierhin und dorthin. Kinder turnten am Geländer, drehten das Fernrohr und schauten hindurch, obwohl sie nichts sehen konnten, weil sie keine Münze eingeworfen hatten. Nina rechnete damit, dass sie den Platz überqueren und wieder in die Stadt hinuntergehen würden. Aber Max zeigte auf eine freie Sitzbank. Von dort aus beobachteten sie, immer noch schweigend, einen Fotografen beim Aufstellen seines Stativs. Nina hielt ihre Hände in ihrem Schoß, die Finger ineinander verschränkt. Sie rechnete mit dem Ende.

Da fragte Max: »Gehen wir was trinken? Im Kastaniengarten?«

STELL DIR VOR ...

Sie standen auf und überquerten den Platz und gingen den gepflasterten Weg hinunter zum Biergarten. Ein Gedanke erfüllte Nina in diesem Moment ganz und gar: Alle Zeit ist geschenkte Zeit. Nie zuvor war sich Nina dieser Tatsache so bewusst gewesen, wie in diesem Augenblick auf dem Weg in den Kastaniengarten. Ihr war noch Zeit mit Maximilian Pallas geschenkt worden.

Sie setzten sich an einen der orangen Biertische beim Holzgeländer. Von dort konnten sie auf die Stadt hinuntersehen. Der Fluss schlängelte sich, in der Sonne glänzend, vorbei an prächtigen Kaufmannshäusern und Türmen. Jemand brachte ihnen zwei Radler.

Wenn Nina mit Max zusammen war, nahm sie niemanden wahr, als ihn. Dann hätte sie nicht sagen können, wer es gewesen war, der ihnen zwei Radler hingestellt, der ihnen Billetts verkauft, der ihnen Kaffee gebracht hatte. Alle Scheinwerfer beleuchteten Max. Jede Kamera war scharf auf sein Gesicht gestellt, auf seine Gestalt.

Nina hielt sich an ihrem Bierglas fest, mal am Griff, mal umfassten beide Hände das Glas.

Seit sie am Tisch unter der Kastanie einander gegenübersaßen, hatte sich Maximilians Gesichtsausdruck verändert. Es war, als spendeten die Kastanien einen weicheren Schatten als die Buchen während ihres Spaziergangs. Maximilians Gesicht wirkte entspannt. Sein Mund, der meistens wie verirrt zwischen den harten Gesichtszügen lebte, schien endlich am richtigen Platz zu sein.

Diesen Mann liebte Nina wie niemanden zuvor. Er hatte seine rote Jacke schon am Kanonenplatz ausgezogen. Unter Max' schwarzem Hemd existierten auf einmal weder Haut noch Knochen. Da lag sein nacktes Ich, das ein autoritäres Schwarz brauchte, weil es sonst nichts hatte, was es schützte.

Er hob sein Glas und trank. Er stellte es ab. Sie sahen einander tief in die Augen. Nina fragte sich, was in Max vorgegangen war, seit seinem Ärger über ihre Berührung während des Spazierganges oder seit ihrem Schweigen danach. Wodurch hatte sich die Verwandlung zum weichen Max hin vollzogen?

Er beobachtete, wie der Schaum langsam zum Glasboden glitt. Als das meiste davon zu einem gelben Süppchen verlaufen war, sagte er: »Jetzt stell dir doch nur mal vor, ich würde sagen: Ja, Nina, ich liebe dich auch. Was das nach sich ziehen würde. Was da alles dranhängt.«

Nina, ich liebe dich auch war das, was sie hörte.

Max hatte ihren Vornamen gesagt, nicht Schäfer. Ein Sonnenstrahl fiel durch die Kastanienblätter auf seine Haare. Sanftheit und Milde umhüllte sie beide.

Nina wollte nicht wissen, was der Satz *Ich liebe dich auch* nach sich ziehen konnte. Aber in Max' Augen standen die Befürchtungen so deutlich vor Nina, dass sie ihnen nicht länger ausweichen konnte: Hannah ging laut weinend, die Hände vor dem nassen Gesicht, in die Knie. Untröstlich schluchzend. Der harte und strafende Blick der Frau Pallas ließ Nina unablässig spüren, wie sehr sie sie als Nachfolgerin von Hannah ablehnte. Die Traurigkeit und Enttäuschung in den Gesichtern von Moritz und dem Bärtigen ließen keine unbeschwerte Stimmung mehr aufkommen. Achims gekränkte Eitelkeit trieb ihn zu Rachegelüsten, die Nina das Leben schwer machten. Nach diesem Anflug von Sorge wischte Nina alle diese Gedanken fort wie die Brotkrümel vom Biertisch, an dem sie saßen.

Bis auf einen: Max wollte die schönen Frauen dieser Welt sehen. Diese Sehnsucht würde mächtiger sein, als alle anderen Folgen zusammengenommen. Und sie würde bleiben. Auch dann noch, wenn Hannah, die Familie, Moritz und der Bärtige längst überwunden sein würden.

Dann schaffte es Nina, dass ihr selbst die Frauen, die ihr Max wegnehmen könnten, für den Augenblick egal wurden. Denn Max hatte von ihrer Liebe gesprochen. Von Ninas Liebe zu Max und von seiner Liebe zur ihr. Das genügte Nina an diesem Nachmittag unter den Kastanien. Denn sie war dem Einzigen nähergekommen, was sie zutiefst ersehnte: der Liebe von Maximilian Pallas. Die Liebe dieses Mannes wollte sie mit all der Besessenheit, die sie befallen hatte. Sie wollte diesen Mann mit einer nie zuvor gekannten Leidenschaft und mit einer Skrupellosigkeit, die sie erschreckte. Ihn und nur ihn wollte sie.

ELSES GEHEIMNIS

Am Abend wollte Else im Haus ihrer verstorbenen Eltern lüften. Nina begleitete sie. Schon beim Eintreten in den Flur roch Nina eine stickige Mischung aus Kernseife, Lavendel und alten Teppichen. Elses Parfüm *Mitsouko* versuchte eine Minute lang die Oberhand zu gewinnen. Doch dieser melancholische Duft, der jene Traurigkeit verströmte, die von Jacques Guerlain absichtlich in ihn hineinkomponiert worden war, verlor gegen die stickige Gewalt des Hauses. Mitsouko war eine Figur aus Claude Farrères Roman *Le Bataille*. Diese wunderschöne, japanische Frau war zerrissen zwischen der Liebe zu ihrem Mann und der Liebe zu einem britischen Offizier. Beide Männer fielen im Krieg. Tiefe Trauer trieb Mitsouko ins Kloster. Welche Geschichte verbarg sich hinter Elses Melancholie?

Sie öffneten alle Fenster.

Im Wohnzimmer blieb Nina am Büffet stehen und betrachtete die gerahmten Fotos: Else mit 25 Jahren, nachdenklich lächelnd. Else drei Jahre alt, mit dunkelblonden Korkenzieherlöckchen und sonderbar erwachsen wirkendem Gesicht, mit brav gefalteten Händchen und kerzengeradem Rücken. Ein einziges Bild zeigte Else strahlend. Sogar schön.

»Da bin ich 22. Mein Vater hat das Foto auf dem Flughafen gemacht. Nach meiner ersten Rückkehr aus Rom.« Else strich eine Haarsträhne zurück.»Zu Hause habe ich die Reisetasche gegen zwei vollgestopfte Koffer ausgetauscht. Zwei Tage später bin ich zurück nach Rom geflogen.« Mit dem Foto in der Hand erzählte Else von ihrer Gastfamilie in Rom. Von ihrem Professor Campello, ihrem Querflöten-Dozenten. Und dann fiel der Name Marcello Carabelli. Stofffabrikant. Juniorchef.

Nina wurde hellhörig, weil Else den Namen Marcello Carabelli weicher und leiser aussprach als alle anderen. Sie intonierte ihn so, wie Nina den Namen Maximilian Pallas aussprechen würde.

Else schaute nach draußen in den blauen Himmel. Bei einem Sommerfest ihrer Gastfamilie habe sie Marcello kennengelernt. »Seine Augen waren so klar und blau wie die Chagall-Fenster in der Mainzer Stephanskirche.«

Nina nickte und war gefesselt vom entzückten Ausdruck auf dem Gesicht ihrer Freundin.

»Wenn du Marcello in die Augen schaust, hast du das Gefühl, du fällst in den Himmel. Hast du dich als Kind mal auf der Schaukel ganz weit nach hinten gelehnt? Dann hast du das Gefühl, dass du in den blauen Sommerhimmel fällst.« Else lächelte gedankenverloren. »So herrlich ist es, wenn du Marcello anschaust.« Dann rief sie sich auf die Erde zurück. »Er hätte mir keine Nachhilfe in Italienisch geben müssen. Ich habe sein Angebot erst gar nicht annehmen wollen. Meine Gastfamilie hat sich sehr um mein Italienisch bemüht. Aber Marcello hat es so gewollt. Er wäre gern Lehrer geworden. Aber er musste das Familienunternehmen weiterführen.«

So wie ich promovieren soll, dache Nina, *damit man endlich mit mir zufrieden sein kann.*

Abrupt drehte Else sich um. Mit schnellen, kleinen Schritten ging sie zum Südfenster, zog die Fensterläden zu und arretierte sie. Danach tat sie das Gleiche beim Ostfenster. Nina war so überrascht vom Abbruch des Gesprächs, dass sie regungslos stehenblieb. Else rauschte an ihr vorbei in die Küche. Nina hörte das hölzerne Schleifen von sich schließenden Fensterläden.

So unerwartet, wie Else Augenblicke vorher aus dem Gespräch gegangen war, deutete sie, zurück im Wohnzimmer, mit ausgestrecktem Finger auf Nina. »Wittert ihr euch? Du und Max?«

»Wittern?«

»Angenommen du bist in der Stadt und Max auch. Zieht es euch dann so zueinander hin, dass ihr euch genau in den Minuten begegnet, in denen ihr beide auf dem Augustinerplatz seid? Zuerst entdeckst du ihn noch nicht. Aber dann drehst du dich um, ohne zu wissen, warum. Du musst dich umdrehen. Und dann siehst du ihn, und er sieht dich. Ist es so?«

Ja, so war es gewesen, als Max hinter Nina bei der Wurstbude gestanden hatte. So mochte es auch in der UB viele Male gewesen sein.

Else nickte. »In einer bestimmten Phase ist das so. In der Phase, in der ihr jetzt seid. Ich bin mir sicher, dass ihr euch nicht verfehlen würdet, wenn ihr nur wenige Meter voneinander entfernt wäret. In der Stadt oder bei einem Konzert oder in einem Geschäft.«

»So war es auch bei mir und Marcello.« Die Vergangenheit schmerzte Else offenbar. Das erkannte Nina an den Gesichtszügen ihrer Freundin. Aus dem hintersten Winkel von Elses Seele kroch die Wahrheit heraus: Da war einmal der wunderbare Marcello Carabelli gewesen, der eine Zeit lang die kleine, graue Maus in Spitzenunterwäsche geliebt hatte: Else. Er hatte ihre Augen geliebt, weil sie für ihn aussahen wie gebrochenes blaues Glas. Marcello hatte stets liebevoll ihr Erstaunen über die Dinge, die sie nicht kannte und die er ihr zeigte, geneckt.

Als Else verstummte und gedankenverloren umherblickte, wirkte sie traurig auf Nina. Sie wollte keine Fragen zu Marcello mehr stellen, weil Else ihr zu aufgewühlt vorkam. Vielleicht konnte sie von der Vergangenheit ablenken.

»Ist man füreinander bestimmt«, fragte Nina, »wenn man sich gegenseitig so stark anzieht? Denkst du, dass Max und ich verbunden sind?«

»Ja. Das glaube ich. Wenn ihr euch erst mal bis auf wenige Meter nahe gekommen seid, dann werdet ihr euch auch bemerken. Es ist etwas zwischen euch, was euch zueinander hinzieht.« Es lag etwas Irritierendes in Elses Tonfall. Ihre Sätze klangen wie eine Warnung, als sage sie: *Dreh dich um und geh weg, solange du es noch kannst. Denn es wird der Moment kommen, da wirst du nicht mehr zurückkönnen. Dann wirst du dir wünschen, du hättest dich umgedreht und wärest weggegangen.*

SEVERINS ÜBERFALL

Schmunzelnd hob Nina die drei Karamellbonbons und den weißen, zusammengefalteten DIN-A5-Zettel vor ihrer Zimmertür auf. Sie stellte ihre Tasche auf der schmalen Kommode unterhalb des Harlekin-Bildes ab und faltete das Papier auseinander. Nina erkannte Johannes' kleine, runde, ordentliche Schrift:

Bitte dringend Herrn Severin Milbrandt anrufen.

Eine Telefonnummer stand direkt daneben. Nina ging zurück in den Flur, setzte sich auf den mit dunkelrotem Samt bezogenen Louis-XV-Sessel neben dem Telefontischchen und rief ihren ehemaligen Abteilungsleiter an.

Severin war sofort am Apparat. »Nina! Wie geht's dir?«

Severin rief sicher nicht an, um Nina nach ihrem Wohlergehen zu fragen. Nina war gespannt auf den wahren Grund seines Anrufes. »Danke, es geht. Im Oktober fange ich mit der Promotion bei Dietrich Konerding an. Bis dahin bleibe ich freie Mitarbeiterin in der Redaktion. Ich mache beim Lexikon berühmter Biologen mit.«

Severins Luftausstoßen klang siegesgewiss. Etwas an Ninas Antwort befriedigte ihn. »In welcher Auflage erscheint das Lexikon?«

Es war Nina peinlich, aber sie wusste es nicht.

»Ist in dem Verlag noch gar keine Rede von der Digitalisierung?«

Guntram Gutbiers sorgenvolles Gesicht tauchte vor Nina auf. »Doch. So was ist schon angekündigt worden. Sehr zum Leidwesen des Redaktionsleiters.«

»Ja, gut, aber da hilft alles nichts – man muss mit der Zeit gehen. Worüber promovierst du?«

Nina berichtete ihm in knappen Sätzen.

»Aha«, bemerkte er. »Welches Pharmakon wollt ihr in die Liposomen einschließen?«

Nina fand, dass er um den heißen Brei herumredete. Was wollte er?

»Das kann ich dir ein anderes Mal erklären«, sagte sie. »Wolltest du mich aus einem bestimmten Grund sprechen?«

»Nina, ich will dir ein Angebot machen. Pass auf: Jens und ich machen uns selbstständig. Genauer gesagt: Wir haben uns schon selbstständig gemacht. Die Firmengründung ist über die Bühne. Bank, Steuerberater, Bank, Bank, Ämter, Bank … Bank.«

Nina atmete ruhig. »Lass mich raten. Rote Biotechnologie. Medizinische Diagnostik. Vaterschaftstests.« Sie musste über ihren eigenen Scherz lachen und konnte förmlich sehen, wie Severin die Augen verdrehte und grinste.

»Nein, Probiotika.«

Nina gab ein interessiertes »Mhhh« von sich. »Bifidobakterien und Laktobakterien?«

»Genau. Es gibt sehr vielversprechende Studienergebnisse. Die wollen wir umsetzen. Es braucht auch Initiatoren, die Präparate herstellen und sie den Menschen an die Hand geben. Jens' Frau hat schon länger mit dem Thema Probiotika zu tun. Das weißt du ja sicher. Sie hat in den Niederlanden über die gastrointestinale Flora von Mensch und Tier geforscht. Das ist ein ganz, ganz vielversprechendes Gebiet.«

»Ja«, sagte Nina. »Ich weiß.« Mit dem großen Zeh fuhr sie ein Muster im Flurteppich nach.

»Wir brauchen dich für die Qualitätssicherung. Du arbeitest exakt. Bist 'ne Spitzenfachkraft. Auf dich ist zu hundert Prozent Verlass. Wie hoch wir dich menschlich schätzen, das weißt du ja. Wir wünschen uns, dass du unser Qualitätssicherungslabor leitest. Du kriegst zwei PTAs an die Hand. Morgen kannst du anfangen. Gehalt wie bei Rochdale. Nein, wir bieten dir sogar vierzehn Monatsgehälter statt dreizehn. Das ist selbstverständlich alles so mit Jens und seiner Frau abgesprochen. Ich soll dich herzlich grüßen.«

Severin sprach leise, langsam und entspannt. Dennoch waren seine Vorschläge stets sehr einnehmend. Das Angebot war sehr gut, aber Nina mochte es nicht, wenn jemand so tat, als hätte sie keine Wahl. Ninas Inneres wehrte Severins Angebot mit ausgestreckten Armen ab. »Ich habe bei Dietrich Konerding für die Promotion zugesagt.«

Severins Atem beschleunigte sich, rauschte in den Hörer. »Der hat im Handumdrehen jemand anderes. Diddi ist das egal, wer bei ihm die Liposomen belädt.«

Diese Bemerkung ärgerte Nina. Sie setzte sich aufrecht hin. So willkürlich wählte Diddi seine Forscher nicht aus. Nina war keine x-beliebige Doktorandin von Dietrich Konerding.

»Bei uns kannst du morgen einsteigen. Jens, Clara und ich sind uns einig: Du bist die allererste Wahl.«

»Was ist mit Tobias? Ist der auch mit von der Partie?« Ihr gemeinsamer Freund, der Superchemiker, Mr. Magnum, bei dem alles Magnum war.

»Tobias ist gebunden an BASF. Der kommt aus dem Vertrag nicht raus. Schade für ihn.«

Ninas Gedanken arbeiteten fieberhaft. Morgen anfangen. Wieder gut bei Kasse sein. Eine eigene Zwei-Zimmer-Wohnung beziehen. Auch ohne Doktorandenstelle in Freiburg bleiben. In Sicherheit sein. Vorerst. Sie wären ein schlagkräftiges Team. Innovativ. Sie würden etwas voranbringen, Wissen umsetzen, »was draus machen«, wie Severin zu sagen pflegte.

»Überleg es dir in Ruhe. Lass es dir durch den Kopf gehen. Aber bedenke auch, dass eine Promotion Jahre dauert. Bei uns hast du eine zukunftsträchtige Position und gutes Gehalt und ein super Team und zwar ab sofort.«

Sag zu, raunte Ninas Vernunft. *Schlag ein*, ihr Gewissen. Was Severin und Jens recherchierten und planten, hatte Hand und Fuß. Nina würde nichts nachprüfen, nachrecherchieren müssen.

Doch Severin kam Nina nicht wie der Überbringer guter Nachrichten vor, sondern wie ein Feind. Er war nicht der Erlöser aus einer beruflich vorerst unbefriedigenden Situation. Er war der Räuber ihrer kostbaren, knappen Zeit mit Maximilian. Und er war übergriffig geworden nach dem Bekanntmachen der Kündigung.

Der Gedanke an Max legte sich mit festem Griff um Ninas Verstand. Er quetschte alle anderen Gedanken aus. Max wurde zu ihrem einzigen Gedanken. Ihre Zeit mit ihm würde im Oktober enden. Nicht einen Tag früher sollte alles aus sein. Keinen Tag eher, als Maximilians Zeitplanung und ihre eigene Promotionspläne es vorgaben. Nina konnte nicht auf die Nähe zu Max verzichten. Er war es, der ihre einzig verbliebene Lebensader speiste.

Wie verrückt musste sie inzwischen schon sein, ein solches Stellenangebot auszuschlagen? Eines Mannes wegen, den sie kaum kannte. Nina versuchte, Zeit zu gewinnen. »Oktober wäre dir zu spät?«

»Ja.« Severins Stimme wurde härter. »Unbedingt. Wir brauchen dich sofort. So schnell wie möglich jedenfalls.«

Nein! »Ich fühle mich sehr geehrt von eurem Angebot und danke euch herzlich, dass ihr an mich gedacht habt.«

Severin hielt die Luft an. »Du willst noch drüber schlafen?«

»Hhm, ja.« Sie log.

»Vollstes Verständnis. Natürlich. Das würde ich auch machen. Schlaf drüber und ruf mich morgen an. Wir können uns auch treffen, und dann lege ich dir alles haarklein dar. Ich weiß, wie gründlich du bist. So eine Zusage am Telefon ist eigentlich nicht dein Stil. Das hätte ich wissen müssen.«

Es war auch nicht Ninas Stil, ihr ganzes Leben einem widersprüchlichen, schwarz gekleideten, narkotisch duftenden Mann zu widmen, den sie kaum kannte, der grenzwertige Bemerkungen machte und durch einen einzigen wunden Blick, durch weiche Lippen und durch ein sanftes Lächeln Flutwellen von Erregung durch ihren Körper jagte.

Severin wirkte immer noch zuversichtlich. Er gehörte nicht zu denen, die schnell aufgaben, wie auch Nina früher nicht zu den leicht Verzagten gehört hatte. Früher, bevor ihr Leben ganz und gar durcheinandergeraten war durch einen Fremden.

Von dem beruflichen Rückschlag und Achims Fremdgehen hatte Nina sich einigermaßen erholt. Sie spielte inzwischen wieder Querflöte im Akademischen Orchester und abendelang Jenga mit Tobias, seiner Freundin Inès und dem jungen Apothekerpaar. Doch sie führte ein Diebesleben. Sie grub unterirdische Gänge, um die Schatzkammer einer anderen Frau auszurauben und ihr ihren Maximilian zu stehlen.

Nina würde über Severins Angebot schlafen. Aber nur, weil sie sich dazu verpflichtet fühlte. Das Überdenken war sie Diddi und ihrer Mutter und Else schuldig.

KREUZVERHÖR IM SCHWIMMBAD

Am nächsten Vormittag trafen Nina und Max sich vor der UB. Max wollte Schuhe zum Schuster bringen. Für das kurze Treffen war Nina eigens in die Stadt gefahren. Nur, um auf dem Weg zum Schuhmacher neben Max hergehen, um eine halbe Stunde Zeit mit ihm verbringen zu können. Sie gingen quer durch die Altstadt Richtung Schwabentor.

Max wollte mehr über Ninas Arbeit für die Redaktion erfahren. Er wollte wissen, wie weit man mit dem Bau des neuen Klinikgebäudes sei. Ob der geplante Termin für den Einzug des Labors von Dietrich Konerding im Oktober eingehalten werden könne. Was für ein Typ dieser Konerding sei. Welche Verbrecher Ninas Mutter, die Richterin am Oberlandesgericht Hannover, schon verknackt habe. Ob auch Bankräuber dabei gewesen seien. Wie es sich für die Tochter anfühle, wenn die eigene Mutter Personenschutz erhielte. »Hast du je Angst gehabt, selbst entführt zu werden?« Warum klang diese Frage so bedrohlich?

Während Max bei jedem ihrer Treffen darum bemüht war, Nina besser kennenzulernen, hatte Nina umgekehrt nie das Bedürfnis, Max ausgiebig nach seiner Familie zu befragen Der Grund: Sie glaubte schlicht, sie kenne Max so gut wie sich selbst.

»Ich kenne dich«, sagte sie ihm, als sie sich dem Laden des Schuhmachers näherten. »Ich kann dich wortlos verstehen.«

Max blieb stehen. Verständnislos starrte er Nina an. Sein Körper angespannt, wie im Kampf. Seine Stimme schneidend und ungeduldig. »Schäfer, du kannst mich nicht kennen. Du *kannst* mich nicht kennen.«

»Doch, ich kenne dich.«

Niemand, nicht Max, nicht Else, nicht Mutter hätte Nina darüber belehren können, dass sie über das Wesen, das Denken und das Fühlen des Maximilian Pallas gar nichts oder nur sehr wenig wissen konnte. Für Nina stand fest: Alles Wesentliche, alles für sie Entscheidende im Charakter dieses Mannes hatte sich ihr bereits erschlossen. Details mochten sich noch enthüllen, Nuancen sich entfalten wie bei einem Duft, aber das würden nur Feinheiten sein. Aus Elses Chypre-Duft *Mitsouko* wurde nicht später, in der Basisnote, doch noch ein blumig-frisches Maiglöckchen-*Diorissimo*.

Überraschungen hielt Nina für ausgeschlossen, zumindest für unwahrscheinlich.

Am Mittag fuhr Nina in die Redaktion zu Herrn Gutbier, um fertige Artikel abzugeben und neue zu holen. Gutbier roch merkwürdig chemisch und wirkte matt und stumpf und war ungewohnt wortkarg. Nina musterte ihn mehrmals verstohlen von der Seite. Seine Gesichtsfarbe wirkte gräulich. Sie machte sich Sorgen um ihm.

Nach dem kurzen Besuch in der Redaktion fuhr Nina ins Schwimmbad, wo sie um drei Uhr mit Max verabredet war.

Zeitgleich kamen sie aus den Umkleidekabinen. Auf der Wiese vor dem Kinderschwimmbecken gingen sie aufeinander zu. Max musterte Nina mit diesen schnellen Blicken, die sie aus der UB kannte. Es waren Blicke, die wohl keiner merken sollte und die Nina gerade dadurch auffielen. Max trug eine blaue, knappe Badehose. Er war schlank. Sein Körper wirkte mehr wie der eines durchtrainierten Jugendlichen, weniger wie der eines Mannes.

Sie stiegen ins Wasser und lehnten mit ihren Rücken gegen den Beckenrand. Das Wasser schwappte über Maximilians sonnengebräunte Haut, über seinen Hals, über seine Arme. Es roch nach Chlor, Sonnencreme und Sommer. Max ließ seinen Blick aus schmalen Augen zu einer älteren Schwimmerin schweifen.

»Welche Männer hat es noch gegeben außer, wie heißt er noch, Joachim?« Max betonte das o, JOachim.

Es kam Nina vor, als spreche er den Namen absichtlich falsch aus. »Er heißt Achim. Einfach nur Achim. Und das andere tut nichts zur Sache.«

Max hielt seinen Blick auf die Schwimmerin gerichtet. »Lenk nicht ab. Wer war da noch?«

Lenk nicht ab. Das hatte Ninas Mutter mit Strenge in den Augen während des Vokabelabfragens gesagt, als Nina hilfesuchend zu den Handspielpuppen hingesehen und gemeldet hatte, dass sich der Filzhut von Räuber Hotzenplotz an einer Stelle vom Kopf gelöst habe.

»Da war sonst niemand. Niemand, der der Rede wert wäre. Ein Techtelmechtel auf einer Musikfreizeit. Ein paar Verehrer. Weiter nichts.«

»Was für eine Musikfreizeit?«

»Jugendorchester. Ich spiele Querflöte. Else ist übrigens meine Lehrerin gewesen. So haben wir uns kennengelernt.«

»Du lenkst schon wieder ab.« Die flachen Wasserwellen glänzten. »Über die Techtelmechtel reden wir später. Wie ist Achim gebaut?«

»Wie bitte?!« Ninas riss die Augen auf und versuchte, Max ins Gesicht zu sehen. Doch er sah weiterhin gelassen aufs Wasser.

»Du weißt, was ich meine. Wie ist er bestückt? Also los, sag es.« Die Wasserperlen auf seiner Brust schillerten.

Nina war empört. »Das tut doch überhaupt nichts zur Sache. Das sage ich dir selbstverständlich nicht.«

»Du wiederholst dich. Ist sicher nicht so gut gebaut, sonst hättest du es mir gesagt.«

Welch grandioser Staatsanwalt wäre Max geworden? Er hätte Achim übertrumpft. Wäre links an ihm vorbeigezogen. Allein dieser unerbittliche Blick. Mutter wäre begeistert von Max. Max ging zu weit. Nina drehte den Kopf weg und sah hinüber zu der Hecke, die geschnitten war wie ein Dino. »Es fällt mir nicht im Traum ein, dir das zu sagen. Du fragst mich wieder aus wie im Kreuzverhör.«

Eine Frage nach der anderen. Abgehakt. Abgehakt. Abgehakt. Ihre Blicke trafen sich.

Sein Blick stand wie hinter einem Zaun in Sicherheit gebracht. »Natürlich frage ich dich aus. Ich muss dich ja wenigstens ein bisschen kennenlernen, bevor wir etwas miteinander anfangen.«

Sie würden also *etwas* miteinander anfangen? In Nina herrschte Stille. Nichts jubelte in ihr ob dieser Äußerung. Sie dachte: Wir bekommen ja nicht einmal das Etwas zu fassen, das längst zwischen uns begonnen hat. Wie sollen wir da Größeres beginnen? Nina und Max schwappten im Wasser hin und her wie abgestorbene Wasserpflanzen.

Und dann war Nina doch wieder das brave Mädchen, das antwortete, wenn es gefragt wurde. »Vor Achim hatte ich einen Freund.«

»Gut, ich frage nicht, wie der gebaut war. Das spielt keine Rolle. Das ist verjährt. Bei Achim ist es nicht verjährt. Wer weiß, ob er sich's nochmal anders überlegt.« Max drückte mit dem Finger an seinen linken Bizeps, als hätte er dort etwas Ungewöhnliches entdeckt. Er zuckte mit den Schultern und

schnippte mit dem Finger über die Stelle, wie um eine Fliege zu verjagen. »Welche Partei wählst du? Oder willst du mir das auch wieder nicht sagen?« Max blinzelte, weil Sonnenstrahlen hinter einem Robinienzweig hervorgekommen waren und ihm direkt in die Augen fielen. »Ich tippe auf SPD.«
»Falsch.«
»Was also?«
»Grün.«

Max zog die Augenbrauen hoch. »Das überrascht mich jetzt.« Er schien nachzudenken und in seinem Kopf die angepinnten Zettel umzuhängen. Max fragte Nina aus, als bliebe ihm nur diese eine Stunde im Schwimmbad, um ihre Vergangenheit vollends kennenzulernen, als könne er nur jetzt noch die Fragen nachholen, die er ihr während ihres Spaziergangs auf dem Weg zum Ottilienkloster nicht mehr hatte stellen können. »Deine Freundin Else scheint ein ganz netter Mensch zu sein, nach dem, was ich so höre.«

»Allerdings. Das ist sie.«

»Sonst wäre sie ja wohl nicht deine Freundin, nehme ich an.«

»Genau.«

»Körbchengröße?«

»Max! Sie ist viel zu alt für dich.«

»Also A. A ist indiskutabel. Was heißt zu alt?«

»Sie ist 41.«

»Stimmt, das ist zu alt. Bis vierzig geht es. Das ist noch ein ganz gutes Alter. Da sind Frauen sexuell sogar befreiter und aktiver. Erwacht. Mit Älteren kenne ich mich nicht aus. Will ich auch nicht.«

Nina schaute ihn mit zusammengekniffenen Augen an, auf die gerade Nase, auf den milchkaffeebraunen Fleck auf seiner linken Wange, auf den weichen Mund. Seine Cognac-Augen glänzten in der Sonne. Nina war beleidigt wegen seiner Ausfragerei – und hingerissen vom schönsten Gesicht, das sie kannte.

»Welche deiner Nummern war denn schon vierzig Jahre alt?«, fragte sie.

Er grinste sein schmallippiges Grinsen. »Die Vier.«

Nina hasste dieses Fratzen-Grinsen. Zum ersten Mal spürte sie Verachtung für Max in sich aufkommen. »Es kommt dir vor allem auf die Körbchengröße an?« Warum vergeudete er dann seine Zeit mit Fragestunden, wenn er die für ihn relevanten Antworten von ihrem Bikinioberteil ablesen konnte?

Als könne er ihre Gedanken hören, sagte er: »Natürlich kommt es auch aufs Gesicht an.«

Natürlich, dachte Nina. Sie stieß verächtlich Luft aus. »Natürlich« gehörte zu Maximilians Lieblingsworten wie »glasklar« und »ganz klar« und »wieso«.

Max ließ nicht locker. »Trotzdem: Ein C muss es schon sein.« Dabei machte er den Hals lang und stierte Nina provozierend auf den Busen. Dies war einer der Momente, in denen Nina Max beinahe wieder so unangenehm fand wie ganz am Anfang, als sie ihn zum ersten Mal entdeckt hatte.

Alles hakte er ab. Männer, Partei, Figur. Er fragte sie sogar, ob sie an Gott glaube. Maximilians Zudringlichkeit in Worten lähmte Nina. Der Zauber zwischen ihnen begann sich aufzulösen.

Sie schwiegen.

Max drehte sich um. Nun lagen seine Unterarme auf dem Beckenrand, das Kinn knapp über den Randfliesen. Chlorwasser überspülte seinen Rücken. Für einen Augenblick lag die Welt wieder in Klarheit und Eindeutigkeit vor Nina. Sie hätte zur Treppe schwimmen und aussteigen können.

»Falls wir eine Affäre haben werden«, stellte er unbeirrt fest, »ist zu überlegen, wie das in der Praxis aussehen könnte. Freiburg ist eigentlich tabu. Das ist Hannahs Revier. Wie schon gesagt. Am sichersten wäre eine andere Stadt. Aber das scheint mir nicht gerade realistisch. Wie ist es mit deiner Wohnung?«

Wie viele Variablen würden übrigbleiben in seinem Versuch, ihre Affäre vorauszuberechnen?

»Achims Wohnung ist tabu«, sagte sie. *Alles mit dir ist ab jetzt tabu*, dachte Nina. *Ich sollte dich meiden.*

»Ich meine nicht Achims Wohnung. Du wohnst doch jetzt allein.«

»Ich wohne nicht in einer Wohnung allein, sondern ich wohne in einem Zimmer neben einem angehenden Kardiologen in Elses Haus. Und das ist tabu.« Absichtlich hatte Nina Johannes erwähnt, um festzustellen, was das bei Max bewirken würde.

Prompt weiteten sich seine Augen. Eine neue Unbekannte in der Gleichung. »Wer, bitte, ist dieser Kardiologe?«

»Johannes aus Bayern.«

Maximilians Augen zündeten durch. »Ach, da wohnt ein Kardiologe neben dir. Sieh mal einer an.« Sein Blick war herausfordernd und prüfend zugleich. »Soso. Und Johannes heißt der Kardiologe. Ein Bayer.«

Was ging das Max an? Nina fragte sich, weshalb sie alle Fragen wahrheitsgemäß beantwortete und zusätzlich Informationen preisgab, nach denen sie nicht gefragt worden war. War es, weil früher jede Unwahrheit die Verbannung in den Gewölbekeller nach sich gezogen hatte? Mochte der liebenswürdige Johannes Nina verzeihen, dass sie seinen Vornamen einem Monster verraten hatte!

»Ein Bayer. Soso. Die haben gutes Bier. Und wieso ziehst du bei Else ein und nicht in eine eigene Wohnung?«

»Ganz einfach, weil ich mir die zurzeit nicht leisten kann.«

Maximilians Blick verriet ihr, dass Nina zum ersten Mal an diesem Nachmittag etwas wirklich Vernünftiges gesagt hatte. »Okay, das verstehe ich.« Er überlegte. »Im August fährt

Hannah mit ihrer Freundin nach Spanien. Für zwei Wochen. Da bin ich allein.«

Dem Vertragsentwurf zu ihrer Affäre wurde Kleingedrucktes hinzugefügt: *Hannahs Revier Freiburg ist unantastbar, es sei denn ...* Max' schlanke Hände lagen auf dem gekachelten Rand des Schwimmbeckens, seine linke Hand dicht neben Ninas Unterarm. Es war die Linke, die es gewohnt war, ein Florett zu führen. Maximilians Worte waren so staubtrocken, dass Nina an ihnen verdorrt wäre, wogte nicht so viel Wasser um sie herum.

Nina tauchte unter und hielt sich ein wenig länger unter Wasser. Ihr war, als bräuchte sie eine Pause vom Kreuzverhör und von all den Klauseln, die Bestandteil eines von Max aufgesetzten Affärenvertrags sein könnten. Als sie wieder hochkam, war Max fort. Sie suchte das Wasser ab und entdeckte ihn weiter hinten, fast in der Mitte des Schwimmbeckens. Er schwamm auf sie zu und ließ ihr Gesicht dabei nicht aus den Augen. Als Max wieder bei ihr angelangt war, legte er seine Hände zu Ninas Seiten auf dem Beckenrand ab. Eine Umarmung ohne Berührung. Sein Blick war durchdringend, sein Gesicht nah an ihrem.

»Wir werden also eine Affäre haben«, sagte er.

Nina erwiderte nichts, weil sie nichts mehr fühlte.

»Die Frage ist, ob ich dir schon mal einen Vorgeschmack auf unsere Affäre geben sollte.« Sein Gesicht näherte sich ihrem.

Da pochte ihr das Herz auf einmal laut in den Ohren. Dieser kurze Moment drehte die Münze wieder zurück. Innerlich zitternd erwartete Nina seinen Kuss. Max bemerkte die Wandlung in ihrem Gesichtsausdruck, warf sich rückwärts ins Wasser und ging unter.

Er kam wieder hoch. Er schüttelte den Kopf, dass die fliegenden Wassertropfen in der Luft schillerten. Er sagte: »Nein, mich gibt es ganz oder gar nicht.« Dann schwamm er zum Ausstieg und verließ das Schwimmbecken.

In einer Umkleidekabine zog Nina das vulgäre Orangefarbene an. Aus lauter Trotz hatte sie es nach der Rückkehr aus der Redaktion für den Gang ins Schwimmbad angezogen. Sie dachte: Max gibt es ganz oder gar nicht. Mich selbst gibt es nur noch in Einzelteilen. Die Beziehung zu Max zerstückelte sie. Was würde am Ende noch von ihr übrigbleiben?

TIGERKOPF

Nach dem Treffen im Schwimmbad mied Nina die Universitätsbibliothek drei Tage lang. Sie wollte Max nicht begegnen. Er strengte sie an. Erst am vierten Tag fuhr Nina hin.

Bei den Fahrradständern wartete der verwahrlost aussehende Künstler, den Nina dort schon häufiger gesehen hatte. Graue Haare hingen ihm bis auf die Schultern. Sein Gesicht wirkte geschwollen. Er trug immer weiße Laken um die Hüften gebunden. Darauf standen mit schwarzem Permanentmarker in großen Druckbuchstaben geschriebene, wechselnde Botschaften. Die heutige Botschaft: »Mut zur Liebe – BDSAT«. Nina rätselte, was BDSAT bedeuten mochte. Es stand immer dabei. Vielleicht war es seine Signatur. Nina machte sich mittlerweile einen Spaß daraus, dem Initialwort eigene Bedeutungen zuzuweisen. Heute las sie daraus: Blöd und doof sind alle Treulosen.

Nina arbeitete konzentriert. Unter dem Buchstaben D ergänzte sie den französischen Botaniker René Louiche Desfontaines, den Entdecker von Patschuli: *Der narkotische Duft dieses Öls, aus den Blättern des Patschulistrauches destilliert, ist so komplex zusammengesetzt, dass er sich synthetisch nicht nachahmen lässt.*

Einerseits war Nina erleichtert über Maximilians Ausbleiben. Andererseits war sie enttäuscht. Einerseits hatte sie im Moment genug von ihm. Andererseits hoffte sie, ihn zu sehen. Nina konnte ihre Sehnsucht nicht loslassen und konnte sie nicht erfüllen.

Am frühen Abend, in Elses Garten, spritzte Nina die Blätter einiger Rosensträucher zum zweiten Mal gegen Sternrußtau. Unzufrieden und innerlich leer lockerte sie den Boden, entfernte Verblühtes und schnitt, wie jeden Tag, einen neuen Rosenstrauß für die Vase auf dem Esszimmertisch. Der Duft von Gertrude Jekyll, Winchester Cathedral und Golden Celebration erfüllte das ganze Erdgeschoss. Nina tauchte ihre Nase in eine weiße Winchester Cathedral-Blüte und sog den Duft tief ein. Er schwebte durch ihren Körper und ihre Seele, und obwohl er leicht und zart war, vertrieb er den Geruch nach Patschuli und Sandelholz, der in Nina gehaftet hatte. Der Rosenduft beruhigte Nina, tröstete sie und linderte. Rosenduft war ein Himmelsgeschenk. Ein göttlicher Trost. Ein Segen. Gnade. Nina fiel auf, dass sie nie zuvor Worte wie Segen und Gnade gedacht hatte. Johannes' Gegenwart in diesem Haus färbte wohl ab.

Als Nina den Rosenkorb mit der Schere zurück auf den Absatz der Kellertreppe stellte, dachte sie zum ersten Mal: Max hat recht. Ich kenne ihn nicht. Ich kann ihn gar nicht kennen. Wen liebe ich da? Meine Fantasie? Meinen Traum vom Traummann? Einzelteile, die, zusammengefügt zum Ganzen, niemals zu haben sein werden? Aber die Gedanken verfolgen so schnell, wie sie gekommen waren.

Am Freitagvormittag ging Nina in Achims Wohnung. Offiziell immer noch ihre gemeinsame. Warum trafen sie keine Entscheidung, sondern zögerten? Gewohnheit. Sicherheitsbestreben. Trägheit. Der wahre Grund bei Nina, den sie sogar bereit war, vor sich selbst zuzugeben, war, dass sie Max so in Unsicherheit halten konnte. Sie wollte ihn in dem Glauben lassen, dass sie jederzeit, wenn sie nur wollte, zu Achim zurückkommen konnte. Achim verlangte nicht, dass sie ihre restlichen Sachen abholte.

Aus einem Fach im Wohnzimmerschrank holte Nina drei mit ihren Schwarz-Weiß-Fotos prall gefüllte Boxen. Am Esstisch sitzend zog sie wahllos Bilder heraus:

Die Schatten eines schmiedeeisernen Zaunes auf dem Asphalt.

Eine weiße Feder auf einem schwarzen Glastisch.

Der Eifelturm im Nebel.

Seifenblasen vor dem Abendhimmel, dessen Farben nur Nina noch kannte.

Vier weiße, drei schwarze Klaviertasten. Verstaubt.

Der Totenkopf im Alten Friedhof.

Nina stellte die drei Fotoboxen in ihre hohe, schwarze Einkaufstasche, holte ihre Post vom Regal, blätterte flüchtig durch die verschlossenen Umschläge und legte sie dann auf die oberste Kiste. Sie wollte nicht länger in der Wohnung bleiben, falls Achim doch überraschend auftauchen würde.

Nina fuhr zur UB, fand einen Parkplatz, ließ die Tasche mit den Boxen im Auto und nahm ihre Post und ihre Artikel mit. In der Eingangshalle blieb Nina neben einem der schmutzigen Fenster stehen, um die Umschläge zu öffnen. *Warum hast du sie nicht im Auto aufgemacht*, fragte sich Nina, *warum machst du sie nicht oben an deinem Platz auf, warum hier am Fenster?* Sie wusste es nicht.

Sie stellte fest, dass sie in der Wohnung, beim ersten Durchsehen der Umschläge, den dünnen, grauen mit der Aufschrift *Schäfer* übersehen hatte. Schäfer. Sofort hämmerte ihr Herz. Nur ein Mensch auf der Welt würde Schäfer auf einen Briefumschlag schreiben und ihn ohne Absender in den Briefkasten von Achims Wohnung werfen. Warum schrieb Max ihr? Warum kam er nicht in die UB, um sie zu sprechen? Hatte er sie vergeblich hier gesucht, während sie fortgeblieben war? Hielt sie da Maximilians schriftliche Absage in den Händen?

Zittrig öffnete sie den Umschlag. Sägezähne an der oberen Kante. Sie fasste hinein, fühlte eine Karte und zögerte, sie herauszuziehen. Sie atmete durch und drehte sich ganz zum Fenster um, damit niemand in der Halle ihr Gesicht sehen konnte. Ihr war flau im Magen. Langsam zog Nina die Karte aus dem Umschlag. Die Augen eines gezeichneten Tigerkopfes starrten sie an – ein Kunstdruck. Nina wendete die Karte. In schlanker, hoch auffahrender Schrift stand geschrieben:

Liebes Schaf, überleg dir das mit dem Besuch im Baseler Kunstmuseum noch mal. Böcklins Pest passt nicht zur Liebe. Zur Liebe passt Rodins Kuss. Das wäre dann Paris. Dein Wolf.

Nina hätte tief einatmen wollen, aber ihr stockte der Atem. Sie schaute durch das schmutzige Fenster zur rankenden Gloxinie. Ihr schossen die Erinnerungen an zwei Gespräche mit Max durch den Kopf. Das eine an der Bar, bei dem sie Max mit einem Wolf verglichen hatte. Das andere während einer ihrer Gänge durch die Altstadt, als sich herausgestellt hatte, dass sie beide die Kunst liebten. Max hatte vorgeschlagen, einmal gemeinsam das Baseler Kunstmuseum zu besuchen. *Die Pest* von Böcklin sei imposant.

Das war der Nachmittag gewesen, an dem Max gefragt hatte: »Denkst du je über den Tod nach?« Die Antwort hatte er sich selbst gegeben: »Sicher nicht.«

Nina hatte ihm einen giftigen Blick zugeworfen. »Doch, tatsächlich denke auch ich über den Tod nach.«

»Ach ja? Wie oft denkst du darüber nach?« In seinen Worten klang die Vorstellung mit: Dumme Mädchen haben normalerweise nicht so tiefgehende Gedanken.

»Manchmal.«

Vielleicht nahm Max ihren gereizten Tonfall wahr. Vielleicht bewirkte Ninas Trotz in der Stimme, dass Max in Bruchteilen von Sekunden von einem Pol zum anderen gelangte. Seine Gesichtszüge wurden weich, wie seine Stimme und wie sein Blick. »Ich denke viel darüber nach. Es hat Zeiten gegeben, da habe ich jeden Tag über den Tod nachgedacht.« Vor den elementaren Fragen des Lebens stehend, suchte Max wohl in Ninas Gesicht nach Antworten, obwohl er sie dort nicht zu finden erwartete.

Böcklins Pest passt nicht zur Liebe. Zu wessen Liebe? Zu seiner? Zu Ninas? Zu ihrer Liebe zueinander?

Unten links auf der Karte entdeckte Nina kleingedruckt: BDSAT Tiger. Max musste mit dem langhaarigen Künstler mit dem Laken um die Hüften gesprochen und ihm diese Karte abgekauft haben.

Noch dreimal las Nina die Zeilen in der Halle und dreißigmal an ihrem Tisch im zweiten Stock. *Das wäre dann Paris.* Es wäre Paris, Max, und du würdest mich dort lieben, mit mir die Uferpromenade der Seine entlangspazieren, Hand in Hand, und im Musée Rodin würdest du mich neben Rodins Skulptur *Der Kuss* küssen, dass Rodin, lebte er noch und sähe uns, zur neuen Skulptur inspiriert wäre, zu *Der unendliche Kuss*. Arm in Arm würden wir von der Metro-Station zum Hotel schlendern, ach nein, wir hätten keine Zeit zu schlendern, unsere Schritte würden immer schneller werden, vorbei an Bistros, in keines von ihnen würden wir gehen, weil wir nicht würden abwarten können, in unser Hotelzimmer zu kommen, in dem wir keine Betten würden zusammenschieben müssen, weil es nur ein großes geben wird, Max.

In Nina flatterte es. Sie konnte es kaum abwarten, ihn wiederzusehen und würde doch das ganze Wochenende, das ganze lange Sommerwochenende, Geduld haben müssen, denn es war Freitag. Nina packte ihre Sachen zusammen, ging in die Stadt und kaufte sich im Buchladen eine Kunstkarte: Rodins *Der Kuss*.

MUTTERS VISITE

»Kannst du mir mal sagen, was bei dir los ist?« Mutters Stimme klang schneidend kalt und fordernd.

Nina sank auf den Sessel im Flur. »Wie meinst du?«

»Warum gibt mir Achim eine neue Telefonnummer von dir, und warum weicht er meinen Fragen aus? Wieso hast *du* eine neue Telefonnummer, Achim aber die alte? Was ist bei euch los?«

Du bist so dumm, dachte Nina über sich selbst. *Was hast du gedacht, wie lange das gutgehen würde, wie lange du es geheim halten kannst? Es war doch klar, dass sie dich irgendwann aus irgendeinem Grund anrufen würde. So wie jetzt.* »Ich habe es bisher nicht übers Herz gebracht, dir zu erzählen, was bei mir los ist.«

»Übers Herz gebracht?« Kurze Pause. »Wo bist du jetzt?«

»Bei Else.«

Kurzes Schweigen.

»Else, das ist doch diese Freundin. Querflöte.«

Freundin, ja. Querflöte, ja. »Ja, die«, bestätigte Nina.

»In Freiburg.«

»Ja.«

Mutter sog ungeduldig Luft ein und blies sie anschließend in den Hörer. »Nina, lass dir doch bitte nicht jedes Wort aus der Nase ziehen.«

Raus damit. Los. Auf einen Schlag. »Ich habe mich von Achim getrennt, weil er fremdgegangen ist und bin unverschuldet arbeitslos.« Punkt.

Schweigen.

Atmen.

Schweigen.

»Der Grund meines Anrufs: Ich fahre morgen nach Lörrach. Am Montag gehe ich dort auf eine Beerdigung. Ich wollte dich und Achim besuchen und bei euch übernachten. Das war der Grund meines Anrufs.«

Nina beugte sich vor, fasste sich mit der freien Hand an die Stirn, schloss die Augen. »Ich kann Else fragen ...« Ihre Gedanken rasten. »Beziehungsweise du kannst bei mir im Zimmer schlafen. Mit in meinem Bett. Oder allein im Bett. Dann besorge ich noch eine Matratze.«

Schweigen. Mutters Stimme klang resigniert schwach. »Nina.«

Nina hörte, welche Enttäuschung sie ihrer Mutter war. Welche Zumutung ihr Vorschlag war.

Mutter machte eine nachdenkliche Pause. »Ich mach's anders. Ich schlafe direkt in Lörrach und komme vorher bei dir vorbei. Also gleich morgen. So gegen zwei dürfte ich da sein. Sag mir die Adresse.«

Nach dem Telefonat ging Nina die Treppe hinunter zu Else, die im Garten unter dem Sonnenschirm in einem Buch las. Auf dem Tischchen neben ihr stand ein Glas Limetten-Minze-Wasser. Elses gefasste Reaktion beruhigte Ninas Gedankenfeuer. Nina ging in die Küche und buk Kirschkuchen von dem Glas Schattenmorellen, das im Keller gelagert hatte. Nachts schlief sie schlecht, wachte jede Stunde auf. Um acht Uhr stand sie auf, obwohl sie sonntags normalerweise länger schlief. In der Küche traf sie auf Johannes, der, wie jeden Sonntag, bald schon zum Gottesdienst aufbrechen würde. Um Zwölf aßen Nina und Else zu Mittag. Lende, speckumwickelte Bohnen, Kartoffeln. Ab halb zwei saßen sie unter dem roten Sonnenschirm im Garten am gedeckten Kaffeetisch und warteten auf Mutter.

Zur Begrüßung umarmte Mutter Nina flüchtig, wie man gute Bekannte begrüßt. Mutters Blick war nüchtern, kalt und vorwurfsvoll. Smalltalk beim Kaffeetrinken. Haberlandt war gestorben, Mutters hochverehrter Schuldirektor, der nach der Pensionierung und dem Tod seiner hannoverschen Ehefrau zurück in die Heimat gezogen war. Plötzlich verstorben. Hatte nachmittags angefangen zu frieren. Im Hochsommer. Wollte in den Keller in die Sauna gehen, um sich aufzuwärmen. Die Schwiegertochter, die ihm davon abgeraten hatte, war wenig später in den Keller gegangen, um nach seinem Befinden zu fragen und hatte ihn tot auf dem Boden gefunden.

Nina meinte, ihre Mutter denken zu hören: ›Else stört; was sitzen wir hier sinnlos am Kaffeetisch, wo wir uns unter vier Augen zu unterhalten haben?‹

Johannes kam vom Gemeindehaus zurück. Er trat an den Tisch und reichte Mutter die Hand. Dabei lächelte er warmherzig, und es entstand ein kurzer Wortwechsel.

»Ah, Sie sind Kardiologe.« Wie anerkennend Mutters Tonfall war. Das gefiel ihr natürlich. Ein Kardiologe. Wie betont sie das Wort aussprach: *Kar-dio-lo-ge*. Und wie sehr Nina daraus hören sollte: Sieh her, was andere aus ihren Fähigkeiten machen.

Johannes aß ein Stück Kuchen und hörte sich Mutters Geschichte vom Tod des ehemaligen Schuldirektors an. Was die Todesursache gewesen sei, wollte Mutter von ihm wissen.

Johannes hatte etwa zehn Differentialdiagnosen aufgezählt, als er von Mutter mit ehrlicher Bewunderung durch ein

Abwinken unterbrochen wurde. »Fantastisch, ihr Fachwissen. Sie machen etwas aus sich.« Ihr Blick kroch in Ninas Gesicht.

Johannes' Blick ging zwischen Nina und ihrer Mutter hin und her. »Vor Gott gibt es kein Ansehen der Person«, sagte er. Sein Tonfall war freundlich, sein Blick war warm.

Nina hielt die Luft an. Mutter auch. Zum ersten Mal, seit Nina denken konnte, verschlug es Mutter die Sprache. Jemand hatte es gewagt, ihr zu widersprechen, und dann auch noch auf diese Art! Für Mutter klang es wahrscheinlich so, als hätte Johannes sich genauso gut auf den Weihnachtsmann berufen können.

»Überall kommt es auf die Person an«, sagte Mutter. »Ich habe lange Zeit Personenschutz genossen. Beim Metzger lässt man alle anderen Kunden stehen, wenn ich in den Laden komme.« Entgeistert blickte Mutter Johannes an, und ihr Blick schien hinzuzufügen: *Wissen Sie überhaupt, mit wem Sie es hier zu tun haben?*

Ninas Blick ging zwischen Mutter und Johannes hin und her. Hin und her, wie angestoßene Murmeln in der Glasschale. Mutter schien fieberhaft nach einer schlagkräftigen Antwort zu suchen. Johannes drückte mit der Gabel auf dem Teller Kuchenkrümel fest und schob sie in den Mund.

»Trotzdem sind wir nicht das, was man über uns sagt. Ich bin Kardiologe, um zu helfen. Nicht um in der Bäckerei früher an die Reihe zu kommen. Oder vor Gott.« Das liebevoll glänzende Blau seiner Augen strahlte Mutter sanft entgegen.

Von ihr kam nichts mehr. Sie wirkte wie unter Beißhemmung. Etwas an Johannes hinderte sie daran, loszulegen. Noch nie war sie auf den Mund gefallen gewesen. Jeder bekam eine schlagfertige Antwort, zur Not auch sein Fett weg.

Nina musterte Johannes. Wie gelassen, wie gleichmütig er lächelte. Das würde Mutter zur inneren Weißglut bringen. Jemand verweigerte ihr die geforderte Ehrfurcht. Nina fühlte tiefe Bewunderung für Johannes. Und Respekt. Es war ein anderer Respekt, als der ängstliche, den sie vor ihrer Mutter hatte. Ausgerechnet dieser freundliche und leise Mann konterte Mutter derart, dass sie für Momente bewegungsunfähig war. Der Mann, den Nina für zu nachgiebig, vielleicht für zu weich, ja, sogar für schwach gehalten hatte, wirkte vollkommen überlegen. Königlich. Es war ihm nichts entgegenzusetzen.

»Gesetzt den Fall, man glaubt an Gott«, brachte Mutter schließlich hervor.

Johannes legte die Stirn in Falten, beinahe bedauernd. »Ob man an ihn glaubt oder nicht, wird nichts daran ändern, dass man sich die Position vor Gott nicht *erarbeiten* kann. Weder durch die Stellung, die man im Leben bekleidet, noch durch die besten Taten der Nächstenliebe.«

»Na, da könnten wir in eine sehr lange Diskussion einsteigen. Nur mal zwei Stichworte: Mutter Teresa. Heiliger Franz von Assisi. Sie möchten ja nicht behaupten, dass die alle umsonst barmherzig waren.«

»Gnädige Frau«, Johannes' Blick war freundlich, aber ernst, »wenn morgen ein Mann stirbt, der nichts, aber auch gar nichts in ihren Augen Sinn- oder Wertvolles getan hat, der aber im letzten Moment erkennt, dass er der Gnadentat unseres Herrn Jesus Christus bedarf, steht er vor Gott reinweiß da. Der Glaube daran macht allein den Unterschied. Da kann der wohltätigste Mensch am Ende verlorengehen, wenn er Gottes Sohn nicht anerkennt.«

Mutters Blick wurde mitleidig, verachtend. Alle Achtung, die sie Johannes anfangs gezollt hatte, löste sich auf wie Nebel in der Sonne. Nina konnte Mutters Gedanken lesen: ›Verschonen Sie mich, lieber Wanderprediger vor dem Herrn, und versuchen Sie, andere Menschen für Gott zu gewinnen.‹

Johannes legte seine Gabel auf dem Teller ab.

Mutter stand auf. »Na, dann zeig mir mal dein *Zimmer*.« Bei »Zimmer« hüpften ihre Augenbrauen hoch.

Mit dem Rücken zum Harlekin überblickte Mutter das Zimmer. Sie schluckte. Schwieg. Für einen Moment glaubte Nina, Tränen in ihren Augen schillern zu sehen. Nina fühlte sich schuldig und wusste nicht, wofür.

Sie gingen zum Alten Friedhof, spazierten im Schatten alter Bäume vorbei an Engeln, Kreuzen, Grabmalen. Licht und Blätterschatten spielten vor ihnen auf den Wegen und neben ihnen im Gras. Am Grabmal von Caroline Christine Walter blieben sie stehen. *Es ist bestimmt in Gottes Rath, dass man vom Liebsten was man hat, muss scheiden.*

Als sie von dort weitergingen, brach Mutter das Schweigen. Sie forderte Nina auf, ihre ganze Geschichte zu erzählen. Mutter hörte zu. Kommentarlos. Ganz die Richterin.

Ganz am Ende blieben sie neben einem aufwändigen Grabstein stehen. Die Figur unter dem Sandsteindach trug ein langes Gewand, hielt die linke Hand an der Brust und streckte die rechte nach ihnen aus.

Mutters Blick war kalt. Er kommentierte Ninas Fall, ihr Absinken, ihr Versagen. Ihr Unvermögen, den Mann zu halten, eine *anständige* neue Stelle zu finden und ihre Begabung, sich in dieser beklagenswerten Situation einzurichten. »Wenn du meinst, dass du dir das erlauben kannst. Es ist eine böse Scharte im Lebenslauf, und du sitzt untätig herum.« Sie schüttelte den Kopf. »Wenn das mit der Promotionsstelle bei Konerding noch so lange dauert, dann nimm in Gottes Namen eine andere an. Du bist doch nicht auf diese eine Stelle angewiesen. Ich bitte dich. Du bist auch nicht mehr an Freiburg gebunden. Finde *bitte* aus deiner Lethargie heraus.« Sie schüttelte den Kopf. »Schreibst Artikelchen. So habe ich dich wahrlich nicht erzogen.« Sie schüttelte zum dritten Mal den Kopf.

Die Kopfschüttelei machte Nina so ärgerlich, dass ihre Hand in eine seitliche Falte ihres Kleides griff und die Faust ballte. Nina drehte ihr Gesicht weg, hin zu einem Grabstein. Der Figur fehlte der Kopf. Nina schossen Tränen in die Augen. Sie fühlte sich mutterseelenallein. Sollte sie doch die Stelle bei Severin annehmen? Sie könnte es Mutter jetzt gleich sagen und damit auf einen Schlag alles in Ordnung bringen.

Doch Ninas Inneres hielt sich fest am Marterpfahl Maximilian Pallas. Ihre Sehnsucht ließ Runde um Runde das Seil enger wickeln – Nina würde Severin morgen endgültig absagen. Nicht einen Tag mit Max würde sie freiwillig hergeben. Jede Minute, die ihr mit ihm blieb, würde sie nutzen. Alles andere, und mochte es noch so wichtig sein, hatte zurückzutreten. Keiner würde Nina verstehen. Sie verstand sich selbst nicht mehr. Du bist eine Verlorene, dachte Nina. Du hast keinen Kopf mehr.

Eine Stunde später fuhr Mutter in ihrer schwarzen Mercedes-Limousine ab. Von Max hatte Nina kein Wort gesagt.

KEINE BASIS

Am Montag saß Nina an ihrem Tisch in der UB und starrte in den blauen Sommerhimmel, gelähmt von dem Treffen mit ihrer Mutter und von Severins enttäuschter, wortkarger Reaktion am Telefon. Ihm brauchte sie vorläufig mit nichts mehr zu kommen.

Würde Max nicht bald den Gang entlangkommen im schwarzen T-Shirt, in Jeans und Espadrilles und ihr schon von Weitem zärtlich zulächeln? Die Kunstkarte mit Rodins Skulptur *Der Kuss* lag auf Ninas Tisch. Diese Karte würde sie Max hinschieben und zurücklächeln. Er würde wissen, dass sie ihn genauso liebte wie er sie. Nicht hier in der UB, aber draußen und noch heute, würde sie Max ihre Liebe aussprechen. Es würde ihn freuen, dass Else ihnen ihr Elternhaus – die obere Wohnung, in der die Fensterläden vor der Hitze schützten und die Betten frisch hellblau bezogen waren – für ein Treffen zur Verfügung stellen würde.

Endlich, gegen zwölf Uhr, kam Max von der offenen Saaltür her auf Nina zu. Sein Blick wirkte zurückhaltend, abwartend, sondierend. Ninas Zärtlichkeit für Max stand ihr deutlich ins Gesicht geschrieben. Das spürte sie. Die Liebe schwappte aus ihren Augen. Am liebsten wäre Nina aufgesprungen, hätte Max umarmt, ihn geküsst und ihm für seine Zeilen gedankt – *zur Liebe passt Rodins Kuss.*

Als er fast bei ihr angelangt war, als er ihr Gesicht genau erkennen konnte, drehte sich in seinem Blick etwas um und lief davon. Was er in ihren Zügen gesehen hatte, schien ihm peinlich zu sein.

Krachend fiel Ninas Hoffnung in sich zusammen. So unauffällig wie möglich schob sie die Kunstkarte mit Rodins *Kuss* unter ihren Artikel über Robert Koch. Sie schämte sich wie noch nie zuvor. Seit sie Max begegnet war, tauchten laufend neue, zumindest in dieser Intensität ungekannte Gefühle und Eigenschaften in Nina auf. Auf einmal waren sie da und pflanzten sich bei ihr hin, wie eine schrille Verwandte aus Übersee mit lautem Blick. Nina trug die Scham, das Lechzen und das Sehnen mit sich herum, wie Fundstücke, deren Eigentümer sie ausfindig machen oder für die sie einen Abgabeort suchen sollte. Wo das Neue und Verstörende hintragen? Wem zurückbringen? Wo war das Fundbüro für neu aufgekeimte Wesenszüge, aufgelesene Sehnsüchte, aufsässige Hoffnungen? Stur blieben sie alle bei Nina und verlangten, sie solle sich ihrer annehmen. Sie waren lästig. Am schlimmsten von ihnen war die Scham.

Seit Nina Max kannte, schämte sie sich, wie sie sich zuletzt als Drittklässlerin geschämt hatte, als sie morgens der Nachbarin ihr Sparschwein hatte abgeben müssen. Zur Strafe. Denn Nina war mitten in der Nacht aus Angst vor dem Mörder ihrer Fantasie zur Babysitterin ins Nachbarhaus geflüchtet, solange die Eltern allesamt fortgewesen waren. Ihren schlafenden kleinen Bruder hatte Nina allein zurückgelassen. Als ihre Eltern in den Morgenstunden von einer Party nach Hause gekommen waren, hatten sie Felix tief schlafend in seinem Bettchen gefunden und Nina überall gesucht. »Verantwortungslos«, »rücksichtslos« und »unfassbar egoistisch« sei sie. Selten hatte Nina ihre Mutter so aufgebracht erlebt. Ninas Todesangst hatte nicht gezählt. »Lächerlich« sei das. Dann, morgens, wahrscheinlich unter den Augen der ganzen Nachbarschaft, hatte sie ihr Sparschwein der Nachbarin überreichen müssen.

Diese hatte das kleine rosa Schwein nicht annehmen wollen, bis Nina aufgesagt hatte, was sie gelernt hatte: »Ich habe die Dienste eures Babysitters in Anspruch genommen. Darum werde ich meinen Anteil bezahlen.«

Der Nachbarin hatte es leidgetan. Das hatte Nina an ihrem Gesichtsausdruck gesehen. An ihren mitleidigen Augen. Aber wer wusste, ob nicht alle anderen Leute ringsum kopfschüttelnd hinter ihren Gardinen gestanden und sich zugeflüstert hatten: ›Nina Schäfer hat ihren Bruder Felix allein gelassen. Sie hat ihn schutzlos dem Mörder ausgeliefert. Was für eine Schande.‹

Und nun schämte sie sich für ihre Gefühle Max gegenüber. Wieso hörte Nina nicht damit auf, ihm nachzustellen? Weshalb packte sie jetzt gerade ihre Sachen zusammen, um Max einmal mehr durch die halbe Stadt zum Schuster zu begleiten?

Die Sonne stach. Max trug heute Sandalen, nicht die Espadrilles. Das störte Nina. Sie mochte die braunen Sandalen nicht. Die hatten etwas Bäuerliches. Das passte nicht zu Max.

Der Künstler mit dem wirren grauen Haar, dem geschwollenen Gesicht und dem bemalten Laken um die Hüften kam ihnen auf der gegenüberliegenden Straßenseite entgegen. Max winkte ihm, als kenne er ihn gut, und er winkte zurück.

Dann wendete Max den Kopf zu Nina. »Ich hab mir neulich mal ein paar seiner größeren Bilder angesehen. Nicht übel. Gar nicht übel.«

Nina drehte sich nach dem Kunstmaler um, sah ihn von hinten, las wieder die Buchstaben auf dem Laken: BDSAT.

»Ja, ich weiß, was es bedeutet«, sagte Max. »Als ich die Karte für dich bei ihm gekauft habe, habe ich ihn gefragt. Es ist zum einen sein Künstlername. Zum anderen hat es auch eine Bedeutung. Wie du dir ja denken kannst.«

»Bestrebungen dieser Sorte – allesamt trostlos«, sagte Nina. Ihr Blick schlich ihnen voran über den heißen Asphalt.

Max' Kopf flog zu ihr herum. »Nicht übel, Schäfer. Aber nein. Es heißt: Begleite dich selbst alle Tage.«

»Im Sinne von: Wenn du dich nicht selbst um alles kümmerst, kümmert sich keiner?« Nina versuchte sich davon abzulenken, dass sie so abwartend neben Max herging, so darauf hoffend, dass ein paar Krumen der Zuneigung von seinem Tisch zu ihr herunterfallen würden.

»Wenn wir erst einmal bei dir waren«, erklärte Max, »wird sich alles beruhigen. Es geht doch letztlich nur um Sex. Um nichts anderes geht es doch.«

Nina zuckte zusammen. Das also war das Bedrohliche in Maximilians Tonfall und in seiner Haltung gewesen. Sie war zu erschrocken, um zu schlucken. Oder um etwas zu sagen. Wie ferngesteuert machte sie einen Schritt nach dem anderen.

»Weißt du eigentlich, was es heißt, dass du im Winter immer diese weichen Pullover getragen hast? Was du damit signalisierst?«, fragte Max. War Max' Visier schon heruntergeklappt gewesen, als er in der Saaltür aufgetaucht war? Oder hatte es sich erst geschlossen, nachdem er Ninas verliebten Gesichtsausdruck gesehen hatte? »Du signalisierst damit: Berühr mich.«

Nina hatte vergessen, ihr eigenes zu schließen – er traf sie bei offenem Visier. »Nein«, sagte sie. »Ich mag nur gern weiche Pullover.«

»Jedenfalls, solange Hannah verreist ist, wäre mit einer sexuellen Beziehung zwischen uns sowohl dir als auch mir geholfen. Du bist ausgehungert. Gib's doch zu. Lass das Feuerchen da unten mal runterbrennen, dann sieht alles anders aus.«

Tränen würgten Ninas Kehle. Kein Wort würde sie verraten über die Möglichkeit, in Elses Elternhaus zu gehen.

»Am Wochenende war Hannah zur Abwechslung mal sehr eruptiv. Solche Eruptionen hat sie in regelmäßigen Abständen. Nur eben zu selten. Und darum: Du vögelst gern – das nehme ich jedenfalls stark an, so wie ich dich einschätze – ich vögle gern. Wo liegt das Problem?«

Dreh dich um, ermahnte sie sich innerlich. *Geh weg. Renn weg. Was hält dich bei ihm?* Sie hörte ihre Mutter sagen: Die Würde des Menschen ist unantastbar. Doch sie war es. Und dazu genügte ein Wort von Max. Doch Nina blieb. Aus unerfindlichen Gründen war sie unfähig, von Max wegzugehen. Etwas hielt sie mit aller Macht neben ihm, obwohl ihr jeder Satz von ihm ins Gesicht schlug.

»Noch was«, fuhr Max fort, als sei es nun endlich an der Zeit, einiges klarzustellen. »Glaube nicht, dass ich dir irgendeine Basis bieten kann. Eine andere als diese kleine, die wir schon haben. Das nur, falls du dir so was erhoffen solltest.«

Stumm schüttelte Nina den Kopf.

»Noch mal: Ich kann dir keine Basis bieten.«

Schicht für Schicht zog er Nina die Haut ab, und jede zum Vorschein kommende war hässlicher und schrumpeliger als die vorige. Da, endlich ging Nina der Mund auf. »Ja. Ist gut, Max. Ich habe es verstanden.«

Auf einer Anzeige neben dem Schwabentor las Nina: 32 °C. Dennoch fröstelte sie aus Scham für ihre Gefühle, die sie für diesen Mann empfand, für den Irrtum, der ihr unterlaufen war. Sie ekelte sich vor sich selbst und vor ihm. Ninas kurzer gelber Rock rief den Vorbeigehenden zu: »Seht her! Diese hier will Maximilians Hure sein!«

Die Tür zum Schustergeschäft öffnete sich. Heraus kam ausgerechnet Maximilians Piratenfreund Moritz. Kohlrabenschwarzer Blick. Unbewegtes Gesicht. Die Männer begrüßten einander und begannen ein Gespräch, zwei Schritte von Nina entfernt. Schnell stammelte Nina Abschiedsworte und drehte sich zum Gehen um.

Max rief ihr nach: »Also, Schaf, überleg's dir noch mal.«

SCHWARZES HERZ

Gehetzt von Schamgefühl lief Nina zu Fuß nach Hause. Den ganzen Weg, vierzig Minuten lang. *Du bist so peinlich, dachte sie, so unendlich peinlich, rennst einem Mann hinterher, der dich gar nicht will, drängst dich ihm auf. Ist es so, wie er behauptet? Willst du mit ihm ins Bett und nur das? Hat er recht? Rennst du deswegen so die Stadtstraße hinunter? Schämst du dich deswegen so? Weil er recht hat? Weil er es benannt hat? So jedenfalls sieht er dich, und so stehst du vor ihm da.*

Nina wischte sich den Schweiß von der Stirn und ging noch schneller. Sie ertrug ihre Gedanken kaum. Ihre Liebesgefühle der vergangenen Monate waren mit Mist beworfen. Sie stanken nach Gülle. Ninas Hals war nass. Schweiß lief ihr das Brustbein hinunter bis zum Bauchnabel. Außer Atem kam sie bei Elses Haus an.

In der Küche trank Nina eine Flasche Mineralwasser aus. Dann holte sie die Rosenschere und das Körbchen und schnitt am Strauch der Gertrude Jekyll-Rose verblühte Köpfe ab. Die Sonne brannte. Nina verscheuchte das Schamgefühl wie eine Schmeißfliege, aber Augenblicke später war es wieder da. Es trieb Nina die Krallen in den Brustkorb, durchwühlte ihre Eingeweide, zog an ihren Organen, wie jemand einen Pullover an einem Ärmel von zuunterst aus einem unordentlichen Schrank zerren will.

Ein stechender Schmerz im Mittelfinger ließ Nina zusammenfahren. Ein Blutstropfen stand auf der Fingerkuppe. Schon wieder hatte Nina sich an den Dornen dieser Rose verletzt. Einmal mehr schwor sie sich, das nächste Mal Schutzhandschuhe zu tragen. Fast immer ließ Nina die Handschuhe aber weg, weil sie ohne sie ein feineres Gespür hatte. Der Preis waren Stichwunden und oberflächliche Hautverletzungen, die anfangs brannten und gleich darauf juckten.

Kein Taucher würde ohne einen Neoprenanzug ins Meer steigen, dachte Nina, kein Fechter ohne Fechtbekleidung seinem Gegner einen Schritt entgegensetzen. Wer keinen Schutzanzug zur Verfügung hatte, konnte weder tauchen noch fechten. Der musste es lassen. Nina schob den blutenden Finger in den Mund, schmeckte das Eisen ihres Blutes.

»Ist bei dir alles in Ordnung?«, rief Johannes, der mittlerweile am Tisch auf der Terrasse im Schatten zweier Sonnenschirme dicke Lehrbücher aufgeschlagen hatte.

Nina winkte. »Alles gut.« Nichts war gut. Sie wischte den Finger an der Vorderseite ihres verschwitzten Garten-T-Shirts ab und griff nach der nächsten verblühten Rose.

Ihr fiel Elses Warnung ein: »Ich habe Sorge, dass Max nur mit dir spielen will. Dass er dich als Gespielin haben will und dich bald wieder fallen lässt. Ich habe Sorge, dass du dich wieder nicht schützen kannst. Ja, Max ist aufregend. Geheimnisvoll. Aber ich fürchte sehr, dass er nicht gut für dich ist.«

»Wer liebt, ist unfreiwillig schutzlos«, hatte Nina geantwortet. »Das Lieben sein zu lassen, wie man das Tauchen oder das Fechten unterlassen kann, das ist unmöglich.« Nina dachte immer noch so: *Über eine Liebe, eine obsessive Leidenschaft dieser Art, hat man keine Macht*. Dieser Gedanke an ihre vollständige Machtlosigkeit der großen Leidenschaft gegenüber entlastete Nina.

Sie legte die Schere ins Gras und klemmte eine gelöste Haarsträhne wieder in ihrer Spange fest. *Ich liebe Max,* dachte Nina. *Ich kann nichts dafür. Diese Liebe ist zu groß.* Dann, nur für einen winzigen Moment, fragte Nina sich, ob sie sich diese Liebe nur einredete. Eine ganz andere Stelle in ihrem Gehirn schien nämlich zu denken: *Maximilian Pallas ist ein Zerfleischer. Er ist ein missbrauchender Machtmensch. Schlimmer und gefährlicher, als Achim es je gewesen ist, je sein könnte.*

Aus einem anderen Winkel ihres Kopfes rief es: *Max muss deine große Liebe sein. Das ist deine einzige Ausflucht aus der Scham. Du erträgst deinen Irrtum über diesen Mann nur, wenn du ihn das sein lässt, was er ganz am Anfang in deiner Fantasie gewesen ist: deine große Liebe.*

Wie Wellen Fußabdrücke im Sand langsam fortspülen, so verschwand mit jedem Mal, als Nina an die *große Liebe* dachte, ein bisschen mehr von ihrer Scham – bis sie schließlich erleichtert und wieder mit der alten Sicherheit dachte: *Maximilian Pallas ist meine große Liebe. Wer konnte dagegen etwas sagen?* Nicht einmal ihre Mutter konnte die Macht der Liebe verneinen. Denn sie erlebte die Verbrechen, die täglich der Liebe wegen begangen wurden.

Nina schüttete die verblühten Rosen auf den Haufen am Ende des Gartens nahe der Mauer zum Alten Friedhof. Dann ging sie zum Rosenbogen und atmete den Myrrheduft ihrer Lieblingsrose Constance Spry. Erfüllt von diesem Duft wollte Nina ins Haus gehen, vorbei an Johannes. Sie merkte, dass er sie beim Herankommen beobachtete. Er lächelte ihr zu und zog einladend einen Stuhl zurück, damit sie Platz nahm. Dankbar für die Ablenkung nahm sie sein Angebot an.

Nina zeigte auf einen EKG-Streifen, der quer über einem der Bücher lag und an der Seite des Tisches weit herunterhing. »Was erkennst du darauf?«

Johannes zeigte mit dem Finger auf verschiedene Stellen der Aufzeichnung. »Das hier vorne ist ein normaler Sinusrhythmus ... dies hier ist eine Salve, lauter Extrasystolen hintereinander.« Sein Finger folgte der wildgezackten Linie bis zum Strich. »Und das ist eine Nulllinie.«

Nina fixierte die schwarze Gerade. Sie war betroffen, den Tod eines Menschen so dokumentiert zu sehen. »Ist der Mensch ... ich meine, ist er ...?«

»Ja. Da ist das Licht leider ausgegangen. Manchmal kann man das schon noch rückgängig machen und wieder einen Sinusrhythmus erzeugen, aber hier war das nicht mehr möglich.« Schnell faltete Johannes den Streifen zusammen und zeigte Nina in einem der Bücher Schwarz-Weiß-Fotos der Herzkammern.

Nina fielen die winzigen Klosterzellen ein, die sie einmal mit Achim bei einer Klosterbesichtigung gesehen hatte. Vor ihrem inneren Auge sah sie ein kaltes, leeres Bett in einer dunklen Kammer. Ein zurückgeschlagenes Laken. Ihr eigenes Herz, in dem das Licht ausgegangen war, nachdem es monatelang wie verrückt geflackert hatte. »Als ich klein war«, sagte Nina, »hat meine Oma behauptet: Wer lügt, kriegt ein schwarzes Herz. Ich fand die Vorstellung gruselig, ein schwarzes Herz zu haben.«

Als wisse Johannes längst um ihre innere Finsternis, sah er Nina aus klar glänzenden, hellblauen, liebevollen Augen an – mit dem Blick eines Arztes, der noch bevor der Patient seinen eigenen ernsten Zustand erfasst, alle Konsequenzen überblickt, mit der Ruhe dessen, der schon viele Schicksale mitangesehen hat, den auch ein Herz aus Stein nicht mehr überraschen würde, und mit der beruhigenden Art eines Heilers, der einen letzten Ausweg kennt. »Jeder von uns hat von Geburt an ein schwarzes Herz. So ist das nun mal.« Johannes erzählte Nina von der Erbsünde.

Eine himmelschreiende Ungerechtigkeit war die Erbsünde, fand Nina. »Was soll denn ein Neugeborenes verbrochen haben?«

Johannes zog die Augenbrauen hoch, als verstünde er Nina zwar gut, als sei dennoch nichts, aber auch gar nichts an dieser Tatsache zu ändern. »Adam hat's verbockt.«

»Und wegen Adam sind wir jetzt alle die Gelackmeierten?« Johannes lachte. »Ja, leider.«

Ninas Augen standen weit offen. Glaubte Johannes das wirklich? Sie wusste, dass er Christ war, dass er sonntags in die Kirche ging und Else neuerdings mitnahm. Aber die Geschichten in der Bibel waren doch alle Gleichnisse. Die waren doch nicht wirklich passiert.

»Ja, wir sind die Gelackmeierten«, sagte Johannes, »weil Adam eine riesige, weitreichende Fehlentscheidung getroffen hat, die jedem einzelnen Menschen seither ein grundlegendes Problem macht. Wir sind nämlich seither eine andere Art geworden, eine falsche. Und nein, wir sind nicht die Angeschmierten, weil es einen«, er malte mit zwei Fingern Anführungszeichen in die Luft, »neuen Adam gibt, der ein schwarzes Herz tatsächlich austauschen kann. Und das ist Jesus.« Johannes lächelte wie einer, der wusste, dass es absolut verlässliche Hilfe gab.

Nina blieb am ersten Teil des Satzes hängen. Sollte sie, Nina, für Adam büßen? Für den Mist, den er gebaut hatte? »Warum hat Adam es für *uns* vermasselt? *Er* hat vom Apfel abgebissen, nicht du oder ich.«

»Adam hat gemeint, er brauche Gott nicht, er könne alles selbst, ohne Gott. Damit hat er Gottes Licht in seinem eigenen Herzen gelöscht und das Licht in allen seinen Nachkommen.« Johannes' Blick wurde ernst. »Wenn ich dir aus deinem genetischen Material etwas herausschneide, dann bist du von da an nicht mehr exakt dieselbe Person wie vorher. Du wirst dadurch zwar kein Hund, aber du bist nicht mehr derselbe Mensch. Adam hat sich durch seine Entscheidung grundsätzlich verändert. Er war nicht mehr die Art, die Gott gewollt hat.«

Was für eine hoffnungslose Geschichte war das? »Daran könnt dann wohl nicht mal ihr Kardiologen was ändern. Denn beim Transplantieren würde ich ja wieder nur ein schwarzes Herz bekommen, wenn von Anfang an jeder so eines hat.« Wäre es nicht herrlich einfach, wenn Johannes Nina das dunkle, überanstrengte Herz voller Maximilian herausnehmen und ein neues, frisches, gesundes, helles, einsetzen könnte?

»Jepp. So ist es. Da muss schon der Chef-Kardiologe ran – Jesus. Der allerdings kann das wirklich. Der kann dir ein neues Herz geben: ›Ich will euch ein neues Herz und einen neuen Geist geben. Ja, ich nehme das versteinerte Herz aus eurer Brust und gebe euch ein lebendiges Herz.‹ Hesekiel 36,26.«

Nina blickte in Augen voll innerer Festigkeit, voller Freundlichkeit, voller Menschenliebe. Das wäre es. Ein neues Herz. »Ich gehe also hin und sage: Jesus, mach mir ein neues Herz.«

»So ähnlich. Wenn du zu Jesus kommst, ihm deine Sünden bekennst und wirklich willst und glaubst, dass er dir vergibt, dass er dich durch seinen Tod am Kreuz gerettet hat, dann bekommst du ein neues Herz mit Gottes Licht darin. Du wirst ein neues Wesen, nämlich eines, das Gott gewollt hat. Dann wird es hell. Wir können allein nicht leuchten. Wer glaubt, es selbst zu können, bleibt im Dunkeln. Für immer und ewig. Das Licht von Jesus kommt in uns hinein, wenn wir wirklich echt und ehrlich glauben. Mit dem Herzen. Nicht nur mit dem Verstand. Wenn wir glauben, dass Jesus, Gottes Sohn, unsere Schuld durch seinen Tod am Kreuz bezahlt hat. Dann sind uns unsere Sünden vergeben.«

Es war, als scheine für einen Moment in der Ferne ein Hoffnungsschimmer auf.

»Wenn du das willst und glaubst, dann macht Er es. Dann wird es in dir hell und ruhig und friedlich. Du bist geborgen und weißt tief in dir drin, dass du um deiner selbst willen geliebt bist, wie dich kein Mensch auf der Welt lieben kann. Du weißt, dass du genauso bist, wie Gott dich hat haben wollen von Anfang an. Du, Nina, bist von Gott perfekt erschaffen. Der Schöpfer dieses Körpers, dieser feinen Geflechte aus Adern und Nerven, dieser hundertprozentigen Abstimmung aller einzelnen biochemischen Funktionen aufeinander, die du ja noch viel besser kennst als ich, dieser Schöpfer liebt dich. Diese Erfahrung wirst du machen. Dann wird alles gut sein. Wirklich alles.«

Warum war für Johannes alles so einfach und für Nina alles so schwer? Warum konnte Nina nicht auch glauben, was er glaubte? Eine kleine Weile schaute Nina nachdenklich in den Garten hinein. Johannes' Worte klangen in ihr nach: ... Geborgenheit ... um deiner selbst willen geliebt ... Das war es, was Nina sich zutiefst ersehnte. Keiner hatte sie bisher um ihrer selbst willen lieben können. Nicht Achim, nicht ihre eigene Mutter, nicht Max.

Nina lächelte Johannes an, als sie aufstand. Es ging ihr besser. Er hatte Ruhe in sie hineingebracht, auch wenn alles wunderlich klang, was er gesagt hatte. Nina hatte das Gefühl, dass das für alle anderen auf der Welt gelten konnte, nicht aber für sie. Jesus würde weglaufen, wenn er wüsste, was mit ihr los war. Trotzdem, sie war nun ruhiger gestimmt, und dafür war sie Johannes sehr dankbar. »Ich werde darüber nachdenken.«

Johannes zwinkerte mit den Augen und nickte. »Das ist gut. Und wenn du mal in den Gottesdienst mitkommen willst – jederzeit. Würde mich freuen.«

Nina bedankte sich, hielt es aber im Stillen für unwahrscheinlich, dass sie je mitgehen würde. Trotz dieser guten Unterhaltung.

WIDERRUF

Nina ging in die Küche. *Was Johannes über Gott gesagt hat, verstehe ich nicht wirklich. Und kann es auch nicht glauben.* Doch sie fühlte sich durch das Gespräch mit Johannes gestärkt. Sie wünschte sich seine innere Ruhe. Eine Ruhe, die daher rührte, dass Johannes sich auf seinen Gott verließ. Er vertraute ihm blind, fühlte sich bei ihm aufgehoben, wahrscheinlich in jeder Lebenslage.

Nina holte eine Flasche Wasser aus dem Kühlschrank.

Durch die Fensterfront im Ess-und-Wohnzimmer konnte sie Johannes unter dem Sonnenschirm über die Bücher gebeugt arbeiten sehen. Dieses Sichverlassen auf Gott führte bei Johannes nicht dazu, dass er sich untätig zurücklehnte, faul auf dem Sofa lag und in den Tag hineinträumte nach dem Motto: Gott wird's schon regeln. Johannes schob Tag-Nacht-Tag-Schichten, war abrufbereit an Wochenenden und Feiertagen. Oft übermüdet. Immer steckte ein Piepser in seiner Hosentasche oder lag neben seinem Gedeck auf dem Esstisch. Der konnte jederzeit »losgehen«. Dann legte Johannes sein Besteck auf seinen halbvollen Teller, dankte, stand auf und eilte davon. Und trotzdem behauptete er: »Das Einzige, was wir Christen tun müssen, ist zur Ruhe zu kommen in Gott. Ihm alles zu überlassen. Ihm zu vertrauen. Er *wird* es regeln.«

Nina ging die Treppe hinauf.

Bei uns zu Hause, dachte sie, *gilt die Devise: Jeder ist seines Glückes Schmied.* Auf die Idee, dass Gott das Feuer geschaffen hatte, es anfachte, den Amboss hielt und den Hammer führte, damit das gemeinsam anvisierte Werk gelänge, darauf wäre in ihrer Familie niemand gekommen. Denn wie Mutter sagte: Es gibt keinen Gott. Also muss man alles selbst machen. Sich anstrengen. Dann darf man sich die Erfolge selbst zuschreiben und muss sie keinem Gott zugestehen.

Gerade als Nina ihre Zimmertür hinter sich schloss, klingelte das Telefon im Flur. Es war Mutter. Ob Nina nicht noch auf einen Besuch nach Hannover kommen wolle, damit sie sich von Felix verabschieden könne, bevor er in den Urlaub nach Peru flöge. Sie müsse jetzt auflegen, weil sie Felix den Koffer packen wolle. Im Anschluss an das Telefonat holte Nina wütend ihr Tagebuch aus der Schublade des Sekretärs und schrieb hinein: »Natürlich, wenn es um Felix geht, ruft sie an. Wenn sie seinetwegen ein Anliegen hat, hat sie auf einmal Zeit, mich anzurufen. Sie fragt nicht einmal, wie es mir inzwischen geht. Und wieso lässt Felix es sich gefallen, dass sie ihm den Urlaubskoffer packt, wie einem kleinen Jungen? Er ist inzwischen achtzehn. Sie bedient ihn von vorne bis hinten, wenn ihr nur irgend Zeit dafür bleibt. Sie vergöttert ihn. Sie liebt ihn viel mehr als mich.«

Nina klappte das Tagebuch zu und warf es in die Schublade direkt auf das Briefpapier. Der Anblick des Briefpapiers beschwor in ihrem Kopf einen Satz herauf, den Maximilian am Eingang des Lebensmittelgeschäfts gesprochen hatte, in dem sie ihm wenig später eine Flasche Balsamicoessig gekauft hatten. »Wenn du mich mal nicht mehr liebst, dann gib mir das bitte schriftlich.« Seine Stimme hatte zwar geklungen, als hätte er gesagt: »Du kannst den Vertrag jederzeit unter Einhaltung der Frist kündigen. Ganz einfach. Natürlich schriftlich.« Doch hinter dem juristisch kühlen Klang seiner Stimme hatte Nina diese Aussage gehört: Gib es mir schriftlich, sonst werde ich es dir nicht glauben. Ich werde es anders nicht akzeptieren, nicht akzeptieren können.

Nach dem stärkenden Gespräch mit Johannes und dem ärgerlichen Telefonat mit Mutter war Nina in der richtigen Stimmung, um Max einen Kündigungsbrief zu schreiben. Sie musste gar nicht erst einen Entwurf schreiben und ihn dreißigmal abändern. Wie von selbst flossen die Worte, die wohl schon in ihr festgestanden hatten. Sie brauchte sie nur auf das Papier zu schreiben:

Wolf,
für diesen Brief würde ein einziges Wort genügen – Widerruf. Und wie versprochen, kommt es schriftlich. Sein Weg wurde ihm gebahnt durch eiserne Fäuste, die das zerschlugen, was sie nicht verdienen. Es gibt jetzt kein Komm-her-Geh-weg nach einseitigem Belieben mehr.
Schaf.

In der Universitätsbibliothek war es ruhiger geworden, seit die Semesterferien begonnen hatten. Nina legte den Briefumschlag auf den noch freien Tisch, an dem Max am liebsten saß, wenn er da war. Vom Nachbartisch aus würde sie den Brief gut im Blick behalten können.

Nina bereitete sich innerlich vor: Sobald Max auftauchte, würde sie ihren Collegeblock zuklappen, ihre Artikel zusammenpacken und aufstehen. Und wenn er den Brief in die Hand nahm, würde sie gehen. Zumindest würde sie nicht mit Max über den Inhalt sprechen, damit sie nur ja nicht ins Wanken käme.

Eine halbe Stunde später stand Max vor seinem Tisch. Er nahm den Brief, kam die zwei Schritte zu ihr her, zeigte ihr den Umschlag und flüsterte: »Was ist das?«

Nina lächelte kühl, hob ihre Tasche vom Boden auf, steckte ihren Collegeblock und die Fachliteratur hinein und stand auf. »Du hast schon recht«, flüsterte sie, »lassen wir's noch etwas gären.«

Max riss die Augen auf und hob die Hand. »Moment!« Er hielt Nina den Briefumschlag hin. »Was ist das?«

Nina zuckte mit den Schultern. Eilig öffnete Max den Umschlag. Sein Blick überflog Ninas Zeilen. Sein Mund öffnete sich. Das war der gefährlichste Augenblick. Das wusste Nina. Darauf war sie vorbereitet. Hier konnte Zärtlichkeit aufkommen und das Verlangen, ihn auf seinen Dichtermund, auf seine Augen und auf seine Stirn küssen zu wollen.

Je weiter er las, desto mehr spannten sich seine Lippen an. Max hob den Kopf. Seine Augen waren groß. Er wirkte vollkommen erstaunt, sogar getroffen, als gäbe es keinerlei Erklärung für ein Schreiben dieser Art. »Das klingt schon hart.«

Wie gut kannte Nina diesen Vorwurf: »Du kannst so hart sein.« Das hatte Mutter ihr vorgeworfen, wenn Nina nicht geweint hatte, nachdem sie mit ihr geschimpft hatte. In diesem Moment, vor Max stehend, rief Nina sich innerlich zu: *Sei hart*.

Nina drehte sich halb zum Gehen um und hob die Hand. »Kann schon sein, dass es hart klingt. Mach's gut.«

Und schon spürte sie wieder die Hoffnung in sich aufkeimen, er möge ihr nachgehen.

In den vergangenen Monaten war alles hinter dieses Verlangen nach Max zurückgetreten, auch Ninas bevorstehende Doktorarbeit. Sie hatte manchmal schon das Gefühl gehabt, sie sollte die Initiative ergreifen und sich häufiger mit Dietrich Konerding zu Vorbesprechungen treffen. Sie sollte Engagement zeigen. Vielleicht wartete er darauf, dass sie ihn bei den Vorbereitungen zum Umzug des Labors mehr unterstützte, dass sie ihm das Einholen von Angeboten abnahm und sich mit den anderen Doktoranden und Diplomanden besprach. Aber das hätte Zeit gekostet. Zeit, die sich nicht bereit gewesen war, für irgendetwas oder irgendjemanden abzuzweigen.

»He!« Maximilians Stimme war deutlich hörbar.

»Pst!«, zischte jemand.

Nina ging weiter, ohne sich umzudrehen. Der Überdruss gewann nun doch die Oberhand. Sie war die seelische Achterbahnfahrt leid. Ihr war schlecht davon. Sie wollte nicht mehr.

Im Vorraum holte Max Nina ein, griff von hinten ihren Arm und hielt sie fest. »Warte!« Sein Blick war aufgewühlt wie die Nordsee bei Sturm. »Ich will bei dir essen. Diese Käsenockerln, die du angeblich so gut kannst.«

Und schon zischelte es in Ninas Kopf, wie aus dem Maul der Schlange: *Er ist dir nachgegangen. Er wirkt getroffen. Er will dich weiterhin treffen.* Ninas dünne Schale knackste. Als ginge es wirklich nur ums Essen, sagte sie: »Ich habe im Moment keine eigene Küche. Mal abwarten. Wir werden sehen.« Sie ließ ihre Stimme lässig und etwas beiläufig klingen und so, als ob es ziemlich schwer werden würde, sie umzustimmen.

Einen Moment lang sahen sie sich schweigend in die Augen. Dann schaute Nina auf den Brief in seiner schlanken Hand. Die Buchstaben schienen sich einzeln vom Papier abzulösen, aufzusteigen, lautlos davonzusegeln wie die Schirmflieger einer Pusteblume. Nina war doch entschieden gewesen. War sie nicht entschieden gewesen? Max durfte von Ninas Schwanken nichts merken.

»Wir werden sehen«, wiederholte sie.

Dann ging sie an ihm vorbei und die Treppen hinunter in die Eingangshalle. Sie durchquerte die Halle mit geradem Rücken, erhobenem Kopf und schnellem Schritt. Je näher sie der Drehtür kam, desto schneller ging sie und desto breiter wurde ihr Lächeln. Max hatte den Widerruf nicht akzeptiert. Er hatte ihn nicht akzeptiert!

LAUES LÜFTCHEN

Otello lag zwischen Anrichte und Sofa. Else las in *Die Säulen der Erde*. Ein Glas Sherry stand vor ihr auf dem Couchtisch. Als sie Nina bemerkte, lächelte sie, legte ihr Buch weg, stand auf, holte ein zweites Glas und schenkte ein. Otello öffnete ein Auge und verfolgte Ninas Weg von der Tür bis zum Sessel und schloss sein Auge wieder, als sie sich in den Sessel gesetzt hatte.

»Wo ist Enrico? Hat er eine Vorstellung?«

Else reckte den Hals ein wenig. In ihrer linken Schulter zuckte es. Sie wirkte, als fühle sie sich nicht recht wohl in ihrer Haut. Sie trank einen Schluck und stellte das Sherryglas ab. Ihr Blick hüpfte auf der Glasplatte umher. »Nein. Heute nicht. Enrico trifft sich heute.«

Nina wartete, meinte, der Satz würde weitergehen, aber es kam nichts. »Trifft sich?«

Else hob den Blick in Ninas Augen. »Mit einem Liebhaber.«

Im eingetretenen Schweigen rutschten Gedanken an den Platz, an den sie gehörten, sortierten sich zu einem Bild, ergaben Sinn. Der Handkuss.

»Mit einem Liebhaber? Das klingt, als gäbe es mehrere.«

»Ja. Enrico hat in vielen Städten Freunde. Liebhaber. Man trifft sich. Dann entlässt man sich und trifft sich bei anderer Gelegenheit wieder.«

Stille. Otello schnarchte.

»Macht ihn das glücklich?«

Else zuckte mit den Schultern. »Ich weiß es nicht. Er will es so. Es wird nicht immer leicht sein. Aber wann wäre die Liebe jemals leicht gewesen?«

Nina nippte an ihrem Sherry. Sie malte sich ein halbdunkles Zimmer aus. Dort zog Enrico gerade sein nobles Hemd wieder an. Er trat ans Bett und schaute auf den Liebhaber herunter, der dort auf der Seite lag, ein Laken zwischen den Beinen, den verklärten Blick auf Enrico. Der reichte ihm die Hand zum Kuss. Sie sprachen kein Wort. Enrico drehte sich um, ging Richtung Tür. Er winkte in die Luft und verließ, ohne einen Blick zurück über die Schulter, das Hotelzimmer und zog die Tür hinter sich zu. Mit leerem Blick aus schwarzen Augen ging er den Hotelflur entlang. Über den Kastanienbäumen leuchteten die Sterne. Darunter die Straßenlaternen. Enrico wollte heim zu Otello. Das Wesen, das immer auf ihn warten würde.

Nina hörte den Schlüssel in der Haustür. Kurz darauf erschien Enrico im Wohnzimmer. Otello sprang auf, lief schwanzwedelnd zu ihm hin und ließ sich streicheln.

»Bist du nicht ...«, stotterte Else, »wolltest du nicht, ich meine, ich dachte ... bleiben?«

Enrico behielt den Kopf zum Hund geneigt, schlug nur die dunklen Augen zu ihr auf. »Aber nein. Nicht bei ihm. Er tut mir nicht gut. Gegen ein Treffen dann und wann ist nichts einzuwenden. Aber eine ganze Nacht? In seinen Armen? Oh nein.« Enrico küsste Otello auf den Kopf. »Oh nein. Man muss wissen, wann es genug ist.« Er lächelte zufrieden – nicht leer und traurig, wie Nina es sich ausgemalt hatte – und kam zu ihnen her. »Ladies, habt ihr auch noch einen für mich?« Er deutete mit dem Kinn zur Sherry-Flasche hin.

Sie prosteten sich zu. Nina fand, sie waren an der Liebe verlorengegangen. Alle drei. Sie fanden sich nicht mehr wieder. Oder suchten sich gar nicht erst. Enricos Worte wiederholten sich in ihrem Kopf: *Man muss wissen, wann es genug ist.* Dann dachte sie: Max tut mir nicht gut, und trotzdem will ich ihn. Sie trank ihren Sherry aus. Warum nimmt Enrico die Liebe so leicht? Für ihn weht sie heute hier und morgen dort, bläht sich vielleicht auch mal zum Sturm auf. Aber meist verweht sich das laue Lüftchen früher oder später ganz. Enrico scheint das egal zu sein, weil sich die neuen Luftwirbel bereits formieren. *Es geht doch letztlich nur um Sex. Um nichts anderes geht es doch letztlich. Nein!* Für Nina ging um etwas anderes. Es ging ihr um die Sehnsucht nach der einen großen Liebe.

Enrico erhob sich. »So, komm, Otello, mein Freund. Wir machen einen schönen Spaziergang.« Otello fiepte vor Freude, wedelte mit dem Schwanz und trottete in den Flur, wo die Leine an einem Messinghaken hing. Enrico ging hinterher und trällerte Zeilen aus einem alten Lied, das Nina ihn schon häufiger hatte singen hören: »Mein bunter Harlekin, der musste weiterziehn. Mein bunter Harlekin ist fort.«

GESCHÄFTSESSEN

Else hatte Nina den Schlüssel zu ihrem Elternhaus in die Hand gedrückt und ihr dabei fest in die Augen gesehen. »Du kannst diese Liebe nicht einfach loslassen. So eine Liebe lässt man nicht einfach los.«

Nina bog links in die schmale Straße ein, die zur Gärtnerei hinaufführte und zu den Häusern, die zum Altenheim gehörten. Das Sträßchen übersah man leicht, wenn man sich nicht auskannte. Hierhin kamen nur Postboten, Lieferanten, Anwohner und deren Besucher oder jene, die im Altenheim arbeiteten.

Nina würde Käsenockerln für Max zubereiten. Zwanzig Minuten vor der verabredeten Zeit schloss sie die Eingangstür zur oberen Wohnung auf. Maximilians Geist war schon da. Er war überall, wo Nina war. Nina öffnete die Fenster. In ihrer Vorstellung sah sie sich mit Max in der Küche stehen. Sie malte sich aus, wie er ihr beim Kochen zusehen oder ihr helfen würde und wie sie sich unterhalten würden. Nina holte die zwei Tomatendosen aus ihrer Einkaufstasche und den Parmesankäse.

Sie würden allein sein. Die Aufregung würde Nina den Appetit verschlagen.

Alle Augenblicke lang prüfte sie ihr Aussehen im Spiegel. Auch in dem Moment, als Max klingelte. Nina drückte nervös den Türöffner. Sie ging ins Treppenhaus und horchte, hörte seine Schritte. Ein flaches, dünnes schiuh-schiuh-Geräusch von Sohlen, die sich über Steinstufen schoben. Nina lehnte sich an den Türrahmen. Mehrmals korrigierte sie ihre Haltung, damit sie so lässig und entspannt wie möglich wirkte. Max' Hand legte sich auf die Biegung des Handlaufs. Dann arbeitete sich sein Unterarm vor. Sein ganzer Arm. Ninas Hände fingen an zu zittern.

Max erschien auf dem Treppenabsatz, und Nina stockte der Atem. Nie hatte sie ihn schöner gesehen. Er war beim Friseur gewesen, trug die Haare kürzer und ordentlich gekämmt. Schwarzes Jackett. Schwarze Lederhose. Die freie Hand trug die altbekannte, dünne Ledertasche. Max' Anblick schmerzte Nina, weil er sagte: Ich bin so schön, aber du kannst mich nicht haben, nur einmal halten, einmal ansehen, dann wieder hergeben, ich gehöre nicht dir.

Von den letzten Stufen aus lächelte Max Nina sanft zu, wie der Mann, in den sie sich am 8. Februar unsterblich verliebt hatte. Sein Patschuli-Sandelholz-Duft streichelte ihre Nase und schwebte an ihr vorbei in die Wohnung hinein, um Herr über jeden Lavendel-, Kernseifen-, Alte-Teppiche-Muff zu sein.

»Hallo Schäfer.« Seine Stimme klang weich und tief. »Schön hat's die Else hier. So am Hang gelegen, abseits, letztes Haus in der Straße.« Max blieb vor Nina stehen, und sie wartete auf irgendetwas – Händeschütteln, Küsschen rechts, Küsschen links, Umarmung oder so etwas. Aber das war nur aus Gewohnheit. Bei Max war sowieso alles anders. Ihr fiel wieder ein, dass sie ja überlegen wirken wollte und gab ihm den Weg frei. Der Fußboden knarrte unter Max' Schritten, als er durch das Wohnzimmer bis ans offene Fenster ging. »Herrlicher Ausblick.« Er drehte sich um. »Aber ein bisschen einsam, um immer hier zu wohnen. Stimmt's?«

Nina nickte. »Wer kein Auto hat, muss den Bus nehmen, und der fährt hier nicht oft.«

»Jepp. Ohne Moritz' Auto wäre ich nicht hier. Oder du hättest mich holen müssen.«

Nina stellte sich neben Max. Beide sahen sie aus dem Fenster. Ihre Arme berührten sich.

»Gehört die Terrasse noch zum Haus oder schon zum Altenheim?«

»Zum Altenheim.«

Zwei alte Frauen schlurften über die Steinplatten in den Schatten der Sonnenschirme. Am blauen Himmel surrte ein Motorflugzeug. Sonst war es ganz ruhig und träge draußen im Sonnenlicht. Max ging hinüber ans alte Büffet, wo Elses Fotos standen. Nina zeigte ihm Else.

Er nickte. »Das ist also die Else. So habe ich sie mir vorgestellt.« Weshalb grinste Max so breit, dass Nina den schmalen Spalt zwischen seinen Schneidezähnen sehen konnte? »Stell mal die Buchstaben um.« Nina begriff nicht, was er meinte. »Aus Else kann man Esel machen. Ein Anagramm.«

Nina rollte mit den Augen.

»Ich gebe zu«, sagte Max, »es ist nicht gerade nett von mir, dass ich das jetzt erwähne, wo wir in ihrem Haus kochen dürfen.«

Max folgte Nina in die Küche, setzte sich an den kleinen, quadratischen Holztisch und streckte die Beine lang aus. Nina rührte die Salatsoße an. Derweil erzählte Max von den Nachthimmeln auf dem Gamsberg, von der Gipfelhochfläche, die praktisch dem Max-Planck-Institut gehöre.

So ist es, wenn man ein Paar ist, dachte Nina. Der eine erzählt, der andere bereitet vor. Das nächste Mal ist es umgekehrt. Was für ein geborgenes Leben. Einmal halten. Einmal ansehen. *Aber all das gehört nicht dir. Er gehört nicht dir!*

»An dieses Max-Planck-Institut könnte ich auch. Meine Eltern leben ja noch in Namibia.«

Nina drehte sich halb zu ihm um, rührte aber weiter den Senf in die Soße. »Ich dachte in Neufra?«

»Das ist die Adresse meiner Tante. Dort habe ich meinen ersten Wohnsitz angegeben. Meine Eltern leben mittlerweile in Swakopmund am Atlantik, nicht mehr in Windhoek, weil mein Vater schon im Ruhestand ist. Er ist fünfzehn Jahre älter als meine Mutter. Das nur nebenbei. Aber an das Max-Planck-Institut will ich halt nun mal nicht gehen.«

Nina warf den gewaschenen Salat in die Schüssel und wollte ihn anmachen, hielt aber inne und drehte sich zu ihm um, weil Max aufgehört hatte zu sprechen.

In seinen schmal gewordenen Augen funkelte es. Sein Gesicht wirkte ernst. »*Du* suchst dir die Männer aus, nicht wahr, Schaf? *Du* bestimmst. Ist es so?« Sein Blick berührte jede Stelle ihres Körpers. Ihre Arme, ihren Busen, ihre Taille, ihre Hüfte, ihre Oberschenkel, ihren Mund.

Ninas Sommerkleid betonte Busen und Taille. Nina trug es aus lauter Berechnung. Nie in ihrem Leben hatte Nina bisher das Gefühl gehabt, sich die Männer aussuchen zu können. Sie war nie die Art von Frau gewesen, der, sobald sie den Partyraum betreten hatte, die begehrlichen Blicke der Männer und die neidvollen der Frauen entgegengekommen waren. Nina war ganz hübsch, aber unsexy. Die Freundin eines Freundes von Achim hatte es mal auf den Punkt gebracht, als es darum gegangen war, was man für den Abend anziehen sollte: »Aber bitte nicht wieder dein asexuelles Blumenkleid.«

Die beiden Männer in Ninas Leben waren irgendwie auf einmal da gewesen. Oskar während der Musikfreizeit. Danach Achim. Mit beiden war Nina plötzlich zusammengekommen. Nur Max hatte sie sich wirklich ausgesucht. Ihn wollte sie.

Aber sie tat so, als habe Max damit recht, dass sie sich seit jeher die Männer aussuche. Nina allein wusste, dass sie sich noch nie so verführerisch gefühlt hatte wie an diesem Spätnachmittag in der Gegenwart von Maximilian Pallas. Sie war eine Sexgöttin mit dem Mund, der hielt, was er versprach. Sie dehnte die Zeit. Sollte Max sich in den Qualen seiner Begierde winden.

»Ja, so ist es. Ich suche mir die Männer aus.«

Max nickte, als sei ihre Antwort eine unumstößliche Tatsache, in die er sich zu fügen habe. Er setzte sich aufrechter hin. »Also Schaf, wie du da so in der Küche stehst in deinem Kleidchen, das gefällt mir schon sehr ...«

Nina lächelte, auf einmal siegesgewiss. Nie hatte sie sich in ihrer Haut wohler gefühlt, schöner, mächtiger. Überhaupt fühlte sie zum ersten Mal so etwas wie Macht über einen Mann. Und das gefiel ihr. Sie beugte sich über den offenen Topf und probierte einen Löffel Tomatensoße, schob langsam ihre Lippen über das Holz, umschloss es, zog den Löffel wieder heraus. Aus den Augenwinkeln nahm sie wahr, dass Max aufstand und sein Jackett auszog, sein Blick auf ihrem Mund.

Er atmete tief durch. »Ich wüsste ja gern, was du unter deinem Kleidchen trägst.«

Herausfordernd sah sie ihm in die Augen. »Dann sieh nach.«

In seinem Gesicht stritten gleichstarke gegnerische Kräfte. Max wollte und konnte nicht. Sein gepeinigter Gesichtsausdruck entschädigte Nina für alle Schneestürme, durch die er sie bislang getrieben hatte.

Sie drehte sich zu den Hängeschränken um und streckte sich hoch, um Teller herauszuholen, wissend und befeuernd, dass Max sich in diesem Moment vor Leidenschaft nach ihr verzehrte. Sie wollte ihn lodern sehen. Sein Blick hielt ihre

Hüften fest. Sie stellte zwei weiße Teller vor sich auf die Arbeitsplatte. Da stand Max auf einmal dicht neben ihr. Seine Hand direkt neben ihrer, aber sie berührte sie nicht.

»Schaf, bitte zeig's mir doch.« Das sagte er mit flehender Stimme.

»Nein.« Entschieden griff Nina die Schüssel mit den Käsenockerln und ging aus der Küchentür.

Max folgte ihr ins Esszimmer. »Wieso nicht?« Er betonte das Wieso.

Darum nicht, dachte Nina, *weil ich dir mit keiner einzigen Berührung mehr entgegenkommen werde.* Nach allem, was sie schon veranstaltet hatte, war Unterlassung die einzig verbliebene Chance, ihre Würde zurückzugewinnen und die Sicherheit zu erlangen, dass auch Max Nina wollte, nicht nur umgekehrt.

»Weil du das machen musst«, fügte Nina hinzu.

Er nickte und schlug den Blick nieder, als verlange Nina Unmögliches.

Max lobte Ninas Essen. »Hast du Achim geliebt?«

Nina sah Max dabei zu, wie er sich ein Stück vom weißen Kloß in den Mund schob.

»Ja. Auf eine Art. Eine gewisse Zeit lang.«

Mehr schien Max darüber nicht wissen zu wollen. Abrupt wechselte er das Thema. Wie so oft. Er machte eine Kopfbewegung zum Bücherschrank hin. »Sind das Elses Bücher?«

»Sie haben Elses verstorbenen Eltern gehört.«

Max stand auf und ging hin. Er neigte den Kopf seitlich, damit er die Titel und Autorennamen auf den Buchrücken lesen konnte. »Hermann Hesse. Noch mal Hesse ... so viel Hesse. Ich verstehe nicht, was die Leute an Hesse finden. Meins ist Hesse nicht. Außerdem war er ein launischer Egoist, eine Bürde für seine Ehefrauen.«

»Er hat viel gelitten.«

»Und viel leiden lassen«, entgegnete er.

»Was liest du?«, fragte sie.

»Im Moment Gabriel García Márquez. *Von der Liebe und anderen Dämonen.*«

»Worum geht's da?«

Max grinste breit, verriet aber nichts. »Das musst du schon selbst rausfinden.« Er kam zurück an den Tisch und setzte sich. »Gibt's beim Sex eigentlich etwas, das du nicht machst?« Seine Stimme klang sachlich wie bei einem Geschäftsessen.

Nina hustete, weil ihr das letzte Blatt Salat im Hals stecken geblieben war. Max ging alle Punkte mit Nina durch. Sie antwortete mit versteinerten Lippen auf seine Fragen. Sie klärten Abneigungen und Vorlieben, wie ein Freier sich mit seiner Hure bespricht. Am Ende waren sie sich einig. Mit den Händen im Schoß, sich kaum noch rührend, wartete Nina, was geschehen würde. Sie fühlte sich wie schlagartig nüchtern nach einem Schwips. Kümmerlich und einsam.

Wenig später begleitete Nina Max zur Wohnungstür, weil er aufbrechen musste. Er sei noch verabredet. »Diese kleine Frau mit den Büchern und dem Wackeldackel hat mir keine Ruhe gelassen. Ich hab ihr versprechen müssen, dass sie mich heute Abend auf ein Bier einladen darf.«

Nina hasste die kleine Frau mit den Büchern und dem Wackeldackel.

Max hielt die Ledertasche in der Hand. Wieso hatte er sie mitgebracht? »Danke für das Essen. Du machst wirklich hervorragende Käsenockerln. Sehr lecker. Apropos lecker, dich fand ich auch appetitlich, Schaf. Aber seit ich dich heute in der Küche in dem Kleidchen gesehen habe, weiß ich: Diese Frau will st du.« Das sagte er ohne Scheu mit geradem Blick.

Nina lächelte stumm. Mit Max stürzte sie von einer Minute zur anderen, ohne zu wissen, was die nächste bringen würde.

Eine falsche Bewegung, eine unachtsame Äußerung und seine Worte stachen wie ein geschliffener Degen zu. Oder sie musste sich an den Hals fassen, um die Wunde zuzudrücken, die seine Reißzähne geschlagen hatten. Oder sie starb in seiner Weichheit – diese Todesart war die wahrscheinlichste.

GIFT

»Alle ding sind gifft vnnd nichts ist ohn gifft/allein die dosis macht das ein ding kein gifft ist.« Es war merkwürdig, das berühmte Zitat in seiner Urversion zu lesen. Nina hob den Kopf und sah hinüber zum Hauptgebäude. Max war ihr Gift. Und gleichzeitig ihr einziges Antidot. Dieser Umstand hielt Nina gefangen in einer ohnmächtigen Lage.

Auf einmal blieb etwas Hüpfendes direkt neben ihrem Tisch stehen. Ein Kopf mit riesigen Augen beugte sich quecksilbern grinsend zu ihr herunter. Die Wackeldackel-Studentin. »Ist Max schon da?«

»Ich habe ihn noch nicht gesehen«, flüsterte Nina mit unbewegtem Gesicht.

»Du bist gar nicht seine Freundin, gell?« Für dieses Grinsen hätte Nina ihr am liebsten ins Gesicht geschlagen. »Ich dachte immer, du bist seine Freundin. Aber du bist gar nicht seine Freundin. Witzig, dass ich das dachte.«

Nina senkte den Kopf. *Blöde Kuh!* Sie gab vor, weiterzulesen und tat es dann tatsächlich, als sie merkte, dass die Studentin Richtung Ausgang verschwand. Es vergingen zehn Minuten. Nina las *ens veneni: durch den Körper aufgenommenes Gift umfasst Vergiftungen von innen, von außen und die eigentlichen Vergiftungen.* Sie dachte: *Und die Vergiftung durch Maximilian Pallas.*

Da roch sie auf einmal Maximilians Duft und seine Stimme flüsterte neben ihrem Ohr. »Ah, Paracelsus. Es gibt einen Asteroiden, der nach Paracelsus benannt ist.« Ungewohnt warm war sein Blick.

Ninas Herz begann so stark zu klopfen, dass sie für einen Moment an Johannes' EKG-Streifen dachte, an die Nulllinie, an das Gespräch mit ihm.

Max stützte sich mit der linken Hand auf Ninas Tisch ab und beugte sich zu ihr herunter. Sein Kopf war nah an ihrem. »Ich war gerade beinahe erleichtert zu sehen, dass du da bist. Ach, erleichtert ist das falsche Wort. Ich bin glücklich.«

Irrlichter jagten durch Ninas Blutgefäße, quetschten sich durch Kapillaren hindurch und verteilten aufregende Schauer in ihrem Körper.

Maximilians Rücken wirkte heute biegsam, nicht wie sonst, wenn er ihn gerade hielt, als seien Stahlträger eingebaut. Sein Mund lächelte weich und unterließ jeden Versuch, sich gegen das Lächeln zu wehren. »Ich muss nachher bei Moritz in der Wohnung Blumen gießen. Er ist mit seiner Freundin im Urlaub. Kommst du mit? Nachher um Zwölf?«

Nina nickte. Max setzte sich auf seinen Platz, den Nina ihm mit ihrer Tasche freigehalten hatte. Max zog Fachartikel aus seiner dünnen Ledertasche. Wahrscheinlich waren es die neuen Artikel über interstellare Nebel, die er bestellt hatte. Nina wollte später daran denken, ihm noch zu erzählen, dass sie auf einen Naturforscher namens Pallas gestoßen war. Und auch daran, dass sie Max fragen wollte, ob er etwas vom Pallasiten gehört habe, diesem olivinhaltigen Meteoriten.

Bei Paracelsus las Nina, dass eine schwache Konstitution die Wirkung eines starken Giftes verstärke.

Um drei Minuten nach Zwölf durchquerten sie die Eingangshalle der UB. Dort war es nicht einmal jetzt, im Sommer zur Mittagszeit, hell. »Wir werden uns nicht mehr treffen können«, sagte Max mit derselben weichen Stimme wie bei der Begrüßung. Es war, als sage ein Mörder liebevoll lächelnd: ›Nun ja, wissen Sie, ich werde Sie jetzt umbringen.‹ Max beobachtete Ninas Gesicht aufmerksam, als solle ihm keine Regung darin entgehen.

Nina begann zu frieren wie in einem schneidend kalten Nordostwind ohne Mantel. Sie schaute Max ins Gesicht und konnte und wollte nicht glauben, es so zufrieden und erleichtert zu sehen.

»Hannah?« Nina sprach den Namen in den Sturm hinein. Die Strecke, die es brauchte, um die zweite Hälfte der Eingangshalle bis zur Tür zu durchqueren, kam Nina unendlich lang vor. Schritte ins Nichts.

Sie verließen die Halle durch die Drehtür. Als sie draußen angekommen waren, kicherte Max in sich hinein. Er legte den Arm um Ninas Schultern und zog sie zu sich her. Dann ließ er sie wieder los. Wie beschwichtigend und tröstend seine Stimme dann klang. »Nein, das stimmt nicht. Ich hab's nur so gesagt. Wir können uns weiterhin sehen.«

Ninas Knie zitterten. Sie wollten nachgeben, wollten sie auf den Bürgersteig fallen lassen, damit sie dort schluchzen konnte. In ihrem Kopf tauchten Zeilen aus Gerichtsakten ihrer Mutter auf: Versuchter Mord und versuchter Totschlag sind mit Strafe bedroht, §§ sowieso, Abs. x, y, Abs. 1 StGB.

Maximilians Lächeln wirkte zufrieden. Die Sanftheit, die weiterhin von ihm ausging, betäubte Ninas Schmerz und hielt sie auf den Beinen. Sie gingen ein ganzes Stück durch die Stadt, bis sie in das Wohnviertel kamen, in dem Moritz und seine Freundin wohnten. Dort, unter den Platanen, griff Max in seine linke Gesäßtasche, zog einen Zettel heraus und legte ihn Nina in die bebende Hand. »Lies.«

WAS-WÄRE-WENN

Nina blieb stehen und tat wie ihr befohlen.

Schaf,
Du hast dich als unsäglich bockig erwiesen, du bist stur und unverbesserlich und willst mich ums Verrecken lieben. So habe ich nun beschlossen, mich in Dich zu verlieben.
Dein Wolf

Er hatte es beschlossen? Er konnte die Liebe beschließen? Nina musste lachen, weil ihr das so ganz und gar abwegig vorkam. Das Lachen brach aus ihr heraus, wie wenn jemand unerwartet einen guten Witz erzählt hätte.

Max zuckte zusammen, schaute sich in alle Richtungen um, ob jemand in der Nähe wäre, auf einem Balkon oder an einem offenen Fenster, in einem Vorgarten, irgendjemand, der Ninas spöttisches Lachen gehört haben konnte. Maximilians Gesicht war starr. Bis zur Wohnung von Moritz waren es nur noch wenige Meter. Die legten sie schweigend zurück.

Es war eine Studentenbude im Hochparterre. Am Fenster vier Grünlilien. Im Wohnzimmer, neben einem unruhig geflammten Kieferschrank, stand ein hoher Benjamini. Max goss die Pflanzen mit einer kleinen Gießkanne, die er dreimal nachfüllen musste. Als er die Gießkanne zurückgestellt hatte, setzte er sich auf das Zweiersofa. Es war mit einer Decke mit Zebramuster abgedeckt.

Er klopfte mit der linken Hand auf die Sitzfläche neben sich. »Setz dich einen Moment zu mir.«

Ihre nackten Arme berührten sich. Sie starrten auf das Poster an der Wand.

»Weißt du, wer das ist?« Max hielt wieder Schulstunde.

»Horowitz.«

Erstaunt drehte er den Kopf zu Nina. »Gut!«

»Warum hängt hier ausgerechnet Horowitz?«, fragte sie.

»Weil Moritz Klavier spielt. Sehr gut sogar. Er spielt schon seit fünfzehn Jahren.«

Moritz, der Pirat mit den toten Augen, spielte also Klavier. »Das überrascht mich.«

»Ich sag doch, dass er nicht so ist, wie du immer denkst.«

In ihrem Rücken, auf dem Fensterbrett, standen die vier Grünlilien, deretwegen sie gekommen waren. Max zeigte auf ein anderes Poster, das weiter links beim Esstisch hing. Die Fragestunde ging weiter. Liszt. Nicken vom Oberlehrer. Max war schlimmer, als Achim je gewesen war. Nina hatte Achims Vergehen in ihr inneres, schwarzes Buch eingetragen, unter die Rubrik *nicht entschuldbar*. Max dagegen vergab sie. Ein sanfter Blick, und sie strich ganze Seiten durch, nein, sie riss sie heraus.

Max fixierte den Flickenteppich, auf dem ihre Füße standen. Er sagte nichts mehr und fragte nichts mehr. Es kam Nina vor, als winde er sich innerlich. Wollte er etwas sagen und wagte es nicht? Nina wartete, die Farbpunkte auf dem Teppich betrachtend. Endlich tat er den Mund auf.

»Was wäre, wenn ich sagen würde: Nina, du bist meine Traumfrau?«

Was wäre, wenn? Beide starrten sie nach unten aufs Blau und Rot und Gelb und Grün, auf Noppen und Streifen. Nina war sicher: Es würde wieder nur ein Test sein. Sobald ihre Augen zu leuchten beginnen würden, würde Max über ihre Naivität lachen. Aber diesmal würde Nina kein solches Lachen mehr zulassen.

Sie musste die Gelassenheit nicht einmal vortäuschen, mit der sie antwortete. »Das wäre sehr schön.« Vom Tonfall her hätte sie auch gesagt haben können: ›Es wäre sehr schön, das Briefmarkenalbum von Moritz anzuschauen.‹

Max machte weiter. »Und was wäre, wenn ich dich jetzt hier vernaschen würde?«

Vernaschen? Was für ein Wort. Max wollte die Variablen kennen, wollte berechnen, absichern. Er war ängstlicher als Nina selbst. Sie war ernüchtert. »Die Wohnung von Moritz ist nicht ganz der Ort, an dem man sich so restlos entspannen und hingeben kann, meine ich.«

Max nickte, als habe er mit dieser Antwort gerechnet. Aber vielleicht hätte er auch bei jeder anderen Antwort genickt. Sie schwiegen. Sahen vor sich hin. Nina nahm einen Fussel von ihrem grünen Rock und betrachtete dann Horowitz, der alt, nach vorne gebeugt und zu niedrig sitzend mit knöchernen Fingern die Klaviertastatur bespielte. Max starrte auf die Spitzen seiner schwarzen, ungeputzten Schuhe. Abwartend.

Regungslos saßen sie da. Nina schien es, als verunsicherten sie sich gegenseitig durch ihr Zögern. Ungesagtes und Unterlassenes lastete wie Blei auf ihren Zungen und Gliedmaßen. Das Was-wäre-wenn dehnte die Zeit, ließ Bilder in Nina ablaufen von allem nur Möglichen, Denkbaren, machte aus fünf Minuten eine Viertelstunde. Nina rührte sich nicht.

Max hob die Hand und ließ sie langsam, wie gebremst auf Ninas Knie sinken. Und als sie dort ruhte, sagte er mit noch immer niedergeschlagenen Augen, kaum hörbar, als gestehe er einen Mord: »Ich habe mich in dich verknallt.« Sofort nahm er seine Hand wieder von Ninas Knie und fuhr sich durchs Gesicht, wie um die Schamesröte wegzuwischen.

Stumm saßen sie nebeneinander, als sei etwas Beklemmendes geschehen. Das »verknallt« lärmte durch die Stille. Verknallt war nicht verliebt. Es war weniger. Verknallt war eine Luftschlange, ein unpassendes Faschingswort. Wie vernaschen. Nina fragte sich, ob sie nicht vor Freude jubeln müsste, vor Glück zerfließen, ihm um den Hals fallen. Wo sie ihn doch liebte und tatsächlich zurückgeliebt wurde. Irgendwie jedenfalls. In jenen Augenblicken auf dem Zebrasofa fühlte Nina nur noch sehr wenig. Sie wunderte sich. Verwunderung war das einzige deutliche Gefühl.

»Komm, Schaf, gib mir mal deine Hand.«

Nina legte ihre Hand in die seinige. Max spielte mit ihren Fingern. Da wagte sie es, ihren Kopf an seine Schulter zu lehnen. Vielleicht konnten sie von hier aus neu beginnen. Drei Sekunden mag ihr Kopf dort an seiner Schulter gelegen haben, als Nina zu spüren meinte, dass sich Maximilians Körper anspannte. »Gut«, sagte er, »es ist jetzt nicht gerade so, dass ich in Beethovens Ode an die Freude einstimmen müsste *alle Menschen werden Brüder* und so weiter. So ist es nicht unbedingt.« Der Fechter Maximilian Pallas wich zwei große, geschmeidige Schritte zurück auf der geraden Bahn.

Im Zeitlupentempo nahm Nina den Kopf von seiner Schulter. Max wartete. Auf Namenloses. Er streichelte Ninas Hand. Und Nina wartete wie erstarrt, streichelte nicht zurück, sagte nichts, wagte kaum zu atmen.

»Warum erlebt man so was nie gemeinsam?«, fragte er. »Es geht immer nur einem so. Das ist doch schade.« Sein trauriger Blick ruhte auf ihren ineinandergelegten Händen.

Vor Nina stieg Max die wenigen Stufen zur Eingangstür hinab. Nina blickte auf seinen Rücken und auf sein gewaschenes Haar. Sie wollte Max berühren, vorsichtig, wie man einen Verletzten berührt, aber sie wagte es nicht. Sie standen unter den Platanen. Die Luft war warm.

Maximilians Mädchenmund lächelte entschuldigend. »Ich fühle mich nackt ausgezogen, aufgewühlt, als hätten wir es gerade getan. So etwas zu sagen ist schlimmer, als es zu tun.«

ALS-OB-FREMDE IM BIERGARTEN

Ein lauer Sommerabend lud Nina und Else zum Schlendern durch die Altstadt ein. Überall Sommerkleider, Schokoladeneis und goldene Riemchensandalen. Warmes Licht fiel auf Häuser, Plätze und Gesichter. Wie immer durchsuchten Ninas Blicke die Straßen, die Gassen und die Plätze nach Max. Sie wollte ihn sehen, nur einen einzigen Blick von ihm auffangen, um erspüren zu können, was von seinem »Verknallt« am Tag danach noch übrig war.

In der Schustergasse erzählte Else von ihrem geplanten Besuch bei ihrer Schwester in Kassel. »Ich verstehe mich eigentlich ganz gut mit ihr. Aber sie laaangweilt mich mit ihren Quiltdecken. Renate kann wirklich stundenlang über Stoffreste erzählen und was aus ihnen werden soll. Stun-denlang.« Sie passierten das historische Kaufhaus. »Sie leert alle Tüten aus. Das ganze Bett ist voller bunter Fetzen aus England, aus der Provence, aus Mexiko, von überall her. Ich höre mit einer Eselsgeduld zu.«

»Sie meint immer, das müsste mich begeistern. Tut es aber nicht. Ü-ber-haupt nicht. Aber natürlich höre ich geduldig zu. Ich will sie ja nicht enttäuschen.«

Sie gingen an dem Musikgeschäft vorbei, in dem Nina mit Max gewesen war. Seine schlanken Finger hatten eine CD-Hülle nach der anderen berührt, bis er eine herausgezogen hatte. »Oh, Samuel Barber, Adagio for Strings, sehr schön. Aber traurig.« Er steckte sie zurück. Mit Zeige- und Mittelfinger der linken Hand ging er weiter durch die CD-Reihe. Er hielt Nina eine CD hin. »Bach C-Dur Präludium. Fantastisch. Das hat Moritz oft gespielt.« Das Cover zeigte eine brünette Pianistin. »Das ist auch eine Hübsche.«

Else lächelte Nina von der Seite her zu. »Du bist so eine gute Zuhörerin. Das ist eine Eigenschaft, die ich ganz besonders an dir schätze.«

Nina schämte sich über dieses Lob, hatte sie Elses letzte Sätze doch überhaupt nicht gehört.

Entweder fiel Else Ninas Abgelenktheit tatsächlich nicht auf, oder sie nahm sie ihr nicht übel. »Renate hat schon immer das Feingefühl gefehlt«, fuhr Else fort. »Sie merkt nicht, wenn sie anderen auf die Nerven geht. Und ich habe nicht den Mumm, es ihr zu sagen.«

Auf dem Spielplatz vor dem Augustinermuseum schaukelten Kinder. Andere ließen am abschüssigen Bächlein ihre Papierschiffe fahren und rannten ihnen vergnügt hinterher. »Hat deine Schwester Kinder?«

»Nein. Sie ist auch kinderlos. Vielleicht sollen sich Leute unseres Schlages nicht vermehren.«

Die geschwungene Steintreppe lag wie zur Rast hingestreckt auf dem sanften Hügel des Augustinerplatzes. Dort saßen Studenten und hielten ihre vergoldeten Gesichter in die Abendsonne. Sie alle konnten sehen, wie Ninas Schokoladeneis tropfte, wie sie sich lachend vorbeugte, um ihre weiße Bluse zu retten. Beobachtete Max diese Szene von irgendwoher? Ninas Sehnen durchstreifte die ganze Altstadt wie ein streunender Hund. Während sie einem Gitarren-Duo lauschten, dachte Nina: *Gestern hättest du Max haben können und hast nicht nach ihm gegriffen. Beklag dich also nicht. Und warum hast du ihn nicht haben wollen? Weil er ein Wort ausgelassen hat? Weil er das falsche benutzt hat? Weil man es dir nicht recht machen kann? Wie deiner Mutter?*

Im Feierling-Biergarten wurden an einem kleinen runden Tisch gerade zwei Plätze frei. Else schüttelte ein Kiessteinchen aus ihrer Sandale. Sie bestellten Radler und stießen auf Johannes an, der gestern vier Wasserkisten in den Keller geschleppt hatte. Als Nina ihr Glas ansetzte, um zu trinken, entdeckte sie Max, der gerade mit ein paar Leuten auf den Nachbartisch zuging. Ohne getrunken zu haben, stellte Nina ihr Glas wieder ab. Max hielt nach einem zusätzlichen freien Stuhl Ausschau, drehte sich in alle Richtungen um.

Sein Blick fiel auf Nina. Er wirkte erschrocken, irgendwie peinlich berührt. Er fuhr sich mit der Hand durchs Gesicht.

Nina merkte, dass Else aufgehört hatte zu sprechen, dass sie zwischen Nina und Max hin und her sah.

Max fixierte Nina. Groß und dunkel kam er die wenigen Schritte auf ihren Tisch zu. Er tat, als hätten sie sich nie zuvor gesehen. Wie ein Fremder fragte er: »Guten Abend, ist der Stuhl noch frei? Darf ich ihn wegnehmen?«

Nina konnte nicht antworten. Ihr fehlte die Luft dazu. Sie erkannte Hannah drüben am Tisch. *Wie kann er mir, mit seiner Freundin im Rücken, diesen tiefen, verliebten Blick zuwerfen?*

»Ja, nehmen Sie ihn nur«, sprang Else für sie ein. Sie merkte genau, dass Ninas Hände zitterten, dass ihr Mund offen stand, dass ihre Augen weit waren. Sie wusste, wer der Mann an ihrem Tisch war.

Lächelnd nahm Max den Stuhl, dankte und trug ihn an den Nachbartisch zu Hannah, dem bärtigen Bernhard und einer weiteren Frau. Noch hatte Hannah Nina nicht entdeckt. Max hatte Nina gesagt, dass Hannah wisse, wie Nina aussehe. Einmal, in der UB, habe er Hannah Nina von Weitem gezeigt. Ahnungslos setzte Hannah sich mit dem Rücken zu Nina und Else.

Nina wollte ihren Blick bei sich am Tisch halten. Doch immer wieder drängte er hinüber zu Max. Gewaltsam lenkte sie ihn hinauf in die Kastanien zu den Lichterketten, die jeden Moment angeschaltet werden würden. Danach zur Bedienung, die gerade vorbeiging. Und dann zur Theke, wo die zurückgegebenen Gläser klirrten.

Else sprach leise und eindringlich: »Quer durch die ganze Stadt zieht ihr euch an, in eine solche Situation hinein. Wie ich es vorhergesagt habe.«

Max' Mund formte ein O und hauchte den Zigarettenrauch hinauf zu den bunten Glühbirnen der Lichterkette. Als Max seinen Kopf senkte und Nina ansah, war sein Blick voller Liebe.

Else spielte mit der Schnalle ihrer Handtasche. Ihre Stimme wirkte heiser, als könne sie gar nicht mehr lauter sprechen. »Was ist, wenn seine Freundin dich entdeckt?« Elses Flüstern klang aufgeregt. »Was, wenn sie dir schaden will? Was, wenn sie sich rächen will?«

Nina zuckte mit den Schultern. »Ach was. Was kann sie schon machen?«

»Du hast doch gesagt, dass sie im Chemischen Institut arbeitet. Sie könnte dich bei Dietrich Konerding anschwärzen.« Else winkte ab. »Na ja, er wird nicht so dumm sein und es sich deswegen mit der Doktorandenstelle anders überlegen. Das natürlich nicht. Es ist nur das Licht, das auf dich fallen könnte.«

Das schlechte Licht. So also dachte Else? Nun war es ihr herausgerutscht. »Ich bin nicht die erste Frau, die sich in den Freund einer anderen verliebt. Das wird Diddi herzlich egal sein, solange ich einen guten Job mache.« Wie Nina diesen

Anglizismus hasste. Wie sie so vieles hasste und es trotzdem tat.

Der Eindruck, ihr Leben im Griff zu haben, den sie bis Dezember gehabt hatte, war eine Illusion gewesen. Sie war eine Marionette, die Biochemie studiert hatte, weil man damit »mehr anfangen« kann. Sie wollte promovieren, weil man doch nicht »hinter seinen Möglichkeiten« zurückbleibt. Sie war mit einem Juristen liiert gewesen, weil er »etwas dargestellt« hatte. Das alles waren Mutters Werte und Worte.

Während Else mit fahrigen Bewegungen in ihrer Handtasche nach einem Taschentuch suchte, dachte Nina: *Wegen eines liebenden Blicks von Max hältst du dich auf einmal für unverwundbar, während sein Liebesgeständnis von gestern bei dir kaum Gewicht hat?*

Hannah lachte auf. Sie prostete den anderen zu, als gäbe es etwas zu feiern. Nina suchte in sich selbst nach einem Schuldgefühl Hannah gegenüber und stellte voller Erstaunen fest, dass sie keines fand. Für diese Tatsache allerdings schämte sie sich. Auch dafür, Else so in Aufruhr versetzt zu haben. Aber nicht dafür, sich mit Hannahs festem Freund getroffen zu haben und seit dem 8. Februar alles daranzusetzen, ihn in sich verliebt zu machen. Ganz im Gegenteil. In diesem Moment, mit den Schatten auf dem Kies und den bunten Lichtern in den Kastanien, mit dem Gläserklirren im Ohr und dem Stimmengewirr um sie herum, dachte sie: *Diesen Mann willst du. Diesen einen. Maximilian Pallas.*

Else beugte sich ein wenig vor. »Der Mann mit dem Bart sieht immer wieder zu dir her. Er macht es ganz diskret. Aber ich merke es genau.« Sorgenfalten gruben sich in ihre Stirn. In ihrem Gesicht spiegelte sich ein alter, großer Schmerz wider. Klar und deutlich. Die Situation hier im Biergarten neben Max, Hannah und den Freunden wurde Else zu viel. Sie wollte gehen.

Sie bezahlten und standen auf.

Nina würde an Max vorbeigehen. Sie würde sein Patschuli-Sandelholz einatmen und mit sich forttragen. Vielleicht würde er sie ansehen. Noch während sie das hoffte, drehte Max den Kopf zu ihr her und sah ihr zärtlich in die Augen. Hätte nicht alles Zweifeln, alles Zögern, alles innere Fragen hier aufhören müssen?

SCHÖNE RÖMERIN

Nina und Else setzten sich im Stadtpark auf eine Sitzbank unter einem Rosenbogen. Die rankenden Rosen dufteten nicht, und Nina kam es vor, als fehle ihnen die Seele.

Elses Augen spiegelten innere Aufruhr wider. »Es ist gar nicht dieses Zusammentreffen mit Max, das mich gerade so aufregt.« Sie nestelte in ihrer Handtasche. »Ich kann dir das erklären: In mir kommen Erinnerungen hoch. Das ist schon so, seit die Geschichte mit Max angefangen hat. Ganz besonders aber heute Abend.« Else erzählte von Flavia, einer großen, platinblondierten Römerin mit einem harten Zug um den Mund. Else hob die Hände aus dem Schoß und ließ sie gleich wieder sinken, wie resigniert. »Hat Marcello dieses Harte an ihr nie bemerkt?«, fragte Else. Doch Nina war klar, dass die Frage sich nicht an sie richtete.

Während Else von Flavia erzählte, stiegen Bilder in Nina auf: Else betrat als junge Frau Flavias Kosmetiksalon in Rom. Nina konnte sich vorstellen, wie die schöne Flavia die Kabinentür anlehnte und Else bat, sich auf den Behandlungsstuhl zu legen. Nina roch die duftenden Salben und hörte die Auszubildende draußen vor der Kabine aufräumen. Es war jener Lehrling gewesen, der am Telefon betont hatte, dass Else diesen spontanen, späten Termin nur bekommen habe, weil sie eine Bekannte von Marcello Carabelli sei.

»Eine Bekannte«, wiederholte Else und schluckte. Die Erinnerungen tosten aus Else heraus. »Außer uns dreien war keiner mehr da. Wir waren allein in Flavias Kosmetikstudio. Ich lag auf dem Behandlungsstuhl, und sie stand hinter mir. Ich sollte die Augen schließen und mich entspannen. Könntest du dich entspannen, wenn Maximilians Hannah hinter dir stehen würde, nicht wissend, wer du für Maximilian bist?«

Der Ausdruck »Maximilians Hannah« traf Nina mitten ins Herz. Aber sie konnte nichts sagen, schüttelte nur den Kopf.

»Die ganze Zeit, vom ersten Moment an, als ich reingekommen bin, habe ich nur eines gedacht, immer wieder: Gleich werde ich es dir sagen. Gleich. Ich konnte hören, wie Flavia hinter mir Döschen und Tuben aufschraubt und wie sie etwas in einem Tiegel anmischt. Eine Apparatur hat Wasserdampf auf mein Gesicht rieseln lassen. Das Gesicht, das Marcello geküsst hat.«

Zum ersten Mal sprach Else es aus. Sie und Marcello Carabelli waren Geliebte gewesen. Else blinzelte mit den Augen und fixierte irgendeinen Punkt am Himmel.

Inzwischen war es dunkel. Im schwachen Licht des Mondes und der entfernt stehenden Straßenlaternen erkannte Nina, wie Else die Arme verschränkte.

Geistesabwesend erzählte Else weiter von Flavia. Diese hatte etwas in einer Schublade im Schränkchen rechts neben Else gesucht. Kurz darauf hatte sie eine kalte Kräutermasse in Elses Gesicht verteilt.

»Sie sind noch sehr jung«, hatte Flavia mit tiefer, rauchiger Stimme gesagt. »Aber Sie haben ganz recht. Man kann nicht früh genug damit anfangen, seine Haut zu pflegen.« Flavias Hände waren über Elses Gesicht, über ihren Hals, über ihr Dekolletee gestrichen.

Es kam Nina im schummrigen Licht so vor, als bebe Elses Stimme ein wenig. »Am liebsten hätte ich ihr gesagt: Du berührst den jungen Körper, der sich mit deinem eigenen Körper einen dritten teilt – den von Marcello Carabelli. Du pflegst gerade eine Frau, die deinen Scheidenpilz bekommen hat.«

Das Wort klatschte in die Erzählung hinein wie ein eiskalter Waschlappen ins Gesicht. »Das habe ich alles erst begriffen, als ich beim Frauenarzt war und er mir die Diagnose gesagt hat. In dem Moment ist mir die Tube mit Vaginalpilz-Creme eingefallen, die in Marcellos Bad gelegen hat. Damals habe ich mich gewundert, dass ein Mann eine solche Creme benutzt. Keinen Moment lang ist mir damals der Gedanke gekommen, dass die Tube und der Pilz einer anderen Frau gehören könnten.«

Der warme Wind strich wie ein Kontrapunkt über Ninas nackte Arme. Aber sie folgte Elses Erzählung.

Flavia hatte sich umgedreht und im Waschbecken hinter Else etwas abgespült. Ihre Stimme hatte so tief und warm geklungen, wie ihr Blond hell und kalt gewesen war. Flavia hatte die Kabine verlassen, und Else war mit Gesichtsmaske und Kräuterduft auf der Liege zurückgeblieben. Die Tür war nur angelehnt gewesen. In der Einwirkzeit der Maske hatte Else innerlich Anlauf genommen und sich ihre Worte zum hundertsten Mal zurechtgelegt.

»Ist dir immer noch schlecht?«, hatte die Auszubildende hinter der Tür gesagt.

»Jetzt ist es besser«, hatte Flavia geantwortet. »Bei mir ist die Übelkeit nachmittags am schlimmsten. Aber ich kenne Frauen, bei denen es den ganzen Tag so ist, wenn sie schwanger sind.«

Else drehte den Kopf zu Nina, suchte im Halbdunkel ihren Blick. »Wie lange ist einem schlecht, wenn man schwanger ist? Bis zur elften oder zwölften Woche?«

»Ja, ich glaube so in etwa.«

»Man hat ihr nichts angesehen. Flavias Bauch war flach.«

Nina malte sich aus, wie Else kraftlos und regungslos auf der Liege gewartet hatte, bis Flavia zurückgekommen war. Flavia hatte Else die gummiartig gewordene Maske vom Gesicht gezogen. Kein Wort mehr hatten sie gewechselt. Resigniert hatte Else zugelassen, dass Flavia sie am Ende schminkte.

»Nur für den Nachhauseweg hat mich die Geliebte meines Geliebten zurechtgemacht wie für einen Ball. Für den einsamsten Gang meines Lebens war ich schön wie nie zuvor.«

Der Himmel war schwarz über ihnen ausgespannt. Schwarz und endgültig. Er würde nie mehr hell werden. Die Sterne würden seine einzigen Lichter bleiben für alle ewigen Zeiten. Autos fuhren in einiger Entfernung vorbei. Elses Hände krallten sich um die Griffe der Handtasche. Nina wagte nicht zu fragen, wie es weitergegangen war.

Sie standen auf und verließen schweigend den Stadtgarten.

Für eine Weile hatte Nina Max ganz vergessen. Das war seit Februar allenfalls in den Nächten der Fall gewesen, in denen sie einmal nicht von ihm geträumt hatte. War Elses Glück mit Marcello den Schmerz wert gewesen? Das hätte Nina Else fragen wollen.

Ihre Schritte machten Geräusche auf dem Asphalt. Sie gingen aus dem Lichtkegel der einen Straßenlaterne ins Licht der nächsten. Wie würde es mit Max und Nina werden? Wieviel Glück und wieviel Schmerz würde in die Waagschalen fallen? Welche Schale würde am Ende die schwerere sein? Wegen Maximilians liebendem Blick im Biergarten wollte Nina glauben, dass sie jeden Preis für diese Liebe leicht bezahlen konnte. Selbst einen schmerzvollen. Sie würde die Münzen mit links auf den Tresen werfen, wie Max es in der Bar in der Brennnessel an ihrem ersten Abend getan hatte. Neuer Schmerz würde von nun an kaum etwas wiegen. Das wollte Nina mit aller Kraft glauben.

GESCHENKTE ZEIT

In ihrem einzigen gemeinsamen Sommer hinterließen Nina und Max überall unsichtbare Spuren. Immerwährende Duftmarken. Für Nina war Freiburg in jenem Sommer menschenleer. Nur sie und Max atmeten in der Augusthitze der Straßen, im kühlenden Schatten der Gassen, im Sengen der Plätze. Wie selige Übriggebliebene waren sie, wie einzig Erschaffene. Manchmal, und nur ganz von Weitem, schienen sich ihnen andere Menschen zu nähern. Unwirklich und fern kamen sie Nina vor, wie astronomische Nebel, die man nur wahrnehmen konnte, wenn man mit Spezialobjektiven Fokus auf sie nahm. Allein Max erschien klar und deutlich. Auf ihn nahm alles Bezug. Ninas ganzes Leben. Nur Maximilians tiefe, warme Stimme erreichte sie. Dabei war es unwichtig, ob er gute Dinge sagte oder grausame. Sicher wie Schlafwandler schritten sie über die Bächlein in der Altstadt.

»Welches Ührchen ist das schönste?« Max drehte einen Verkaufsständer mit Kinderuhren. Es rührte Nina, dass er von Ührchen sprach. Weil Nina das rosafarbene mit den Vergissmeinnicht darauf am besten gefiel, kaufte er es seiner Nichte zum Geburtstag.

Im wohltuenden Schatten der Konviktgasse entdeckte Max in einem Schaufenster eine russische Uhr, die ihn begeisterte. Das war der Nachmittag, an dem Nina lernte, wie sehr

Maximilian Uhren liebte. Er ließ sich die Poljot zeigen, ließ sich erklären, wie ihr Weckuhrwerk funktionierte. Aber er kaufte sie nicht, weil ihr Armband aus braunem Leder war. Er wollte ein schwarzes. Sofort entschied Nina, dass sie die Uhr für sich kaufen würde. Aus einem einzigen Grund: Max hatte diese Uhr genau betrachtet, er hatte sie in Händen gehalten, sie gedreht und gewendet, sie gefiel ihm. Der Verkäufer holte eine zweite Poljot. Deren Gehäuse war flach und ihr Lederarmband schwarz. Sie war die elegantere von beiden. Ohne es auszusprechen, überlegte Nina, ihre Entscheidung für die Weckuhr rückgängig zu machen, um die schwarze Poljot zu kaufen.

Max schaute ihr erst aufmerksam ins Gesicht und sagte dann, als könne er ihre Gedanken lesen: »Nein, Schäfer, die kaufst du nicht. Die kaufe ich.«

Von diesem Tag an trug Nina die Weckuhr mit dem braunen Lederarmband und Max die elegantere Poljot mit dem schwarzen.

In Ninas Golf fuhren sie nach Basel. Am Rheinufer saßen sie auf einer Sitzbank unter einer alten Rosskastanie. Sie stellten den Wecker an Ninas Uhr und ließen ihn klingeln. Sie verglichen ihre Uhren und lasen sich die auf dem Gehäuseboden eingeprägten Nummern vor. Ein Kastanienblatt fiel direkt in Ninas Schoß.

Max nahm es mit seinen schlanken Fingern langsam auf, als sei ihm ein Zeichen geschickt worden. Tief schaute er Nina in die Augen, das Blatt zwischen den Fingern. »Wie weit bin ich davon entfernt, dein ewiger Geliebter zu sein? Wie nah dran bin ich am ewigen Geliebten? Schätz es mal ein.«

Zehn wollte Nina jubeln. Da schnellten wie aus dem Nichts Mauern empor. Sie umringten Nina. Sie überragten sie weit. Sie waren ohne Türen und Fenster. Und Ninas Mund sperrte zu.

»Sag einfach eine Zahl von eins bis zehn«, hakte er nach.

Nina beobachtete ein Schleppboot auf dem Rhein und legte den Kopf schief. »Acht.«

Max starrte sie an. »Acht? Nur acht?« Dann drehte er den Kopf von ihr weg und schaute zum Schlepper auf dem Fluss und schwieg.

Maximilian machte ein Gesicht, als schien er zu überlegen, ob ihm der Acht wegen alles Weitere zu gewagt sein würde. Er ließ das Blatt zu Boden fallen. Nina senkte traurig den Kopf. Die Acht war ehrlich gewesen. Für die Zehn brauchte es Vertrauen. Rasende Leidenschaft allein genügte dafür nicht.

STEINFRAU

Am nächsten Tag blieben sie auf dem Schlossberg an einer alten, verfallenden Mauer stehen. Max blinzelte in der Sonne. Mit der Hand schirmte er seine Augen ab, um an den Horizont schauen zu können. »Ich liebe diese Berge. Ich bin schon auf allen gewesen. Wann werden wir die Tat begehen?«

Nina brauchte zwei Sekunden, um zu erfassen, wovon Max sprach, weil er diese Frage nahtlos an die Berge angehängt hatte. Die Frage war wie ein Schlag auf den Rücken gewesen. Wie ein Schlag von jemandem, der sich unbemerkt genähert und viel zu fest zugehauen hatte. Prüfend sah Max Nina ins Gesicht.

»Morgen«, sagte sie nüchtern. Sie klang wie eine Fremde. Ganz gelassen sprach sie das Wort aus, aber innerlich fürchtete Nina sich vor dem morgigen Tag.

Max schluckte. Er wirkte überrascht. »Gut. Morgen.« Er schien angestrengt nachzudenken. »Wir fahren mit deinem Auto Richtung Grenze. Ich kenne ein paar nette Dörfer. Dort können wir etwas essen. Die Ecke kenne ich gut. Meine Oma mütterlicherseits stammt aus Badenweiler. In der Gegend gibt es ruhige Plätze.« Zügig entwarf er einen groben Plan für den nächsten Tag, während sie zum Kanonenplatz schlenderten und sich auf eine Bank im Schatten setzten. Sie hielten ihre Poljot-Uhren nebeneinander. »Meine ist schöner«, behauptete er. Es schien ihm wichtig, diese Feststellung zu machen. »Deine ist auch schön, aber meine ist schöner.«

Nina schmunzelte. »Das gebe ich neidvoll zu.«

Max legte seinen Arm um ihre Schulter. Sanft streichelte er ihren Oberarm, sein Kopf dicht an ihrem. »Morgen, Schaf, morgen bringe ich dir mal ein bisschen was bei.«

Nina spürte, wie ihr Körper sich anspannte. Was würde es sein, was Max ihr beibringen wollte? Etwas Schlimmes? Etwas, das sie nicht wollen würde? Sie kam sich vor wie auf dem Rummel, wo man sie dazu überreden wollte, in die Achterbahn einzusteigen, obwohl sie niemals damit fuhr. Wo Nina bis zum letzten Moment zögern würde, um dann doch nicht mitzufahren. Es würde morgen kein Verhältnis unter gleichberechtigten Liebenden sein. Denn der Meister würde seine Schülerin etwas lehren wollen. Nina löste sich ein wenig aus Maximilians Umarmung und setzte sich aufrechter hin.

Nina versuchte, ihre Stimme so gelassen klingen zu lassen, wie es ihr nur möglich war. »Wir werden sehen, ob du mir etwas beibringen wirst.« Der Satz sprach sich so leicht aus und klang so selbstsicher, dass Nina staunte. Wieder kam es ihr vor, als habe nicht sie, sondern eine andere Frau aus ihr gesprochen – eine Frau, von deren Existenz Nina erst seit der ersten Begegnung mit Max etwas wusste.

Im Februar war sie aufgetaucht. Da hatte sie sich zum ersten Mal in ihrem Versteck unter Wasser bewegt. Sie hatte auf dem Geröll gelegen und dessen Farbtöne angenommen und Nina damit getäuscht. Das Wasser war über sie hinweggeflossen. Durch seine Bewegungen und Lichtreflexionen hatte es sie beinahe unsichtbar gemacht. Von oben, von der Brücke aus betrachtet, hatte sie ausgesehen wie eine steinerne Frau. Im Februar, neben Max, hatte sich diese Fremde schlagartig im Wasser aufgesetzt. Aufrecht hatte sie im Wasser gesessen und den Kopf in die Luft gestreckt. Sie hatte die Augen geöffnet und tief eingeatmet. Nun hatte sie also gesprochen. Sie lebte. Und jetzt, wo sie gesprochen hatte – *wir werden sehen* – bekam Nina noch mehr Angst. Nina erkannte das Gesicht dieser Frau – es war ihr eigenes. Morgen, morgen würde diese Frau ganz aufstehen.

MAIGLÖCKCHEN DES GLÜCKS

Nina ließ Max an der Universitätsbibliothek aussteigen.
»Also bis morgen, Schaf.«
Sie parkte und ging in der Sommerhitze des Spätnachmittags durch die Stadt bis zur winzigen Parfümerie, in der sie schon den Veilchenduft gekauft hatte. Nina wollte einen neuen Duft, weil die Veilchen dem Frühlingsmädchen gehört hatten. Morgen aber würde sie kein Mädchen mehr sein.

Der Geschäftsführer, ein Herr mittleren Alters mit Brille, einem runden, roten Gesicht und dunkelblonden Locken, erinnerte Nina an einen Archivar. Er kannte sich aus mit sinnlichen Düften und mit seltenen. Viele Parfüms, die er führte, waren weit und breit sonst nicht zu haben. Mit feuchten Händen erklärte Nina ihm, welche Art von Duft sie suchte – zart und doch eindringlich, subtil betörend, aber nicht schwer, blumig und wie Sommer. Der Parfüm-Archivar nickte. Seine Augen sahen aus, als suchten sie unsichtbare innere Regale ab, irgendwo oben beginnend. Dann setzte sich Ninas neuer, heimlicher Verbündeter die Brille zurecht und drehte sich zu den Glasregalen um. Er war ihr Gehilfe, ohne ihre Geschichte mit Maximilian zu kennen.

Der Parfüm-Archivar griff nach einer enttäuschend schlichten Glasflasche mit grüner Kappe. Einen raffiniert geschliffenen Flacon hatte Nina sich für ihr neues Parfüm erträumt. Dieser Duft musste es in der flirrenden Hitze dieses Sommers 1995 mit Patschuli-Sandelholz aufnehmen können.

Würdevoll und mit innerer Hingabe bewegte der Mann das Fläschchen in seinen Händen. Sein Mund streichelte jeden Vokal, während er den Namen aussprach: *Muguet du bonheur*. Er öffnete den Flacon mit Bedacht, wie man eine geheime Schublade öffnet, in der Kostbares aufbewahrt wird. Er besprühte ein weißes Kärtchen, roch daran, verdrehte die Augen wieder nach oben. Da schwinge etwas Vanille mit in den Maiglöckchen. Vanille betöre die Sinne. »Dieser Duft dürfte ihm noch nie begegnet sein.« Das betonte er ausdrücklich.

DER TEUFEL EINER

Nina stieg aus der Duschkabine. Sie trocknete sich ab. Sie cremte den Körper ein, der sich Max verpflichtet hatte, ohne dass Nina Einfluss darauf hatte nehmen können. Ihr Körper hatte seinen Willen zu ihrem Willen gemacht. Sie föhnte ihre Haare. Den laufenden Fön in der einen Hand, die Bürste in der anderen, starrte Nina ihr Spiegelbild an. Sie sah sich als eine andere Frau. Was würde werden? Sie zog sich an. Wie fremdgesteuert. Jeans. T-Shirt. *Muguet du Bonheur*.

Nina holte Max auf dem Supermarktparkplatz ab. Er trug die schwarze Lederjacke, darunter das weiße Feinripp-Unterhemd, das Nina nicht mochte und die zerrissene Jeans.

Seine Augen wirkten schmal. »Hallo Schaf.« Seine Stimme klang samtig und tief. Nina gab sich dem Klang seiner Stimme vollkommen hin.

Sie fuhren Richtung Süden. Von Weitem sahen sie die Burgruine Staufen im Sonnenlicht. Wenig später gingen sie den Spazierweg hinauf, vorbei an dem alten schmiedeeisernen Tor. Halb umgekippt lag es auf grasbewachsenen Mauerresten. An Weinreben kamen sie vorbei, deren Beeren schon dick und gelb waren. Eine Zeit lang saßen sie auf den warmen Mauern in der Sonne und spielten mit Steinen. Sie redeten über allerlei, nur nicht über das, was sie noch vorhatten.

Die Tafel, die von Dr. Johannes Faustus berichtete und die sie eigentlich gut kannte, wirkte auf Nina verändert, als stünde dort: ... *die Sage behauptet, dass Mephistopheles, der obersten Teufel einer, ihre – Nina Schäfers – Seele der ewigen Verdammnis überantwortet habe.*

»Willst du noch?«

Max' Frage kam für Nina überraschend. Ihr Herz schlug, als warne es sie, wie schon das Schild über Faust sie gewarnt hatte und sogar Max selbst, als er vor einiger Zeit Dante zitiert hatte: »Lasst, die ihr eintretet, alle Hoffnung fahren!« Max grinste schmallippig, als sage er stumm: ›Komm zur Besinnung. Es ist der letzte Augenblick zur Umkehr.‹

WEIßES BLÜMCHEN

Sie fuhren weiter.

»Ich verstehe nicht, dass ihr nie Ausflüge gemacht habt«, sagte Max.

»Dafür war keine Zeit.«

Max stieß verächtlich Luft aus. »Nicht einmal sonntags? Du kannst mir doch nicht erzählen, dass ihr auch sonntags gearbeitet habt.«

»Doch. Mindestens den halben Tag.«

»Und woran? Achim an irgendwelchen Strafakten und du an diesen kleinen ...«, er drehte den Kopf zu Nina, »wie heißen die kleinen Dinger?«

»Kleine GTP-bindende Proteine. Ja, immer an denen.«

Aus den Augenwinkeln nahm Nina wahr, dass Max den Kopf schüttelte. »Dann zeige ich dir jetzt mal ein bisschen die Gegend. Das ist ja bekanntermaßen eine wunderschöne Ecke hier.« Für Max war es wichtig, dass etwas schön war. Eine Landschaft, eine Stadt, Frauen. Vor allem Uhren mussten schön sein, um auszugleichen, dass sie so grausam waren, die ablaufende Zeit anzuzeigen.

Schön sei auch der Geist vieler Dichter, Schriftsteller, Musiker. Sein Freund Bernhard zum Beispiel sei gütig, gebildet und großzügig. Darauf käme es an. Übrigens sei auch BDSAT auf seine Art schön. »Bieg da vorne mal rechts ab, dann fahren wir durch ein sehr schönes Winzerdorf. Du hast übrigens das Glück, einen ausgezeichneten Fremdenführer zu haben. Sei dir dessen bewusst.« Nur für eine Sekunde wandte Nina den Blick von der Straße zu Max hin. Er sah sie mit hochgezogenen Augenbrauen an und mit einem Gesichtsausdruck, der sagte: ›Das ist mein voller Ernst.‹

Sie sahen Winzerdörfer mit ihren in den blauen Himmel aufzeigenden Kirchtürmen, eingebettet in die hügelige, sattgrüne Fruchtbarkeit der Weinberge. Ringsum Spuren der Kelten, Römer und Alemannen. Hier und da aus der Tiefe heraufsprudelnde heiße Quellen. Und ein seelenerquickenderes Essen als in einer Straußenwirtschaft müsse Max erst noch jemand zeigen. Nina ließ sich von Max leiten, denn mit jedem Weinberg, zu dem er hinzeigte, mit jedem geografischen Detail, das er erklärte, verringerte sich Ninas Aufregung vor dem, was an diesem Tag noch geschehen würde.

Die Straßen verschmälerten sich zu Wegen, und die Wege wurden abseitiger, und zuletzt fuhren sie im Schritttempo einen Feldweg entlang und parkten im Gras neben einem Maisfeld. Sie stiegen aus. Max ging voran, den Saumpfad entlang bis zu einer einzelnstehenden Sonnenblume. Dort setzten sie sich ins Gras. Hinter ihnen die hohen Maispflanzen, vor ihnen eine Wiese. *Würde ich diesen Platz eines Tages aufsuchen wollen, ich würde ihn nicht mehr wiederfinden.* Sie lagen auf ihren Rücken, auf ihre Unterarme gestützt, und schauten schweigend in den wolkenlos blauen Himmel. Die Sonne stand hinter ihnen und wärmte sie von den Füßen bis zu den Bäuchen. Ihre Köpfe waren noch im Schatten.

Nina lächelte. Auf einmal fürchtete sie nichts mehr, und zu hoffen brauchte sie nichts mehr, denn Max war ja bei ihr. Ruckartig drehte er sich zu ihr. Obwohl Nina damit gerechnet und ersehnt hatte, dass dies geschehen würde, kam es doch so plötzlich, dass ihr Oberkörper sich anspannte. Hastig berührten Maximilians weiche Lippen ihren Mund. Nicht gierig, wie einer, der es nicht mehr abwarten kann. Es war eine nervöse, aufgeregte Schnelligkeit, ein Lampenfieber. Seine Hand streichelte ihre Haut, und Nina schmiegte sich in seine Berührungen, und von da an wurde alles langsamer.

Max wurde immer sicherer, bis alle Aufgeregtheit verschwunden war. Sie küssten sich, als krönten sie ihre Leben. Alle Wege hatten hierhergeführt. Wie ein Fluss mündete Nina ins offene Meer. Nina fühlte sein weiches Haar zwischen ihren Fingern. *Etwas beibringen.*

Die Sonne wärmte Ninas Gesicht. Licht strömte auf sie zu. Alles wurde hell. Alles gelang ihnen so leicht, so leicht, verglichen mit allem Sperrigen, was bisher zwischen ihnen gewesen war. Sie bewegten sich im gleichen Rhythmus mitten in dem Traum, der sie zu dem machte, was sie beide von Grund auf waren und immer hatten sein wollen: verschmolzen.

Doch plötzlich wurden Max' Bewegungen heftig, beinahe aggressiv, als drückten sie aus: ›Da hast du, was du willst. Du hast mein Leben durcheinandergebracht, nur damit wir dieses hier tun. Jetzt nimm.‹ So fühlte es sich an. Erschrocken öffnete Nina ihre Augen.

Seine waren immer noch geschlossen. Da erkannte sie, dass es bei Max so war. So ungestüm und hart. Und mit seinem nächsten Stoß war sie eine Süchtige.

Sie hörte nichts mehr. Jeder Laut war geflohen. Eine Viertelstunde lang oder eine halbe, ein ganzes Leben. Die Zeit existierte nicht mehr. Es war Nina nichts beizubringen, weil alles da war, wie seit jeher.

Nina blieb auf dem Bauch liegen und ließ einen Grashalm zwischen Zeigefinger und Daumen hindurchgleiten. Noch wollte sie Max nicht ins Gesicht sehen, wollte noch nicht lesen, was ihr weh tun könnte. Warum konnte es nicht für die Ewigkeit so innig bleiben? Warum nahm alles bereits wieder Gestalt an? Warum drängten Farben in ihre Wahrnehmung und das Gesumme der Insekten?

Max schwieg. Nina fühlte seine Fingerspitzen langsam über ihren Rücken bis zu ihrem Oberschenkel streicheln. Die Sonne stand hoch. Sie schien auf eine weiße Blume. Nina pflückte sie. Während sie die kelchartige Blüte betrachtete, wunderte sie sich darüber, dass immer noch so viel Ruhe ihr Inneres durchströmte. Wie leicht war der große Coup gewesen. So unerwartet leicht.

Sie zeigte Max die Blüte. »Warum ist die so weiß? Müsste die nicht knallrot sein? Es ist doch schamlos, jetzt noch so weiß zu sein.«

Endlich fand sie den Mut, Max anzusehen. Auf dem Rücken liegend, auf seine Unterarme gestützt, schaute er in die Ferne. Nina wartete ab. Aber er sagt nichts.

Da fragte sie ihn: »Wie geht es dir?«

Max holte den Blick zu seinen Füßen heran. »Na ja.«

Die Antwort erschreckte Nina so sehr, dass sie aus Versehen die weiße Blume mit den Fingern zerdrückte. Na ja wie *Na ja, das habe ich schon besser erlebt*? Oder wie *Na ja, dafür der ganz Aufstand bis hierher*? Wie *Na ja, das wird schon noch*?

»Na ja?«

Die Betroffenheit in Maximilians Gesicht wollte nicht weichen. »Weißt du, ich habe damit gerechnet, dass in meiner Hand ein Feuerchen angeht, wenn wir das hier tun. Aber dass sie mir wegexplodiert, darauf war ich nicht vorbereitet.« Max setzte sich auf. Er durchsuchte die Taschen seiner Lederjacke nach Zigaretten, fand eine zerbrochene und zündete die obere Hälfte an. Dann lehnte er sich wieder zurück auf einen Unterarm und schaute rauchend zum Horizont, sein Blick durchscheinend und hauchzart.

Bis in Max' Innerstes konnte Nina sehen. Endlos küssen wollte sie ihn, wie immer in solchen Momenten. Aber sie tat es nicht. Nicht jetzt und auch nicht sonst, weil sie das Gefühl hatte, seine Grenzen wahren zu müssen, wenn sie ihm den Dienst versagten, wenn sie gegen seinen Willen fielen und alles offen war in ihm. Sein fragiler Blick berührte Nina tiefer als alles bisher.

Max wandte den Kopf um und sah ihr in die Augen. »Du bist kein Schaf. Haben Schafe überhaupt gelbe Augen? Katzen haben gelbe. Du bist eine Katze.«

Nina gefiel sich schlagartig darin, gefährlich zu wirken. Nina war bisher keine Katze gewesen, die stumm ausgedrückt hätte: ›Du tust, was ich will. Ich entschiede. Ich suche aus, bei wem ich lebe. Ich komme und gehe, wann ich will.‹ Aber vielleicht wurde sie so. Bis vor einer Stunde hatte Nina sich vielmehr wie der Hund gefühlt, der innige Anbindung braucht, der seinen Herrn bewundert und dankbar nimmt, was man ihm gibt und ihn lehrt. »Ich habe keine gelben Augen.«

»Doch. Im Licht sind sie goldgelb.« Max zog seinen Blick wieder ab. »Ist er länger als Achims?«, fragte er beiläufig.

Nina zuckte zusammen.

Es war, als habe Max eiskaltes Wasser über sie geschüttet.

»Das ist doch völlig egal«, sagte sie. »Warum willst du das wissen?«

»Bitte, sag es mir. Sei ehrlich.« Max strich sich nervös durchs Haar.

Da tat er Nina leid. Gleichzeitig machte sich das gerade aufkeimende Gefühl der Macht breiter in ihr. Ein nie gekanntes Empfinden, dass Nina stärker sein könnte als ihr verletzendes Gegenüber, durchströmte sie »Nein.«

»Nein, was? Nein, seiner ist länger oder nein, du sagst es nicht? Was hast du gedacht, als du ihn gesehen hast? Ehrlich.«

Warum bedrängte er Nina so? Warum zog Max Achim zu ihnen herein, in ihre Abgeschiedenheit von der Welt? »Ich verstehe nicht, warum dir das so wichtig ist.«

»Komm, sag es.«

Nina hätte Max sagen können: ›Du hast alles, was es braucht, um Begierde in mir auszulösen. Alles.‹ Aber seitdem sie miteinander geschlafen hatten, war in Nina das Empfinden da, dass sie beide nun gleich stark waren. Weil er sie so gebraucht hatte. Seit er so besiegt gezuckt hatte. Seit sein Kopf an ihren Hals gesunken war.

Mit einem Mal fühlte sie sich nicht mehr unterlegen. Und seien es nur diese Augenblicke, in denen sie ihm ebenbürtig sein konnte. Sie würde sie nicht vergehen lassen. Sie spürte Macht, wie nie zuvor in ihrem Leben. Nicht bei Achim und schon gar nicht bei ihrer Mutter.

»Ich habe gedacht: Gott sei Dank ist er nicht länger.«

Aus weit offenen Augen fuhr Maximilians schockierter Blick in Ninas Gesicht. »*Das* hast du gedacht? Zum Glück ist er nicht länger?« Max schluckte.

Nina kostete jede Sekunde ihrer Macht aus.

»Warum Gott sei Dank?«

»Weil ich dann nichts auf die Anatomie schieben muss.«

Eine Falte bildete sich auf Max' Stirn, die Nina noch nie zuvor gesehen hatte. »Verstehe.«

Erkläre es ihm, rief es in Nina. *Du musst ihn aufklären, du musst sagen: Das alles durchdringende Gefühl, während wir miteinander geschlafen haben, hängt allein von deiner Person ab, von meinem Verlangen nach dir, Maximilian Pallas. Mit nichts anderem hängt es zusammen. Das musst du ihm sagen, denn alles andere ist brutal. Brutal, wie Max sonst ist.*

Doch das Bedürfnis, ab nun auch siegen zu können, war stärker. Nina schwieg. Denn hätte sie ihm die Wahrheit gesagt – dass er alles hatte, was es für einen Mann brauchte, um sie glücklich zu machen – wäre sie augenblicklich wieder in einer verletzlichen Position gewesen. Max würde sie noch früh genug treffen. Er würde verletzten, sobald er konnte.

Sie standen aus dem Gras auf und sahen sich um, überblickten das Maisfeld und den schmalen Pfad. Dann umarmten sie sich zaghaft, scheu und so, als stünde erst noch bevor, was schon hinter ihnen lag.

Auf dem Rückweg zum Auto schwiegen sie. Alles um Nina herum wirkte hell und flüchtig. Maximilians Jeans war hellblau, sein Unterhemd weiß. Das Maisfeld leuchtete in hellerem Grün. Der Himmel vibrierte durchsichtig. Nina setzte ihre Schritte im Takt mit Maximilians. Sie berührten sich nicht.

Dann, ans Auto gelehnt, führte Max langsam das letzte rauchbare Stück Zigarette zum Mund. Er wirkte verletzlich, aufgewühlt und so, als versuche er, in seine alte Spur zurückzufinden. Nina musterte ihn und fürchtete, dass ihre eigene Stärke nur eine Luftspiegelung in der Ferne gewesen war, dass sie in Wahrheit ihre eigene Fährte endgültig verloren hatte, dass sie eine neue würde finden müssen. Und sie hatte Angst vor Maximilians Macht und vor ihrer eigenen.

WIE DON GIOVANNI

Max hatte Hunger. Darum hielten sie in einem der Dörfer bei einer Straußenwirtschaft. Die Sonne schien hell. Der holzvertäfelte Gastraum dagegen wirkte düster. Einzelne Hängeleuchten warfen gedämpftes Licht auf rot-weiß karierte Tischdecken. Mitten im August brannten Kerzen neben Strohblumen, wie im Herbst. An den anderen Tischen saßen einige Leute, vermutlich Einheimische. Max bestellte Speckeier, Nina Salat. Ninas Magen hätte nichts Festeres toleriert. Ihre Magennerven lagen frei da, wie offene Drähte.

Am Nachbartisch saß ein Paar mittleren Alters. Die Froschlippen des Mannes nippten an einem Glas Weißwein. Seine hagere Frau zerkaute mit schräg geneigtem Kopf ein Stückchen Weißbrot nach dem anderen. Mit spitzen Fingern schob sie die Brotstücke in den kleinen, schmalen Mund. Dabei schaute sie zur Holzdecke oder auf das Brot in ihren Händen oder sie warf kurze, beleidigte Blicke zu Nina und Max herüber. Der Mann und die Frau wechselten kein Wort miteinander.

Ohne seinen Kopf zu bewegen, drehte Max seine Augen hindeutend zu dem Paar und flüsterte: »Funkstille.« Er lächelte Nina an mit tiefem Blick.

Wie schön er war. Wie schön und wie real und wie nah. Voller Liebe beobachtete Nina, wie seine Lippen die Gabel abstreiften. Sie betrachtete seinen Mund, den sie vorhin voller Begehren geküsste hatte. Nina sog jeden Augenblick mit Max auf. Sie nahm alles von ihm, was sie kriegen konnte. Wer wusste, wie lange dies noch so sein würde? Vielleicht hatten sie nur dieses eine, kurze Leben miteinander. Diesen einen Sommer.

Nach dem Essen unterhielten sie sich über das neue Buch, das Max las. Max sprach den Namen Gabriel García Márquez spanisch korrekt aus. Er berichtete Nina vom Aufbau und vom Untergang jenes Dorfes und von dieser »großartigen Literatur«. Dann kam Max auf Don Giovanni zu sprechen. Bei einer Aufführung der Theater-AG seines Gymnasiums habe er diesen Frauenverführer ohne Moral und Sitte gespielt. Ein Riesenspaß.

Max grinste breit und zeigte den Spalt zwischen seinen Schneidezähnen. »Ich hatte mir ein Paar Socken vorne in die Hose gesteckt. So eine eng anliegende Trainingshose war das. Die Socken haben so richtig was hergemacht.« Er lachte. »Im passenden Moment habe ich sie rausgezogen und ins Publikum geworfen.« Er machte es mit einer ausladenden, wegwerfenden Handbewegung vor und lachte so laut, dass die schlecht gelaunte Frau pikiert herübersah. »Mit den anderen Darstellern war das nicht abgesprochen. Die waren alle total überrascht, und die Leute im Publikum haben gegrölt.«

In ihrer Vorstellung sah Nina Max feixend im Scheinwerferlicht auf der Bühne stehen.

Nach keiner Szene habe es an jenem Abend mehr Applaus gegeben als nach dieser. Er sei der Star gewesen. Maximilians Grinsen verwandelte sich in ein kaum wahrnehmbares Lächeln. »Ich wäre echt gern wie Don Giovanni. Und wenn ich später mal gefragt werden würde: ›Bereust du?‹ Dann würde ich laut sagen: ›Nein!‹«

Das war der Moment, in dem Ninas langsames Herabsinken aus der Schwerelosigkeit mit dem Aufprall auf der Erde endete. Max zündete sich eine Zigarette an. Nina war an den Rand seines Lebens zurückgerutscht. Sie gehörte nicht wirklich dazu. Sie war eine Besucherin, die bereits wieder verabschiedet wurde. Nie gelang es ihr, bis dorthin vorzudringen, wo sie gern dauerhaft sein wollte. Immer stand etwas unüberwindbar im Weg. Nie würde sie ganz in Maximilians Leben gehören. Es war, wie es immer war. Nina war es nicht gelungen, in die symbiotische Einheit zwischen ihrer Mutter und ihrem Bruder einzudringen. Und so würde sie auch niemals ganz zu Max vorrücken können, egal, wie sehr sie sich anstrengen würde. »Ich bin nicht wirklich in deinem Leben, oder?«

Verblüfft weiteten sich Max' Augen. »Ich wüsste nicht, wie du noch mehr in meinem Leben sein solltest, als du es bist. Ich meine ...«, er lehnte sich ein wenig über den Tisch und sprach leise, »haben wir nicht vorhin miteinander geschlafen?«

Max zeigte Nina sein Glas und freute sich am schimmernden Tiefrot des Spätburgunders. Wehmütig schaute Nina ihm dabei zu, wie er langsam und auskostend trank. Er stellte das Glas ab – um sein Handgelenk die schwarze Poljot. Nina trug die braune, die einen Wecker hatte, den man stellen konnte.

DUTZENDE LIEBSCHAFTEN

Sie gondelten weiter durch Dörfer des Markgräflerlands, waren Teil eines blau-grün-goldenen Gemäldes von Himmel, Maisfeldern und Weinbergen voller Trauben von Gutedel, Weißer Burgunder und Sauvignon Blanc. Wieder war es ein Feldweg, in den sie einbogen, ein Grasstreifen, auf dem sie parkten, ein Maisfeld, an dem sie entlanggingen, weiter bis zum Waldrand. Max trat auf Laub. *Er nimmt sich Zeit,* dachte Nina, *er will bei dir sein,* und das war ihr so wichtig, wichtiger als alles andere. Sie lächelte, während sie versuchte, genau dorthin zu treten, wo zuvor sein Schuh gewesen war.

Sie bestiegen einen Hochsitz und setzten sich auf das schmale Brett, auf dem der Jäger sonst dem Wild auflauerte. Ohne Umschweife und ohne Scheu zog Max Nina das T-Shirt aus, wie man ein Kind entkleidet, das durchnässt und frierend vor einem steht. Er küsste sie wild auf Mund, Hals und Brust, dann zog er sie eng an sich und presste seinen Unterleib gegen ihren.

Nina fühlte seinen Atem an ihrem Ohr, während er sagte: »Ich will wieder mit dir schlafen. Jetzt gleich.« Max löste sich von Nina. Er drehte den Kopf nach allen Seiten, hielt Ausschau, ob sie jemand beobachtete. »Das ist mir nicht ganz geheuer hier oben. Lass uns wieder runtergehen.«

Nina zog ihr T-Shirt an und kletterte hinter Max die Holztritte hinunter. Als schütze der Platz neben dem Hochsitz besser vor den Blicken möglicher Spaziergänger, legte Max sich neben einem der Stützpfosten ins Gras, eine Stelle, die zur Hälfte von einer Buche überschattet war. Nina sank auf die Knie, zog ihr T-Shirt wieder aus und beugte sich zu Max hinunter.

Er nahm ihren Kopf zwischen seine Hände und küsste ihren Mund. Hastig öffnete er seine Hose und gleich darauf ihre. Er zerrte Nina nach unten aufs Gras, sodass er sich auf sie legen konnte.

Nina fühlte nicht den Hauch eines Zaubers um sie beide. Sie spürte den festen Griff seiner Hände an ihren nackten Schenkeln und den kalten Verschluss seiner Uhr. Er hatte sein Feinripp-Unterhemd noch an. Sie fühlte seine Stöße. Spürte, wie sie härter und mächtiger wurden. Nina kam sich vor wie eine Zuschauerin. Wie eine Matratze, die Augen hatte, die mit ansah, wie Max sich selbst beischlief. Jeder Stoß rammte Nina auf die Baumwurzel unter ihr. Sie beobachtete Maximilians Gesicht. Er merkte nichts davon, weil er an sich herabschaute und die ganze Zeit seinen eigenen Stößen zusah. Es gab Max und es gab das, was er tat. Unabhängig von Nina. Selbst Achim, der nach Plan agiert hatte, langweilig bis zu Ninas Wegdämmern während des Aktes, war zugewandter gewesen, als die zuckende Masse über ihr. Max keuchte. Sein Kopf tauchte neben ihrem auf. Max stöhnte lang ausatmend neben ihrem Ohr. Sie fühlte seine Tierlenden heiß pulsieren. Die Baumwurzel brach ihr fast das Kreuz. Maximilians Atem beschlug ihre Schläfe. Er kam ihr vor wie der gesichtslose Mann im schwarzen Mantel. Wie Mephistopheles. Wie ein Todesengel, der seinen Schatten über alles Zarte geworfen hatte, das sie beide zeitweilig umhüllt hatte.

Während Max sich aufsetzte, empfand Nina auf einmal Abscheu. Sie waren nicht mehr Liebende – wenn sie das jemals gewesen waren. Sie waren Gegner. Kämpfende. Offen blieb allein die Frage, wer überleben würde. Oder siegen, wie auch immer ein Sieg aussehen sollte.

Max stand auf und schob sich, verächtlich lächelnd, das Feinripp-Unterhemd in die Hose. »Man kann dir kaum abnehmen, dass du bisher nur Achim gehabt hast.« Staub auf seinen Schuhen.

Nina fühlte sich deplatziert und wütend. Am Mittag hatte sie mit Novalis geschlafen und am Nachmittag die Erinnerung daran dieser Fratze preisgegeben. Sie hörte ihre eigene Stimme heller klingen als sonst, empfand ihren Tonfall gereizt. »Weshalb? Weil ich mich neben Maisfeldern und auf Waldböden vögeln lasse und es mir Spaß zu machen scheint?« Sie zuckte zusammen. Hatte sie das Wort »vögeln« benutzt? Ja, hatte sie. Und sie setzte sogar nach. »Muss man erst mit ganz vielen geübt haben wie Hannah, damit man es dann auch in der Sauna miteinander treiben kann?«

Max' Blick war groß und entgeistert. Er stand ihr gegenüber. Immer noch kam Nina sich vor wie eine wenige Schritte entfernt stehende Beobachterin. Sie wusste, dass ihr das Haar zerwühlt um den Kopf stand, dass ihr Blick brannte.

»... Spaß zu machen scheint ...«, wiederholte Max mit gequältem Lächeln und gepeinigtem Blick.

Nina spürte an seinem Tonfall und sah in seinem Gesicht, dass er getroffen war, und etwas in ihr jubilierte darüber. »Natürlich war es nicht nur Achim. Es waren Dutzende.«

Nina erschrak innerlich über ihre Lüge. Heimzahlen wollte sie ihm die Verletzungen, die sie durch ihn erlitten hatte. Sie reckte ihr Kinn vor. Mit allen zehn Fingern fuhr Nina sich kämmend durchs Haar. Lässig und erfahren sollte das wirken und bereit, zur nächsten sympathischen Liebschaft weiterzuziehen, sobald sie sich den Staub abgeklopft haben würde.

Maximilians Blick zerriss. »Ja«, sagte er, »das glaube ich dir.« Ein mildes Spätnachmittagslicht beschien sein Gesicht.

Bei diesem Anblick bereute Nina ihre Attacke, ihre List. So viel Schmerz wollte sie ihm doch nicht zufügen. Sie hatte ihn touchieren, aber nicht schwer verletzen wollen.

»Nein, das stimmt nicht«, sagte sie. »Das habe ich nur so gesagt.« Nina machte einen Schritt auf Max zu, ihr Blick drang versichernd in seine Augen. »Es war wirklich nur Achim.«

Glaube mir! In seinem Gesicht konnte Nina lesen, dass er zu verunsichert war, um ihr zu glauben.

AUS DER WELT GERATEN

Nun wollte Max auf direktem Weg zurück nach Freiburg, um Geld abzuheben und in einer Drogerie Hannahs Lieblingsparfüm zu kaufen. So sei es verabredet als Ausgleich für das intime Treffen mit Nina heute. Vom Parkhaus aus gingen sie zügig die Konviktgasse entlang, vorbei an dem Geschäft, in dem sie ihre Uhren gekauft hatten. Maximilians schwüler Duft legte sich wie eine unsichtbare Hand um Ninas Kehle und auf ihre Haut. Er wollte sie ersticken.

Max war grausam, weit grausamer als Nina. Hatte sie das nicht von dem Moment an gewusst, in dem sie der Fratze zum ersten Mal ins Gesicht gesehen hatte? Würde sich Nina beklagen, würde Max sicher mit den Schultern zucken und antworten: ›Du hast es gewusst. Du hast es so gewollt. Von mir kriegst du kein Mitleid.‹ Und Recht würde er damit haben. Er hatte wieder die Oberhand.

Warum begleite ich Max in die Stadt? Weshalb lasse ich ihn nach dem Einkaufen nicht zu Fuß durch die halbe Innenstadt zurück zu seinem Fahrrad auf dem Supermarktparkplatz laufen? Weshalb drehe ich mich nicht um, gehe nicht zurück ins Parkhaus und fahre heim?

Maximilians Lederjacke hing über seiner Schulter. Die andere, die unbedeckte Schulter, trug Ninas Kratzspuren. Diese und alle anderen Zeichen der Leidenschaft auf seinem Rücken konnten Hannah als Beweis dafür gelten, dass das

Angekündigte vollzogen worden war. Erstickend neben Max auf dem Weg in die Drogerie, hatte Nina zu büßen, dass eine andere Frau mit einer Flasche Parfüm sich trösten sollte, weil Nina sich ihren Partner genommen hatte. Ihr eigener war ihr zu langweilig gewesen.

Sie betraten den Bankvorraum. Max suchte in der Lederjacke nach seiner Bankkarte. Draußen, im weicher werdenden Sommerlicht des frühen Abends, ging, auf einen Stock gestützt, ein alter Herr in einem hellen Anzug vorüber. Nina schaute ihm nach. Er überquerte die Straße und passierte die blühenden Oleander vor dem Eiscafé. Nina fragte sich, ob dieser alte Mann die Erinnerung an eine alles überflutende Liebe in sich bewahrte. An eine Liebe, die sein Innerstes einst aufgerissen und ihn an die Grenzen seiner Existenz geführt hatte? Nina beschloss, dass es so war, weil es sie tröstete, dass er so alt damit geworden war.

Zwei jugendliche Mädchen stellten ihre Fahrräder neben dem Brunnen unter der alten Linde ab. Ihr Lachen drang in den Bankvorraum ein und störte Nina. Nina kam von weit her. Von so weit draußen, dass sie sich wie ein Fremdling auf Erden fühlte. Ihr Begleiter, der mit ihr zu Fuß bei den Sternen gewesen war, hatte ihre Hand losgelassen. Sie dachte, und dachte es zum ersten Mal: Immer suchst du dir Männer aus, die deine Hand loslassen oder die sie gar nicht erst ergreifen.

Max schob die Karte in den Automaten. Nina betrachtete seine hellblaue, verwaschene Jeans, seine schlanken Beine, seine schmalen Hüften. Der Anblick seiner Lenden rührte Nina. Sie waren dieser Körperregion beide so erlegen, dass es sie einte. Der Anblick schmerzte Nina, als erinnere er sie an etwas Unwiederbringliches, Verlorengegangenes. Wie viel aufregender war Max als Achim! Nicht in ihren heißesten Nächten hatte Achim Nina das fühlen lassen, was ein einziger

Blick von Max in ihr auslösen konnte. Aber Max hatte das Potential, sie zu vernichten, und er würde es tun, wenn sie nichts gegen ihn unternehmen würde. Warum ertrug sie es, hier auf ihn zu warten?

Max steckte die Karte und das Geld in sein Portemonnaie, dann musterte er Nina aufmerksam. Er schien zu merken, dass etwas in ihr vor sich ging. Er kam die drei Schritte zu ihr her und küsste sie sanft auf den Mund. »Bereust du es?«

Wie sehr liebte Nina ihn für diesen zärtlichen Kuss, für diese leise Frage. Schwach lächelte sie und schüttelte den Kopf. »Keine Reue.«

Im sonnenwarmen Bankvorraum schaute Max Nina tief in die Augen. Sie litt an dem Gefühl, aus der Welt geraten zu sein. Sie nahm dieses Verlorensein wie einen Beweis dafür, dass sie miteinander ganz hoch oben gewesen waren. (Den unpersönlichen Akt beim Hochsitz wischte sie weg.) Sie hatten diesen Gang miteinander gewagt, trotz all ihrer Ängste voreinander und vor sich selbst. Niemand hätte ihnen eine Garantie dafür gegeben, dass sie unversehrt zurückkommen würden. Nina war beschädigt zurückgekehrt. Angeschlagener, als sie mit ihm aufgebrochen war. Das war der Preis dafür, mit ihm auf dem Gipfel gewesen zu sein. So war es nun einmal. Und Nina wollte den Preis bezahlen und wollte ihn wieder nicht bezahlen und wollte Max' Liebe und wollte sie wieder nicht, weil es keine Liebe war.

Sie gingen zurück Richtung Parkhaus, vorbei am Geschäft mit den Uhren.

»Wirst du es Hannah wirklich sagen?«

»Natürlich.«

»Wie wird sie reagieren?«

»Begeistert wird sie nicht sein.«

Im Parkhaus schloss Nina die Fahrertür auf. Ihr war, als reiße ihr Brustkorb auf, wie eine platzende Naht. Tränen und Eingeweide quollen heraus und schwammen Max um die abgeschabten Schuhe.

Bevor sie einstiegen, sah sich Max prüfend nach allen Seiten um. »Komm mit.« Er nahm Nina bei der Hand und zog sie hinter eine Betonsäule. In dieser Deckung gab er ihr einen schnellen Kuss auf ihren Mund. Zum Abschied. Vorsorglich, falls ihnen nachher keine Gelegenheit mehr bleiben sollte.

Max öffnete die Beifahrertür. Er sprach über das Autodach hinweg. »Und? Glaubst du noch an Gott?« Im Schwimmbad hatte er sie schon einmal gefragt, ob sie an Gott glaube.

Nina nickte.

Sie stiegen ein. Nina fröstelte, obwohl es, auch jetzt am frühen Abend noch, warm war. Max lieh Nina seine schwarze Jacke, die nach Patschuli-Sandelholz roch und – anders als er – wärmte.

ABKÜHLUNG

Nina wollte sich nicht vorstellen, wie Max gleich die gemeinsame Wohnung mit Hannah betreten würde. Wie Hannah Max schon am Gesichtsausdruck ansehen konnte, was er gleich aussprechen würde.

Um nur ja nicht an dieses Szenarium denken zu müssen, goss Nina in Elses Garten alle Rosensträucher. Es war lange trocken gewesen.

So sehr Nina sich anstrengte, keine Bilder in sich hochkommen zu lassen, malte sie sich dennoch aus, wie Max Hannah mit dem aufwendig verpackten Parfüm in der Hand gegenüberstehen würde. Wie er Hannah mit gesenktem Kopf beichtete, was am Nachmittag zwischen ihm und Nina geschehen war. Was würde er sagen? ›Es war ja so besprochen, hier ist dein Parfüm‹ oder ›Mach dir keine Gedanken, so besonders war es nicht. Kein Grund jedenfalls, dir ernstlich Sorgen zu machen. Immerhin ist ja dein Parfüm dabei rausgesprungen‹?

In die Rosenbüsche hätte Nina geheult, hätte nicht Johannes auf der Terrasse am Tisch unter den immer noch aufgespannten Sonnenschirmen vor seinen dicken Büchern gesessen. In einem plötzlichen Impuls drehte Nina den Sprühkopf um und spritzte sich kaltes Wasser ins Gesicht. Sie japste nach Luft.

»Alles in Ordnung?«

Nina hielt die Düse von sich weg ins Gras. Wasser tropfte von ihren Lippen. Sich lachte. Sie hatte sich selbst ausgetrickst. »Abkühlung. Du auch?« Mit Bedacht, damit Johannes' Bücher nicht nass wurden, drehte Nina den Sprühkopf in seine Richtung. Sie versuchte, heiter und witzig zu wirken und glaubte es sich beinahe selbst.

Johannes sprang auf, lief auf den Rasen und breitete voll bekleidet und erwartungsvoll beide Arme aus, den Kopf im Nacken, den Blick gen Himmel. Nina sprühte das Wasser erst auf seine Füße, dann auf seine nackten Beine, von dort über die Shorts hinauf zu seinem weißen T-Shirt, über seine Arme und zum Schluss in sein lachendes Gesicht. Er schüttelte den Kopf, dass die Wassertropfen, in der Abendsonne schillernd, aus seinen Haaren flogen. Er wischte sich mit beiden Händen durchs Gesicht und rannte los, auf Nina zu. Er nahm ihr den Schlauch weg, und sie flüchtete.

»Keine Chance! Keine Chance, Nina!« Johannes lachte ein Lachen, das mehr ein Bellen war. Kurz und abgehackt. Hoa. Hoa. Ein Theaterlachen. Nina hatte sich davor erschrocken, als sie es zum ersten Mal gehört hatte, weil es so unerwartet laut war. So viel lauter als seine sanfte Sprechstimme. Sein Lachen war, als drehe jemand den Lautsprecherregler plötzlich auf volle Lautstärke. Nina lachte mehr über sein Lachen als darüber, dass er sie mit dem Schlauch verfolgte und sie von hinten nassspritzte.

Sie drehte sich um, blieb stehen. Da zögerte er kurz. Lenkte den Strahl ins Gras, schien sich nicht recht zu trauen, sie vorne nass zu spritzen. Da machte sie es wie er vorhin und legte lachend den Kopf in den Nacken und breitete die Arme aus. Kaltes Wasser durchtränkte ihr Gartenkleid. Der Stoff klebte an ihrem Körper und kühlte sie. Sie lachten und lachten, bis ihnen die Bäuche weh taten und die Wangen.

Johannes drehte den Wasserhahn ab und wickelte den Schlauch auf. Und erst nachdem sie beide triefend und immer noch lachend ins Haus und die Treppe hochgerannt waren und jeder in seinem Zimmer zum Duschen verschwunden war, fiel Nina auf, dass sie Max für eine kurze Zeit ganz vergessen hatte. Sie ließ warmes Wasser über ihren Körper rinnen und hörte nebenan die Dusche von Johannes. *Wie unkompliziert Johannes ist, wie wohltuend seine Freundlichkeit.* Diese stand in so starkem Gegensatz zu Max' schneidender Kälte. Während sie sich abtrocknete und wieder anzog, versuchte Nina sich innerlich auf das vorzubereiten, was ihr bei der nächsten Begegnung mit Max entgegenschlagen würde: Seine Kälte, seine Distanziertheit, seine Fremdheit. Seine Unberechenbarkeit. Und ihr graute davor.

WEIß HANNAH?

Am Vormittag blieb Nina in ihrem Zimmer und las am Sekretär den Drittmittelantrag Korrektur, den Diddi ihr vorgestern gegeben hatte. Mit einem Ohr war sie beim Telefon im Flur. Sie hielt ihren Stift verkrampft fest, ängstlich das Klingeln des Telefons erwartend. Sie notierte etwas am Rand einer Passage zum Stand der Forschung über die Verkapselung von pharmakologisch wirksamen Substanzen in Liposomen.

Was, wenn Max gar nicht anrufen würde?

Nina hörte das metallene Geräusch des Gartentors und warf einen Blick aus dem Fenster. Es war Johannes, vom Joggen zurück, der den gewundenen Weg durch den Rosengarten zur Haustür kam. Sie beide hatten sich gestern Abend, durchnässt und lachend, auf dem Flur voneinander verabschiedet. Ninas Zimmertür hatte bereits offen gestanden, und Johannes hatte gerade seine Hand auf seine Türklinke gelegt. »Vielleicht hast du ja mal Lust, mich auf eine Kanufahrt zu begleiten? Sag einfach, wenn du magst, dann machen wir was aus.« Während Nina jetzt diesen warmherzigen Mann den Weg entlangkommen sah, fragte sie sich, ob sie nicht aus ihrem »okay« noch heute ein »ja, da komme ich gern mit« machen sollte. Johannes' Nähe tat gut. In seiner Gegenwart konnte sie durchatmen.

Nachdem Nina das Schließen von Johannes' Zimmertür gehört hatte, stand sie auf und öffnete ihre Tür. Sie wollte das Klingeln des Telefons keinesfalls überhören. Zehn Minuten später, um neun, läutete es. Hatte sie nicht mit Kälte in Maximilians Stimme gerechnet? Damit, dass er verschlossen wirken würde? Fremd?

Es kam schlimmer. »Na, schon wohlgemut bei der Arbeit? Frisch von der Weide, das Schäflein?«, begrüßte er sie spöttisch.

Sie gab nur einsilbige Antworten und schaffte es spontan nicht, seiner Herablassung etwas entgegenzusetzen.

»Dann kann's ja bald losgehen mit dem Forschen«, meinte er.

Nina spürte den Aufruhr in ihren Eingeweiden. Von dort stieg das Blut heiß bis in ihren Kopf. So würde sie Max nicht davonkommen lassen. Ihr war es zu ernst, um in seiner Show mitzuspielen.

»Hast du es Hannah gestanden?«, konfrontierte sie ihn mit der Frage, die sie schon die halbe Nacht umgetrieben hatte.

»Natürlich.«

Natürlich? Ach ja, aber natürlich! »Wie hat sie reagiert?«

»Hannah war schon … betroffen«, sagte er ernster werdend. Hannah hätte mit den Händen vorm Gesicht geweint und Max so laut angeschrien, dass die Nachbarn jedes Wort hätten verstehen können. Die Balkontür hatte er schließen müssen. Beim Anblick der glänzend blauen Parfümschachtel hatte Hannah das Gesicht in ein Küchenhandtuch gepresst und noch lauter geweint.

Ich sollte mich endlich für den Schmerz schämen, den Hannah wegen mir erleidet. Aber Nina fühlte nichts. Nichts, als die Angst, Max zu verlieren, den Mann, den sie trotz allem immer noch liebte, wie keinen Menschen zuvor.

Nina wollte sich nicht ausmalen, womit Max den restlichen Abend versucht hatte, Hannah zu besänftigen. Nina wagte nicht zu fragen, wie und womit. Ganz sicher hatte er mit samtener Stimme auf Hannah eingeredet. Was waren seine Worte gewesen? Das erzählte er nicht.

»Mach dir keine Gedanken«, sagte er. »Ich habe Hannah das Versprechen abgenommen, über den Vorfall zu schweigen, um dir nicht zu schaden.«

Schon wieder dieses Wort »schaden«. Sollte Else mit ihren Befürchtungen Recht behalten?

»Hannah kennt immerhin deinen Diddidingsda. Sie kann dich da schon in ein schlechtes Licht setzen, wenn sie ihm von uns erzählt.«

Da wurde Nina übel vor Wut auf Max und auf sich selbst. Wo war sie gelandet? Was war aus ihr geworden?

Sie betrachtete den Harlekin an der Wand gegenüber. Gaukler. Spieler. Höllenkönig. Nina wollte oben auf der Achterbahn anhalten und aussteigen. Lieber von dort herunterklettern, als noch einmal mit dem Harlekin Max kopfüber abstürzen.

Ihre Stimme klang eiskalt. »Du brauchst in Zukunft kein schlechtes Gewissen mehr zu haben.«

»Wieso!?« Max wirkte erschrocken.

»Weil sich das Gestrige nicht wiederholen wird.« Mit diesem einen Satz von Nina wendete sich das Blatt.

Sie hörte Max einatmen, dann die Luft anhalten. »Und wieso nicht?«

Nina malte sich die Verletztheitsfalte neben seinem Mund aus, die Anspannung in seiner Oberlippe, die plötzlich weit offenen Augen.

»Weil ich es nicht mehr kann.« Nina zuckte zusammen, weil in Johannes' Zimmer ein harter Gegenstand auf den Fußboden gefallen war.

»Was meinst du damit, du *kannst* es nicht mehr?« Maximilians Kampfgeist wirkte hellwach. »Warte mal. Wie lange bist du zu Hause?«

»Bis zum späten Vormittag. Kurz vor elf muss ich in die Redaktion.«

»Ich komme.«

Nina schnappte nach Luft vor Erregung darüber, dass Max zu ihr kommen wollte und dass er nicht wollte, dass es so kalt bliebe zwischen ihnen. Laut knackste das Eis unter ihr. Blitzartig breiteten sich die Risse in alle Richtungen aus. Wie die Hoffnung, dass Max doch eigentlich gut war. Zumindest würde er sich ändern können – ihretwegen.

»Ich weiß nicht, ob das gut ist«, sagte sie.

»Aber ich. Ich komme.« Max legte auf.

Nina sprang auf. Ihr Herz jubelte. Er würde kommen. Max würde mit dem Fahrrad herfahren, um sie zu sehen und mit ihr zu sprechen, obwohl ihnen heute nur wenig Zeit bleiben würde. Nina war immer noch mit dem kleinsten Bisschen Max zufrieden.

In ihrem kleinen Badezimmer legte Nina ihre Hände ins Waschbecken und ließ heißes Wasser über ihre Handgelenke laufen. Trotzdem blieb ihr von innen heraus kalt. Sie zitterte. Sie zog sich um. Kurzer Rock. Bluse. Nina ließ einen Knopf mehr auf als normalerweise.

Sie hörte, wie Johannes die Treppe hinunterging und das Haus verließ. Nina ging zum Fenster, um sich zu vergewissern, dass er in sein Auto stieg und wegfuhr. Else war zur Nachkontrolle in der Augenklinik. Max und sie würden also allein im Haus sein.

Nina setzte sich auf eine Stufe in der Mitte der Treppe. Langsam, weil das Hinsetzen wehtat. Von diesem Platz aus konnte sie durch das kleine Fenster zum Gartentor und auf den gewundenen Weg sehen, und sie würde schnell bei der Eingangstür sein.

Max schob sein Rennrad durch das Gartentor herein und ließ es an die Hecke gelehnt stehen. Mit dicht über den Boden gesetzten Schritten ging er Richtung Haustür. Innerlich verübelte Nina ihm sein frisches Aussehen und dass er ausgerechnet heute Weiß und nicht Schwarz trug, dass er die Kraft hatte zu lächeln, wo sie das normale Atmen schon solche Anstrengung kostete.

Sie öffnete ihm, bevor er klingeln konnte. Danach stieg sie vor ihm die Stufen hinauf und spürte seine Blicke auf ihren nackten Schenkeln brennen. Nina führte ihn zu den beiden Sesseln neben ihrem Sekretär. Mit zusammengebissenen Zähnen, damit er nichts merkte, setzte sie sich Max gegenüber.

Seine Lippen waren schmal und angespannt, sein Blick auf einmal dunkel und kalt. Sie hatten noch kaum ein Wort gewechselt, da klingelte es. Maximilians Blick lag abwartend und fragend in ihrem, während sie schwiegen und warteten. »Willst du nicht aufmachen?«

»Ich erwarte niemanden.«

Maximilians Gesicht wirkte unentschlossen. Sollte er sprechen oder warten? Es klingelte ein zweites Mal.

Was, wenn es Else war, die ihren Haustürschlüssel vergessen hatte? Sie vergaß oft ihren Hausschlüssel. Oder ihr Portemonnaie. Oder ihre Noten.

»Jetzt geh doch nachsehen.« Max schien nicht zu verstehen, weshalb Nina zögerte, an die Haustür zu gehen: Sie wollte nicht, dass sie beide gestört wurden. Das Aufstehen tat weh. Ihr brach der Schweiß aus, im Versuch, den Schmerz zu unterdrücken. Ihr war, als stecke die Baumwurzel, auf der sie gelegen hatte, in ihrem Rücken. Nina öffnete die Eingangstür.

Ein nervös gestikulierender Enrico stand vor ihr. Otello glotzte sie an. »So ein Glück, so ein Glück, es ist jemand da. Ist Else schon zurück?«

Nina versuchte, ein freundliches Gesicht über die Genervtheit zu legen, die von innen aus ihr herausdringen wollte.

Enrico redete hektisch. Rollte das R doppelt so schnell, wie sonst. »Ich habe einen Fehler gemacht. Ich habe mich vertan. Ich muss sofort zur Probe. Nicht erst in einer Stunde. Ich bin furchtbar unter Zeitdruck. Else wollte während meiner Probe auf Otello aufpassen.«

Nina blieb nichts anderes übrig, als Enrico und den Hund hereinzulassen. »Ich habe allerdings Besuch und muss gleich weg.« Nina schaute die Treppe hinauf zur offenen Tür ihres Zimmers.

Man konnte Max im Sessel sitzen sehen. Er schaute zu ihnen herunter und nickte mit unbewegtem Gesicht zum Gruß. Nina drehte sich zu Enrico und fand ihn mit geweiteten Augen und halb offenem Mund zu Max hinaufstarren.

Max stand auf. Kam herunter. Sagte zu Nina: »Wir können auch ein anderes Mal sprechen.« Er nickte Enrico noch einmal zu.

»Nein!«, entfuhr es Nina. Ihr Geist arbeitete fieberhaft. Sie drehte sich zu Enrico, dessen Blick auf Maximilian geheftet war.

»Vorschlag: Du lässt Otello bei mir. Eine Weile bin ich ja noch da. Wie lange kann Otello allein bleiben?«

»Er kann schon«, sagte Enrico zu Max aufschauend, »eine halbe Stunde allein bleiben. Eigentlich länger.«

Nina nickte entschieden, als sei ihre Idee die einzige Option. »Bis ich wegmuss, wird Else hier sein. Und wenn nicht, wird Otello eine halbe Stunde allein im Wohnzimmer schlafen. Danach wird Else auf jeden Fall zurück sein. Sie weiß ja, dass Otello kommt.«

Enrico holte ein zuckersüßes Lächeln hervor, einen seidig weichen Blick und schenkte beides zuerst Max, dann Nina. »Du bist ein Engel. Danke, Nina. Mille baci.« Er wendete Max den Rücken zu, beugte sich zu Otello hinunter und streichelte ihn. Bevor Enrico seinen Hund ins Wohnzimmer zu dem Platz führte, an dem das Tier normalerweise schlief – zwischen Sofa und Anrichte – warf er Max einen letzten tiefen, mit allen Versprechen beladenen Blick zu. Der nickte nur, drehte sich um und ging wieder die Treppe hinauf, während Enrico aus der Haustür rauschte.

Kurz darauf saßen sich Nina und Max wieder gegenüber wie zuvor. Sie ließen einen Moment lang Ruhe einkehren.

»Das war Enrico Barrico, der Tenor. Hast du ihn erkannt?«

»Ja«, sagte er kühl-distanziert. Er holte Luft. »Also, Schaf, jetzt kannst du doch getrost Ruhe geben. Du siehst, dass du dir auch in deinem geordneten Leben gelegentlich einen Nervenkitzel holen kannst. Und wenn dir sonst kein Mann recht ist, dann ist es eben ein fest gebundener. Ich sehe ja ein, dass das den Kick erhöht.«

Dröhnende Stille. Darum also war er gekommen, um ihr das zu sagen. Auge in Auge. Regungslos saß Nina da. Max musterte ihr Gesicht. Sie starrte in seines. Dann senkte sie den Kopf, weil sie nicht wollte, dass er ihren Tränenschleier sah. So verharrte sie. Eine Minute vielleicht. Max stand auf und kam die drei Schritte zu Ninas Sessel her.

Sofort stand Nina auf, weil sie glaubte, er wolle gehen. *Jetzt,* dachte sie, *wird er sich für immer verabschieden.* »Du gehst?«

Max hüllte Nina in das schwarze Samtweich seiner Stimme. »Siehst du, so bist du. Immer denkst du gleich, man will von dir weggehen.« Eine Träne von Nina tropfte auf Maximilians schwarzen Schuh, der gerade den letzten Schritt auf sie zugemacht hatte. Seine Hände an ihren Schultern waren warm. Max zog Nina zu sich heran und nahm sie so steif in die Arme, als habe er noch nie zuvor im Leben jemanden auf diese Weise trösten wollen.

»Warum hast du das gesagt?«, fragte er leise flüsternd.

Nina behielt die Stirn an seiner Brust. »Was gesagt?«

»Dass es sich nicht wiederholen wird.«

»Weil ich es zuerst sagen wollte.« Nina hob ihren Kopf, und Max senkte den seinen. Sie fühlte seinen warmen Atem auf ihrem Gesicht und roch seinen erdigen, dunklen Duft.

Er nickte, als verstünde er sie gut. »Lass uns heute Abend treffen.« Keines Mannes Stimme konnte weicher klingen, sanfter, zärtlicher, als Maximilian Pallas' Stimme, wenn er wollte, dass sie so klang.

»Ich will nicht.«

Max trat einen Schritt zurück. Sein Gesicht nahm den Ausdruck eines bockigen Kleinkindes an. »Aber ich will. *Wieso* willst du nicht?«

»Vorhin am Telefon hast du dich so angehört, als sei dir eine Auszeit ganz recht.«

»Aber jetzt ist es mir nicht mehr recht.«

Ninas Rücken tat immer noch an der blauen Stelle weh, die die Baumwurzel verursacht hatte. Alles an und in ihr fühlte sich wund an. »Wir treffen uns nicht.«

»Vielleicht treffen wir uns jetzt nicht. Aber wir treffen uns doch wieder?«

Nina nickte stumm.

ACHIM LOCKT

Nina fuhr zu Achims Wohnung, um nach ihrer Post zu sehen. Um diese Uhrzeit würde Achim bei Gericht sein, sodass sie einander nicht begegnen würden. Doch im Flur roch sie Kaffee. Achims Duschgel stieg ihr sofort in die Nase.

Achim tauchte mit einem Badehandtuch in der linken und einer Tasse Kaffee in der rechten Hand nackt im Türrahmen zum Wohnzimmer auf. Im Hintergrund der Nachrichtensprecher: Chaostage in Hannover. Randale. Plündern. Straßenschlachten.

An der Wohnzimmertür hing ein Kleiderbügel mit einem weißen Oberhemd. Im Winter trug Achim Schwarz, im Sommer Weiß und im Frühjahr und im Herbst Grau, wobei das Grau im Frühling heller war, als das in der Zeit um Achims Geburtstag im November. Durch diese Regelung verschwendete er niemals Zeit für die Wahl seiner Oberhemden. Die Hosen waren aus Jeansstoff oder aus Tuch, je nachdem, was anstand.

An einer Zuckung neben Achims Mund las sie ab, dass es ihm gefiel, nackt vor ihr zu stehen. Nina dagegen war es peinlich. Mehr noch: Sie ekelte sich auf einmal vor ihm. Beinahe so, als stünde ein Wildfremder entkleidet vor ihr. Achim trank einen Schluck Kaffee, ohne das Handtuch vor seinen Körper zu nehmen.

Dieses Unterlassen provozierte Nina. Aber sie ignorierte sein Verhalten. Sie würde sich nicht mit ihm streiten, sich auf keine Diskussionen einlassen, sie wollte ihre Post holen und dann so schnell wie möglich wieder gehen. Unter keinen Umständen würde sie einen Blick auf Achims *Bestückung* werfen, die Max so sehr interessiert hatte.

Nina zeigte stumm auf den Stapel Post im Wohnzimmerregal. Das war der Platz, an dem Achim ihre Briefe sammelte. Achim nickte, trat aber keinen Schritt zur Seite, um sie vorbeizulassen. Sie zögerte. Er grinste.

Sie ging kerzengerade durch die Tür, streifte ihn dabei, und obwohl ihr die Situation höchst unangenehm war, dachte sie ausgerechnet in diesem Moment: Wie klar strukturiert und wie herrlich langweilig ist das Leben mit Achim gewesen, bis Alabaster-Bärbel aufgetaucht war. Bis zu diesem Zeitpunkt war niemals auch nur eine Nervenfaser in Nina so angespannt gewesen wie seit der ersten entscheidenden Begegnung mit Max. Seither standen selbst die zartesten Abzweigungen ihrer Nervenstränge oft kurz vor dem Zerreißen.

Zum Wohnzimmerregal gedreht ging Nina eilig die Umschläge durch. Auf einmal spürte sie, wie Achim, viel zu dicht, an ihr vorbei zum Fernseher ging. Sie hörte ihn leise ihren Namen sagen. Nina tat, als bemerke sie weder das eine noch das andere. Während sie den ersten Brief öffnete, verließ Achim das Wohnzimmer, und als sie eine Minute später ihre Post in ihre Tasche steckte, tauchte er mit einer Jeans bekleidet und mit offenem weißem Oberhemd wieder auf.

Mit einer Kopfbewegung deutete er zum Aquarium hin, in dem winzige Medusen dahinschwebten. Achim liebte es, ihnen zuzusehen. Sie beruhigten ihn und neutralisierten »auf geheime Art die Bosheit der Welt«, wie er sagte.

»Schön, nicht?« Er lächelte sein Underdog-Lächeln. Sein Ich-wickel-dich-wieder-ein-Lächeln. »Vermisst du wenigstens die Medusen?«

Nina schluckte. Er tat ja so, als hätte er nichts damit zu tun gehabt, dass sie ihn verlassen hatte. Sie hörte, wie ein Brief in ihrer Hand zu knistern begann, weil sie ihn unwillkürlich zusammenknüllte.

»Es tut mir leid, wie alles gekommen ist«, sagte er mit sanfter Stimme. »Das musst du mir glauben. Ich habe das so nicht gewollt. Ich will das so nicht.«

Sein Hundeblick wurde immer schwerer aushaltbar. Nina wollte doch wütend auf ihn sein! Achim war doch nichts als eine Kleinauflage von Max, dort der Meistermanipulierer, hier ein Amateur.

»Du fehlst mir«, hauchte Achim und blickte sie verunsichert, mit zusammengezogenen Augenbrauen an. Wahrscheinlich konnte er sehen, wie es in ihr arbeitete, und er wusste es nicht zu deuten.

»Wohnt Bärbel nicht bei dir?«, fragte sie schlagfertig. Wenn Nina die Befreiungsschläge bei Max doch nur im Ansatz so gelängen wie bei Achim.

Er senkte den Blick. »Nein.«

»Ach«, hörte Nina sich sagen. »Habt ihr euch getrennt? Vermisst du mich deswegen?«

Sie erkannte an Achims Mimik, dass sie ihn in der Hand hatte, dass sie kurz davor war, ihn mit der Wahrheit zu zerlegen. Nina fühlte eine seltsame Wut, die sich auf Achim und auf Max richtete.

Wäre die Sache mit Bärbel nicht gewesen, hätte Nina im Januar nicht in die UB flüchten müssen, sondern hätte sich hier am Schreibtisch auf die Stelle bei Dietrich Konerding vorbereiten können! Morgens hätte Nina mit Achim gefrühstückt und sich dann, nachdem Achim zum Gericht aufgebrochen wäre, im Büro an die Fachartikel gesetzt. Nie wäre sie Max begegnet.

Nina verstand bis heute nicht, weshalb Bärbel auf einmal in ihr Leben treten musste. Achim und Nina hatten sich nicht gestritten. Er hatte nie erwähnt, dass es ihm in ihrer Beziehung an irgendetwas fehle, dass ihm etwas nicht passe. Nina hatte keine Erklärung gefunden. Und Achim hatte es nicht begründet. Vielleicht kannte er die Antwort selbst nicht. Eigentlich wollte sie es nicht wissen. Nina senkte den Kopf.

Achim verstand die Geste. Das Gespräch war für Nina beendet. Sie wollte gehen. Er trat zur Seite und ließ sie vorbei.

»Tschüss, Nina, und wenn du etwas brauchst, melde dich. Jederzeit ...«

Es wollte ein Bedauern in Nina aufkommen, als sie an der Wohnungstür stand. Ganz weit in der Ferne tauchte die Frage auf, ob sie es nicht doch noch einmal miteinander versuchen sollten.

Da sah sie den Sommermantel einer Frau am Kleiderhaken hängen. Vielleicht gehörte er Bärbel.

Nina verließ die Wohnung und zog die Tür hinter sich zu. Es war gut, wie es war.

KANUFAHRT

Der Himmel spiegelte sich auf dem Wasser. Vor Ninas Augen schob sich die Spitze des Kanus in die glänzende Wasserfläche des Flusses. Das braungrüne Wasser teilte sich in sanften Wellen, als träten Spalierstehende grüßend einen Schritt zurück, um Nina und Johannes durchzulassen. Von den Ufern her nickten die Weiden, lautlos, um nicht zu stören. Nina setzte das Paddel steil vom Bootsrand her ins Wasser ein, wie sie es zu Beginn der Kanutour von Johannes gelernt hatte. Sie zog das Paddel durch das Wasser und hob es auf Hüfthöhe wieder heraus – leises Plätschern und Gluckern.

Ein Gefühl tiefer Ruhe überkam Nina, während sie dahinglitten. Die rhythmischen Schübe beruhigten Nina – die Gleichmäßigkeit, Berechenbarkeit, Verlässlichkeit. Nina kniete auf Polstern und trug eine orangefarbene Schwimmweste. Wenn Nina das Paddel von einer Bootsseite zur anderen nahm, weil der führende Arme müde wurde, wechselte Johannes gleichzeitig auf die gegenüberliegende Seite. Ein warmer Lufthauch streichelte Nina über Gesicht und Arme. Die Wellen beschillerten ihre ruhige Fahrt. Sie glitten dahin. Mücken tanzten ihnen voraus. Das Plätschern klatschte leise Beifall. Johannes saß hinter Nina und lenkte, indem er ab und zu das Paddel ins Wasser hielt.

Nina genoss es, sich treiben zu lassen, nichts bestimmen zu müssen. *Du wirst das Leben wieder in die Hand nehmen. Ruh dich ein bisschen aus. Komm zu dir. Bald wirst du dein Leben in den Griff bekommen.* Nur jetzt und hier brauchte sie nichts anderes zu tun, als ihre Seele durchatmen zu lassen.

»Die Strecke, die vor uns liegt, ist ruhig. Wenn du dich zurücklehnst, kannst du in den Himmel und die Bäume schauen.«

Bei Johannes war Ruhe und Frieden. Danach sehnte sich Nina. Sie beugte sich etwas zurück. Der Himmel über ihnen strahlte wolkenlos blau. Baumwipfel wie grüßende Passanten. Es kam Nina vor, als versuche Johannes, das Paddel besonders sachte aus dem Wasser zu heben. Sie fühlte das sanfte Wiegen, das rhythmische Gleiten. Sie waren ungestört. In einer heilen Welt.

Sie waren Teil eines Gemäldes, das Nina nicht mehr verlassen wollte. Der Fluss war schon immer hier und würde es immer sein. Er war vor Max da gewesen, und würde nach ihm hier weiterfließen. Eines Tages würde eine Wehmut über seinem Wasser schweben. Seine Farbe würde graubrauner sein, weil sich nicht mehr der blaue Himmel darin spiegeln würde, sondern ein wolkenverhangener. Das Wasser würde Nina kälter vorkommen und fremd. Und eines Tages würde es doch wieder sein wie heute: warm und schillernd und grün.

Nina wollte nicht an Max denken. Sie wollte nicht.

Sie beugte sich ein klein wenig über den rechten Rand des Kanus und schaute ins Wasser. Sie entdeckte kleine, helle Fische. Ein ganzer Schwarm davon schwamm gegen die Strömung.

»Bachsaiblinge. Sie sind Indikatoren für beste Wasserqualität. Sie brauchen klares, sauerstoffreiches Wasser.«

Darum, dachte Nina, hatte der Fluss keinen Geruch. Weil er so sauber war. Der Fluss machte eine 90-Grad-Biegung. Dort lenkte Johannes das Kanu auf eine Kiesbank. Die Steine kratzten und schabten auf der Bootsunterseite. Johannes stieg aus und reichte Nina seine Hand, aber sie brauchte sie nicht. Am Seil zogen sie das Kanu ein kleines Stück weiter auf den Kies.

Nina schaute sich um. Hoch über ihnen führte eine Brücke von einer Seite zur anderen. Vor ihnen lag eine sonnenbeschienene Felswand. Weidenzweige bewegten sich sachte hin und her. Johannes schraubte den Deckel der Tonne ab und nahm den Kleidersack mit trockenen Kleidern heraus. Dann stellte er die Dose mit den Radieschen auf den Kies, die sie am Morgen in der Küche gefüllt hatten und die Dose mit den Käsebroten und die mit den Gurkenscheiben und den hart gekochten Eiern. Er suchte das Salz und fand es, reichte Nina eine Flasche Wasser und öffnete seine eigene. Er trank, den Kopf im Nacken. Seine Augen glänzten in der Farbe des Wassers, in dem sich der Himmel spiegelte.

Er wischte sich den Mund ab und schraubte die Flasche zu. »Hast du schon einmal einen Eisvogel gesehen?«

»Nein, noch nie.«

»Nachher kommen senkrechte Lehmwände auf der linken Seite. Da drin haben die Eisvögel ihre Bruthöhlen eingegraben. Vielleicht haben wir Glück, und es fliegt einer über das Wasser. Achte auf ein Pfeifen. Man hört sie zuerst pfeifen, dann überqueren sie das Wasser.«

Nina nickte und strahlte, und ihre Seele nahm tiefe Atemzüge.

»Falls wir mal kentern sollten …«

Nina spürte, wie ihre Augen weit wurden. »Kentern?«

»Nur für den Fall. Dann dreh dich auf den Rücken. Versuch nicht zu schwimmen. Nicht mit dem Kopf voraus schwimmen. Lass dich mit den Füßen voraus treiben. Den Rest macht die Strömung. Es kostet als Schwimmer etwas Überwindung, sich passiv in die Strömung zu geben.«

Nina lachte. »Mich kostet es auch Überwindung, mich aktiv ins Wasser zu begeben. Ich bin eine hundsmiserable Schwimmerin.«

»Stell dir einfach vor, du wärst ein Korken im Wasser.« Ein väterlich beruhigendes Lächeln erschien in seinem Gesicht. »Aber heute werden wir nicht kentern. Ich kenne die Stromschnellen hier. Das kriegen wir hin. Es wird viel Spaß machen.« Er lachte sein lautes, hustendes Lachen, das so plötzlich auftrat, wie ein Erdbeben ohne vorheriges, ankündigendes Grollen. »Glaube ich.«

Nina warf ein Radieschen nach ihm und traf ihn an der Brust. Er hob es aus seinem Schoß auf und schob es sich, genüsslich lächelnd, in den Mund.

Sie zogen das Kanu zurück ins Wasser.

»Vorsicht, der Ast«, sagte Johannes, und Nina wich aus. Als er das Kanu festhielt, damit Nina einsteigen konnte, sagte er: »Der Ast traf einen Wanderer. Danach war er ein anderer.«

Keiner erzählte schlechtere Witze als Johannes. Gerade deshalb musste Nina jetzt so lachen. »Ist der von dir oder von Heinz Erhardt?«

Johannes machte ein ertapptes Gesicht und zuckte ein wenig mit den Schultern. »Ganz ehrlich? Ich weiß es nicht mal. Aber die Begeisterung für meine Witze kenne ich. Da schmeißen andere sogar mit Möbeln.«

Nina ließ mit gespielter Resignation und lachend die Stirn gegen ihre Handfläche sinken, während er zu ihr ins Kanu einstieg.

Sie bewegten sich über schimmerndem Wasser. Kein Tag in vielen Monaten war schöner gewesen als dieser. Keiner leichter oder unbeschwerter.

»Da vorne, links, kommen die Lehmwände.«

Und wie er den Satz beendet hatte, hörte Nina ein Pfeifen und sah einen türkisfarbenen Blitz über das Wasser fliegen. Da dachte sie: Der Tag ist perfekt. Und im nächsten Moment dachte sie zum ersten Mal: Ich werde Max verlassen.

VIELEHE

Nina liebte die Ruhe des Alten Friedhofes. Doch weil Max die Vorstellung, zwischen alten Gräbern spazieren zu gehen, so widerstrebte, fuhren sie mit dem Auto aus der Stadt hinaus und eine Anhöhe hinauf, wo sie auf einem Wanderparkplatz hielten. Die Nachmittagssonne beschien den grünen Hang. Auf der Kuppe setzte Max sich ins Gras. »Komm zu mir.«

Der Wind strich Nina durchs Haar. Max streichelte über ihre Hand und redete, und was er sagte, klang nach Vielehe, nach der Auswanderung zu dritt in ein Land, in dem Nina die Stellung einer Zweitfrau würde einnehmen können. Seine Worte suchten Wege in Nina hinein und fanden keine gut begehbaren. Ein paar Sätze duckten sich unter dem Dickicht ihrer inneren Abwehr hindurch und vermittelten Nina ein undeutliches Bild davon, dass Max unentschlossen zwischen zwei Frauen stand. Sie dachte, während sie seinem Engelsmund beim Sprechen zusah: Nur zwei Frauen? Will er nicht zwischen hunderten stehen?

Was Max weiter sagte, drang noch bis an Ninas Ohr, aber nicht mehr in sie hinein. Sie wollte nichts davon hören, sie genoss, dass Max hier oben unter dem Sommerhimmel mit ihr zusammen war. Das genügte. Heute.

Nina hörte ein Motorflugzeug. Ein Insekt schwirrte an ihrem Ohr vorbei. Max lag ausgestreckt im Gras, und Nina küsste seinen Mund und streichelte seinen Kopf. Er mochte es nicht, am Kopf gestreichelt zu werden. Das wusste Nina. Doch er ließ es zu.

Während Ninas Finger den Reißverschluss seiner Jeans öffneten, stammelte Max Namen von Ländern, in denen die Vielehe gestattet war. Afrika. Indien. Ihre Schläfe lag an seiner Schläfe. Ihr Atem ging mit seinem. Die ganze Zeit schaute Max Nina ins Gesicht. Wie gebannt sah er ihr dabei zu, wie sie sich an ihm bediente. Wie eine Ausgehungerte. Losgelassen von der Leine war sie, wie ein Hund, der seit Ewigkeiten gezerrt hatte.

Als Nina wie aus einem Traum zurückkam, beobachtete Max sie immer noch mit staunendem, fasziniertem Gesicht. Seine Hände lagen warm auf ihren nackten Schenkeln. Lang und tief sahen sie sich in die Augen. Da umarmten sie sich wie zum ersten Mal. Zärtlich nahm Max Ninas erhitzten Kopf in seine Arme und streichelte ihr über das Haar mit geröteten Augen. Kein Laut nirgendwo. Kein Vogelzwitschern. Kein Automotor aus dem Tal. Nichts. Langsam nur beruhigte sich ihr Atmen.

Vielleicht vergingen Minuten, vielleicht nur wenige Augenblicke.

»Was machen wir jetzt?«, fragte Max.

Auf einmal, jetzt, wo Nina seine Stimme wieder gehört hatte, sangen auch die Vögel wieder und strich der Wind über ihre nackten Beine. Und in diesem Moment erst kamen Maximilians Sätze von vorhin über die Zweitfrau in einem fernen Land in ihren Kopf. Da erst taten sie weh.

»Ich treffe mich gleich mit Else und Enrico«, sagte Nina. »Wir binden Lavendelsträuße.«

Max fixierte Nina aus Purpuraugen. »Jetzt?«

»Ich hab's versprochen.«

»Du musst jetzt nicht zurück.« Maximilians Augen funkelten bedrohlich. »Du willst.«

Warum wirkten seine Sätze von vorhin ausgerechnet zur Unzeit in Nina nach und setzten sie in Kenntnis davon, dass Hannah in diesem Leben Maximilians Erstfrau war und bleiben würde, dass Nina klaglos ihren zweiten Platz einzunehmen oder zu gehen hatte. Hatte Hannah ihn je so gebraucht, wie Nina ihn brauchte? So verzweifelt geliebt, wie sie ihn liebte?

»Und du musst zurück zu Hannah«, sagte sie.

Verständnislos blickte Max sie an. »Ich kann jetzt nicht zu Hannah.«

»Du wirst zu ihr gehen können.«

Fassungslos starrte Max Nina ins Gesicht. »Du bist brutal.«

Das habe ich von dir, dachte sie.

»WARUM BIST DU SO?«

Nina zog ihr verrutschtes Kleid zurecht. Maximilians schmale Hände schoben den Gürtel durch die Schnalle. Nina fiel ein Stein vom Herzen, denn Max lächelte wieder mit dem Mund des Weichen, des Geliebten. Wie sehr liebte sie Max. Wie sehr klammerte sie sich an die liebevollen Momente mit ihm. Wie sehr kämpfte sie um die Erfüllung ihrer Sehnsucht.

»Ich kann mir eine neue Wohnung suchen, wenn Hannah dies hier erfährt.« Maximilians Lächeln wirkte hilflos.

Ja, dachte Nina, *such dir eine neue Wohnung, denn ich will dich ganz.* Sie standen vom Gras auf.

»Wir müssen wahnsinnig geworden sein, dass wir das hier getan haben.« Max schaute sich prüfend in alle Richtungen um.

»Ich bin wahnsinnig, seit ich dich kenne.«

Langsam gingen sie den Weg zu Ninas Auto hinunter. In der Abenddämmerung fuhr Nina die gewundene Landstraße zurück Richtung Freiburg. In einer langgezogenen Rechtskurve hörte sie aus der Dunkelheit neben sich Max' nachdenkliche Stimme. »Warum bist du so?«

»Warum bin ich wie?«

Max klang, als habe er schon viel darüber nachgedacht und formuliere nun den springenden Punkt. »Vielleicht kannst du dir nicht vorstellen, dass jemand in dich verliebt ist.«

Nina wusste nicht, weshalb seine Worte sie trafen wie eine abgestürzte Betonplatte. Sie brachte keine Silbe mehr heraus. Hatte Max recht? War es so? Beobachtete Nina jeden, der sie liebte, mit Argwohn? War sie gerade bei diesen Menschen auf der Hut? Sie wusste es nicht. Diese Fragen lagen wie mächtige Schatten vor ihnen mitten auf der Straße und verfolgten ihr Auto und hingen wie nachtdunkle Wolken über ihnen.

»Oder was ist es sonst? Weshalb du immer so bist?« Seine Worte klangen vorsichtig tastend.

Als wäre Nina kurz draußen gewesen, fühlte sie sich jetzt wieder im Auto angekommen. »Ich will nicht, dass mir das mit uns jemand nimmt. Ich will mir das nicht wegnehmen lassen.« Aus den Augenwinkeln nahm Nina wahr, dass Max den Kopf zu ihr herdrehte.

»Schaf, das kann dir niemand nehmen.« Ernst und Nachdruck lagen in seiner Stimme. »Das kann dir schon jetzt niemand mehr nehmen. Die Erinnerung hast du für immer. Dafür leben wir doch, um schöne Erinnerungen zu sammeln.«

Erinnerung würden sie einander also sein.

Minuten später legte Max die Hand an den Türgriff der Beifahrertür und musterte Nina von der Seite. »Kämm dich lieber noch.« Rasch und flüchtig küssten seine Rosenlippen ihren geschwollenen Mund. Dann stieg er aus. Die Autotür schlug zu.

Nina blieb zurück im Halbdunkel. Sie kam sich vor wie mit großer Übelkeit an der Reling eines Schiffs auf hoher See. Eine Stimme in ihrem Inneren flüsterte: *Du müsstest nur springen. Spring, dann ist alles vorbei.*

ELSES WARNUNG

In Nina wollte es nicht hell werden. Auch nicht, als sie neben Else und Enrico am Esstisch unter der strahlenden Leuchte mit den Glasstäben saß, aus dem Körbchen Lavendel nahm und ihn mit einem dünnen, violetten Satinband zu Sträußchen band. Enrico hielt Monologe über das Gezicke der Sopranistin und den Wutausbruch des Bass' und über Enricos Professionalität, danach gelassen auf die Bühne zu gehen und *Amor, vida de mi vida* zu singen.

Während Enricos Bericht musste Nina seltsamerweise an ihre Mutter denken. Vielleicht hatte Enricos ärgerlicher Blick diese Gedanken ausgelöst. Oder seine Bemerkung über die Sängerin: »Immer das gleiche mit ihr.«

Nina musste daran denken, wie Mutter ihren Bruder anstrahlte. Doch wenn sie Nina ansah, setzte sie stets eine strenge Miene auf. Sie schnitt die Lavendelstängel auf gleiche Länge und legte die Schere zurück auf den Tisch. Nein, mit Enrico hatte Mutter keine Ähnlichkeit. Allein Mutter und Max könnten miteinander verglichen werden. Aber das Einzige, was ihre Mutter mit Max verband, war, dass Max schwierig war. Erreichbar und zugleich unerreichbar.

Als rüttle Nina jemand an der Schulter, hörte sie Enricos Stimme: »Nina?«

Sie hob den Kopf und sah ihm beinahe erschrocken in die Augen. »Entschuldigung, ich war in Gedanken. Kannst du die Frage noch mal wiederholen?«

»Gern.« Gerrrne. »Ich wollte so gern wissen, wer der unfassbar erotische Mann ist, der neulich bei dir zu Besuch war.«

Nina zuckte zusammen. Ihr Blick huschte in Elses Gesicht, um deren Reaktion auf diese Frage zu sehen. Doch Else schaute konzentriert auf ihre Lavendel-bindenden Hände und verzog keine Miene.

»Das ... das war ... ein Freund«, hörte Nina sich stottern.

Else schlug die Augen auf. Pfeilgerader Blick. »Ein sehr guter Freund.« Sie senkte den Blick zurück auf das Sträußchen und schlang das Satinband um die gebündelten Stile.

Enrico fächelte sich in gespielter Ekstase Luft zu. »Dieser Mann war einfach umwerfend gutaussehend. Dieser hocherotische Blick. So dunkel, so unendlich vielversprechend. Es ist mir heiß und kalt geworden unter seinem animalischen Blick.«

Else legte das Lavendelsträußchen in den flachen Flechtkorb, verschränkte die Arme und setzte die entschiedene Miene einer mahnenden Mutter auf, die sie nie gewesen war. »Muss ich jetzt schon *zwei* Leute vor diesem Mann warnen?«

»Ja, warne mich.« Enrico lachte mit sonorer Stimme. »Ich werde nicht auf dich hören.«

Else verdrehte die Augen. »Warum fallt ihr beide auf ihn rein? Er ist nicht gut.«

In Nina bäumte sich Widerstand auf. Sie legte ihren Lavendel nieder und lehnte sich gegen die Stuhllehne zurück. »Du kennst ihn doch gar nicht richtig.«

»Ich kenne die Wirkung, die er auf dich hat.«

Enrico legte Sträußchen und Satinband ab. Seine Augen wurden immer größer. Er sog jedes Wort durch Augen und Ohren.

»Er tut dir nicht gut«, sagte Else. »Er entmachtet dich.« Sie schüttelte den Kopf. »Ich hätte dir nicht helfen dürfen, seine Adresse herauszufinden.«

»Oh, das klingt nicht gut«, sagte Enrico, der zwischen den beiden Frauen hin und her sah. »Das klingt wirklich nicht gut.«

Nina war fassungslos. Warum führte Else sie vor?

Else begann, milde zu lächeln. »Sei mir nicht böse, Nina. Ich meine es gut. Ich will dir das schon seit Längerem sagen: Du hast immer um ihre Liebe kämpfen müssen, ohne genug davon zu bekommen. Vielleicht hast du dich daran gewöhnt.«

Nina sah mit offenem Mund zu Enrico. *Muss er sich das jetzt mit anhören?*

Doch Else sah sie auf eine Art an, die ihr bedeutete, dass sie noch lange nicht fertig war. Ruhig, aber bestimmt. »Max macht dasselbe mit dir wie deine Mutter. Er lässt dich ins Hamsterrad treten, lässt dich strampeln. Du lässt es mit dir machen, weil du es nicht anders kennst. Vor allem weil du glaubst, das Ziel erreichen zu können. Du willst, dass ein Unerreichbarer dir sagt und zeigt, dass er dich liebt.«

»Else! Muss das jetzt sein?«, stieß Nina hervor und fand keine Worte mehr. Ihr wurde heiß. Sie blinzelte in Enricos Richtung. *Doch nicht vor ihm!*, dachte sie.

»Max und deine Mutter sind sich auf eine gewisse Art sehr ähnlich«, fuhr Else unbeirrt fort. »Du hast dir deine Mutter nicht aussuchen können. Aber du kannst dir aussuchen, was Max mit dir macht. Und ob er es macht.«

Tränen drückten in Ninas Augen. Ein stechendes Ziehen belästigte ihre Kieferwinkel. War sie gefangen in ihrem Ringen nach Liebe? Wenn ja, befreien konnte sie sich nicht. *Max ist viel zu begehrenswert, ein Mensch in Farbe mitten in einem Schwarz-Weiß-Film.*

Enrico hob beide Hände und wedelte damit rechts und links neben seinem Kopf. »O Gott, o Gott, o Gott. Das ist zu schwierig. Zu kompliziert. Ladys, steigert euch nicht rein. Das ist kein Mann auf der Welt wert. Glaubt mir. Ich weiß, wovon ich rede. Wie wäre es mit einem Sherry? Wir drei Freundinnen, wir lieben uns. Das ist doch wunderwunderbar. Darauf müssen wir sofort anstoßen.«

Nina war ihm dankbar für die Unterbrechung. Sie stand auf und holte drei Sternchen-Gläser und die Flasche mit dem schwarzen Mann, und Else brachte den Trinkspruch aus. »Wir sind wichtig. *Du* bist wichtig, Nina.«

Nina fühlte die Worte in ihre Ohren dringen und den Sherry ihre Kehle hinunterrinnen, wie kraftspendende Elixiere.

DER FEINDIN GANZ NAHE

Nina packte ein Badehandtuch in die große Stofftasche und zog ihren goldgelben Bikini an und das blaue Sommerkleid mit den weißen Blumenornamenten. Else konnte nicht mit ins Naturbad kommen, weil sie noch zwei Querflöten-Studenten erwartete und es anschließend zu spät sein würde, um noch nach Sulzburg zu fahren.

Allein in ihrem roten Golf passierte Nina Staufen. In der Ferne erkannte sie die Burgruine. Im Winter war sie bei Eiseskälte hinaufspaziert, im Sommer, vor der großen Tat, hatte sie dort mit Max auf einer warmen Mauer gesessen, während Mephistopheles nach ihrer Seele gegriffen hatte.

Nina hätte ins Lorettobad fahren können, wo sie manchmal mit Else im Damenbad schwamm. Oder sie hätte an einen der nähergelegenen Badeseen in Freiburg gehen können. Doch sie hatte das Naturbad in Sulzburg gewählt, weil sie wusste, dass Max dort ab und zu schwimmen ging. Sie hoffte, ihm dort zu begegnen, um sein Gesicht sehen und anhand dessen Ausdruck einschätzen zu können, wie es Max ging, wie er zu ihr stand, wie es um sie beide stand.

Alte Laubbäume, Fichten und ein kurzgeschnittener Rasen umrahmten das Naturbad. Nina wollte am See entlang bis nach hinten in den Halbschatten gehen, von wo aus sie das Gelände würde überblicken können, um nach Max Ausschau zu halten. Sie ging auf das Schild zu – *Baden im See auf eigene Gefahr* – und sah Max. Er tauchte hinter dem Schild auf, trug eine schwarze Radlerhose und ein weißes T-Shirt.

Nina sah seinem Gesicht an, wie überrascht, beinahe peinlich berührt er war, dass sie einander hier begegneten. Im Vorbeigehen nickte er fast unmerklich zum Gruß. Sein Blick streifte Nina flüchtig. Sie dachte: *Es gibt nur einen Grund, dass er mich so behandelt und kein Wort mit mir redet: Hannah ist hier.* Wäre er mit Moritz oder mit Bernhard an den See gekommen, wäre er stehengeblieben und hätte mit Nina geredet. Wahrscheinlich nur kurz, aber er wäre nicht an ihr vorbeigegangen.

Nina breitete ihr Handtuch im Halbschatten hoher Buchen über dem Gras aus. Sie suchte Max mit den Augen und fand ihn im Vollschatten der Bäume auf der linken Seite bei zwei Frauen stehend, die auf einer Picknickdecke hockten. Hannah war eine von ihnen. Die andere war eine Blonde mit einem dünnen Zopf, deren Gesicht Nina nicht sehen konnte.

Es muss der Anblick des feinen Haars, des Kinderzöpfchens, gewesen sein, der Nina einen Stromschlag durch den Körper jagte. Ihre frühere Arbeitskollegin Karen hatte einen solchen Zopf in ebendieser Haarfarbe getragen. Die Karen, der Nina das nasse Taschentuch auf die Stirn gedrückt hatte, weil sie sich vor Schreck über die Kündigung hatte übergeben müssen. Jene Karen, die sich zwei Monate später ins Mutterhaus von Rochdale Biotechnology in Wappingers Falls in die USA hatte versetzen lassen. Kannte Karen Hannah? War sie gerade in Deutschland zu Besuch? Hörte sie gerade die Geschichte über ihre ehemalige Kollegin – Nina Schäfer – die sich von der lieben Kollegin zur gemeinen Geliebten gewandelt hatte? War die Frau dort im Schatten überhaupt Karen?

Nina wischte den Gedanken an Karen weg, denn zu sehr beschäftigte sie die Tatsache, dass Max die ganze Zeit zu ihr herschaute. Im Stehen zog sie mit langsamen Bewegungen ihr

Kleid aus und dachte: *Warte, Maximilian Pallas, dir soll gleich schwarz vor Augen werden. Du wirst an alles denken, was zwischen uns geschehen ist.* Nina hatte den Eindruck, dass Max sich nicht einmal darum bemühte, sein Herschauen durch einen möglichst unauffälligen Blick aus den Augenwinkeln zu kaschieren. Nein, er hatte den Kopf in ihre Richtung gedreht und starrte sie mit halboffenem Mund an.

Jeden Schritt auskostend, in dem Bewusstsein, sich unter seinem begehrlichen Blick zu bewegen, ging Nina zum Wasser. Max sah ihr dabei zu, wie sie vor seinen Augen bis zu den Oberschenkeln in den See stieg. Mit den Handtellern schöpfte sie Wasser und goss es über ihr Dekolletee. Sie benetzte beide Arme und ihr Gesicht. Dann tauchte sie ganz ins Wasser ein und schwamm. Zug um Zug. Die ganze Bahn wollte sie schwimmen, obwohl sie wusste, dass es ihr schwerfallen würde, den ganzen See zu durchqueren.

An der gegenüberliegenden Querseite, die noch so weit fort war, würde sie Pause machen müssen. Erst dann würde sie zurückschwimmen können. Das Wasser schaukelte und schillerte vor ihrem Gesicht. Es roch nach Algen und Erde. Das durch ihre Schwimmzüge verursachte Plätschern beschwor Bilder von der Kanufahrt in ihr herauf.

In der Mitte des Sees spürte Nina, wie ihre Freude am Wasser in Konzentration auf ihre Schwimmzüge überging. Sie versuchte, keine hektischen Bewegungen zu machen, sondern in langen Zügen vorwärtszukommen. Das Schwimmen wurde zur Anstrengung. Nina sehnte sich das Ufer herbei, denn ihre Kräfte schwanden mehr mit jedem Zug. Sie schaute geradeaus zum Ufer, versuchte abzuschätzen, wie viele Züge es bis dahin noch brauchen würde. Sie überlegte, auf die rechte Seite zu schwimmen, merkte aber, dass diese Entfernung genauso weit war, wie jene bis ans Ende des Sees.

Auf einmal entdeckte Nina Max am Ufer oberhalb des Schilfes, nicht weit von der Stelle, an der sie Pause machen würde – musste. Max schob sein Fahrrad mit der linken Hand neben sich her. Ninas Arme waren schwer. Ihre Lungen brannten und fassten nicht mehr genug Sauerstoff. Endlich kam Nina dem Ufer näher. Ihre Füße suchten nach Grund und fanden keinen. Ihr rechter Fuß verfing sich in etwas, was sich anfühlte wie eine Schlingpflanze. Je mehr Nina versuchte, ihren Fuß durch ruckartige Bewegungen zu befreien, desto stärker wurde er festgehalten. Ihr Gesicht tauchte unter. Sie reckte ihren Kopf mit Macht zur Wasseroberfläche, rang nach Luft. Sie wollte nicht, dass Max zu ihr herschaute, dass er merkte, wie schlecht sie schwamm. Er sollte sie nicht auslachen. Schon gar nicht sollten Hannah und ihre Zöpfchenfreundin etwas merken.

Max drehte den Kopf halb zu Nina her und warf ihr einen letzten, flüchtigen Blick zu. Zu flüchtig, um Ninas Notlage erfassen zu können. Nina wollte nun doch um Hilfe rufen. *Max! Maaax!* Aber dafür reichte ihr die Luft nicht mehr. Es schoss ihr ein Gedanke durch den Kopf: Du wirst ertrinken. In Maximilians Rücken. Er wird es nicht merken.

Max entfernte sich Schritt für Schritt immer weiter. Er würde nicht mitbekommen, wie sie hinter ihm stillschweigend untergehen würde. In Todesangst setzte Ninas Körper neue Kräfte frei. Sie ruderte mit den Armen, holte in schnellen Zügen Luft, wann immer ihr Kopf über Wasser war. Immer wieder gluckerte es in ihren Ohren. Braun-grünes Wasser schwappte in ihr Gesicht und über sie hinweg. Die Pflanzenfäden bildeten einen Strick um ihren Unterschenkel und ihren Fuß. Nina zuckte, schwappte nach oben und tauchte wieder ab.

Durch einen Wasserschleier sah sie Maximilians weißes Sporthemd in der Ferne kleiner werden und dann ganz verschwinden. Sie konnte nicht schreien. Nur ein Gedanke wurde laut wie ein Schrei: *Du wirst hier nicht sterben. Du wirst hier nicht ertrinken. Reiß dich zusammen und tu endlich, was du immer getan hast – kämpfe!* Verzweifelt und so kräftig sie nur konnte, riss Nina ihr Knie in Richtung Kinn. Ein schneidender Schmerz fuhr ihr in das rechte Fußgelenk. Dann spürte Nina, wie sich der Pflanzengriff auf einmal lockerte und das Bein wieder frei beweglich war.

Wie ein unter Wasser laufender Hund, kraulend, japsend, kämpfte Nina sich am Schilf vorbei und fand an einer Randbefestigung aus Stein Halt. Sie keuchte ins nasse, schlammige Gras hinein. Das trübe Wasser wogte über ihren Rücken, über ihre Schultern und über ihre Arme. Sie legte den Kopf auf ihre Hände, die sich am Stein festgekrallt hatten. Sie keuchte, hustete, spuckte Wasser aus. Es brauchte eine halbe Ewigkeit, bis sich ihr Atem beruhigte.

An ihren Füßen und Beinen streifte etwas Weiches vorbei - durch das Wasser bewegte Pflanzen. Nie wieder wollte Nina ihnen nahekommen und sich von ihnen unter Wasser ziehen lassen. Sie rutschte an der Steinmauer entlang nach links, weg vom Schilf und den Unterwasserpflanzen. Je ruhiger ihr Atem wurde, desto mehr Gedanken an Hannah und ihre Freundin tauchten auf. Hatten sie Nina in ihrer lebensbedrohlichen Situation beobachtet? Hatten sie sich erst über Nina lustig gemacht und dann überlegt, ob man die Geliebte des eigenen Partners einfach ertrinken lassen sollte? Oder waren sie schon kurz davor gewesen, aufzuspringen, um Nina aus dem Wasser zu ziehen?

Nina drehte sich nach links über ihre Schulter um und schielte so unauffällig wie möglich zu den beiden Frauen weit hinten im Schatten auf der Picknickdecke. Sie waren ganz in eine Unterhaltung vertieft und beachteten Nina überhaupt nicht. Mit zittrigen Knien stieg Nina aus dem Wasser. Keinen

Zug hätte sie mehr schwimmen können. Sie würde überhaupt nicht mehr in einem See baden gehen.

Geschwächt fühlte sie sich. Zu Tode erschrocken. Und dennoch, zu ihrer eigenen Verwunderung, wählte sie nicht den asphaltierten Weg auf der linken Seite, um zu ihrem Platz zurückzukehren. Sondern sie ging nach rechts, wo sie an Hannah und ihrer Freundin würde vorbeigehen müssen.

Als Nina auf die beiden Frauen zukam, hoben sie die Köpfe und sahen zu ihr her. Nina hatte den Eindruck, dass sie über sie geredet hatten. Das Gras kühlte Ninas Fußsohlen, ein Windhauch ihre nasse Haut. Ihr gelber Bikini, ihre Haare, alles tropfte. Nina schritt auf die sitzenden Frauen zu.

Hannahs Schultern waren leicht nach vorne gebeugt, aber ihr Kopf und ihr Blick waren zu Nina erhoben. Nina lächelte. Der Gedanke, Maximilians Geliebte zu sein, ließ sie innerlich triumphieren. Einmal im Leben war Nina nicht diejenige, der man einen anderen Menschen vorzog, sondern diejenige, für die man einen anderen betrogen hatte. So viel war sie wert gewesen. Sie schaute Hannah direkt in die Augen. Ob Hannah wohl erahnen konnte, was Nina dachte? *Für eine kurze Zeit nur bin ich Maximilians Geliebte. Für diese eine, besondere Zeit in meinem Leben. Dir, Hannah, steht ein ganzes Leben mit dem Mann bevor, den ich unsäglich liebe. Dafür, dass du ihn jeden Abend neben dir im Bett hast, mit ihm frühstückst, weißt, wie er riecht, wenn er kein Zino Davidoff aufgesprüht hat, dafür, dass du eines Tages vielleicht sein Kind auf die Welt bringen wirst, womöglich sogar die karierte, wärmende Decke über seinen altersschwachen Schoß legen darfst, dafür gehört mir diese eine Zeit, dieser eine Sommer, solange er währt.*

Hannahs Blick war der einer Getroffenen, Verwundeten, durch Betrug Gequälten. Die Freundin, deren Augen so schwarz waren, wie sie einer von Natur aus blonden Frau gar nicht gehören konnten, war nicht Karen. Nina hatte sie noch nie gesehen.

Nina erschrak innerlich. Nie mehr wollte Nina in die von blankem Hass erfüllten Augen dieser Frau, Hannahs Freundin, schauen müssen. Die Feindseligkeit schnürte Nina den Atem ab. Und dennoch dachte sie: *Ihr werdet es aushalten, dass ich Maximilians Geliebte bin, weil ich seinetwegen schon bald so viel mehr werde ertragen müssen.*

ENTWAFFNUNG

Nina hatte das Telefon mit zu sich ins Zimmer genommen, das Kabel unter der Tür durchgeführt und die Tür hinter sich geschlossen. Else und Johannes sollten nicht hören können, was sie mit Max reden würde.

Seine Stimme klang hart und fordernd. »Warum hast du meine Freundin provoziert?«

Die Luft in Ninas Zimmer wurde dünn. »Warum ich *was* habe?«

»Du bist angeblich absichtlich an meiner Freundin vorbeigegangen, um sie zu provozieren.« Wie er Hannah verteidigte. Wie er auf ihrer Seite stand. Wie er sie »meine Freundin« nannte und nicht »Hannah«.

»Ich bin fast ertrunken. Ich bin in einer Schlingpflanze hängen geblieben. Da hat nicht viel gefehlt. Ich habe überhaupt nicht darüber nachgedacht, ob ich rechtsrum oder linksrum zu meinem Platz zurückgehe und an wem ich dabei vorbeikomme.« Eine Lüge. Eine eiskalte Lüge. Es war Kalkül gewesen. Nina hatte Hannah demonstrieren wollen, wie die überlegene Geliebte von Max aussah.

»Ah.« Warum klang Maximilians Stimme nicht lediglich registrierend, sondern beinahe enttäuscht? »Ich dachte schon, du hast es gemacht, weil du vielleicht eifersüchtig gewesen bist.«

Max setzte zu einer Erklärung an. »Am Morgen habe ich mit Hannah geschlafen.« Seine Stimme klang nicht mehr scharf, sondern weich. Seine Worte – ein glatter Schnitt in Ninas Leib. »Da hat sie es auch gemerkt, weil ich es nicht ganz habe unterdrücken können.«

Nina konnte nichts erwidern, auch nicht fragen: *Was* gemerkt? *Es?*

»Ich bin dein Bild nicht losgeworden. Dauernd bist du über mir aufgetaucht. Dein Haar ist über mein Gesicht gefallen, über meine Brust. Ich habe dich unter mir gespürt. Ich habe dich gehört. Darum ist Hannah im Naturbad noch sehr getroffen und empfindlich gewesen.«

So ehrlich war er. So entwaffnend ehrlich. Wie konnte Nina auf große, unausgesprochene Worte hoffen, wenn er so ehrlich war? Wie konnte sie auf ein »Ich liebe dich« hoffen, wenn er ihr solches gestand?

DRAGONHEART

Am Abend ging Nina mit Johannes zum Fluss. Die Unterführung zur Dreisam war mit Dämonengesichtern und mit Namen besprüht. »Dragonheart« stand quer über der Wand in schwarz umrandeten weißen Buchstaben. Umgekippte Bierdosen lagen neben einem Papierkorb. Ein benutztes Kondom. Eine Spritze ohne Kanüle. Getrocknete Bierlachen klebten auf dem schmutzigen Asphalt des düsteren Betonlochs. Nina schauderte. Hier, in dieser Unterführung, hatte die Unternehmerin Lydia Bosse eine Suppenküche für Obdachlose ansiedeln wollen, bevor sie Interesse gezeigt hatte, Elses Elternhaus und das angrenzende Altenheim zu kaufen.

Das in der Abendsonne schimmernde Wasser der Dreisam spülte die Bilder aus der Unterführung aus Ninas Kopf fort. Ein frei laufender Boxerhund mit sabbernder Schnauze lief auf Nina und Johannes zu. Das Herrchen hatte Mühe, Schritt zu halten. In der Ferne wippte ein Jogger. Nina und Johannes setzten sich auf eine Bank am Ufer. Die Zweige neigten sich tief zum Wasser.

Nina dachte daran, dass sie Max in den nächsten zwei Wochen nicht häufig würde sehen können, denn er wollte eisern für das Wettkampffechten trainieren. Nina hatte sich vorgenommen, in dieser Zeit innerlich ein wenig zur Ruhe zu kommen. In niemandes Gegenwart würde ihr das besser gelingen können als in Johannes'. Allmählich verblassten die Farben im Abendlicht. Ihr war, als wäre es ein Kinderspiel, das Himmelsgewölbe zu berühren.

Sie betraten eine Brücke, beugten sich über das warme Geländer und sahen hinunter auf den Fluss. Auf dieser Seite der Brücke floss das Wasser ruhig und glänzend. Keine Unebenheit in der Tiefe, die es umkreisen müsste. Nina ging hinüber zur anderen Seite. Dort stolperte das Wasser, wollte hastig weiter, als säße unter der Brücke etwas, das es aufscheuchte. Nina ging zurück zu Johannes, der auf der ruhigen Seite geblieben war.

»Was sind das für Bäume? Ulmen?« fragte Nina.

»Erlen.«

»Ach, Erlen.«

Johannes legte die Stirn in Falten, mit dem Blick aufs Wasser. »Nein, ganz sicher Erlen.« Er drehte den Kopf zu Nina. »No pidas al olmo la pera, pues no la tiene.« Ohne abzuwarten, ob Nina das Spanisch verstehen könnte, übersetzte er: »Fragen Sie die Ulme nicht nach der Birne, weil sie sie nicht hat.« Er drehte den Kopf zu Nina. Eindringlich war sein Blick, glänzend und klar, wie das Wasser unter ihnen.

»Woher kennst du solche Sprichwörter?«

Die Blätter der Erlen rauschten leise im Wind.

»Meine frühere Verlobte Magali konnte gut Spanisch.«

Nina musterte Johannes. Seine Augen wirkten zwar traurig, leuchteten aber dennoch im kraftlosen Abendlicht. Nina senkte den Blick auf ihre auf dem Geländer ruhenden Hände. Sie wollte mehr über die ehemalige Verlobte wissen, aber sie traute sich nicht nachzufragen. »Ich würde gern nochmal mit dir Kanu fahren«, sagte sie stattdessen. »Es hat mir viel Freude gemacht.«

Da lächelte Johannes und zwinkerte ihr zu. »Schön.« Kurz sah er in die Ferne, als entdecke er dort etwas. Dann wandte er sich Nina wieder zu. »Du wanderst doch gern. Hättest du vielleicht Lust, am Wochenende mit nach Oberammergau zu kommen? Ich will mit meinen Brüdern wandern gehen. Vielleicht auf den Kofel rauf oder auf den Laber. Ich brauche unbedingt mal einen Tapetenwechsel.«

»Laber?«

»Der Laber Berg ist einer unserer Hausberge. Wie der Kofel. Lust?«

Johannes war ungewohnt direkt. Nina spürte, wie groß sie ihn ansah. Sein Lächeln wirkte kindlich-euphorisch, als hätte er gerade ein tolles Geschenk ausgepackt. »Dann zeige ich dir etwas ganz Wunderschönes. Was wirklich Wunderwunderschönes.«

Wunderschön? Das war Maximilians Wort, und es kam aus Johannes' Mund. Es war aber nicht gestohlen. Es gehörte Max nicht. Es gehörte jedem. Nina musste lächeln über Johannes ansteckende Freunde. Das Wunderschön. Wunderschön. *Maximilian Pallas, ich bäume mich gegen dich auf. Ich fahre mit Johannes nach Hause. Ich sage zu. Und es soll dich wahnsinnig stören, dass ich mit ihm gehe. Du sollst denken, dass ich dich durch ihn ersetzen will.*

»Ich bin dabei«, sagte sie.

Johannes blieb kurz der Mund offen stehen, weil er nicht mit dieser schnellen Zusage gerechnet hatte. Nina war selbst überrascht davon.

Zögerlich lächelte er. »Die Fahrt ist lang.« Sein Lächeln wurde breiter. Aber glaube mir, es wird sich lohnen.«

FEUER STATT ASCHE

Nina kam sich vor wie eine Ausreißerin, als sie am Freitagnachmittag mit Johannes in dessen altem, dunkelrotem Ford Mondeo Richtung Oberammergau fuhr. Gegen halb neun erreichten sie den Ort. Über ihnen leuchteten orange Wolken am rotvioletten Himmel. Dunkelblaue Berge umringten sie wie Schutzwälle. Das Grün war saftiger, die Häuser friedlicher, die Welt heiler als anderswo.

Nur einen Moment lang kam Nina das so vor. Doch die Sehnsucht, die Verhasste, lehnte an einer Hausecke. Sie ließ die Füße vom Berggipfel baumeln. Sie fuhr auf den Wolken über ihre Köpfe hinweg und flüsterte Nina grinsend zu: ›Glaube nur ja nicht, dass du mir entkommen kannst. Ich bin überall, und ich bin niemals zu befriedigen. Ich lebe davon, dass ich nicht zu erfüllen bin. Denn mit der Erfüllung würde ich sterben. Und du willst nicht, dass ich sterbe, Nina Schäfer. Du tust alles dafür, dass ich am Leben bleibe. Dass ich dich belebe. Auf mich berufst du dich. Ich bin deine Zutrittsberechtigung zu Max. Ich verspreche dir‹, säuselte die Sehnsucht, ›ich weiche zurück auf die höchsten Gipfel, damit ich dir bleibe, was ich dir sein soll: unerreichbar.‹

Dann hörte Nina Max' Worte in ihrem Kopf: ›Ihr fahrenden Ritter der Romantik, du und dein Novalis, ihr wollt das Unbedingte, das Absolute, das Unendliche. Die Sehnsucht um ihrer selbst willen. Aber erfüllen soll sie sich gar nicht. Ihr wollt gar nicht ankommen. Auf Erden, liebes Schaf, lässt sich keine Sehnsucht wirklich befriedigen.‹

Nina war dankbar, als Johannes ihre Gedanken unterbrach und ihr eine knappe Einführung in seine familiären Verhältnisse gab. Mutter und Vater waren glücklich verheiratet, führten einen Gasthof in der dritten Generation. Johannes' zwei Brüder waren Holzschnitzer. Der eine noch, der andere nicht mehr. Letzterer war dafür inzwischen Spielleiter der Oberammergauer Passionsspiele. Ersterer verheiratet und Vater von zwei noch kleinen Kindern, letzterer mit jeder Faser dem Theater ergeben und dadurch, wie er selbst sage, schwer vermittelbar.

Johannes bog in die geschotterte Hofeinfahrt des alten Gasthofes mit den grün-weißen Fensterläden und den roten Geranien vor jedem Fenster ein und parkte.

Ein stabiler Mann Mitte dreißig in einem blau-weiß-gestreiften Hemd eilte aus dem Haus heraus. Mit ausgebreiteten Armen schnellte er auf Johannes zu. Ein breites Lächeln erhellte sein bärtiges Gesicht. Sein wuscheliges braunes Haar erinnerte Nina an Beethoven.

»Hansei!« Der Mann beugte sich herunter und umarmte Johannes herzlich und fest. Noch in der Umarmung wanderte sein leuchtender Blick zu Nina und fand ihre Augen. Der Mann löste sich von Johannes. Er lächelte das gleiche unschuldige, gütige Lächeln.

»Mein großer Bruder«, sagte Johannes, und der massive Mann reichte Nina die kräftige Hand. Auf einmal rollte Johannes das R, auf einmal sprach er Bayerisch, auf einmal fiel eine Schale von ihm ab, und ein anderer Mann stand vor Nina.

»Kommts rein.«

Das halbe Wirtshaus umarmte »Hansei«. Sie setzten sich an einen Holztisch auf eine Holzbank vor einer holzgetäfelten

Wand. Es roch nach Bratensoße, Bier und Zigarettenrauch. Licht von orangefarbenen Hängeleuchten fiel auf die Bierkrüge und Weingläser vor den Männern in karierten Hemden und Wollwesten, die plaudernd beieinandersaßen. Die Mutter war eine Frau mit gold-weißem Dutt, edlem Gesicht und demselben liebevollen Blick, wie ihre Söhne ihn hatten. Sie stellte eine Schüssel voll Eintopf vor sie auf den Tisch und ein Körbchen mit Semmeln. Die Leute prosteten ihnen zu. Johannes schöpfte Nina einen Teller voll Eintopf und lächelte sie glücklich an.

Nina beugte sich zu ihm. »Hansei?«

»Mein Kosename. Hier haben alle Kosenamen. Mein Bruder, den, den du schon kennst, der heißt Grisch. Christoph. Der andere, der kommt sicher gleich noch, ist Hiasl. Matthias.«

Nachdem Nina mit dem Essen begonnen hatte, merkte sie erst, wie hungrig sie war. Ihr Blick fiel auf gerahmte Bilder an der Wand über den Köpfen jener bärtigen Männer, die sich angeregt über Entscheidungen des Gemeinderats unterhielten. Ein Foto zeigte eine altertümlich aussehende Volksmenge. Braune, beige, schwarze Tuniken. Tücher über Frauenhaar. Kinderfüße in Sandalen. In weißen Buchstaben stand geschrieben: Passionsspiele Oberammergau 1990. Ein Bild zeigte Jesus auf einem Esel reitend, von Menschen umringt.

Zu einem Mann mit weißem Vollbart, mit von graumelierten Löckchen umrandeter Stirnglatze und Hosenträgern sagte Grisch: »Der Jesus soll nicht schon nach den ersten Szenen in Schweigen verfallen müssen. Ich will den Jesus aus der Passivität holen. Der Jesus ist viel zu wichtig. Der muss ganz in den Mittelpunkt.« Innere Leidenschaft warf die Worte in Grischs Mund, und von dort brachte er sie kaum so schnell heraus, wie sie aus ihm herauswollten. Es war wie bei einer Menschenmenge, die durch eine einzige Tür drängt. Schulter an Schulter.

Grisch holte Luft. Er brannte. Flammen züngelten aus seinen Augen. Rauch entwich seinem Mund. Der Rauch stammte von der Zigarette, die er sich eine nach der anderen ansteckte, wie Max es in der Bar getan hatte. »Als nächstes nehme ich mir den Judas vor.«

Ein Weißbärtiger legte die Stirn in Falten und senkte den Blick zur roten Stumpenkerze hin, die vor ihm im Kerzenständer brannte. »Wenn du meinst.«

»Ja, das meine ich. Da haben wir doch auch schon oft drüber geredet. Und wir reden noch mehr drüber. Man muss reden. Reden muss man.« So weich und rund klang sein R. Lauter Rs kugelten aus ihm heraus.

War Judas nicht der Verräter gewesen, fragte sich Nina, der Jesus ans Kreuz geliefert und sich dann später erhängt hatte? Wegen ein paar Silberlingen?

Als hätte Grisch Ninas Gedanken gelesen, sagte er mit flammendem, aber nicht verzehrendem, sondern wärmendem Blick zu ihr: »Der Judas ist zwölf Jahre mit dem Jesus rumgelaufen. Der war voller Hoffnung, dass der Jesus sie alle rausholt aus der Umklammerung der Römer, dass er gegen die Römer aufsteht und sich was ändert für sie alle. Der Judas *wollte*, dass sich was ändert. Der Judas wollte und hat gehofft, dass Jesus ihre Lage ändert. Ihm hat er es zugetraut. Auf ihn hat er alle seine Hoffnung gesetzt.« Grischs großer Körper schien die Energiemengen nicht fassen zu können, die unablässig in ihm nachproduziert wurden.

Nina bewunderte ihn. Ihr selbst wurde seit Monaten ständig Kraft abgezogen. Grisch dagegen schien nicht zu wissen, wohin mit der seinen. Grisch zog anders an seiner Zigarette als Max. Max schloss die Lippen langsam, in einer lasziven, erotischen Art um den Filter. Sein Raucheinziehen und -ausatmen wollte Begehren wecken, war auf sein weibliches Gegenüber ausgerichtet (sofern jenes in seinen Augen schön und begehrenswert genug war).

Bei Grisch hingegen wirkte das Einatmen des Rauchs wie das Atmen eines Tauchers, der lebensnotwendig auf sein Atemgas angewiesen war. »Der Judas hat den Jesus gekannt und hat ihn garantiert auch geachtet und geliebt, sonst wäre er nicht so lange mit ihm rumgelaufen. Der hat seine ganze Hoffnung auf ihn gesetzt. Es kann nicht, es *kann* nicht sein, dass er den Jesus wegen dreißig Silberlingen verraten hat.«

Ein Mann mit kariertem Hemd, hellbraunem Bart und einer in die Stirn gefallenen Haarsträhne schüttelte den Kopf. »So steht's halt in der Bibel.«

Wieder sog Grisch den Rauch seiner Zigarette tief in seine Lunge ein, als lebe er davon. Seine Hände gestikulierten. »Ich sag's halt immer wieder: Der Judas hat den Jesus nicht leichtfertig verraten. Der war zutiefst verzweifelt über seine Tat. Ich will ein ganz anderes Verständnis für diese Figur bewirken.«

»Das werden sie dir nicht durchgehen lassen«, sagte einer.

»Hätten solche Bedenken«, sage ein anderer, »den Grisch je von einer Überzeugung abgebracht?«

Grisch war es, der Johannes und Hiasl davon abhalten wollte, mit Nina auf den Kofel oder auf den Laber zu steigen. Zu anstrengend sei es in seinen Augen.

Johannes' Gesicht wurde ernst, sein Blick besorgt. »Du rauchst zu viel. Nina packt das. Keine Frage. Die kann gut auf den Kofel rauf. Aber du nicht. Deine Lunge macht nicht mit.«

Grisch senkte den Kopf und nickte. »Ich rauch zu viel. Aber ich kann halt nicht aufhören. Ich will und kann's nicht.«

Johannes' verkniffenes Lächeln verriet, wie besorgt er um die Gesundheit seines Bruders war. »Dann lass uns was ganz anderes machen.« Seine Miene erhellte sich wieder. »Ich will der Nina sowieso etwas zeigen. Da wart ihr beiden, du und der Hiasl, bestimmt auch schon lange nicht mehr.«

Hiasl saß weiter hinten und hörte nichts von der Unterhaltung. Grisch drückte seine Zigarette aus. »Und? Verratst uns, wasd vorhast?«

Johannes zog vielversprechend und verheißungsvoll die Augenbrauen in die Höhe. Um Nina nichts durchblicken zu lassen und Grisch dennoch ein aufschlussreiches Codewort zu geben, sagte er: »Wir starten von Bayersoien aus.«

Da breitete sich ein Grinsen auf Grischs Gesicht aus, und er nickte zustimmend.

Johannes will mich überraschen, dachte Nina. *Er hat sich darüber Gedanken gemacht, wie er mir eine Freude machen kann. Wann hat das zuletzt jemand für mich getan?*

Sie standen auf, um auf ihre Zimmer zu gehen. Da fiel dem Hiasl noch etwas ein. »Morgen früh will ich, bevor wir gehen, in der Hohepriester-Umkleide noch die Lampe reparieren. Mir hat heute Abend ein Klemmstein gefehlt. Ich will das fertig machen.«

»Klemmsteine?«

»Für dich Badenerin: Lüsterklemmen.«

Johannes grinste amüsiert. »Die Idee von dir ist so listig, da brauchst du sogar Listigklemmen.«

Hiasl fasste sich an den Kopf und schüttelte ihn mit der Hand an der Stirn.

Nina presste die Lippen zusammen und hob die Augenbrauen. Sie konnte dem Ganzen überhaupt nicht folgen.

Johannes klopfte Hiasl auf die Schulter. »Wir sind scho pfiffig, wir zwei. Wir sind scho so zwei Pfifferlinge.«

Nun musste Hiasl lachen. »Er macht einfach schon immer die schlechtesten Witze auf Gottes Erdboden. Aber lustig sind sie irgendwie doch.«

Gleich darauf brachte Johannes Nina in ein kleines Gästezimmer. Er ging vorbei an dem Zirbenbett, dessen geschwungenes Fußteil fast so hoch wie das Kopfteil war und schloss das Fenster. Eine mit rot-weiß-karierter Bettwäsche überzogene Daunendecke bedeckte das große Kopfkissen zur Hälfte. In der Ecke, neben dem Sprossenfenster, stand ein eintüriger Nadelholzschrank, daneben ein kleiner, quadratischer Tisch. Ninas Blick ging zu dem Kruzifix darüber.

»Das hat der Hiasl geschnitzt«, sagte Johannes, der ihren Blick gesehen hatte.

Der elfenbeinfarbene Körper des Gekreuzigten hob sich stark von dem dunklen Holz des Kreuzes ab. Das Kreuz hatte die Farbe der langen Haare und des Bartes und auch der Dornenkrone. Der Kopf hing nach rechts, lag auf dem Arm. Der Körper war leicht nach rechts gebogen. Unter dem letzten Rippenbogen klaffte eine Wunde, dunkelrot von getrocknetem Blut.

Nina schauderte. »Wo schläfst du heute Nacht?« Plötzlich war es ihr wichtig, das zu wissen.

»Ich schlaf gleich nebendran. Zwischen uns ist nur die Wand. Mein Bett steht direkt neben deinem.«

Seine Hand berührte ihren Oberarm und drückte ihn leicht, wie zur Beruhigung. Ein Ich-bin-da-alles-ist-gut-Drücken.

Es duftete nach Holz, als Nina im Dunkeln im Bett lag. An der Wand neben Johannes. In ihrer Erinnerung zog Grisch an seiner Zigarette, und seine Augen brannten. Die hellblauen Augen von Johannes leuchteten. Sie dachte an das Kreuz über dem kleinen Tisch, an dem der tote Jesus hing. Sie konnte es im Dunkeln nicht sehen. Seit Omas Tod war Jesus aus ihrem Leben fort gewesen. Neuerdings tauchte er überall auf.

Der Jesus ist viel zu wichtig. Der muss mehr in den Mittelpunkt. Grisch und Johannes und die anderen Leute, die Nina in der Wirtsstube getroffen hatte, sie alle schienen Jesus so fest in ihrem Leben zu haben, wie Nina es allenfalls von ihrer Oma her kannte. Was brachte es ihnen? Was war ihnen so wichtig daran? Sie nahm sich vor, Johannes danach fragen. Dann schlief Nina ein, ohne noch ein einziges Mal an Max zu denken.

SO VIEL SCHÖNES

Links und rechts vom Weg lagen saftig grüne Wiesen, die an den Nadelwäldern endeten und sich am Horizont zu den blaugrauen Bergen hin senkten. Braun gefleckte Kühe standen in den Wiesen und grasten. Die eine Kuh hob den Kopf und machte Schritte auf sie zu, die andere glotzte nur. Rotklee und blaue Glockenblumen leuchteten aus dem Grün hervor.

Auf dem schmalen Wiesenpfad gingen die vier einer dunklen Öffnung im Fichtenwald entgegen. Der Wald wirkte düster auf Nina. Dasselbe Gefühl der Ungewissheit beschlich sie, wie bei ihrem ersten Eintreten in die Eingangshalle der Universitätsbibliothek. Doch nachdem der Wald sie ganz aufgenommen hatte, atmete Nina den Duft nach Fichtennadelöl tief ein. Bornylacetat. Sie dachte an den Botaniker und Arzt Hieronymus Bock, der einst geschrieben hatte, dass dieser Stoff gegen Husten, Schwindsucht sowie Blutspeien helfe. Half Fichtennadelöl auch gegen Schwindsucht durch den Erreger Max?

Äste knacksten unter ihren Wanderschuhen. Auf jeden Schritt mussten sie nun achten, um auf den Wurzeln, die quer über dem Pfad lagen, und auf den herumliegenden Steinen nicht zu stolpern. Hiasl, der voranging, versteckte sich hinter einer moosbewachsenen Grauerle und lugte Augenblicke später grinsend hervor, wie ein Waldschrat mit zu kurz geschorenem Bart.

Klee. Überall wuchs Klee. Nina hoffte, ein vierblättriges Kleeblatt zu entdecken. Doch sie wollte nicht stehen bleiben und die Brüder aufhalten. Quer über dem Pfad lag eine noch junge, umgeknickte und schon restlos vertrocknete Fichte. Der dünne Stamm streckte sein Geäst in alle Richtungen. Im Hilfesuchen erstarrte Finger. Nina und die drei Männer mussten sich unter der toten Fichte hindurchducken, um weitergehen zu können. Farne säumten den Weg. Hier und da fiel ein Sonnenstrahl bis ins Unterholz und beleuchtete das Moos, dessen kleine, grüne Sterne weiche Betten bildeten.

Hiasl ging immer noch voran. Johannes folgte. Er trug eine Jeans, während seine Brüder Kniebundhosen anhatten. Karierte Hemden schienen obligat. Hinter Nina kam Grisch. Sie hörte ihn atmen. Die vom nächtlichen Regen graubraune Ammer strömte tief unter ihnen. Auf dem rutschigen Pfad stiegen sie hinunter zum Fluss. Moosbewachsene Felsen zu ihrer Rechten.

Dieser Ort war zwar schön, aber *wunderschön*, wie angekündigt, dachte Nina, war er nicht, abgesehen von den ungewöhnlich großen Mengen an Moos und Klee. Der schmale Pfad brachte sie dem Fluss immer näher. Das Sprudeln und Brausen wurde lauter, und auf einmal blieb Hiasl stehen und machte Johannes Platz.

Der drehte sich nach Nina um und streckte seine Hand aus. »Komm.« Seine Augen glänzten wie die Augen von Ninas Vater, wenn er am Heiligen Abend die Tür zum Wohnzimmer geöffnet und den Blick auf den geschmückten Baum mit den Geschenken darunter freigegeben hatte.

An Johannes' Hand balancierte Nina über kräftige Baumwurzeln und nassen Felsboden. Drei Schritte machte sie an seiner Hand, dann ließ er sie los, damit sie entdecken sollte, was vor ihr lag: Betten aus Moos hingen von der Felskante wie

Federbetten aus dem offenen Fenster. Von den Moosbalkonen fielen feine Wasserfäden senkrecht zu Boden und verbanden sich im freien Fall zu bläulich schillernden Schleiern. Reine, zarte Schleier, wie keine Braut sie je getragen hätte. Schillerndes Wassergespinst, so hauchdünn, dass die moosbewachsene Felswand dahinter noch wahrnehmbar war. Nebel schwebte über dem hellgrünen Moos, welches das Wasser streichelte, bis es zu Lichtsträhnen zerteilt war. Nina drehte sich zu Johannes um. Sein Blick ging andächtig hinauf zum Schleier regnenden, moosbewachsenen Kalktuff.

Grisch lehnte an einem Baum, mit Ehrfurcht im Gesicht. Hiasl stand mit verschränkten Armen nicht weit von ihm. Nina und Johannes tauschten einen Blick, ein Lächeln. Das fein herabstürzende Wasser benetzte Ninas Gesicht. Keiner sagte ein Wort.

Abgeschieden sind wir hier, dachte Nina, *die Welt bleibt draußen.* Für einen Moment, den ein Tropfen brauchte, um von der zipfeligen, flauschig grünen Mooskante auf den nassen Felsboden zu fallen, dachte sie: *Wären doch nur Johannes und ich Liebende, nicht Max und ich. Wir würden uns Zeit lassen mit der Liebe, bis ihr Keim aufgegangen wäre.* Dann wischte Nina den Gedanken schnell weg.

Johannes Augen glänzten und leuchteten. Nina wusste nicht, was mehr schillerte, seine Augen oder der Wasserschleier vor und über und neben ihnen. Es rauschte und tropfte. Sie kamen erst zurück in die Welt, als sie Grisch lachen hörten, weil Hiasl hinter einem der daliegenden Felsen hervorlugte, wie ein Wurzelzwerg.

Als es nach dem Verlassen des Waldes auf dem Weg durch die Wiesen wieder möglich war, nebeneinanderher zu gehen, wandte Nina sich Johannes zu. »Ich kann so viel Schönes gar nicht erfassen. Ich kann es gar nicht so tief in mich aufnehmen, wie ich will. Es passt gar nicht alles in mich hinein.«

Johannes öffnete den Mund, um zu antworten, aber Grisch war schneller. »So ein Bild kann man nur mit der Seele aufnehmen. Das Moosgrün, das Wasserrauschen, den leichten Wind und die Feuchtigkeit auf der Haut.«

»Ja.«

»Schade, dass du nicht in Oberammergau geboren bist, dann hätte ich dich gebeten, für die Maria Magdalena vorzusprechen. Dich könnt ich mir sehr gut für diese Rolle vorstellen. Mit deinen großen, beeindruckten Augen und mit dieser Mischung aus Hellem und Traurigem im Gesicht.« Grisch kam Nina heute ruhiger vor als gestern. Auch rauchte er weniger. »Maria Magdalena hat den Jesus begleitet, wie die Jünger auch. Sie hat die Kreuzigung gesehen und war die erste, welcher der Jesus nach seiner Auferstehung begegnet ist.«

Jesus taucht neuerdings wirklich überall auf. Er ist einfach da. All die Jahre über war er es nicht. Und hier steht er auf einmal auf jedem Berg. In Oberammergau hängt er in allen Straßen. Selbst in der Wirtshausstube und in meinem Zimmer ist ein Kruzifix.

Nina suchte den Blick von Hiasl, der bei den Passionsspielen einer der Jesus-Darsteller gewesen war.

»Wie mag das sein, am Kreuz zu sterben?«, fragte Nina. »Das muss doch absolut entsetzlich sein, unvorstellbar furchtbar.«

»Hundertprozentig. Bevor du stirbst, rufst du laut nach Gott« Er schrie: » Eloi!« Nina zuckte zusammen. »Danach ist eine unbeschreibliche Ruhe im Zuschauerraum. Sonst hört man auf der Bühne immer irgendwelche Geräusche. Hüsteln, Flüstern, irgendwas. Aber dann ist es auf einmal mucksmäuschenstill. Und dir wird klar: Was sich damals abgespielt hat, das war ein brutaler Mord.«

HELLBLAUES HEMD

Zweieinhalb zusammenhängende Stunden fielen an diesem Sommernachmittag für Max und Nina ab. In der Nachmittagssonne wirkte seine Haut sonderbar fahl, aber seine Lippen glänzten rot und bereit. Er pflückte einen langen Grashalm, drehte ihn zwischen den Fingern, betrachtete ihn von allen Seiten und sah dabei aus, als traue er sich nicht, etwas auszusprechen, bis er schließlich doch fragte: »Wie ist der Stand deiner Gefühle für mich? Liebst du mich immer noch?«

Ein tiefes Glücksgefühl breitete sich in Nina warm aus. Sie lächelte. »Ich liebe dich immer noch.«

Max schloss die Augen und seine Gesichtszüge entspannten sich. *Er stößt nur in sichere Gefilde vor, und ich lasse mich sicherheitshalber bitten. Unsere Ängste haben uns an getrennte Pfähle gefesselt.*

Sie kamen auf eine kleine Lichtung voller alten Laubs und frischen Mooses, gerade groß genug für ihre beiden ausgestreckten Körper. Sie legten sich auf ihre Jacken, die sie nur zu diesem Zweck mitgenommen hatten. Zwischen den Baumwipfeln glänzte seidig der blaue Himmel. Es surrte und roch nach Erde und nach Maximilian. Sein halb bekleideter Körper – das Hemd hatte er ausgezogen – berührte Nina. Sanft drückte er sich an sie. Seine Hand umschloss ihre Hand.

Max küsste sie. Er drehte Nina auf den Bauch und hob sich abgestützt über sie. Er schmiegte seinen Arm um ihren Kopf. Nina nahm das Bild tief in sich auf, wie seine Hand ihre hielt. Das zu erleben genügte. Es brauchte kein Leben danach mehr zu geben. Alles war so, wie es von Anbeginn gemeint gewesen war.

Einige Zeit später lagen sie auf der Seite und betrachteten einander. Novalis-Mund und Cognacaugen. Max erzählte Nina eine Geschichte: Eine Japanerin hatte ihrem Geliebten das Glied abgeschnitten, weil es nur noch ihr hatte gehören sollen. Maximilians Blick suchte in Ninas Gesicht, in ihren Augen nach der Wirkung seiner Geschichte, die erhoffte Reaktion erwartend. Aber Nina konnte nichts darauf erwidern. Sie lächelte nur. Nina war seine Geliebte. Nicht seine Partnerin. Das war Hannah. Nina fragte sich klarer und deutlicher, als je zuvor: *Will ich überhaupt an Hannahs Stelle treten?* Nina würde es niemals ertragen, in Maximilians gleichgültig gewordenen Augen Reue über seine Entscheidung für Nina zu entdecken. Nie würde sie einem übersättigten Blick von ihm Stand halten, der an ihr vorbeiplätschert, auf der Suche nach einer neuen Schönen. Nie würde sie abends vom Wohnzimmer aus beobachten wollen, wie Max im halbdunklen Flur heimlich sein Hemd an Brust und Ärmeln mustert und schnell das lange Haar einer anderen Frau abzupft, damit Nina es nicht bemerkte – so, wie er es jetzt mit ihren Haaren tat, wenn er bei Hannah war. Den umgekehrten Fall, dass Nina und Max in einer gemeinsamen Zukunft glücklich miteinander werden könnten, konnte Nina sich nicht vorstellen.

Max knöpfte sein hellblaues Hemd zu, und dieser Anblick zog Nina das Herz zusammen. *Es wird keine Morgen geben, an denen ich Max vom Bett aus dabei zusehen werde, wie er sich ein Hemd zuknöpft. Vielleicht werde ich ihm nie mehr dabei zusehen können, wie er sich ein Hemd zuknöpft. Oder vielleicht noch zweimal oder fünfmal. Vielleicht nie mehr.*

In diesem glückseligsten Moment beschloss Nina wieder, wie schon bei der Kanufahrt, ihr Verhältnis enden zu lassen. Nur auf diese Weise, so glaubte sie, würde sie ihre Liebe zu Max bewahren und dem Schmerz durch ihn entkommen können. Zwar würde sie mit der Liebe auch den Schmerz konservieren, aber diesen Preis wäre sie bereit zu bezahlen.

POST VON FELIX

Nina schrieb in ihr Tagebuch: *Ich bin ganz merkwürdig berührt. Nicht nur davon, dass ich zum ersten Mal im Leben Post von Felix bekommen habe, sondern davon, was er mir geschickt und geschrieben hat. Ich bin überrascht und glücklich, weil Felix das rote Büchlein gefunden und es mir geschickt hat. Er muss sich an unser Gespräch in der Kirche an Weihnachten erinnert haben, daran, dass ich das Büchlein gern wiederfinden würde. Allein, dass er sich daran erinnert hat, ist schon bemerkenswert. Es interessiert ihn sonst nicht allzu sehr, womit und wofür ich meine Zeit verbringe und was mir wichtig oder unwichtig ist.*

Nina nahm das kleine rote Buch in ihre Hände, das noch auf dem wattierten, mit Felix' Handschrift adressierten Briefumschlag lag. *Neues Testament.* Sie schlug es ganz hinten auf. Wie kindlich ihre Unterschrift mit elf Jahren gewesen war. Sie konnte sich noch genau daran erinnern, wie ernst es ihr gewesen war, als sie ihren Namen unter den Satz geschrieben hatte: *Jesus Christus, danke, dass Du mich gerettet hast.*

Sie legte das Buch zurück und schrieb: *Merkwürdig ist das Ganze auch, weil Felix schreibt:* »Ich habe eine Freundin (meine Freundin). Sie heißt Jasmin. Sie studiert Biologie. Kennst du den Niembaum? (Du schreibst doch gerade über Biologen.) Den erforscht sie. Jasmin will später nach Peru gehen und dort Niembäume pflanzen. Das ist ihr Plan. Ihr Lebenstraum. Kannst du dir vorstellen, *dass ich eines Tages nach Peru gehen werde? Ich mir noch nicht. Aber: alea iacta est. Dein Felix.«*

Es ist nicht merkwürdig, dass er eine Freundin hat, vielmehr dass er sich mit achtzehn Jahren aufs Leben festlegen will. Erstaunlich finde ich, dass er sich mir anvertraut. Irgendetwas ist an Weihnachten in der Kirche zwischen uns passiert. Da hat sich ein Band geknüpft. Will er Jura studieren, um dann in Peru Niembäume zu pflanzen? Ich muss mal nachsehen, was das für Bäume sind. Keine Ahnung. Felix in Arbeitshosen auf den Knien, mit Schaufel in der Hand und Dreck im Gesicht? Unvorstellbar. Mutter wird durchdrehen.

Noch einmal schlug sie die Seite auf, las den Namen Jesus Christus. Sie konnte sich an den Mann erinnern, der ihr das Buch in die Hand gegeben hatte. Sonderbar, dass sie diesen Mann so lebendig vor Augen hatte. Einen graubraunen Anzug hatte er getragen, ein konzentriertes Gesicht hatte er gehabt, dem anzusehen gewesen war, dass es ihm sehr ernst und wichtig gewesen war, Nina – und den anderen Kindern – dieses Buch zu geben. Vielleicht war es die Dringlichkeit in seinem Gesicht gewesen, die ihr den Anblick so eingeprägt hatte.

MAXIMILIANS BITTE

Nina ging zur Hauptpost. Die Menschen drängten zusammen, und sie musste vielen ausweichen. Nur langsam kam sie voran, musste sich in die Schlange stellen. Endlich drang sie zu dem hochgewachsenen, blassen, dunkelblonden Schalterbeamten vor.

»Poste restante?« fragte er, als dämmere es ihm, den Ausdruck irgendwann schon einmal gehört zu haben. »Meinen Sie postlagernd? Sie kommen, um einen Brief abzuholen?«

Nina nickte. Der Beamte verlangte ihren Personalausweis. Dann drückte er Nina einen grauen Umschlag in die Hand, und sie dankte ihm so freundlich, dass es überschwänglich wirkte.

Während Nina die Straße überquerte, las sie ihren in Maximilians Handschrift geschriebenen Namen: »Nina Schäfer«. Da stand nicht nur »Schäfer«. Im Colombipark setzte sie sich auf eine Bank in einer von Wein umrankten Pergola und las Maximilians Brief.

Liebes Schaf,
komme nicht auf die Idee, uns dies jetzt alles zu nehmen. Wenn du schon etwas fortnehmen musst, dann den hässlichen Läufer in

eurem Flur. Ich bin nicht unverwundbar. Ich ersuche dich, gelegentlich daran zu denken. Oder für dich besser: daran zu fühlen.
    Dein Wolf

Es war ein Liebesbrief, in dem das Wort Liebe nirgends stand. Zweimal, dreimal, dreißigmal las Nina diesen Brief. Auf dem Heimweg blieb sie in einer Hauseinfahrt stehen und las den Brief erneut. Sie las ihn in der Straßenbahn und unter einer Kastanie auf dem Weg zu Elses Haus. Sie las den Brief auf der Treppe ins obere Stockwerk und las ihn, nachdem sie aus dem Bad gekommen war. In der Nacht wachte sie auf, knipste die Nachttischlampe an und las – selig – Maximilians Brief. Am Morgen kannte sie die Worte auswendig wie ihren Namen. Niemals, dachte sie, würde sie den Inhalt dieses Briefes vergessen.

HOCHZEIT
MIT HÖHEN UND TIEFEN

Ninas Blick ruhte auf ihren Freunden am Altar, die auf einer mit dunkelrotem Samt bezogenen Sitzbank Platz genommen hatten. Nina und alle anderen in der Kirche waren umgeben von weiß-goldener Pracht, von Säulen, Pilastern, Gemälden, von Stuck und einem eindrucksvollen Spiel von Licht und Schatten. In ihrer Vorstellung sah Nina sich mit Max dort vorne sitzen und ihrer eigenen Hochzeitspredigt lauschen. In ihrer Fantasie hielt Max ihre Hand, mit dem Handrücken den weißen Seidenchiffon ihres Kleides berührend.

Der anthrazitfarbene Hochzeitsanzug von Tobias, ihrem früheren Arbeitskollegen, erinnerte Nina an jenen Anzug, den Max in der Herrenabteilung des großen Bekleidungshauses auf der Kaiser-Joseph-Straße anprobiert hatte. Nina hatte Max zum Einkauf begleiten und ihn beraten sollen. *Sie*, nicht Hannah. Ein ums andere Mal war er aus der Kabine gekommen – im grauen Anzug, im blauen, im schwarzen. Nie zuvor hatte Nina Max im Anzug gesehen. Wie schön er ausgesehen hatte.

Er sonnte sich in Ninas bewundernden Blicken. Mit breitem Lächeln zog er den Vorhang hinter sich zu, um bald darauf, im nächsten Anzug, wieder aus der Kabine zu kommen und Nina fühlen zu lassen: Dies ist der Mann, den du immer noch willst. Ein hinkender Verkäufer mit tief sitzendem Scheitel und dicker Brille kam und wollte sie beide beraten. »Für Ihre Hochzeit?«

Max und Nina schauten einander groß und überrascht in die Augen. Ein ganzes ungelebtes, niemals eintretendes Leben zog durch ihre Blicke.

Wie aus einem Mund antworteten sie: »Nein.«

Bedauern im Gesicht des Verkäufers. »Schade, sie sind so ein schönes Paar.«

Den tiefen Stich, den Nina damals gespürt hatte, fühlte sie nun wieder. Die Orgelmusik ließ Ninas Brustkorb erzittern und ging ihr durch Mark und Bein. Als man sich zum Auszug des Brautpaares erhoben hatte und sich in den Bankreihen langsam Richtung Mittelgang vorarbeitete, entdeckte Nina auf der gegenüberliegenden Seite des Kirchenschiffs Severin Milbrandt, ihren ehemaligen Abteilungsleiter. Er hatte Nina längst fest in den Blick genommen. Seine Augen wirkten wie verschlossene Türen. Sein aufgesetztes Lächeln zeigte an, dass Severin Nina ihre Absage der Stelle als Leiterin seines Qualitätssicherungslabors nicht verziehen hatte. Er nickte ihr zu, und sie erwiderte den wortlosen Gruß.

Drei Kleinkinder streuten dem Brautpaar bunte Blüten auf den Weg durch den Garten des Gutshofes, bis hinein in den offenen Saal. Tobias und Inès lächelten sich gerührt zu, mit Sicherheit die eigenen, zukünftigen Kinder im Sinn. Würde Max einst ein Vater sein? Im Festsaal suchte Nina ihr Tischkärtchen, von einem runden Tisch zum nächsten wandernd: weiße Tischdecken, weißes Geschirr und Gestecke aus hellem, fedrigem Grün. Gleichzeitig mit ihrem Tischnachbarn wurde Nina an einem der seitlichen Tische fündig.

Der kleine, etwas untersetzte Mann mittleren Alters im schwarzen Anzug und mit graumeliertem Haar verneigte sich leicht vor Nina. Ein schmales, flaumiges Stück Haar reichte von weiter hinten in seine Stirnglatze hinein. Sein Gesicht wirkte so unschuldig und gutmütig wie das eines gutgelaunten Kindes. »Gestatten: Gustave Winter.«

Er erinnerte Nina an das Märchen von Hans im Glück – *so glücklich wie ich, rief er aus, gibt es keinen Menschen unter der Sonne* – nur war dies eben der alte, der erwachsene Hans.

Tobias tauchte neben ihnen auf, um sie einander vorzustellen. Sein Aramis roch würzig und holzig und nach Moos. Tobias zog sein Lächeln mehr in die Breite als je zuvor – heute war seine Hochzeit. »Nina, darf ich dir unseren alten Familienfreund Dr. Gustave Winter aus Zürich vorstellen? Er ist Zellbiologe und Duftwissenschaftler und hat die Forschung buchstäblich an einen Sandelholzbaum gehängt, stimmt's, Gustave?«

Nina horchte auf. Diesen Mann hatte Tobias ihr an Silvester als jene Person angekündigt, die sie begeistern und beeindrucken würde.

Winter schmunzelte vergnügt. »Die Forschung und mein Herz.«

»Sie forschen über Sandelholzbäume?«

»Ich forsche gar nicht mehr. Ich mache inzwischen, was mir die größte Freude macht: Ich bin Duftstoffeinkäufer.«

»Für eines der größten Unternehmen in der Herstellung von natürlichen Duftstoffen«, hakte Tobias wieder ein. »So mutig wie du, Gustave, sind wenige Menschen. Ich bewundere das. Die erste Karriere aufzugeben, um dem inneren Ruf zu folgen ... viele Menschen leben das Leben von anderen und merken es viel zu spät oder haben nicht den Mut, noch was zu ändern.«

Die Bemerkung von Tobias versetzte Nina einen leisen Stich. Lebte sie ihr eigenes Leben?

»Gustave, dies ist meine ehemalige Lieblingskollegin Nina Schäfer, duftaffine Biochemikerin, die sich nach unser aller

Rausschmiss geweigert hat, mit mir nach Ludwigshafen zu BASF zu gehen. Obwohl man sie mit Kusshand genommen hätte. Severin hat sie auch schon gewollt. Da war aber nichts zu machen. Wohl dem, der sie bei sich weiß – beruflich oder privat.«

Gerührt warf Nina Tobias einen Kuss in die Luft. Mit einem Zwinkern seiner kleinen Augen verschwand er zu den nächsten Gästen. Wenig später, am Tisch sitzend, musterten Nina und Gustave Winter einander immer dann, wenn sie glaubten, der andere lausche gerade aufmerksam der langen Begrüßungsrede von Tobias und Inès.

Ein Ober mit einer silbernen Platte kam an ihren Tisch. »Stuzzichini.«

Als er weitergezogen war, lächelte Gustave Winter Nina schelmisch an. »Wir können es auch Appetithäppchen nennen, oder?« Nach vorne, über seinen Teller gebeugt, biss Winter in sein Häppchen. Kleingeschnittene Tomatenstücke fielen auf seinen Teller. Seine Schläfen glänzten im Schein der Deckenleuchten silbern und beschworen in Nina das Bild sich im Sonnenlicht brechender Wellen herauf. Gustave Winter legte genüsslich die Stirn in Falten, die aussahen wie quer verlaufende, in Schichten übereinander liegende Granitplatten an der bretonischen Küste. Er kaute schmunzelnd. Seine graublauen Augen versetzten Nina an den sonnigen Strand einer Meeresbucht. Wellen spielten einander hinterher. Die Brandung rauschte dumpf. Nina meinte, den Duft des Meeres atmen zu können, das Dimethylsulfid des Phytoplanktons. Sie sah lange Säume von Schaumkronen, spürte die Sonne, die wärmte, aber nicht mehr brannte, und hörte den Ruf einer Möwe. All diese Bilder tauchten in Nina auf durch einen einzigen Blick in Gustave Winters Augen.

Nina schluckte den letzten Rest geräucherten Lachs' und tupfte sich den Mund mit der weißen Stoffserviette ab. »Nun hat also ein Sandelholzbaum Sie der Wissenschaft entzogen. Sandelholzbäume sind eben einfach Schmarotzer, nicht wahr?«

In Gustaves meergrauen Augen vermischten sich Erstaunen, Amüsement und Bewunderung. »Sie wissen ungewöhnlich viel über Sandelholzbäume.« Er faltete seine Serviette und legte sie neben sein Gedeck. »Diese Bäume sind aber nicht nur Schmarotzer, sie sind auch Bewahrer: Das Kernholz der älteren Bäume ist sehr dicht und das ätherische Öl sehr konzentriert.«

»Und man vermählt es gern mit Patschuli«, sagte sie. Gedanklich war sie bei Max.

Nun setzte Gustave sich aufrechter hin. Er steckte den Finger in den Kragen und zog daran und räusperte sich. »Obwohl das Patschuli-Blatt so klein ist, gibt es einen vielschichtigen und intensiven Duft ab. Erstaunlich, oder? Dieser Duft ist so komplex zusammengesetzt, dass man ihn synthetisch nicht nachahmen kann.«

Er erzählte Geschichten über blutende Bäume, über wie zu Tränen erstarrtes Harz, über den Duft der Jasminblüten am frühen Morgen und über die drohende Patschulikrise. Gebannt hörte Nina zu, ihren Blick groß und aufmerksam auf Winters Gesicht gerichtet. Sie sog alles auf, was er erzählte. Wie nebenbei tranken sie Rotwein – Primitivo di Manduria *Lirica* – und aßen Risotto mit Scampi und Spargel. Eine kleine Weile lang unterhielten sie sich höflichkeitshalber mit den zwei Paaren an ihrem Tisch, nur um bald darauf wieder in jene Welt zu entschwinden, aus der sie beide kamen, in die sie gehörten und die ihnen vertraut war.

»Kürzlich habe ich einen Artikel über den Botaniker René Louiche Desfontaines geschrieben. Er war der Entdecker von Patschuli.«

»Geschrieben wofür?«

»Für ein Nachschlagewerk über berühmte Biologen.«

Gustave schluckte eilig. Hinter seiner Stirn fing es an, fieberhaft zu arbeiten. Diesen Eindruck hatte Nina auch, während sie die Hauptspeise genossen – Loup de Mer Filet in Kapern-Zitronensauce und Rinderlende vom Grill. Sie sprachen über Fermentationsprozesse und Duftölanalysen.

»Maiglöckchenduft ist nicht extrahierbar«, erklärte Gustave. »Es gibt keine natürliche Essenz. Die Parfümeure müssen ihn nachbilden. Sie verwenden dazu ...«

»Hydroxycitronellal.«

Gustave ließ Messer und Gabel sinken. Er starrte Nina an und schüttelte erstaunt den Kopf. »Außerhalb der Welt der Parfümerie habe ich noch nie eine Person mit solcher Fachkenntnis getroffen. Das ist erstaunlich. Sie beeindrucken mich.«

Ninas Herz ging auf. Sie lächelte mit leuchtenden Augen. »Als zehnjähriges Mädchen habe ich Flieder gesammelt und in Einmachgläsern im Schrank aufbewahrt, in der Hoffnung, ich könnte den Duft einfangen. In das eine Glas habe ich zusätzlich Nivea getan, ins nächste Deo.« Sie nahm den Kopf in den Nacken und lachte laut. Ihr wurde bewusst, wie lange sie schon nicht mehr so befreit und laut gelacht hatte. »Im dritten Glas waren nur Flieder und Luft.«

Gustave lachte herzlich mit. »Nivea war schon gar nicht so schlecht. Der Versuch einer kalten Enfleurage. Für eine Zehnjährige nicht übel.« Der Duftstoffexperte tat, was er bestimmt schon zehn Mal an diesem Abend hatte tun wollen: Er öffnete den obersten Knopf seines weißen Oberhemdes. Das Jackett hatte er längst über seine Stuhllehne gehängt.

Der Ober stellte Himbeertiramisu vor sie hin, und während Nina ihm dankend zunickte, fiel ihr Blick auf Severin, der ein paar Tische weiter saß und Nina aufmerksam beobachtete.

Irgendwann nach dem Dessert tanzte Nina mit dem Bräutigam Tobias. Sie genoss es, in seinen Armen über die Tanzfläche zu schweben, seine warme Hand an ihrem nackten Rücken zu fühlen. Ihr schwarzes, schmales Kleid – hochgeschlossen, aber mit tiefem Rückendekolletee – war beinahe zu eng zum Tanzen. Sie konnte sich überhaupt nur deshalb tanzend darin bewegen, weil das Kleid einen seitlichen Schlitz bis über das Knie hatte. Wohl hundertmal bedauerte sie, dass Max sie so nicht sehen konnte.

»Gustave ist beeindruckt von dir. Und, sei ehrlich, habe ich zu viel versprochen? Hat er nicht genau die Themen auf Lager, die dein Herz höherschlagen lassen? Stimmt's?«

»Das kann man wohl sagen.«

Tobias roch nach dem Holz und Moos seines *Aramis*-Duftes – und nach Bier. Nach zwei Disco-Fox und einem Jive begleitete er Nina zurück an ihren Tisch zu Gustave, der gerade seine zweite Tasse Kaffee trank. Nina setzte sich, stützte ihre Hände auf ihren übereinandergeschlagenen Beinen ab, zog die Schultern hoch und schaute den Tanzenden glücklich lächelnd und zufrieden zu.

Gustaves Meeraugen musterten Nina eine Weile lang freundlich konzentriert, bevor er sagte: »Nina, ich will dich etwas fragen. Ich habe ein Angebot für dich.«

Nina ließ die Schultern sinken. Es war Gustave Winters Miene anzusehen, dass es nicht um eine Aufforderung zum Tanz gehen würde. Was würde kommen? Nina atmete flacher.

Gustave räusperte sich, schaute kurz auf seine weichen, dicklichen Finger und dann geradewegs in Ninas Gesicht. »Mir sind während unserer Unterhaltung einige Gedanken gekommen. Wir machen es am besten so: Ich sage dir, was ich mir vorstellen kann, und du überlegst dir, ob etwas dabei ist, das auch du dir vorstellen kannst.«

Ninas Herz flackerte leicht, wie die Kerzen auf dem Tisch. »Einverstanden.«

»Zunächst mal: Ich arbeite für ein Familienunternehmen in der Schweiz, das Duftstoffe herstellt. Ziel: Wir versorgen unsere Parfümeure mit Essenzen, mit Extrakten. Ich brauche dir ja nicht zu erklären, was das ist. Ich bin sozusagen der erste Mann in der Kette. Der Jäger und Sammler. Ich suche in fünfzig Ländern nach Rohstoffen. Vanille in Madagaskar, Rosenholz in Guayana, Oud in Bangladesch. Ich garantiere nicht nur für die Menge an Rohstoffen, die gebraucht wird, sondern auch für die Qualität.«

Vergiss es, Gustave. Ich reise nicht durch die halbe Welt. Nicht, solange Max in der Nähe ist.

»An diesem Punkt die erste Überlegung: Ich brauche ... wir brauchen, jemanden wie dich für unser Qualitätssicherungslabor in Zürich.« Gustave lächelte, und seine Wangen bildeten runde Hügel. Die Falten seiner Stirn veränderten ihre Lage. »Ich garantiere für die Qualität vor Ort, kaufe in Sri Lanka Zimt, in Somaliland Weihrauch und Perubalsam in El Salvador ...« Seine kurzen Finger streckten sich zählend einer nach dem anderen aus. »Ich merke, dass es dir geht wie mir: Du liebst Düfte. Bist fasziniert. Bist wissbegierig und informiert. Den ganzen Abend haben wir von Düften gesprochen. Und nur wenige Sätze über Liposomenforschung. Du hast anscheinend das gleiche Problem, wie ich es damals hatte: Dich zieht es von der Forschung weg in die konkrete Welt der Düfte. Habe ich recht?«

Seine Worte fuhren auf einer achtspurigen Autobahn in Nina hinein. Und wie recht er hatte!

»Falls du nicht ins Labor willst, kannst du auch jetzt noch, in deinem Alter, bei uns eine Ausbildung machen. Du kannst lernen, fünfhundert Ingredienzien zu unterscheiden und wirst olfaktorisch ausgebildet. Deine Dufterinnerung wird geschult. Man muss die Synergien verstehen lernen. Wenn du das willst, mache ich alles für dich möglich. Ich bin absolut überzeugt von dir.«

Nina malte sich aus, wie sie mit Parfümeuren sprechen und jeden Tag die schönsten Duftöle einatmen würde. Gustave schilderte ihr, wie sie mit ihm ein Buch verfassen würde über die Verwandlung von Blüten zu flüssigem Gold, über die Nelkendörfer und den arabischen Jasmin und wie sie gemeinsam von der Schönheit dieser Welt künden würden.

Nina wollte gerade zum Reden ansetzen, als sie merkte, dass Severin Milbrandt neben ihrem Tisch stand. Wie lange war er schon dort? Wie viel hatte er gehört?

»Darf ich bitten?«, fragte er.

Sie erhob sich, beugte sich zu Gustave hinunter und sagte ihren Satz so leise, dass nur er es hören konnte: »Ich kann mir sehr gut vorstellen, bei dir mitzuarbeiten.«

Nina folgte Severin auf die Tanzfläche, lächelnd und mit geradem Rücken, weil sie glücklich war und sich für eine mögliche Konfrontation gewappnet fühlte.

Severins Hände waren weich wie Pudding. Er schunkelte auf der Stelle, wippte mit Nina von rechts nach links. »Nicht, dass du denkst, ich hätte dir verziehen, bloß weil ich dich zum Tanzen aufgefordert habe. Das habe ich ganz und gar nicht.«

»Um mir das zu sagen, hast du mich aufgefordert?«

Severins Blick war müde, sein Lächeln klein, schmal und geizig. »Nein, sondern um dir zu sagen, dass du fantastisch aussiehst. Und um dich etwas zu fragen.«

»Danke. Ich bin gespannt.« Sie würde diesen Tanz über sich ergehen lassen, und dann würde der Spuk vorbei sein.

»Stimmt es, dass du ein Verhältnis mit dem Freund von Hannah Kermes hast?«

Abrupt blieb Nina stehen. Sie starrte Severin an. Ihre Hand glitt von seiner Schulter. Die andere behielt er in seiner Hand. Schnell fasste Nina sich wieder, weil sie nicht wollte, dass jemand auf sie beide aufmerksam wurde. Sie schaukelte weiter von einem Fuß auf den anderen. »Woher kennst du Hannah Kermes?«

Nun blieb Severin stehen. Seine Augen waren glühende Kohlen. »Weil *sie* die Stelle angenommen hat, die ich *dir* angeboten hatte.«

»Kennst du sie vom Chemischen Institut?«

»Ganz genau. Da war sie ja wissenschaftliche Hilfskraft. Aber nur kurze Zeit, weil ich sie gleich abgeworben habe.«

Nina hätte ihn am liebsten auf der Tanzfläche stehen lassen. »Und im Labor unterhaltet ihr euch über das Liebesleben von Personen, die ein Stellenangebot ausgeschlagen haben?«

»Nur in deinem Fall.«

»Verstehe ich das richtig? Hannah hat dir, als ihrem Chef, davon erzählt, dass ich etwas mit ihrem Freund Max hätte?«

»Dass du etwas mit ihm *hast*. Ja, genau, ich weiß es von Hannah selber.«

Nina hätte ihm am liebsten gegen das Schienbein getreten. Severin schüttete kübelweise Mist über das Glück der letzten Stunden, die sie mit Gustave verbracht hatte.

»Weißt du«, sagte Severin, »mir ist das egal, mit wem du ins Bett gehst. Ob du anderen Frauen den Mann stiehlst. Aber ich weiß nicht, wie gut das bei potenziellen Arbeitgebern ankommt. So was bringt Unruhe rein. Das hat man nicht so gern. Das ist nicht gut. Fände Diddi Konerding bestimmt auch, wenn er es wüsste.«

Freier Fall. Severin drohte ihr also. Eine schallende Ohrfeige hätte er verdient. Vor aller Augen. »Hat sie ... hat Hannah das behauptet?«

Wie unverschämt sein Grinsen war, wie hämisch. »Aber ja. Aus erster Hand weiß ich es.«

Ruhig bleiben. Du lässt dich nicht provozieren. Es war schon immer deine Stärke, mit frechen Leuten fertig zu werden. »Severin, das ist der armseligste Racheversuch, der mir je untergekommen ist. Das passt nicht zu dir. Das bist du nicht. Besinne dich auf dich.«

Er klimperte mit den Augenlidern und senkte den Blick.

»Danke für den Tanz«, sagte Nina und lächelte. Sie tat es nicht für Severin, sondern um jene Leute, die möglicherweise zu ihnen herschauten, im Glauben zu lassen, dass zwischen ihnen alles bestens sei.

Nina verließ die Tanzfläche und ging zu Gustave zurück, der mit einer Frau am Tisch über Urlaub auf Sardinien sprach. An ihrem Wein nippend, beobachtete Nina den Bassgitarristen, dessen Haare im Scheinwerferlicht orange leuchteten. *Alles, was Hannah über mich und Max weiß, wird sie Severin zutragen. Und Severin wird es Diddi weitersagen.* Vielleicht würde Diddi die Geschichte egal sein. Vielleicht aber auch nicht. Vielleicht würde er in Zukunft, wenn er das Labor betreten und Nina dort sehen würde, denken: ›Das hätte ich nie von Nina gedacht.‹ Seine Augen würden nicht mehr glänzen, wenn er sie anschaute, sein Blick hätte dann bestimmt eine matte Ernsthaftigkeit. Nina würde sich beschmutzt fühlen. Und das war sie auch.

DIE ZEIT STEHT STILL

Gegen Mittag erreichten Nina und Max Basel. Die ganze Fahrt über hatte Nina überlegt, ob und wie sie Max von dem Gespräch mit Severin erzählen sollte, davon, dass Hannah Severin von ihrem Verhältnis berichtet hatte. Aber Nina tat es nicht, weil sie nicht wusste, wie sie es ansprechen sollte.

Die Sonne stand hoch und brannte. Beim Aussteigen merkte Nina, dass ihr T-Shirt am Rücken nassgeschwitzt war. Sie überquerten die Mittlere Brücke, spazierten durch die engen Gassen der Altstadt. Nur sie beide. Allein miteinander. Maximilians Duft überall. Nina nahm die Menschen um sie herum nur schemenhaft wahr. Max zeigte auf dieses Gebäude, dann auf jenes und hatte zu allem etwas Historisches zu erzählen. Doch schon Minuten später erinnerte Nina kaum etwas vom Gemsbrunnen, vom Kapelljoch oder vom Imbergässlein, so sehr war sie von Maximilians Nähe, von seiner Erscheinung, vom Klang seiner Stimme fasziniert. Dieses würde das Bild sein, das Nina von Basel bleiben würde: Maximilians Gesicht in der Sonne mit der Sonnenbrille, die er hochschob, wenn er Nina direkt ansehen wollte und wieder über seine hellbraunen Augen herunterließ, wenn sie weitergingen.

Am Schaufenster eines Juweliers blieb Max stehen, nahm seine Sonnenbrille ab und betrachtete die Herrenuhren. Er zeigte auf eine goldene Uhr, deren Uhrwerk sichtbar war. »Fantastisch«.

Nina beobachtete das filigrane Zusammenspiel der Zahnrädchen. Unermüdlich. Gleichmäßig. Präzise.

»Das ist eine Skelettuhr«, sagte Max.

»Eine skelettierte Uhr. Was für ein scheußlicher Name für so etwas Schönes. Skelettuhr.«

Maximilian grinste, doch sein Lächeln verschwand gleich wieder. Im Schatten der Markise waren seine Augen endlich nicht mehr zusammengekniffen, sondern ganz offen. Er wirkte nachdenklich. »Jeder Mensch hat ein bestimmtes Zeitkontingent. Und das war's dann.«

»Hier auf der Erde, ja.«

Max sah sie an. »Glaubst du an ein Leben nach dem Tod?«

Glaubte Nina daran? »Ja.«

»Warum ... glaubst du an Gott?«

»Ich kann es nicht erklären. Ich glaube einfach, dass es Gott gibt. Aber ich bin kein besonders gläubiger Mensch. Wenn ich da an Johannes und seine Familie denke.«

Max nickte kaum merklich, als nehme er wertfrei zur Kenntnis, dass Nina nun einmal anders darüber dachte als er. Dann drehte er sich wieder zum Schaufenster. Nina fühlte einmal mehr, wie sehr sie den Mann liebte, den die vielen sichtbaren kleinen und großen Zahnrädchen an die Vergänglichkeit alles Irdischen erinnerten, diesen Mann, der nicht an Gott glaubte und an nichts sonst, für den der Tod so endgültig war wie das letzte Ticken seiner Uhr. Niemals würde sie es ohne Hilfe schaffen, von ihm loszukommen. Das wurde ihr auf einmal sonnenklar.

Wenn sie im Schaufenster ihrem Spiegelbild begegneten, zog sich Ninas Herz zusammen, weil sie ein so schönes Paar waren. Nichts anderes hatte sie doch gewollt, als für immer dieses Bild sehen zu können.

Längst vor Max bemerkte Nina, dass sie beide die Blicke anderer Leute auf sich zogen. Manche sahen lange zu ihnen her oder drehten sich sogar nach ihnen um. Eine Frau, die etwas abseits der Kasse auf ihren bezahlenden Mann wartete, starrte sie beide an.

»Schaut die uns die ganze Zeit an?«, fragte Max.

»Wahrscheinlich gefällst du ihr.« Ninas wahre Erklärung war eine andere: *Sie spürt diese besondere Aura um Max und mich – sie will am Stillstehen der Zeit Anteil haben, will wissen, wie man das Glück skelettiert, wie man es vom Leid befreit. Aber das muss ich erst selber noch herausfinden.*

Die hochstehende Mittagssonne fiel in die schmalen Gassen. Max ging ein paar Schritte auf Ninas rechter Seite, dann wechselte er auf ihre linke.

»Warum hast du die Seite gewechselt?«, fragte sie.

»Damit du meine rechte Seite siehst. Das ist die schönere.« Er lächelte das sanfte Lächeln, das selten und kostbar an ihm war.

Eine kleine Weile gingen sie schweigend nebeneinanderher. Keiner von beiden schien nach Worten zu suchen oder sich auch nur zu überlegen, was er sagen könnte. Alles war gut. Auf einmal legte sich Max' Hand um Ninas Hand. Es waren Momente, in denen sie einander nichts mehr zu beweisen hatten. Sie waren ohne Rüstung, ohne Waffen. Es gab nichts zu verteidigen. Wie lautlos auf Wolken setzte Nina Schritt um Schritt. Dann, so sanft, wie die Luft aus Ninas Lungen strömte, entzog Maximilian seine Hand.

In den Auslagen eines Antiquariates glitten Max' Finger respektvoll über vergilbte Bücher. Er rieche gern den Staub, das Alte. Er lächelte Nina an.

In einem kleinen Musikgeschäft bekamen Max und Nina von dem Mann hinter der Theke jeder einen Kopfhörer, um in Elgars Cellokonzert hineinhören zu können. Da standen sie beide mit dicken, schwarzen Kopfhörern auf den Ohren, die Blicke auf die CD-Hülle geheftet und lauschten denselben Klängen. Nina überlief ein Schauer ob der aufwühlenden Tragik dieser Musik. Bei Minute 6:55 hob Max den Kopf und sah Nina tief in die Augen. Vier Sekunden lang öffnete sich der Himmel, als empfinge er die von der Erde Abschied nehmenden Seelen.

Und in ebendiesem Moment dachte sie: *Max wird dich umbringen. Keiner, schon gar nicht Max, wird dich aus deiner Asche ziehen. Max wird, solange du bei ihm bleibst, der Stärkere sein. Es wird keine ausgeglichenen Machtverhältnisse geben können.* Wie sollte Nina entkommen? Wie sollte sie den Willen neu aufbringen, überhaupt flüchten zu wollen, so lange Max ihr solche seligen Augenblicke schenkte wie heute?

Im Kaufhaus fand Max kein Geburtstagsgeschenk für seine Mutter. Sie verließen das Geschäft durch die Drehtür. Sie machten kleine Schritte, schoben die Glastür mit den Händen an.

»Was wäre, wenn wir zusammenziehen würden?«, fragte er urplötzlich mit weicher Stimme, als er hinter ihr stand.

Draußen drehte sich Nina zu ihm um und fühlte sich auf einmal so sicher und gelassen, wie sie sich noch nie in seiner Gegenwart gefühlt hatte. »Dann könnten wir unsere Karrieren vergessen, wir würden zu nichts mehr kommen.«

Sie lächelten einander an. Für dieses eine Mal spielte es keine Rolle, dass ein Was-wäre-wenn vor dieser Frage geklemmt hatte wie ein Störenfried, ein Aufrührer, ein Zerstörer.

Sie spazierten weiter durch Basels Gässlein und suchten sich Häuser aus, in denen sie wohnen wollten. An einem Aussichtspunkt blieben sie stehen und sahen auf den glänzenden Rhein hinunter. In einem Straßencafé tranken sie gelbe Limonade und gingen danach weiter durch das Labyrinth alter Gassen und erzählten sich von früher. Steffi, Max' Jugendliebe, habe ihn verschmäht. Das sei so schlimm für ihn gewesen, dass er eines Nachts vor Steffis Elternhaus verzweifelt ihren Namen gerufen habe. Er wisse nicht mehr, ob im Haus ein Licht angegangen sei, weil er zu besoffen gewesen sei. Er habe in Steffis Vorgarten gekotzt. Sein Freund habe es dann irgendwie fertiggebracht, Max nach Hause zu schaffen. Es sei der peinlichste Abend seines Lebens gewesen. Nie wieder wolle er so etwas erleben.

Blaue und violette Petunien hingen von den Blumenkästen die Häuserwände herab. Grüne Fensterläden. Dicke Federbetten lagen zum Lüften in den Fenstern wie vor hundert Jahren. Nina fühlte sich glückselig und gläsern. Jeder, davon war sie überzeugt, würde ihr ansehen können, welches Glück ihr widerfuhr. Nina lächelte Entgegenkommende an, wie eben eine lächelt, die alles hatte. Die für ein paar Stunden alles hatte. Blau strahlte der Himmel über ihnen. Der Glimmer im Gestein der Mauern schillerte für sie. An allem hatte Nina auf einmal Anteil, und zu allen Dingen gehörte sie irgendwie.

GOLDENES LICHT

Auf dem Rückweg fuhren Nina und Max noch zu Elses Elternhaus. Else hatte Nina den Schlüssel zur oberen Wohnung gegeben. Für alle Fälle. Zum ersten Mal lagen sie auf einem Sofa und nicht auf Gras oder auf durchwurzeltem Boden. Es hatte etwas Eiliges, Überfälliges. Hinterher lag Max erschöpft neben ihr, seine Stirn an ihrem Oberarm. Nina ließ ihre Fingerspitzen über seine Haut gleiten. Sie hörte ihn atmen und die Dielenuhr ticken. Wie wehrlos er dalag. Wie friedlich.

Eine Viertelstunde später war Nina auf dem kleinen Balkon und beobachtete von dort aus, wie Max mit langsamen Bewegungen seine Jeans anzog, sein T-Shirt, sein Jackett. Als er sich ihr näherte, stand Nina beim Geländer und schaute zum Altenheim hinunter. Max lehnte am Rahmen der Balkontür, als habe er Halt nötig. Jeder von seinem Platz aus beobachteten sie, wie gegenüber im Saal des Altenheims alte Menschen an ihren Rollatoren zu den gedeckten Tischen gingen, wie einige Senioren erst noch zusammenstanden und ein paar Worte wechselten und sich dann setzten. Über Freiburg im Tal lag ein goldenes Licht. Nina drehte sich um und lehnte sich mit dem unteren Rücken gegen das Geländer.

Das von letztem Sonnenlicht beschienene Liebespaar in der Fensterscheibe wirkte wie eine Luftspiegelung. Ein Trugbild, das mit dem Untergehen der Sonne verschwinden würde.

Beim Betrachten ihres Spiegelbildes kam Nina der Gedanke, dass es nicht nur die Bittersüße um sie beide war, die eine Faszination auf andere ausübte, sondern auch die Schönheit, die in der Harmonie ihrer Gestalten lag. Beide waren sie gleich schlank, gleich feingliedrig, gleich geschmeidig in ihren Bewegungen. Wie konnte es sein, dass sie beide nicht zusammengehören sollten?

Entspannt und, in seinem dunklen Jackett, schön wie auf einem Fest, rauchte Max eine Zigarette. Er sah in die Ferne. Das Braun seiner Augen wirkte im Sonnenlicht wie schimmernde Bronze. Ninas Finger suchten in seiner Jackentasche nach der Zigarettenschachtel. Max sah Nina dabei zu, wie ihre leicht zitternden Hände die neue Schachtel öffneten, eine Zigarette herauszogen und das Feuer von ihm nahmen. Danach legte er schweigend seinen Arm um ihre Taille und zog sie an sich heran. Seine Finger berührten ihr Haar.

»Schön.« Er sagte es sanft und leise, wie ein ewiger Geliebter. Schönheit, die Maxime seines Lebens. Max, der alles berechnen konnte, der alles mit dem Verstand zu durchdringen suchte, der Wesentliches mit wenigen Formeln auf einem Blatt Papier fixierte, folgte im Leben vor allem einem Gebot: dem der Schönheit. Was, wenn Nina eines Tages nicht mehr schön sein würde?

Ihr Spiegelbild – wie sie beieinanderstanden, wie Max ihr Haar in seinen Fingern hielt, seinen Kopf zärtlich zu ihrem geneigt – sank so tief in Nina ein, dass es für ewig in ihr bleiben würde, wie auch sein Duft niemals verwehen würde. Max küsste Nina.

Sie presste sich gegen ihn.

»Willst du wieder rein?«, fragte er flüsternd.

Ninas Wange lag an seiner Wange, während sie nickte. Sie lag auch noch dort, als er sagte: »Dass ihr immer noch mal wollt. Dass euch das eine Mal nie genügt. Bei Laura war das auch immer so. Mir hätte das jetzt gereicht. Aber, komm ...«

Euch. Euch Frauen. Euch Schönheiten. Euch Trophäen. Euch Liebeskranken.

An der Hand ließ Nina sich von ihm ins Zimmer ziehen, sah, wie er das Fenster und die Vorhänge schloss, wie er sein Jackett abstreifte, wie es auf links gedreht neben seinen Füßen am Boden lag. Im einsamen, schwachen Licht des frühen Abends sahen sie einander mit prüfenden Blicken ins Gesicht. Dann schloss Nina ihre Augen und öffnete sie gleich wieder.

Groß und dunkel bewegte Max sich über ihr, wie ein Todesschatten. Tränen liefen Nina aus den Augenwinkeln in die Haare. *Euch.* Es waren Tränen, die Max im Halbdunkel des Wohnzimmers nicht sah, nicht sehen konnte. Nina wusste: Niemals würde sie bei ihm finden, was sie sich ersehnte – unverbrüchliche Liebe, Geborgenheit, Frieden und Schutz. Sie würde es nicht bei Max finden, nicht bei Achim und, dachte sie, bei keinem Mann sonst.

»AUF DEN STERNEN LIEGT SCHNEE«

Hinterher fuhren sie zum Essen in ein Gasthaus in den Weinbergen hoch über dem Rhein. Hell beleuchtet lag das Wirtshaus wie ein Lichtpunkt im Halbdunkel am blaugrünen Hang. Sie saßen an einem Tisch am Fenster. Vor ihnen stand eine Vase mit angestaubten rosa Seidenblumen. Max behielt sein Jackett an. Er rauchte eine Zigarette, bis das Essen kam. Sein Blick war fern und fremd, ging im Lokal umher und hinaus in das schwere Dunkelblau der heraufziehenden Nacht. Diese unerwartete Ferne, Distanziertheit und Kühle in Maximilians Blick machte Nina Angst.

Wenig später häufte Max hungrig Gnocchi auf seine Gabel und schob sie zwischen seine geöffneten Zahnreihen. Wenn er geschluckt hatte, immer zwischen zwei Gabeln voll Gnocchi, erzählte er von seiner Bewerbung um ein Stipendium am Center for Astrophysics and Space Sciences an der University of California. Er sprach von Hannahs Studienreisen, als wolle er Nina damit sagen: ›Komm zurück in die Realität, Schaf. Du bist nicht die einzige in meinem Leben.‹ Oder als wolle er sich das selbst sagen.

Die Hiebe, die Max ausbrachte, kamen fast immer unerwartet, so wie das *Euch* vorhin auf dem Balkon in Elses Elternhaus. Längst, fand Nina, hätte sie aus den Vorfällen der Vergangenheit mit Max gelernt haben müssen. Sie hätte innerlich gerüstet und auf einen nächsten Schlag vorbereitet sein müssen.

»Ich muss sagen, es hat eine Weile gedauert, aber inzwischen ist Hannah perfekt im Oralverkehr.«

Nina war, als würde alles Blut ihrem Körper entzogen, als herrsche ein Vakuum in ihr. Alle Venen-, Kapillar- und Zellwände verklebten. Gelähmt saß sie da. Max legte die Gabel in seinen nun leeren Teller und tupfte sich den Mund mit einer hellroten Papierserviette ab. Den Raubtiermund. Das Wolfsmaul. Die Teufelsfratze.

Immer noch bewegungsunfähig hörte Nina die helle Stimme eines Jungen am Nachbartisch »Da, guckt mal, die Sterne«, sagte er zu seinen Eltern. »Wie hell die funkeln ... auf den Sternen liegt immer Schnee.«

»Wieso liegt dort immer Schnee?«, fragte der Vater.

»Guck doch, wie hell die sind!«

Auf den Sternen lag Schnee. *Sie funkelten nur*, dachte Nina, *weil eisig kalte Kristalle sie bedeckten*. Warum stand sie nicht endlich vom Tisch auf und ging fort von diesem Gnadenlosen? Wie konnte sie sich retten? Was konnte den Schmerz lindern, den sie sich selbst zufügte, indem sie bei diesem Mann blieb? Jedes Zögern, jedes Vergessen und Verzeihen nährte dieses Raubtier und machte es stärker.

Nina wich seinem unschuldig anmutenden Blick aus. Sie wollte weg von ihm. Wie konnte sie ihm entkommen oder ihn wenigstens für einige Zeit auf Abstand halten? Dietrich Konerding hatte sie eingeladen, ihn auf einen Fachkongress nach Garmisch zu begleiten. Nina hatte erst gezögert mitzufahren, aus Angst, Severin könnte sie bei Diddi angeschwärzt haben. Aber auch, weil sie seit dem Gespräch mit Gustave Winter nicht mehr sicher war, ob sie tatsächlich die Doktorandenstelle bei ihm würde antreten wollen. Nun aber kam ihr diese Einladung gerade recht. Noch heute Abend würde sie Diddi anrufen und ihm zusagen.

»Ich bin übrigens nächste Woche nicht da. Ich fahre nach Garmisch. Mit Diddi auf einen Kongress.«

Max' Augen wurden weit. »Mit Diddi, aha.« Er schluckte. »Wieso auf einmal?«

»Wieso fährt man auf einen Kongress?«

»Auf einmal? Mit Diddi?« Er betonte den Namen, als sei es der lächerlichste Vorname, den er je hatte aussprechen müssen.

Nina schwieg und versuchte, vielsagend zu lächeln. Max machte der Kellnerin ein Zeichen. Sie bezahlten und verließen anschließend das Lokal.

Maximilians eifersüchtig wirkende, empörte Reaktion auf die Kongressreise war Nina ein zu schwacher Trost. Trostpflaster konnten ihre Wunden nicht abdecken. Draußen, unter den funkelnden Sternen, machte sich Nina klar: *Mit der Flucht gewinne ich nur etwas Zeit, sie löst das Problem nicht.*

DAS ÜBERIRDISCHE BLAU

Johannes legte seine Hand auf den Türgriff und drückte die schwere Eichentür am Hauptportal des Freiburger Münsters auf. Der Kirchenraum war düster und wollte nach oben hin kein Ende finden. Am Ende des dunklen Tunnels schimmerte blasses Licht. Dorthin strebte alles. Der Mittelgang. Die Blicke. Die Hoffnungen.

Nina und Johannes blieben hinten am Gemäuer stehen. Die sprechende Stimme eines Priesters war zu hören. Nina roch Weihrauch und schaute auf Rücken und Schultern und auf Köpfe, die sich aus dunklen Bankreihen reckten. Glatzen. Schütteres Haar von gelblichem Weiß oder gräulichem Braun. Die dunklen Säulen, hochgotische Bündelpfeiler, reihten sich wie in Grau und Braun gekleidete Wächter eng aneinander. Fahles Licht fiel durch die blassbunten Bildergeschichten hoher Glasfenster. Hier, an diesem dämmrigen Ort, sollte Gott wohnen? Das war sein Haus? Düster wie eine Gruft? Nina schauderte.

Der Gottesdienst war so weit vorangeschritten, dass die Menschen sich zum Schlusssegen erhoben. Johannes senkte den Kopf. Woran dachte er? Was fühlte er? Warum hatte er Nina hierhergeführt? Die letzten Töne des Orgelspiels schwebten noch durch den Kirchenraum, verhallten zwischen den Pfeilern und in den Seitenkapellen und hoch oben im Gewölbe. Die Klänge wurden abgelöst von heraufquellendem, lauter werdenden Gemurmel. Es schwoll an zu störendem Geplapper. Es entweihte die Ruhe, die für Momente geherrscht hatte, auch wenn sie noch so düster gewesen war. Menschen gingen an Nina und Johannes vorbei und verließen das Münster. Andere kamen durch die offenen Türen herein, sahen sich um, hoben die Köpfe zu den bunten Glasfenstern, fotografierten.

»Jetzt zeige ich dir, warum ich dich hierhergeführt habe.« Johannes drehte sich nach rechts, machte einige Schritte Richtung Seitenschiff.

Nina wollte folgte ihm. Johannes nahm den Kopf in den Nacken und zeigte nach oben. »Das wollte ich dir zeigen.«

Tiefes, leuchtendes Blau hinter einem Strahlenkranz aus Stein. Das Blau war umringt von kapillärem Rot, sodass an manchen Stellen durch das hindurchfallende Licht der Eindruck eines Violetts entstand.

»Dieses Glasfenster wollte ich dir zeigen. Es ist das schönste im ganzen Freiburger Münster. Ich habe mich gefragt, ob das Blau vielleicht an das Blau deines Jugendtraums heranreichen könnte und ob dir dieses Fenster Freude bereiten könnte.«

Nina schossen Tränen in die Augen. Eine Freude wollte Johannes ihr bereiten. Darum hatte er sie hierhergebracht. Er, der so wenig Zeit hatte, hatte sich Zeit erübrigt, um Nina dieses Glasfenster zu zeigen. Er hatte sich an ihre Unterhaltung während der Autofahrt nach Oberammergau erinnert, wo sie ihm ihren Traum von dem überirdischen Blau erzählt hatte und von ihrer Suche nach diesem Blau. Nina wischte sich eine Träne von der Wange und berührte mit der anderen Hand Johannes' Oberarm und drückte ihn. Er zuckte nicht zusammen wie Max, wich nicht zurück, wurde nicht steif wie ein

Brett. Seine Augen leuchteten, wie sie es fast immer taten, wenn er nicht müde war. Er lächelte.

»Ja, das kommt ganz nah dran. Ganz nah.«

»Das freut mich.«

Nina betrachtete das Blau und nahm es in sich auf. In ihre Seele. Wie Grisch gesagt hatte. Sie wusste nicht, wie lange sie so gestanden hatten, bis Johannes fragte: »Wollen wir uns noch einen Moment in eine Bank setzen?«

Sie saßen neben einem Bündel hoch aufragender Pfeiler. Ganz vorne, am Ende der Pfeilerflucht, wo es schimmernd heller wurde, schien ein Kreuz zu schweben. Nina fiel ein, was sie Johannes hatte fragen wollen. »Warum glaubst du an Gott? Was bringt dir dein Glaube?«

Johannes drehte ihr den Kopf zu, dann sank sein Blick in seinen Schoß. Er überlegte. Dann schaute er in den tiefen Raum hinein. »Mein Glaube ist eine Beziehungserfahrung. Ich mache im Glauben die Erfahrung einer inneren Beziehung zum höchstmöglichen Gegenüber. Zum Schöpfer des Lebens.«

Nina schwieg.

»Seit ich diese Beziehung habe, weiß ich: Ich bin nach Hause gekommen. Ich bin geborgen. Mein Leben ist gebongt.«

Die Worte »nach Hause gekommen« und »geborgen« berührten Ninas Herz. »Und darum fällt dir alles so leicht? Darum belastet dich nichts? So wirkt es jedenfalls immer.«

Nun sah Johannes sie an. Für einen Moment verschwand das Licht in seinen Augen. Sie waren immer noch klar und konzentriert und blau, aber sie leuchteten nicht mehr. »An Gott zu glauben heißt nicht, dass auf einmal alles einfach wird. Es kann immer noch sehr schwer werden. Sehr.«

Wieder senkte er den Kopf. Plötzlich sog er in kurzen Stößen Luft in seine Lungen. Dann ließ er die Atemluft, schwerer geworden, langsam wieder hinausrauschen. Nina setzte sich aufrechter hin und drehte sich mehr zu Johannes, um ihn besser ansehen zu können.

»Hat Else dir von Magali erzählt?«, fragte er.

»Deine frühere Verlobte? Nein.«

Beide schauten sie auf Johannes' ineinandergelegte Hände. »Wir waren im Kino. In Schindlers Liste.« Er schluckte. »Wir hätten vielleicht nicht in Schindlers Liste gehen sollen.« Er zuckte mit den Schultern. »Hinterher ist man immer schlauer. Und es hätte ja letztlich nichts geändert. Es hätte Zeit gebracht, aber im Kern hätte es nichts geändert.«

Nina verstand nichts. Sie wartete geduldig ab, wie auch Johannes immer geduldig war. Noch einmal atmete Johannes tief durch. Er schaute hoch ins Kreuzrippengewölbe und dann auf die Holzlehne der Bankreihe vor ihnen.

»Wir sind fast als letzte aufgestanden«, fuhr Johannes fort. »Der Abspann war ganz durchgelaufen. Magali geht vor mir durch die Sitzreihe bis vor zum Gang, geht nach links die erste Stufe hoch und fällt auf einmal zusammen wie ein nasser Sack. Ohne einen Laut. Ohne Ankündigung. Da liegt sie vor mir auf den Stufen. Ich höre eine Frau schreien: Wir brauchen einen Arzt. Der Arzt war ich.« Johannes schluckte wieder, griff sich ins Haar. »Ich habe sofort mit der Herzmassage angefangen, weil ich wusste, dass ihr Herz todkrank war.«

Nina starrte ihn an.

»Bei jedem Druck habe ich innerlich gerufen, geschrien: ›Herr, hilf ihr! Hilf mir!‹« Seine Augen füllten sich mit Tränen. »Dann geht alles rasend schnell. Du kriegst alles nur noch durch einen Nebelschleier mit. Der Notarzt schiebt dich weg und übernimmt. Und du fällst nach hinten gegen die Wand und heulst und siehst zu, wie sie sich abrackern an der Frau, die du liebst, mit der du dein Leben teilen willst, die dir alles bedeutet. Und du möchtest über ihn herfallen und ihn verprügeln, als er mit der Herzmassage aufhört und sich zu dir dreht und den Kopf schüttelt. *Tu was!*, denke ich, will ihn anschreien. *Jetzt tu doch was!* Und ich weiß doch ganz genau, dass er nichts mehr tun kann und wenn er es noch so sehr will.«

Es schnürte Nina den Hals zu. Sie drehte sich nach hinten um. Durch ihre Tränen sah sie aus dem Dunkel der Wand das tiefe Blau der Fensterrosette leuchten. Sie brachte kein Wort heraus. Es lässt sich in solchen Momenten nichts sagen. Johannes nahm seine Brille ab, wischte sich die Tränen fort und hielt den Blick gesenkt. Schweigend schauten sie in die düstere Weite des Raums. Nina legte ihre Hand auf seine und drückte sie sanft. Er legte seine andere Hand über ihre. So saßen sie da.

Nach vielen Herzschlägen blickte Johannes auf. »Wir haben immer gewusst, dass dieser Moment eines Tages kommen würde. Aber wir haben nicht gewusst, dass er so schnell kommen würde.« Johannes lächelte traurig. »So schnell«, wiederholte er flüsternd.

»Hast du nicht mit Gott gehadert?«, traute Nina sich zu fragen.

Johannes schüttelte den Kopf. »Es geht Magali gut, dort, wo sie ist. Davon bin ich überzeugt. Bei Jesus geht es ihr besser, als es ihr hier bei mir je hätte gehen können.« Die Gewissheit, die Johannes ausstrahlte, ließ einmal mehr ein Gefühl der Ruhe und des Friedens in Nina einkehren. »Aber sie fehlt mir unendlich.«

Die Stromschnelle war vorüber. Nicht der Hauch einer Verbitterung überschattete Johannes' inneren Frieden.

Nina dachte: Darum wirkt er manchmal so fern. Aber es war ein anderes Fernsein als bei Max. Johannes war immer noch durch einen Faden mit einem verbunden, an dem entlang man sich in seine Ferne hangeln konnte, bis an den Rand seiner Sehnsucht. Bei Max war es eine bösartige Ferne, ein verletzendes Sichabwenden, das einen abschnitt. Max ließ einen nicht folgen, legte keinen Ariadnefaden aus. Er warf einen ins Verlies und verschwand.

Hat Johannes mit Magali schon in einer Wohnung gelebt und hat es ohne sie dort nicht mehr ertragen können? Lebt er darum bei Else?

Sie nickten einander zu wie bei einem stummen Beschluss und gingen noch einmal zum Rosettenfenster hinüber. Nina schaute hinauf und dachte an Magali. Wo war sie? Dort, wo Johannes glaubte, dass sie sei? Bei Jesus im Paradies?

Nina drückte Johannes Arm. »Danke für dein Vertrauen«, sagte sie und folgte ihm durch das offene Kirchenportal hinaus ins Sonnenlicht dieses warmen Sommertages mit seinem puderblauen Himmel.

KATZE STATT SCHAF

Das Taxi sollte Nina um fünf am Nachmittag zu Hause abholen. Erst um halb vier war sie aus der Redaktion weggefahren. Sie packte schnell, duschte eilig. Sie fühlte sich belebt, sogar erleichtert von dem Gedanken, nun auf den Kongress nach Garmisch fahren zu können – weg aus Freiburg, fort von Max, der sie anstrengte.

Als es an der Tür klingelte, hatte Nina noch nasses Haar und war nur halb angezogen. Else und Johannes waren nicht da, um zu öffnen. Sie lief die Treppe hinunter, um dem Taxifahrer zu sagen, dass er noch fünf Minuten würde warten müssen. An der Tür schloss Nina rasch noch ihre Gürtelschnalle, dann öffnete sie. Nina konnte spüren, wie ihr Mund offen blieb und wie ihre Augen sich weiteten.

Beim Anblick von Max zerrte es Nina innerlich in alle Richtungen gleichzeitig. Die Freude hüpfte im Kreis und jubelte: *Er ist hergekommen, um dich zu verabschieden, um dich noch einmal vor der Abreise zu sehen.* Die Uhr mahnte: *Dir bleibt keine Zeit, das Taxi ist gleich da.* Die Beleidigte in Nina, die seit seiner Bemerkung über den Oralverkehr mit Hannah ein wenig Land hinzugewonnen hatte, zischte: *Was soll das? Was will der hier? Schick ihn weg!*

»Max, ich habe keine Zeit. Gar keine.«

»Egal. Nur kurz.« Nachdem er die Tür geschlossen hatte, noch am Treppenabsatz, küsste er Nina. »Ich will mich nur verabschieden. Und wenn es nur für diese eine Minute ist.«

Das rührte Nina und stimmte die Beleidigte milde. Max folgte Nina in ihr Zimmer. Er setzte sich auf den Bettrand und schaute ihr von dort aus durch die geöffnete Badezimmertür beim Föhnen zu.

Wenig später, als Nina den Reißverschluss ihrer Reisetasche schließen wollte, sah er sie durchdringend an. »Willst du auf ewig in Freiburg bleiben und in der Redaktion Druckfahnen Korrektur lesen und über Liposomen forschen?«

Wollte sie das? Der Reisverschluss klemmte. Wieso fragte Max das jetzt, wo das Taxi gleich da sein würde? Es war ein vollkommen unpassender Moment, um darüber nachzudenken, was Nina wirklich wollte. Wieso klemmte dieser Reißverschluss? Deutete Max eine gemeinsame Zukunft an? Nina spürte, wie die Hoffnung wieder in ihr aufkeimen wollte. Endlich, der Reißverschluss ließ sich bewegen. Max würde sie an den Rand der nächsten Gletscherspalte führen. Er würde zusehen, wie sie abstürzte. Er würde ihr von oben kalt zulächeln und sich dann umdrehen und weggehen.

»Man wird sehen«, sagte sie.

»In den USA gäbe es jede Menge Möglichkeiten für dich. Die sind dort sicher weiter in der Liposomenforschung. Und du hast einen Cousin dort wohnen.«

Heute, das schwor Nina sich, würde sie auf keine Andeutung eingehen. Sie wollte nicht am Ende sein diabolisches Grinsen sehen und seine Stimme sagen hören: ›Ach, Schaf, das war doch nur ein Späßchen, ein kleiner Test.‹ Max sollte den sanften, liebevollen Gesichtsausdruck behalten, mit dem er eingetreten war. Mit dieser Erinnerung wollte Nina nach Garmisch fahren. »Max, jeden Moment kommt das Taxi ...«

Max trug Ninas Tasche zur Zimmertür und wartete, bis Nina den Inhalt ihrer Handtasche auf Vollständigkeit geprüft hatte. Wie überwältigt von Verlangen nahm Max Nina plötzlich in die Arme, küsste sie bis zurück auf ihr Bett, zerwühlte ihr die frisch gekämmten Haare. Sie wollten einander. Nina ihn und er sie.

Es klingelte. Maximilians Augen waren geschlossen, als sein Mund leise fragte: »Was machst du mit der Katze, wenn du in Freiburg bleibst und nicht mit in die USA kommst?«

Nina erinnerte sich daran, dass er ihr, nachdem sie das erste Mal miteinander geschlafen hatten, in die Augen gesehen und gesagt hatte: »Du bist kein Schaf, du bist eine Katze.«

Sie streichelte sein verworrenes Haar. »Die Katze nimmst du mit.«

Da presste er die geschlossenen Augen fester zu, als sei dies der Satz gewesen, den zu hören er gehofft hatte, der Satz, der ihn erlöste, der alles gut machte.

Es klingelte zum zweiten Mal. Der Taxifahrer war schon wieder am Auto, als Nina öffnete. Max brachte Ninas Tasche in den geöffneten Kofferraum, während Nina die Haustür abschloss.

Vor der Beifahrertür stehend legte Nina ihre Hand kurz in seine. Es war kein Händedruck, es war ein Hindurchstreicheln. Und ein tiefer Blick.

»Bleib sauber, Schaf.«

DURCHTANZEN

Die Tage voller Vorträge, Präsentationen und fachlicher Gespräche brachten Nina auf andere Gedanken. Oft dachte sie erst abends in ihrem Hotelzimmer wieder an Max. Bedrückend war jedoch, dass sie jede Minute neben Diddi mit schlechtem Gewissen zubrachte. Denn im Stillen hatte sie endgültig entschieden, die Doktorandenstelle nicht anzutreten. Ständig dachte sie: *Du musst es ihm sagen.* Alles andere ist unfair und ungehörig. Aber sie fand keine Gelegenheit und schuf auch keine. Und je mehr Zeit verging, desto schwieriger wurde es für sie, Diddi ihre Entscheidung mitzuteilen.

Am letzten Abend feierte der Leiter des Lehrstuhls der Pharmazeutischen Biologie aus Würzburg seinen Geburtstag. Er hatte in der Cafeteria des Kongresssaals ein Büffet aufbauen lassen und alle zum Mitfeiern eingeladen. Am späteren Abend, nachdem jemand einen Ghettoblaster organisiert hatte, wurde getanzt. Diddi und Nina brauchten drei Takte, dann bewegten sie sich miteinander, als hätten sie seit Jahren geübt. Diddi freute sich so sehr an ihrem Tanz, dass es Nina ganz mitriss.

Sie drehten Runde um Runde und lachten viel. Nina vergaß beinahe, was sie ihm zu sagen hatte. Einmal tanzte der Jubilar mit seiner Ehefrau direkt neben ihnen. Der Professor strahlte über das ganze Gesicht und nickte Nina und Diddi ermunternd zu. Er wirkte höchst erfreut, dass seine spontane Feier ein solcher Erfolg geworden war.

Nina spürte, wie Diddi sie während des Tanzens immer fester an sich zog. Manchmal brachte er seinen Mund nah an ihr Ohr. Diese Nähe zu Diddi war ihr unangenehm. Darum drehte sie ihren Kopf weg, als schaue sie zu jemandem hin oder als bewege sie sich im Tanz. Ein wenig genoss sie aber auch die Aufmerksamkeit eines anderen Mannes. Es tat ihrem Selbstbewusstsein gut – nach all den Demütigungen, die sie von Max erfahren hatte und die sie durch Achim hatte einstecken müssen.

»Und was ist das für ein grünes Kleid, das du da trägst?«

»Es ist ein Kleid. Und es ist grün.« Nina lachte. »Und es ist vorne bekleckert, weil am Büffet jemand die Salatsoße verschüttet hat und ich das nicht gesehen habe.«

Diddi nickte, als habe er die Flecken längst bemerkt. »Ja, die Flecken sehen, sagen wir, etwas merkwürdig aus.« Peinlich berührt schaute Nina zur Seite. »Ich meine das Grün«, hakte Diddi nach, »was ist das für ein Grün?«

Diddis Nachsinnen über ihr Kleid amüsierte Nina und forderte sie heraus, etwas Lustiges zu sagen. Sie ließ ihre Stimme gefährlich klingen, wie die einer Hexe. »Es ist Giftgrün.«

Diddi nahm den Kopf in den Nacken und lachte. »Giftgrün also. Dachte ich es mir doch.«

Nina bemühte sich, gefährlich dreinzuschauen. »Das perfekte Grün für mich.« *Ich bin nämlich giftig, habe eine gefährliche Liebschaft, von der du wohl zum Glück noch nichts weißt.*

»Huhuuu«, machte Diddi wie ein Gruselgespenst und drehte Nina noch schwungvoller herum. Seine Unbeschwertheit bestärkte sie in dem Gefühl, dass Severin oder Hannah nichts von Ninas Verhältnis mit Max verraten hatten. Zu frei und freundlich war Diddi Nina gegenüber in den vergangenen Tagen gewesen, als dass er etwas von ihrer Affäre hätte wissen können.

Diddi lächelte berauscht vom Tanzen oder von Ninas Nähe, und Nina wurde schon ganz schwindelig. Als sie ganz aus der Puste waren, holte Diddi am Büffet zwei Flaschen Bier, reichte Nina eine bereits geöffnete.

»Hab Dank für diesen ganz besonderen Tanz«, sagte er. »Ich habe ihn außerordentlich genossen.«

Wie sehr er strahlte, wie glücklich er wirkte! *Sag es endlich,* schalt sie sich innerlich, *sag ihm, dass du ihn wieder verlassen wirst.*

Sie saßen allein an ihrem Tisch. Die anderen tobten noch auf der Tanzfläche.

»Diddi ...« Nina schlug die Augen nieder. Sie starrte auf das Emblem ihrer Bierflasche, weil sie es nicht ertrug, ihm ins Gesicht zu sehen. Es war bisher kein Vertrag unterschrieben worden. Alles war im Vertrauen vereinbart worden. Sie würde es nun brechen. »Ich muss dir etwas sagen.«

Pause.

Ganz sicher merkte er, wie Nina sich wand. Dass sie ihm etwas mitzuteilen hatte, was ihr schwerfiel. Was von Gewicht war. Auf einmal spürte sie den leichten Druck seiner heißen Hand auf ihrem nackten Unterarm.

»Ja, ich muss dir auch etwas sagen«, brachte er hervor.

In diesem Moment kamen die Doktoranden vom Tanzen zurück. Es wurden Bierflaschen gegeneinander geklirrt, Witzchen gerissen, Bierdeckel geworfen. Nina fing einen langen, tiefen Blick von Diddi auf. Ihr Versäumnis legte sich wie ein Panzer um Nina und drückte die ganze Nacht und ließ ihr keine Ruhe.

Am nächsten Morgen traf Nina in der Hotellobby auf Diddi. Bei seinem Anblick erschrak sie: Seine glänzenden

Augen schienen die ganze Nacht nicht zugemacht worden zu sein und wirkten, als erblickten sie in diesem Moment die herrlichsten Dinge einer anderen Welt.

»Guten Morgen Nina«, sagte er. »Ich habe die ganze Nacht von dir geträumt.«

Ninas Lächeln gefror. Sie starrte ihn an. Er hatte die Worte ohne Scheu und ohne Rücksicht darauf ausgesprochen, dass jemand sie hören könnte. Diddis Blick suchte hoffnungsvoll in ihren Augen, in ihrem Gesicht. Seine spärlichen Locken wirkten hilflos auf dem Kopf versammelt. Seine Brille war staubig.

»Ah, das ist ja ... schön.« Nina musste ihre Stimme erst wieder finden. »Du, ich muss dir auch etwas sagen.«

Noch glänzte Diddis Blick, noch bebten seine Lippen vor freudiger Erregung. Doch Nina würde ihn verletzten müssen, ihn, den sie gar nicht bekümmern wollte – anders als Max, ihn *wollte* sie kränken. »Diddi, es tut mir wahnsinnig leid ...«, Nina schaffte es, ihm in die Augen zu sehen, wodurch auch immer, »aber ich werde die Promotionsstelle nicht antreten.«

Das Licht in Diddis Augen erlosch. Sein Lächeln verschwand. Er wirkte wie ein Schwerverwundeter, der es mit höchster Anstrengung schaffte, stehen zu bleiben. Wie einer, der die innere Kraft und die Disziplin aufbrachte, weiterzumachen, wo andere längst aufgegeben hätten.

»Oh«, sagte er nachdenklich und so, als müsse er seine Worte von weit entfernten Regionen seines Gehirns anfordern. »Das kommt unerwartet. Total unerwartet.« Er starrte Nina an wie einer, der sich nicht mehr auskannte, der weder zur Zeit noch zum Ort orientiert war. Er griff sich in die wirren Locken. »Hast du das gerade eben ... ich meine, nachdem, was ich gesagt habe ... hast du das danach entschieden?«

Nina schüttelte den Kopf. »Nein, damit hat es nichts zu tun. Ich hätte es dir auch schon früher sagen müssen. Aber ich hab mich mit der Entscheidung sehr schwergetan. Glaub mir bitte, es ist mir nicht leichtgefallen. Ich wäre gern zu dir gekommen. Sehr gern.«

Schreck und Enttäuschung standen in Diddis Gesicht. »Aber?«

»Aber es hat sich mir völlig unerwartet eine Möglichkeit in der Duftbranche eröffnet.«

»Ach was.« Es klang überrascht und irgendwie auch erleichtert, aber nicht abfällig.

Nina berichtete Diddi von ihrer Begegnung mit Gustave Winter, von den Chancen, doch noch das zu tun, wovon sie schon als kleines Mädchen geträumt hatte.

Diddi musterte sie aufmerksam. »Irgendwie freut mich das für dich. So traurig ich auch bin. Aber ich weiß ja, dass du schon immer so ein duftaffiner Typ warst. Ganz ehrlich: Reiß das Ruder rum, solange du noch kannst. Denn je länger man im Alten drin ist, desto schwerer wird das Aufhören. Am Ende setzt man fort, was man gar nicht mehr will. Ich verstehe deine Entscheidung.«

Nina nahm die Hand an die Brust, schloss die Augen und atmete tief durch zum stummen Zeichen ihrer großen Dankbarkeit für seine gütige Reaktion.

»Es gibt genug Unglückliche«, sagte Diddi, »die sich im Leben falsch entschieden haben. Ich bin froh, wenn du nicht dazugehören musst. Ich bewundere einmal mehr deinen Mut und deine Entschiedenheit. Du bist wieder die Alte, wie mir scheint.«

Nina fasste seinen Unterarm. »Bist du mir denn gar nicht böse?«

Kraftlos schleppte sich ein Lächeln über Diddis Gesicht. »Doch, ganz schrecklich böse und sehr, sehr traurig. Aber ich kann dich verstehen.«

Nina senkte den Kopf, in den Augen Tränen der Erleichterung einerseits und des Mitleids andererseits. Sie war dankbar, dass Diddi so verständnisvoll und milde reagierte, so ganz anders als Severin damals.

»Es tut mir wirklich leid.« Für einen Moment überlegte Nina, Diddi zu fragen, ob Severin etwas wegen Max gesagt habe. Aber sie ließ es bleiben. Es spielte keine Rolle mehr. Severin hatte seine Drohung vermutlich nicht wahrgemacht. Und wenn er es doch noch tun sollte, würde er Nina damit nicht mehr schaden können.

Diddi trat einen Schritt zurück und ließ seinen Blick über Nina wandern. »Nun werde ich diesen schönen Anblick nicht mehr haben. Ein paar Stunden habe ich gehofft, dass es uns gleich geht. Aber ich glaube…«

»Ich habe mich schon vor dem Kongress dazu entschieden«, schnitt sie ihm den Satz ab, auch wenn sie sich dadurch wiederholte. »Ich war nur zu feige gewesen, es auszusprechen.«

»Wenn du eines nicht bist, dann feige.«

NICHT ZUGRUNDE GEHEN

Am Sonntagmorgen traf Nina in der Küche auf Johannes. Er trank im Stehen eine Tasse Kaffee und sah auf seine Uhr. Er hatte bestimmt vor, zum Gottesdienst zu gehen.

»Nimmst du mich mit?« Nina wunderte sich darüber, dass sie die Frage wie automatisch stellte. Hoffentlich würde Johannes nun nicht überschwänglich reagieren oder Nina mit vor Begeisterung glühenden Augen fragen, was zu dieser Entscheidung geführt habe. Das wusste sie selbst nicht.

Mit einer Selbstverständlichkeit, als reiche Johannes ihr die erbetene Zuckerdose herüber, nickte er. »Na klar.«

Fünf Minuten später gingen sie zu Fuß zur Kirche. Nina fühlte sich seit Tagen wie bei einem Besuch im fremdsprachigen Ausland. Schon beim Aussteigen aus dem Flugzeug atmete sie andere Luft. Keine kalte, sondern feuchte, warme Luft, die ihr bewies, dass sie ihren vertrauten Bereich, das Kreisen um Max, verlassen hatte. Der Kongress in Garmisch, das Erlebnis mit Diddi und nun der Kirchgang mit Johannes zeigten Nina, dass es doch noch ein Leben außerhalb von Maximilian Pallas gab. Es kam Nina vor, als sage Johannes mitten in der Wüste zu ihr: ›Hinter der nächsten Düne kommt die Oase.‹

An der Kirchentür trafen sie auf eine braun gelockte Frau mittleren Alters mit rundlichem Gesicht. Sie freute sich,

Johannes zu sehen und küsste ihn auf beide Wangen. Sie reichte Nina freundlich die Hand, wie man eine Jugendfreundin begrüßt, die man lange nicht gesehen hat.

Der Ehemann der Frau, der gerade dazukam, lächelte Nina an. »Hey, schön, dass du da bist«, sagte er. »Ich bin Max.« Ja, konnte er denn keinen anderen Namen haben?!

Beim Hineingehen in den Saal lächelten einige Leute aus der Gemeinde Nina freundlich zu, als wollten sie ihr damit sagen: ›Du bist willkommen.‹ Wie ungewöhnlich freundlich alle waren.

Nina saß neben Johannes. Er schaute nach vorne auf ein riesiges Kreuz aus Silber, das in der Luft zu schweben schien. Von ihrem Platz aus konnte Nina nicht erkennen, wie es aufgehängt war. Das Silber war nicht glatt, sondern unregelmäßig. An manchen Stellen war der Längsbalken leicht gedreht und stellenweise gehämmert. Nach unten hin verjüngte er sich und kam Nina, im Vergleich zu anderen Kreuzen, besonders lang vor. Der Querbalken machte auf der rechten Seite eine Aufwärtsbewegung. Das große, schwebende Silberkreuz wirkte wie verwundet. Trotzdem glänzte es hell, das letzte bisschen auftreffendes Licht zurückstrahlend.

Unauffällig musterte Nina die Leute, die rechts und links schräg vor ihr saßen. *Mit diesen Menschen hier*, dachte sie, *ist es anders. Sie sind so liebenswürdig und wirken so weich und so rein wie Johannes.* Für einen Moment fragte sich Nina, ob hier etwas zu finden sein könnte, wonach sie schon immer suchte. Es war weniger eine Frage als eine Ahnung. Weniger ein Hoffen als der Vorbote eines Wissens.

Die Leute sangen Lieder. Nina kannte kein einziges davon. Sie bemühte sich auch nicht darum, mitzumachen, wie es vielleicht jemand getan hätte, der singen oder sogar Noten vom Blatt lesen konnte. Trotzdem hielt Johannes ihr die ganze Zeit über das Notenheft hin, damit sie den Text mitlesen konnte. Auch dann noch, nachdem sie ihm zugeflüstert hatte, dass sie niemals irgendeinen Ton richtig getroffen habe.

Der Pfarrer sprach von Lichtern. Davon, dass man ein Licht für andere Menschen sein solle. *Johannes macht seine Sache gut*, dachte sie. *Er ist ein Licht für Else und mich*. Je länger der Prediger über das Licht sprach und über das Licht des Lebens, über Jesus, desto mehr hatte Nina das Gefühl, weinen zu müssen. Es wurde immer mühsamer, die Tränen zurückzuhalten. Verstohlen schaute Nina aus den Augenwinkeln nach rechts und nach links. Hier weinte keiner. Also konnte auch sie nicht einfach so weinen.

»Denn Gott hat die Menschen so sehr geliebt«, sagte der Pfarrer am Ende der Messe, »dass er seinen einzigen Sohn für sie hergab. Jeder, der an ihn glaubt, wird nicht zugrunde gehen, sondern er wird das ewige Leben haben.« Bei diesen Worten schaute er Nina direkt in die Augen. Seine Worte und sein strahlender, gütiger Blick trafen Nina mitten ins Herz. Es kam ihr vor, als spräche er die Worte nur für sie, damit Nina das *Nicht-zugrunde-Gehen* verinnerlichte. Als habe er den Auftrag, ihr diese geheime Botschaft zu übermitteln. *Jeder, der an Jesus glaubt, wird nicht zugrunde gehen.* Dieser Satz hallte in Nina nach.

Am Ende lud der Pfarrer jene Leute zu sich nach vorne ein, die ihr Leben nun Jesus geben wollten. Sofort stand ein junges Paar in der ersten Reihe auf. Der Pfarrer ging mit ihnen zum Silberkreuz. Er sprach leise mit ihnen, schien ihnen etwas vorzusprechen, das sie wiederholten, und dann legte der Geistliche seine Hände auf ihre gesenkten Köpfe. Nina wollte aufstehen und auch hingehen, aber sie wagte es nicht. Als die jungen Leute zurückkamen, leuchteten ihre Gesichter vor Glück.

Auf dem Fußweg nach Hause war Nina schweigsam. Es kam ihr vor, als habe sie eine Chance verpasst. Noch am späten

Abend, als sie schon im Bett lag, echote es immer noch: *Jeder, der an Ihn glaubt, wird nicht zugrunde gehen.*

WAS FÜR SACHEN?

Nina saß an ihrem Platz in der Universitätsbibliothek, und ihr Herz zersprang vor Freude, als Max den Gang entlang auf sie zukam. Zum ersten Mal seit Garmisch sah sie ihn wieder. Doch die Ernsthaftigkeit seines Gesichtsausdrucks verscheuchte sofort ihr Glücksgefühl. Was hatte sich während ihrer Abwesenheit bei ihm geändert?

Max bat Nina um einen Ausflug. Zu den Winzerdörfern wolle er mit ihr fahren. Also fuhren sie. Die ganze Fahrt über wartete Nina darauf, dass Max ihr von sich aus mitteilte, was mit ihm los sei. Doch er sagte nichts. Ihn direkt zu fragen wagte sie nicht. Sie trugen seinen schweren Duft in ein Winzerdorf, gingen einen schmalen, asphaltierten Weg in Richtung einer Burgruine.

Die ganze Zeit über wirkte Max angespannt. Seine Umständlichkeit lähmte Nina.

»Wie war's bei dem Kongress?«

Die Frage wirkte auf Nina wie Zeitschinderei.

»Es war viel los. Viele Vorträge. Viel Kaffee. War aber auch eine gute Luftveränderung.« Sie erwähnte weder die Geburtstagsfeier des Professors, noch den Tanz mit Diddi. Vom Gottesdienstbesuch mit Johannes sagte sie auch nichts.

Max nickte, als hake er das Thema Kongress innerlich ab.

Jede Minute, die mit Unsicherheit, Zögern und Vermeidung verging, vergrößerte Ninas Befürchtungen vor dem Unbekannten. Sie fühlte sich unwohl. Beklemmt. Zum ersten Mal roch es nach Herbst, nach Erde, nach beginnendem Sterben, obwohl erst der vierte September war. Nina rechnete ängstlich damit, dass Max ihr gleich mitteilen würde, dass es aus sei. Obwohl sie ja gerade selbst darauf hinarbeitete und es bloß nicht schaffte, den großen Schritt zu tun! Wenn er das Ende ihrer Beziehung anstrebte, wollte er es dann nicht endlich aussprechen? Wollte er sie beide nicht endlich aus dieser Anspannung erlösen?

»Hannah und ich haben uns getrennt«, sagte er, ohne Nina anzusehen, ohne auch nur aus den Augenwinkeln zu ihr hinüber zu schielen und ohne stehen zu bleiben. Er sagte es beiläufig, als erwähne er, dass er seine Socken schon den zweiten Tag anhabe.

»Getrennt? Was macht ihr denn für Sachen?« Nina sprach, sehr zu ihrer eigenen Verwunderung, als seien sie Freunde und nicht Geliebte.

Max blieb stehen, stand da, wie erfroren. Er starrte auf den Weg vor sich. Nina meinte hören zu können, wie etwas in ihm zusammenkrachte. In ihr selbst hörte sie nichts.

Schweigend gingen sie weiter. Von einer hohen Gartenmauer fiel blutrotes Weinlaub. Nina hoffte, dass Max empört sagen würde: ›Na hör mal, ich habe mich getrennt, weil wir beide uns lieben, weil ich mit dir zusammen sein will.‹

Nina legte ihre Hand auf ihren krampfenden Magen. Sie trauten einander nicht. Und sie trauten sich selbst nicht. Sie würden niemals zueinanderkommen.

WÜRDEST DU DOCH ...

Sie erreichten eine alte, verlassen aussehende Gärtnerei. Max ging zur Tür des Gewächshauses und drückte den Griff. Es war offen, und sie gingen hinein.
»Hier riecht's nach Erde«, sagte Max.
»Nach Geosmin.«
»Klugscheißerin.«
»Warum? Es heißt nun mal so.«
»Klugscheißerin.«
Sie drehten langsame Runden durch das Gewächshaus. Runde um Runde warteten sie auf etwas, das nicht kam. Sie blickten in leere Blumentöpfe und strichen über vertrocknete Sprösslinge. Max begutachtete ein Gewächshausfenster und den wackelnden Griff an der Tür, durch die sie hereingekommen waren, und mokierte sich über die herumliegenden Wasserschläuche.
Ganz plötzlich blieb er neben einer Arbeitsplatte stehen, bebend, innerlich außer Kontrolle geratend. Mit hartem, maskenhaftem Gesicht starrte Max auf den großen Erdhaufen, der übriggeblieben war, wie alles andere in diesem alten Gewächshaus, wie alles, was man hier wie fluchtartig verlassen und vergessen hatte. Seine Stimme klang gepresst. »Sag, dass du jeden Tag mit mir schlafen willst.«

Angewurzelt und regungslos stand Nina zwei Armlängen von ihm entfernt.

»Sag es.«

Nina war unfähig zu sprechen.

»Bitte, Schäfer, sag es.« Er legte die Hand vor die Augen, rieb sich die Augen, dann die Stirn. Er griff sich ins Haar.

Nina fühlte sich wie in einem fremden Land, in das sie nicht gehörte. »Warum soll ich das sagen?« Sie wollte Zeit gewinnen.

»Weil ich es hören will«, sagte er mit geschlossenen Augen.

Nina spürte, wie Max litt. Sein ganzer Körper war wie elektrisiert.

»Ich kann das so nicht sagen«, hauchte sie. An jedem einzelnen Tag seit Februar war alles so gelaufen, wie er es sich gewünscht hatte. Der Zug ihrer Leidenschaft war unaufhaltsam weitergerast, war nicht abzubremsen gewesen. Doch dann waren Bremsen angelegt worden, die mehr und mehr griffen. Diese Bremsen waren Maximilians Zögern und Ninas Unsicherheit.

Max' Blick war flehentlich, aber er war nicht auf Nina gerichtet, sondern auf den Haufen Erde. »Bitte! Sag es.«

Nina wich aus. »Du weißt, dass es so ist.«

»Dann sag's doch!«

»Ich kann nicht.«

Maximilians Blick wanderte im Gewächshaus umher, ging zum Fenster, zur Tür und blieb auf den alten Säcken voller Blumenerde stehen. »Ich würde dich am liebsten auf die Säcke hier ziehen.«

Endlich sahen sie einander direkt an. Sie sah in seine glühenden, geröteten Augen. Es war, als hätte Nina auf einmal die einzige Sprache verlernt, in der sie sich hatten verständigen können und die Nina so gern mit Max gesprochen hatte – ihre Sexualität.

»Wirklich, ich möchte jetzt sofort mit dir schlafen.« Er kam die zwei Schritte auf Nina zu und küsste sie zärtlich auf den Mund. Er leitete sie küssend bis zu den Säcken.

Nina spürte, wie sehr er sie brauchte. Und das rührte sie. Sie ließ sich von ihm küssen und die Erinnerung daran, wie alles ging, war wieder da. Max legte sie auf die Säcke und küsste ihre Stirn, ihren Mund, ihr ganzes Gesicht und küsste sie bis Zuckungen seinen Körper schüttelten.

Danach schien er etwas sagen zu wollen, doch er zögerte. Stattdessen küsste er sanft ihren Mund, ihre Wangen, ihre Augenlider. Er streichelte ihr Haar, sah ihr tief in die Augen, wollte etwas sagen, wollte ganz sicher etwas sagen ... und sagte: »Morgen, Schaf, morgen. Es muss nicht alles heute sein.«

Schwach und entkräftet lächelte Nina ihn an und streichelte sein schönes Gesicht. *Würdest du es doch sagen!*, dachte sie. *Würdest du es doch endlich sagen.* Es wäre alles anders. Doch Nina wollte und würde nicht mehr um die drei Worte von ihm kämpfen. Sie war des Kämpfens müde. Jeden Meter, den der eine gut machte, nahm ihm der andere wenig später wieder ab.

»Lass und irgendwo hinfahren«, sagte er. »Basel bei Nacht haben wir noch nicht gesehen.«

»Wir wollten auch mal mit dem Nachtzug nach Lissabon«, sagte sie.

»Wollten? Wollen wir das nicht mehr? Du wirst im Nachtzug nach Lissabon die ganze Nacht kein Auge zu tun.« Zum ersten Mal, seit sie an diesem Tag beieinander waren, lächelte Max.

Nina wollte nicht mit Max nach Basel. Sie wollte zurück nach Hause zu Else und zu Johannes. Auf der Rückfahrt, während Max von den Rindsrouladen seiner Mutter schwärmte, wäre Nina die Stimmung beinahe unbeschwert vorgekommen, hätte Max nicht zwischendurch wie weggetreten auf sie gewirkt. Einmal, als er zur Seite aus dem Beifahrerfenster schaute, sahen seine Augen aus, als ob sie bluteten. Die ganze merkwürdige Stimmung im Auto kam ihr vor wie eine stumme Ankündigung von etwas Bevorstehendem.

Als Max ausgestiegen und Nina weitergefahren war, fiel ihr mit Erstaunen auf, dass sie ihm heute, hätte Max nicht so sehr insistiert, zum ersten Mal widerstanden hätte.

EINE ENTSCHEIDUNG

Zwei Tage später bat Max Nina um ein Gespräch. Sie trafen sich zu einem Abendspaziergang. An der halb verfallenen Mauer, oben auf dem Schlossberg, an der sie damals besprochen hatten, wann die Tat zu begehen sei, blieben sie stehen. Ninas Haar leuchtete in der Abendsonne.

Max nahm eine Strähne in seine schlanke Hand und lächelte. »Schön.« Dann wurden seine Augen auf einmal schmaler. Seine Lippen lächelten ein fernes Lächeln.

Dieses Lächeln erfüllte Nina innerhalb eines Augenblicks mit Angst. Jede Zelle, jede Kapillare, jedes Haar wurde voll davon.

Es war, als träte Maximilians Blick beiseite, als mache er Platz für einen kalten Hauch. »Wir müssen uns trennen.«

Nina fuhr zusammen. Sie konnte nichts sagen. Sie erkannte, dass Teile der Mauer abbröckelten, dass die Mauer demnächst vollends umkippen würde. Obwohl sie oft darüber nachgedacht hatte, dass es das Beste für sie wäre, sich von ihm zu trennen, schrie jetzt alles in ihr: *Nein*! Die Stadt unten brannte im Abendrot. Vor Ninas rechtem Auge leuchtete eine Haarsträhne. Nicht »warum« fragen, dachte Nina, nicht bohren, nicht widersprechen. Sie wollte es Max leicht machen.

»Warum gerade jetzt?«, fragte sie dennoch.

Max' Blick schweifte über die lodernde Stadt. Er zögerte mit seiner Antwort, als suche er sie noch. Seine Gesichtsfarbe wirkte im orangegelben Licht kränklich. Weshalb sagte er so lange nichts?

Dann, endlich, tat er den Mund auf. »Ich liebe Hannah wieder mehr.« Max vermied Blickkontakt. Der Himmel glühte.

Du lügst, dachte Nina. »Das glaube ich dir nicht.«

Einen Blick lang schaute Max ihr tief in die Augen. Dann drehte er den Kopf weg. Für Nina sah es aus, als ringe er mit sich, ober er ihr die Wahrheit sagen solle oder nicht.

Er holte Luft. Zerstörerisch weiche Stimme. »Das auf den Lichtungen, auf den Sofas, auf Säcken voller Blumenerde, das mit uns, das kann es im realen Leben nicht geben. So wie es jetzt ist, wird es im Alltag nicht bleiben. Es kann so nicht bleiben.«

Nina nickte. Das verstand sie.

»Ich muss es jedes Mal relativieren. Jedes Mal, wenn wir zusammen waren, muss ich es relativieren. Ich muss es alles immer wieder relativieren.« In seinen Augen sah sie die Reste der Anstrengung davon.

Nina fühlte sich wie betäubt von dem plötzlichen Schlag. Seltsam gelassen, abgeklärt und nüchtern. »Und wenn es sich relativieren lässt, hat es seine Existenz nicht länger verdient. So einfach ist das.«

Mit großen Augen schaute Max sie an.

Sie stiegen hinunter zur Stadt. Bächlein, Oleander, Palmen, Weinreben, Flaneure, Straßenmusikanten, Kopfsteinpflaster, Cafés im frühen Abendlicht. Doch selbst die Schönheit dieser Stadt konnte an einem solchen Tag des Verlusts nicht trösten. Gerade diese Schönheit ätzte in der Wunde.

In der Konviktgasse schlug Max vor, an einem kleinen, runden Tisch vor einer Studentenkneipe Platz zu nehmen und etwas zu trinken. Verblühende Gloxinien rankten an Drähten von einem Haus zum anderen und über ihre Köpfe hinweg. Zwischen den Hausdächern glänzte die Turmuhr des Schwabentors. Zum ersten Mal stellte Nina fest: Vorne am kleinen Zeiger saß eine Sonne und hinten ein Mond. Niemals würden sie sich begegnen, sich berühren.

Schweigend beobachtete Nina den zusammensinkenden Schaum ihres Radlers. Tief in sich drinnen hörte sie ein Kichern, das lauter wurde, heiserer, bis ein irres Gelächter durch ihre Adern rollte. Weit hinten in ihrem Gehirn schlug es eine Tür zu. Ihr wurde angst. Ganz sicher würde sie wahnsinnig werden. Mit bebenden Fingern wollte Nina nach Maximilians Zigarettenschachtel greifen. Er kam ihr zuvor, holte eine Zigarette heraus und zündete sie Nina an. Er reichte sie ihr schweigend und mit sorgenvoller Miene. Nina zog an der Zigarette, atmete Rauch aus, beobachtete zwei junge, elegante Frauen vor dem Schaufenster gegenüber. Die rechte Frau schüttelte ihr brünettes Haar auf. Ihre nackten Beine waren sonnengebräunt. Nina wollte Max nicht ins Gesicht sehen. Sie wollte nicht mitansehen, wie Max der Schönen nachsah, wie er sie in Gedanken in Betracht zog.

»Wie geht es?«, wollte er wissen.

Nina wusste es nicht.

Sie spazierten durch die Altstadt. Sie konnten sich nicht trennen. Auf einmal und sehr schnell zogen Wind und Wolken auf. Es begann zu regnen. Weil sie keine Schirme, aber noch Zeit hatten, flüchteten sie in ein Café. Rauchschwaden. Tropfende Schirme in Messingständern. Ein älteres Paar, das sich mit ihnen hereingeflüchtet hatte, setzte sich an den Nebentisch. Der Mann wischte sich Regentropfen von der Brille, und die Frau starrte Nina an. Max bestellte Kaffee und rauchte. Wenn er seinen Kopf nach hinten neigte, um zu trinken oder

Rauch in die Luft zu blasen, fiel sein Blick auf Ninas Brüste, die sich unter ihrem nassen T-Shirt abzeichneten. Max rührte Milch in seine Tasse Kaffee.

Dann fixierte er Ninas Augen. »Unsere Trennung war nur eine rationale Entscheidung«, sagte er leise, sodass nur Nina ihn hören konnte. »Eine rein rationale Entscheidung.«

Niederwerfen hätte Nina sich wollen vor Dankbarkeit über diesen einen tröstenden Satz. Er hatte Schluss gemacht, weil es sein musste, nicht, weil sein Herz nicht an ihr hing.

In der Nacht lag Nina wach im Dunkeln, nackt bis auf die Seele, hingestreckt der Länge nach, mit ihrem ganzen Inneren am Boden. Sie lag und starrte in die Dunkelheit. In Nina war es totenstill. Nur einmal, und weil sie das Gefühl hatte, wahnsinnig zu werden, knipste sie das Licht an und setzte sich an die Bettkante. Das Zimmer bestand aus Schatten, die sich verdichteten oder auflösten, ein jeder ohne Zuordnung, ohne Sinn, ohne Bezug zu Nina. Allein das Rosa einer blühenden Zimmerazalee drang zu Nina durch. Die Schönheit dieser rosa Blüten tröstete. Die Schönheit dieses Rosa war das Einzige, was sich aus der verschwindenden Welt noch erkennbar herauslöste und zu Nina hinreichte. Das Ende hatte sie doch ersehnt – und sie ertrug es nicht.

LICHT

Samstagvormittag. Es regnete. Wie betäubt ging Nina durch die Stadt. Ihr Körper war eine hauchdünne Hülle um eine nässende Seele. Nina zog eine Spur durch alle Straßen, durch die sie sich schleppte. Ihr Körper funktionierte, tat alles wie von allein. Geringe innere Anweisungen von Nina an ihren Körper genügten, und er bog rechts ab, suchte eine CD aus, zog einen Gedichtband von Rilke aus dem Regal, lächelte. Nina setzte ihre Schritte auf das nasse Kopfsteinpflaster, auf die glänzenden Straßenbahngleise. Ganz bewusst tat sie es, weil sie Angst hatte, das Gehen zu verlernen.

Nina passierte eine Kirche. Hundertmal war sie an dem weißgetünchten Kirchengebäude vorbeigegangen, wie man an irgendeinem Gebäude vorbeigeht, ohne darüber nachzudenken, was dessen Geschichte ist, wer sich darin befindet, wozu es da ist. Nina war bis zur Hälfte an der Längsseite vorbeigegangen, da hörte sie in ihrem Inneren wieder die Worte: *Jeder, der an Ihn glaubt, wird nicht zugrunde gehen.*

Nina bog um die Ecke. Sie warf einen Blick auf die schwere Kirchentür. Der Kirchenbesuch mit Johannes hatte Nina aufgebaut und ihr einen winzigen Funken Hoffnung ins Herz gegeben. In diesem Moment, jetzt, beim Vorbeigehen an der Kirche, glomm dieser Funke Hoffnung wieder auf. Nina beschloss, hineinzugehen. Gerade als Nina ihre Hand an den

Griff legte, öffnete sich die Tür. Eine alte Frau kam heraus. Ihre Augen leuchteten wie die von Johannes. Es war, als scheine ein mildes Licht von innen her durch ihre Haut. Sie lächelte liebevoll und gütig. Das Lächeln der alten Frau wirkte ermunternd und so, als gehörten sie beide zusammen, als seien sie Mitglieder ein und derselben Familie, als hätten sie gefunden, worum es im Leben ginge.

Im Eingangsbereich der Kirche, unter einer Empore, blieb Nina stehen. Es roch katholisch. Nach Weihrauch. Der weite Raum wirkte hell und golden, festlich und symmetrisch. Ruhe fiel auf Nina nieder, wie in zartes Gewebe, wie eine heilende Gaze. Sie legte sich um sie und glitt lautlos in sie hinein wie ihr Atem. Hier also, dachte Nina, war der Zufluchtsort der Ruhe. An diesen Ort hatte der Friede sich zurückgezogen, weg vom Getümmel und vom Geratter der Innenstadt. Nina hatte sich einst in das Gebäude der Universitätsbibliothek geflüchtet, weil sie innerlich hatte zur Ruhe kommen wollen. Ruhe hatte sie dort aber nicht gefunden, sondern Sturm.

Ganz vorne, am gegenüberliegenden Ende, noch hinter dem Altar, hing ein riesiges, goldgerahmtes Bild. Das Gemälde hing so weit entfernt, dass Nina es nicht klar erkennen konnte. Nur schemenhaft leuchtete der helle Körper des gekreuzigten Jesus hervor. Das Bild zog Nina magisch an. Sie machte zwei Schritte nach vorne. Noch einen. Schließlich, weil sie es genau ansehen wollte, ging sie über den langen, dunkelroten Teppich des Mittelgangs bis nach vorne zu den Stufen, die zum Altar hinaufführten. Dort blieb sie stehen. Wie gebannt blickte sie Jesus Christus am Kreuz an. Von ihm ging dieselbe Milde aus wie von der alten Frau und wie von Johannes. Sein Kopf hing nach vorne und berührte die Innenseite seines rechten Oberarms. Der Kopf lag dort wie schlafend angeschmiegt. Dabei war er doch tot. Nina sah die Nägel, die durch Jesu Handgelenke und durch seine Füße getrieben worden waren. In der linken Seite klaffte eine Wunde, dort hatte man ihn gestochen.

Nina setzte sich in die zweite Kirchenbank auf der linken Seite und betrachtete das Gemälde weiter. Wie grausam musste es sein, so zu sterben? Weich legten sich Jesu Haare auf seine Schulter, zarte Falten schlug das Tuch um seine Lenden. Sein blasses Gesicht war voller Demut. Der Tod kam in sanften Farben daher. Der Himmel über dem Kreuz grollte blauschwarz und schwefelig Grün. Ein hellerer Fleck umgab die Stelle, wo das Kreuz den Horizont traf.

Nina schaute dem gemalten Jesus ins Gesicht. Da fielen ihr Sätze ein, die Johannes ausgesprochen hatte, ohne von Max zu wissen, ohne Ninas innere Not zu kennen. »Du kannst Jesus mit allem kommen«, hatte er gesagt. »Ihn schockt nichts. Und keine Angst, für Jesus ist kein Problem zu groß.« Bestimmt hatte er ihr Leid an ihrem Gesicht abgelesen, auch wenn sie nichts preisgegeben hatte.

Nina konnte ihren Blick nicht von Jesus nehmen, von seinen geschlossenen Augen und seinem gesenkten Kopf. Plötzlich hatte Nina das Gefühl, dass Jesus ganz auf sie konzentriert war, dass er sich ihren Gedanken und Gefühlen zuwandte.

Wenn es stimmt, was Johannes alles über dich gesagt hat, ließ Nina ihr Inneres zu Jesus sprechen, *dann bitte hilf mir. Ich gehe zugrunde, Jesus*. Nina fing an zu weinen. *Ich kann Max nicht loslassen, und ich kann nicht bei ihm bleiben. Wir zerstören uns gegenseitig. Ich kann nicht mehr.*

Sie verbarg ihr Gesicht in den Händen, rutschte auf die Knie und weinte. Minuten vergingen, ehe Nina versuchte, zu sich zu kommen. Sie schüttelte den Kopf, als könne das helfen. Wieder sah sie hinauf in das Gesicht von Jesus Christus. *Jesus hängt dort wegen dir!* Die Erkenntnis breitete sich explosionsartig in ihrem Bewusstsein aus: *Er ist durch all dieses Leid ist gegangen, um dich von deinen Sünden zu befreien. Darum hängt er dort. Damit du nicht zugrunde gehst. Für dich ist er gestorben. So sehr liebt er dich, dass er das für dich getan hat.*

Plötzlich überfiel Nina große Scham. Wie ein Platzregen ging sie auf Nina nieder, durchnässte sie binnen Sekunden, schlug ihr ins Gesicht, spritze an ihr hoch. Von oben, von unten, von allen Seiten stürzte sie auf Nina zu. Zum ersten Mal schämte Nina sich zutiefst für den Schmerz, den sie Hannah zugefügt hatte. Für die Messer, die sie in Maximilian hineingetrieben hatte – in der Absicht, sich zu wehren. Jeder Gegenangriff war ein Angriff, nichts anderes als eine unheilvolle Tat. Nina schämte sich für den Groll und den Hass, den sie gegen ihre Mutter, ihren Bruder und ihren passiven Vater gefühlt hatte. Für die Wut, die sie auf Achim und Bärbel gehabt hatte und auf die Firmenleitung von Rochedale Biotechnology. Ja, sie hatte zu leiden gehabt, doch war es richtig gewesen, auf Schlechtes mit Schlechtem zu reagieren? Jede schlechte Tat, jeder üble Gedanke machte alles nur noch schlimmer.

Nina legte die Finger ihrer rechten Hand wie vor Schreck über ihren Mund. »Es tut mir leid, Jesus«, flüsterte sie. »Es tut mir leid.« Heiße Tränen liefen über ihre Wangen. Sie kam sich vor wie ein beschädigter Resthaufen ihrer selbst, der verheult in der Kirchenbank saß, noch in den Ketten ihrer Besessenheit von Maximilian Pallas. Sie, die versagende Tochter einer personengeschützten Richterin. Sie konnte nicht mehr. Nina gab auf.

»Bitte, nimm mein Leben. Es gehört dir, Jesus. Wenn du es willst, nimm es. Mach damit, was du willst. Ich weiß nicht einmal, weshalb es mich überhaupt gibt.«

Da hörte Nina Jesus klar und deutlich in ihrem Inneren antworten: »Es gibt dich, weil ich dich liebe.« Er wiederholte es mit einer Zärtlichkeit, die so ungeheuer groß war, dass Nina sie sich in ihrem eigenen Sehnen nach Zärtlichkeit niemals so hätte erträumen können: »Weil ich dich liebe.« Nina spürte, wie mit diesem Satz ein nie gekannter Friede sie ganz langsam flutete. Immer mehr stieg er in ihr an, wie das Wasser in ein trocken liegendes Hafenbecken läuft, mit alten Fischerbooten am Grund, bis sie sich endlich wieder auf der glänzenden Wasseroberfläche wiegten.

Das Weinen hörte auf. Nina setzte sich zurück in die Bank und sah immer noch hoch zum Bild von Jesus. Sie wurde ganz still. Sein Weil-ich-dich-liebe war tiefer in Nina hineingegangen, als irgendetwas vorher. Tiefer, als Max in ihr verhaftet war.

Jesu' Weil-ich-dich-liebe war bedingungslos. Nichts war nötig. Kein Erfolg im Beruf. Keine Dissertation. Weder Schönheit noch Sexappeal. Es war, als umarme Nina ein warmes, liebendes, zärtliches Licht und als verschmelze es vollkommen mit ihr.

»Bitte«, flüsterte sie eindringlich, »bitte, Jesus, verlass mich nie, nie wieder. Bleib bitte bei mir und hilf mir. Ich brauche deine Hilfe.«

Da schien er seine Stirn an ihre Stirn zu legen und zu sagen: »Ich bin immer bei dir. Hab keine Angst. Vertrau mir.« In jede Faser ihres Seins drang die Erkenntnis hinein: Der stärkste, der mächtigste Mann, der je gelebt hatte, liebt mich total und vollkommen. Ich bin in absoluter Sicherheit.

Auf dem Rückweg trug die Welt wieder ein paar Farben. Spatzen hüpften vor Nina her. Rennende Kinder überholten sie. Alles rückte ein wenig näher an sie heran. Ninas Schmerz brannte weniger. Auf einmal, durch ihre Entscheidung, in diese Kirche, zu diesem Gemälde, zu Jesus hinzugehen, war sie kein verlorenes Schaf mehr. Jesus hatte sie aus dem Dornengestrüpp gezogen. Er hielt sie auf dem Arm, drückte sie an sich, neigte sein lächelndes Gesicht zu ihr. Sie war in Sicherheit. Er trug sie, weil sie zu ihm gekommen war. Und sie wusste: Du wirst dem Schmerz, der von Max ausgeht, du wirst Max, nie mehr allein begegnen müssen.

KONSEQUENZ

Am Montag las Nina in der Redaktion zusammen mit Herrn Gutbier und fünf anderen Mitarbeitern die Druckfahnen Korrektur. Vorwärts. Rückwärts. Wort für Wort.

Gutbier ging es nicht gut. Er sagte ihnen, er leide schon lange an Depressionen, nehme Mittel dagegen ein, aber es werde schlimmer. Der merkwürdige Geruch, den Nina in seiner Gegenwart wahrnahm, waren Ausdünstungen seiner Psychopharmaka. Nina arbeitete konzentriert, um keinen Fehler zu übersehen, um Gutbier keinerlei weiteren Kummer zu bereiten. Die Katastrophe war groß, weil der Mutterverlag allmählich der Digitalisierung zum Opfer fiel. Sie arbeiteten gerade an der letzten Lexikonausgabe – berühmte Biologen – und trugen sie zu Grabe.

Wenn Nina aus dem Fenster zu den Bergen hinüberschaute, um ihre Augen zu entspannen, kehrte der Schmerz um Max zurück. Dann drückte die Traurigkeit von innen gegen ihren Brustkorb, wollte heraus und fliehen bis hinter die Berge. Nina hätte dem Jammer so gern alle Tore aufgerissen und ihn entlassen, aber sie waren fest verschlossen. Im Stillen fragte sie: *Jesus, bist du noch da?* Der Friede, der ihre Traurigkeit anschließend mehr und mehr durchwirkte, ließ sie wissen, dass Jesus da war. Dann hoffte sie nicht nur, sondern sie wusste: Du wirst den Schmerz aushalten können. Er wird irgendwann vollends vergehen.

Gegen Mittag betrat Nina den Betonbunker, der ihre schützende Zuflucht hatte sein sollen, aber ihr Kerker geworden war. Nina hatte keine Stichworte für das Lexikon berühmter Biologen mehr vorzubereiten oder zu schreiben. Sie wollte an ihrem angestammten Platz in ihren neuen Büchern lesen: *Grundlagen der Duftstoff-Chemie* und *Erotik des Parfums: Geschichte und Praxis der schönen Düfte*. Letztlich war sie aber nur deshalb in der UB, weil sie darauf wartete, dass Max kommen würde.

Nina konnte heute keine klare Regung in sich ausmachen. Wie auf neutralem Boden stand sie nach langem Kampf. Der Saal, der bis oben hin angefüllt gewesen war mit Ninas Sehnsucht nach Max, mit ihrer Verzweiflung und ihrer rasenden Verliebtheit, kam ihr vor wie grundgereinigt von ihren Gefühlen. Jemand war da gewesen und hatte mit Eimern und Schrubbern und Desinfektionsmitteln beseitigt, soviel nur ging. Einige Reste hingen noch in der Luft, lagen auf ihrem und Maximilians Tischen und schwebten über der Saaltür. Wie aus einem Traum schien Nina langsam zu sich zu kommen. Sie blinzelte aus noch halb geschlossenen Augen und machte sie gleich wieder zu, weil sie noch nicht aufwachen und ihre Illusion ganz verlassen wollte.

Auf einmal stand Max neben ihr. Er sah geschunden aus, hatte Ringe unter den Augen und wirkte erschöpft. Sein Anblick brach in Nina ein, wie ein Dieb, der alles von den Regalen warf, was gerade aufgeräumt worden war. Maximilians Anblick schien zu rufen: ›Du liebst mich.‹ Ninas Inneres schien zurückzurufen: ›Ja.‹ So einfach, wie Nina es gehofft hatte, würde es nicht werden. Der Schmerz nahm wieder seinen alten Platz in ihrem Bauch ein, wühlte mit geballter Faust darin herum, griff schon nach dem Messer.

Sie gingen miteinander in Richtung Mensa. Auf dem Weg dorthin erzählte Max, dass er das ganze Wochenende für das Fechtturnier am kommenden Wochenende trainiert habe. Es würde sein letztes Turnier sein. Sein Abschied. Ein Verlust für die Mannschaft, aber umgekehrt auch für ihn selbst. Auf zwei orangen Plastikstühlen saßen sie an einem Tisch mitten im Raum.

»Wirst du kommen?«, fragte er.
»Ganz ehrlich?«
»Was denn sonst?«
»Ich weiß es nicht.«

Max schob sich einen Löffel Linsen in den Mund, kaute, schluckte und musterte Nina an. Sein Blick erinnerte sie an jemanden, der noch müde war und fröstelnd den wärmenden Morgenmantel enger um den Körper zog. »Wir wollten doch mal mit dem Nachtzug nach Lissabon fahren.«

Weshalb erinnerte er Nina schon wieder daran? Immer wieder fing er mit diesem Nachtzug an und rührte damit in Ninas Seele wie in seinem Teller Linseneintopf. Nina antwortete nicht.

»Schon vergessen?«

Würde Nina je ein Wort vergessen können, das zwischen ihnen gesprochen worden war? Einen Blick, den sie gewechselt hatten? Eine Hoffnung, die Max ihr geschenkt hatte?

Obwohl Nina wusste, dass sie nichts davon würde ganz auslöschen können und wollen, antwortete sie mit einer Gelassenheit, die sie selbst überraschte: »Wir haben viel gesagt im vergangenen halben Jahr.«

Mit großen Augen sah Max sie an. »Gilt das jetzt alles nicht mehr? Nach einem Wochenende?«

Er wollte das Spiel von Neuem beginnen, deswegen warf er ihr diese Brocken hin. Wenn sie sich auf ihn einließ, würde er sie bald zu Boden werfen und sie anschließend mit allen Mitteln wieder aufrichten. Nur, damit sie ihm mit den Krallen durchs Gesicht fahren und er sie erneut hinschmeißen konnte. Das war vom ersten Tag an ihr Spiel gewesen. Ein todernstes Spiel. Ein ewiges Hin und Her. Es war am Ende nur noch darum gegangen, wer als erster seelisch tot sein würde. Nina hatte am Freitag und am Samstag am Rande ihres seelischen Todes gestanden. Über Monate hatte sie sich diesem Klippenrand Schritt für Schritt genähert, bis nur noch der letzte Schritt gefehlt hatte. Nur die Zuflucht in der Kirche hatte sie vor dem Abgrund bewahrt. Ihr Retter war sofort da gewesen.

Da lag das hingeworfene Bröckchen Hoffnung von Max nun vor ihr: *Gilt das alles nicht mehr?*

Max ließ den Löffel sinken und sah Nina verständnislos an. »Ich verstehe nicht, wie du das jetzt machst. Wie du das jetzt hinbekommst. Wie du jetzt überhaupt bist.«

Er sprach die Sätze wie in den Gegenwind. Sie kamen undeutlich bei Nina an. Ihre anfängliche Aufregung über ihr Wiedersehen wich einer ungewohnten Ruhe. Es war nicht mehr die trügerische Art von Ruhe, die wie die Folge eines Betäubungsmittels wirkte. Oder wie die Ankündigung des nächsten Sturms. Oder eines weiteren Zusammenbruchs. Diese Formen der Ruhe waren Zeichen fortschreitenden Verfalls. Jetzt, in der Mensa, Max gegenüber, empfand Nina keine unheilverkündende Ruhe mehr, sondern eine heilsame. Sie lächelte.

An Max' erschrockenem Blick konnte sie ablesen, dass ihn dieses Lächeln irritierte. Nina spürte, dass etwas in ihrem Innerem anders war als sonst. Diesen gequälten Gesichtsausdruck von Maximilian hätte sie bis vor Kurzem genossen. Er wäre ihr wie ein Lorbeerkranz gewesen. Eine Siegestrophäe für einen gewonnen Kampf.

Auf einmal wurde Nina bewusst, wie grausam sie in den vergangenen Monaten geworden war. Schleichend hatte sie sich in eine Verletzerin verwandelt, war geworden wie Max. »Ein Mord wäre uns zu wenig«, hatte Max in der Bar gesagt. Sie würden sich lebenslang quälen, wenn sie sich einander nicht entzogen.

Max war ein großartiger Lehrmeister gewesen. Er hatte Nina so viel beigebracht, dass sie am Ende vor sich selbst Angst bekommen hatte.

Ja, sie war in sein Leben eingedrungen. Aber er hätte sie nicht hereinlassen müssen. So wie sie Diddi als Mann nicht in ihr Leben gelassen hatte. Das verführerische, erotische Bild von Maximilians Novalis-Mund war in Nina hineineingefahren und lag auf ihrem inneren Meeresgrund, wo kein Normalsterblicher es mehr bergen konnte. Für diese Ohnmacht hatte Nina Max büßen lassen wollen. Und auch dafür, dass er nicht sein wollte, wozu sie ihn hatte machen wollen – zur ihrer großen Liebe.

Nun aber erkannte, fühlte und wusste sie: So grausam wollte sie nicht sein. So war sie nicht. So durfte sie nicht sein, so durfte keiner sein. Johannes würde vor ihr flüchten, wenn er darum wüsste. Nur: Johannes würde das Schlechte in ihr nicht hervorlocken. Er war ein guter Mann. Er erzählte zwar die schlechtesten Witze, die Nina sich vorstellen konnte, und hatte ein Lachen, das keines war, weil es ein Husten war. Aber er hatte etwas Heiliges an sich, in dessen Gegenwart sich Grausamkeit verbat. Johannes konnte manchmal kühl und fern sein, wenn er erschöpft war. Aber er war von Herzen gut. Das machte den Unterschied. Das nahm jeden Stachel. Er war ein Mann, der ihr nicht schaden würde.

»Wie ich jetzt bin, stört dich?«, fragte Nina. Sie legte den Kopf schief. »Ich bin konsequent. Schluss bedeutet Schluss.«

Empört schlug Max mit der Hand auf den Tisch, dass sein Messer hochsprang. Die Köpfe an den Nachbartischen drehte sich zu ihnen.

»Ach, so ein Quatsch!«, blaffte Max. »Konsequenz!«

Wie hell und klar war das Braun seiner Iris, wenn er die Augen so weit aufriss.

Nina wollte Max nicht mehr verletzen. Es kam ihr vor, als wichen übergroße Schatten von ihr zurück. Ihre Liebe zu Max wirkte kleiner – und klarer.

Max legte den Löffel hin. »Und was soll das jetzt? Warum gehen wir dann hier gemeinsam Essen?«

»Aus Respekt«, sagte sie.

Max' Blick härtete aus. Eine Falte grub sich neben seinem Mundwinkel ein. »Komm«, stieß er im Befehlston hervor, »jetzt sag mal, wie du das hinbekommst.«

Nina schwieg.

Max' verengte die Augen zu Schlitzen. »Das ist respektlos!«, brach es aus ihm heraus. »Man tritt nicht in jemandes Leben, bringt alles durcheinander und geht dann einfach.«

Nina nickte. Wie recht er hatte. Sie war in sein Leben eingedrungen, wie der Anblick seiner Novalislippen in sie eingebrochen war.

SAN DIEGO

Drei Tage später trafen sich Nina und Max in der Brennnessel. Draußen am Himmel hingen schwere, dunkel-blaue Wolken. Der Farbton von Max' Jackett war ganz ähnlich. Seit er den ausgezeichneten Physikabschluss hatte, trug er häufiger das Jackett und neue schwarze Schuhe. Zwischen ihnen, auf dem Tisch, stand eine brennende Kerze.

»Ich habe das Stipendium für San Diego bekommen.« Seine Stimme klang neutral, wie die eines Nachrichtensprechers. »Demnächst bin ich also Doktorand. Und zwar«, er beugte sich vor und hob die Augenbrauen, »am Center for Astrophysics and Space Sciences an der University of California. Am CASS.« CASS sprach er so akzentuiert aus, wie man »Zack« sagen würde. Er lachte selbstgefällig und bog den Kopf zurück.

Obwohl die Zusage an Max sehr wahrscheinlich gewesen war und Nina mit ihr gerechnet hatte, versetzte sie ihr doch einen Stich. Davon, dass ihre eigene berufliche Entscheidung längst gefallen war, hatte sie Max noch nichts gesagt. Nur Diddi, Gustave, Else und Johannes wussten: Nina würde zu Gustave Winter nach Zürich gehen.

Der Raum war schwach beleuchtet. In allen Ecken standen Schatten.

»Kommt Hannah mit?«

»Abwarten. Mal schauen, wie alles weitergeht.«
»Seit wann hast du die Zusage?«
»Seit heute Morgen.«

Ninas Herz sank schwer und dunkel. So schnell, wie sie es sich wünschte, ging das Loslassen nicht. Sie war noch nicht fertig damit, sich von Max zu lösen, von dem Hoffen auf die Liebe mit dem Wolf. Sie hatte ja längst begriffen, dass Max nicht gut für sie war. Genauso wie ihre Mutter oder Achim. Sie musste lernen, sich ein Leben aufzubauen, das gut für sie war. Von Achim hatte sie sich schon gelöst. Von Mutter würde sie sich nie ganz lösen können, aber Nina konnte ihren eigenen Weg gehen. Und von Max musste sie sich noch wegdrehen.

Nur: Das Wegdrehen war so schwer. Das Nach-vorne-Schauen. Das Begreifen, dass Nina die Mutter gar nicht mehr brauchte. Und auch keine andere Person an ihrer statt, die ihr einen Anerkennungskampf aufzwang. Viel schwerer noch als das Wegdrehen, war das Weggehen. Nina kam sich vor, wie eine, die sich nach monatelanger Bettlägerigkeit zum ersten Mal auf die Füße stellt und den ersten unsicheren Schritt nach vorne tut.

Der Novalis-Mund erzählte noch von San Diego und lächelte dabei.

Ninas sehnsüchtige Haltsuche hatte Erfüllung gefunden. Aber nicht bei Max. Schon gar nicht bei Mutter. Jesus war es, der die Macht gehabt hatte, Nina Vertrauen einzuflößen. Ihm vertraute sie – zu ihrem eigenen Erstaunen – so vollkommen, dass sie es zuließ, dass er die tödliche Schlinge löste, die sich immer fester um sie zugezogen hatte. Aus Ninas Resignation und aus ihrer Angst war ein neues, ungekanntes Vertrauen geworden. Jesus, und das wusste sie, meinte es ganz und gar gut mit ihr. Jesus war bei ihr, seit sie zum ersten Mal nach ihm gerufen hatte. Ihm glaubte Nina, wenn er sie fühlen ließ: Ich liebe dich, genauso wie du bist, denn so und nicht anders habe ich dich erschaffen. Ich liebe dich ohne Bedingungen. Unendlich und für immer. Vertrau mir. Und Nina tat es und wunderte sich selbst darüber.

Max sagte, er habe in Gedanken schon angefangen, die Koffer zu packen. Nina malte sich aus, wie er das Universitätsgebäude in San Diego betreten würde. Er würde die breite Treppe hinauflaufen und dabei, geschmeidig und leicht wie beim Fechten, immer zwei Stufen auf einmal nehmen. Voller Tatendrang. Nina fiel der bevorstehende Fechtkampf ein.

»Ich komme nicht zum Turnier«, sagte sie.

Halb im Spaß, halb im Ernst hob er die Hand und wollte auf den Tisch schlagen, aber er ließ sie sinken. »Du kommst ... bitte.« Er lächelte schwach. »Ich dulde keinen Widerspruch.«

Nina schüttelte den Kopf. »Nein, ich kann nicht.« Sie wollte Max nicht dabei zusehen, wie er leichtfüßig und federnd auf der Bahn vorschnellte und zurückwich. Sprünge wie damals im Treppenhaus. Nina würde nicht zulassen, dass Erinnerungen daran in ihr aufgewühlt wurden.

Max' Blick züngelte zu ihr her. Dann erlosch das Feuer, als habe ein resignativer Gedanke einen Eimer Wasser darüber gekippt. Graublau wirkten seine Augen, wie damals, als Nina sie zum ersten Mal gesehen hatte, nachdem Max erschöpft von seinen Lehrbüchern aufgeblickt hatte.

»Du wirst mich in San Diego besuchen kommen. Ich zahle dir den Flug. Einen einfachen Flug.« Maximilians linker Zeigefinger fuhr eine Furche im Holztisch nach, als streichle er sie. »Du wirst Hunger haben. Zuerst gehen wir essen. Dann zu mir. Du wirst duschen. Ich bringe dir ein weiches Handtuch. Vielleicht willst du erst schlafen, vielleicht auch später. Ich trage dich hinüber und wir haben endlich eine lange gemeinsame Nacht für uns. Endlich einmal Ruhe miteinander. Bis wir etwas zusammen unternehmen wollen.«

In diesem Moment wurde Nina bewusst, dass sie nie wirklich Ruhe miteinander gehabt hatten. Ihre Zeit war eine geraubte Zeit gewesen, geraubt von Hannah – und stets knapp bemessen. Nina malte sich aus, wie es gewesen wäre, wenn es Hannah nicht gegeben hätte. Wenn Max sich von Anfang an klar hätte positionieren können. Und wenn er nicht den Traum haben würde, alle schönen Frauen dieser Welt zu sehen. Hätte Max dann eines Tages im Bett neben Nina mit der Brille auf der Nase Gabriel García Márquez gelesen, während sie ihren Mann von der Seite betrachtet hätte, seine hohen Wangenknochen und seinen weichen Mund?

Endlich einmal Ruhe miteinander. Das war also das, was Max nach seiner rationalen Entscheidung, sich von Nina zu trennen, in den Sinn gekommen war. Wie sehr bewegte es Nina, dass es die Ruhe für sie beide war, die Max sich ersehnte. Sie knetete ihre Finger.

»Dann, am nächsten Tag, zeige ich dir San Diego, die Uni und das Meer. Ach Nina, wenn ich fort bin, wird die Wehmut schon kommen. Es war eine verdammt schöne Zeit mit uns. Wir schreiben, telefonieren, du kommst nach San Diego ... und ich ja auch nach Freiburg.«

Einige Male berührten sie sich. Flüchtig, aber absichtlich. Dann standen sie draußen in der kühlen Herbstluft unter dem sternenlos schwarzen Himmel und verabschiedeten sich für diesen Tag.

ELSES IRRTUM

Else bat Nina darum, sie in ihr Elternhaus zu begleiten. Augenblicklich spannte sich Ninas Körper an, denn in der oberen Wohnung lauerten Erinnerungen an ihr letztes Zusammensein mit Max. Sie würde ihn auf dem Sofa im Wohnzimmer sitzen und an der Balkontür stehen und auf dem Teppichboden liegen sehen. Die Bilder würden sie quälen.

Nina zögerte. Sie war drauf und dran, Else die Bitte abzuschlagen. Doch Else zuliebe willigte sie ein.

In Ninas rotem Golf fuhren sie die schmale Straße hinauf zu den Häusern am Hang. Im Treppenhaus berührte Ninas linke Hand die Stellen des Geländers, an denen Maximilians Hand gelegen hatte. Gleich nach dem Eintreten bog Else ins Schlafzimmer ab. Nina ließ im Wohnzimmer frische Luft herein. Vom offenen Fenster aus wanderte ihr Blick durch das Zimmer, über das abgeschabte Sofa, das altertümliche Büffet mit den vielen Fotos darin und über die muffigen Teppiche. Nirgends war Maximilians Geist. Er saß nicht auf der Couch, stand nicht am Büffetschrank und lag nicht auf dem Perser.

Ninas Dufterinnerung zwängte ihr kein animalisches Patschuli-Sandelholz-Gemisch auf, sondern sie roch die ältlich wirkende Kombination aus alten Teppichen und Lavendel. Sie hatte sich oft gefragt, woher der Lavendelduft in dieser Wohnung kam. Es hatte immer ein paar Minuten gebraucht, bis

Maximilians Geruch ihn überlagert hatte. Bis Nina bei einem ihrer Besuche das offene, wie in Falten gelegte Rauchglasfläschchen mit dem Postkutschen-Etikett hinter einer Vase entdeckt hatte.

Nina stand am Fenster und wunderte sich. Denn noch immer stiegen keine Bilder von Max auf, wie er sich in diesem Zimmer bewegt hatte oder davon, was sie hier getan hatten. Vielleicht lag es an der Kühle oder am anderen Licht an diesem Nachmittag. Wahrscheinlicher aber an dem stummen Gebet, das sie während der Autofahrt gen Himmel geschickt hatte. Nina schien verschont zu bleiben.

Als sie wenig später ins Schlafzimmer kam, hatte Else die Vorhänge zurückgezogen, zwei Stapel Pullover aus dem Schrank geholt und auf das Bett gelegt und war dabei, eine hellblaue Schachtel von ganz hinten aus dem Fach zu ziehen. Mit dieser Schachtel von der Größe eines Schuhkartons setzte Else sich auf das Bett. Nina blieb an den Türrahmen gelehnt stehen und beobachtete, wie sich in Elses Blick Entschlossenheit und Unsicherheit bekämpften, bis erstere gewann.

»Es muss jetzt endlich sein. Ich lese jetzt die Briefe von Marcello.«

Ninas löste ihren Körper vom Türrahmen und stellte sich kerzengerade hin. »Verstehe ich das richtig: In dieser Schachtel liegen Briefe von Marcello, die du noch nie gelesen hast?«

»So ist es.« Trotz in der Stimme und Stolz im Blick. Auch das gehörte zu Else.

Nina ließ sich gegen den Rahmen zurückfallen und starrte weiter. Ihre Stirn kräuselte sich. »Warum hast du sie nie gelesen?«

Else gestikulierte ungewohnt temperamentvoll mit beiden Händen, und ihre Augen siedeten. »Ich habe es nicht gekonnt. Ich wollte nicht wissen, was drinsteht. Ich hatte Angst, dass ich es nicht ertragen würde.«

»So lange? All die Jahre hast du das nicht gewagt?« Nina schüttelte ungläubig den Kopf. »Was denkst du denn, was drinsteht?«

Else senkte den Kopf. »Dass Marcello schreibt: ›Hör zu: Ja, ich bin mit der anderen Frau, mit Flavia, zusammen. Es ist nun mal so. Es war doch eigentlich von Anfang an klar, dass das mit uns beiden nur ein Liebesabenteuer war.‹« Sie seufzte. »In deiner Zeit mit Max ist mir ein Licht aufgegangen durch euer qualvolles Hin und Her. Man kommt nicht weiter, wenn man sich der Wahrheit nicht stellt. Man leidet mehr, wenn man davonläuft. Genau das habe ich damals und all die Jahre danach getan. Schluss damit. Ich werde der Wahrheit in die Augen sehen. Keine Illusionen mehr.«

Ja, so war Else, dachte Nina. Sie konnte entschieden, sogar unerbittlich werden, wenn sie einmal eine Position bezogen hatte.

»Ich wollte auf gar keinen Fall schwarz auf weiß lesen: Marcello ist mit Flavia zusammen. Sie erwarten ein Kind. Ich selbst bin nur seine Liebschaft. Solange ich das nicht lesen musste, konnte ich mich ja schön an meiner Illusion festhalten und mir einreden, dass Marcello mich insgeheim doch liebt. Hätte ich die Briefe aufgemacht, hätte ich daran ja nicht mehr glauben können. So blöd war ich: Ich wollte an eine Liebe glauben, von der ich nicht wusste, ob es sie gibt. Es war aber unwahrscheinlich, dass er mich mehr liebt als Flavia. Ich kam erst spät hinzu, war nur eine Affäre. Ein Leben lang war ich zu feige, mir das ins Gesicht sagen zu lassen. Hätte ich dazu den Mut gehabt, hätte ich vielleicht Ruhe gefunden. Und dann kamt ihr und habt alles aufgewühlt.«

Mit verschränkten Armen beobachtete Nina, wie Else mit dem Karton in den Händen aufstand.

»Es tut mir leid, dass wir das bei dir ausgelöst haben«, sagte Nina.

»Aber nein! Ich bin ja heilfroh. Der Spuk hat ein Ende. Ich wäre eines Tages gestorben und hätte nicht gewusst, was in diesen Briefen steht.« Sie zuckte mit den Schultern.

Nina folgte Else ins Wohnzimmer. Else setzte sich auf das Sofa und stellte die Schachtel neben sich. Nina nahm im Sessel gegenüber Platz. Sie fühlte sich unbehaglich bei der Vorstellung, Else beim Lesen der Briefe zuzusehen. Else legte die rechte Hand auf den noch geschlossenen Deckel. »Hätte Marcello mich zurückhaben wollen, wäre er hergekommen. Egal, ob ich seine Briefe beantwortet habe oder nicht. Aber er ist nicht gekommen.«

Wird das nicht allmählich kompliziert und divenhaft? Zum ersten Mal zweifelte Nina an der Weisheit ihrer älteren Freundin. Bislang war Else Nina immer so geordnet und zielstrebig vorgekommen, so vernünftig. Else war zwar hektisch, aber letztlich tat sie doch alles mit Bedacht und Überlegung.

Nina versuchte im Stillen, rasch zu rekapitulieren: Else und Marcello waren in Rom ein Paar gewesen. Else recht jung, Marcello zehn Jahre älter. Sie eine Querflötenstudentin. Er der Juniorchef eines Textilunternehmens. Auf einmal war eine schöne Römerin aufgetaucht. »Du hast damals vermutet, dass Flavia parallel ein Verhältnis mit Marcello hat. Aber sicher gewusst hast du es ja nicht, oder?«

»Nein. Aber ziemlich sicher.«

»Warum hast du Marcello nicht einfach gefragt? Das wäre doch das Einfachste der Welt gewesen.« Nina lehnte sich zurück und schlug die Beine übereinander.

Else hob den Karton hoch und stellte ihn auf ihren Schoß. »Das verstehe ich selbst nicht. Damals habe ich gedacht: ›Else, du hast gesehen, was du gesehen hast, und du hast gehört, was du gehört hast.‹ Fertig. Mehr braucht es nicht.« Wieder zuckte sie mit den Schultern. »Könnte ein Fehler gewesen sein.«

»Und wie ist es dann zu deiner überstürzten Abreise aus Rom gekommen?«

Mit den Händen auf dem Karton erzählte Else davon, wie sie eines mittags in Marcellos Büro gekommen war, um ihn zu fragen, ob er Zeit habe, mit ihr essen zu gehen. Schon häufiger waren sie in seiner Mittagspause essen gegangen.

Die Tür zu seinem Büro stand offen. Else blieb im Türrahmen stehen. Marcello saß in seinem Schreibtischstuhl, und an beiden Seiten neben ihm standen je vier Personen. Alle starrten wie gebannt auf eine tickende Uhr, die ausgepackt auf dem Schreibtisch vor Marcello stand. Else konnte nur die Rückseite der Tischuhr sehen. Doch sie wusste, dass es die Uhr war, die Marcello aus Deutschland geordert hatte. Begeistert hatte er ihr von der Löwin über dem Ziffernblatt erzählt, deren Maul geöffnet war und deren Augen sich mit dem Ticken der Uhr hin und her bewegten. Niemand schien Elses Ankunft zu bemerken, so gefesselt waren alle von dieser Uhr. Keiner hob den Kopf.

Auch nicht die platinblonde Frau, die zwischen Marcellos Beinen vor seinem Schreibtisch hockte. Marcellos Arme rechts und links neben ihrem Körper. Seine Hände an der Schreibtischkante. Elses Herz blieb fast stehen. Marcello und die blonde Frau saßen dort wie in einer Umarmung. Sein Kopf dicht an ihrem Haar.

»Die Uhr ist noch viel schöner, als ich gedacht hätte«, rief er fröhlich. Marcello war rot geworden. Hatte er Elses Eintreten doch bemerkt?

»Bis später«, murmelte Else. Niemand schien sie gehört zu haben.

Draußen wandte Else sich an Marcellos Sekretärin. »Wie ist nochmal der Name der blonden Frau im Büro?«, fragte sie scheinheilig. »Ich wollte eben nicht stören.«

»Ah, Sie wollen in Flavias Kosmetiksalon? Warten Sie.« Aus einer Schublade holte sie eine Visitenkarte, als sei es das Natürlichste der Welt, dass die Sekretärin des Juniorchefs einer alteingesessenen römischen Textilfabrik die Visitenkarten eines Kosmetiksalons in ihrem Schreibtisch griffbereit hatte.

Am nächsten Abend besuchte Else das Kosmetikstudio von Flavia Triton mit Blei in allen Gliedern und mit Eis in den Gefäßen. Sie würde Flavia stellen. Aber die war zu schön gewesen, zu beeindruckend, zu erwachsen im Vergleich zu Else damals. Und sie war schwanger. Einer schwangeren Frau mitzuteilen, dass man den Mann mit ihr teilte? Für Else eine Unmöglichkeit!

All die von Flavia gründlich aufgetragene Schminke verlief in Elses Tränen auf dem Nachhauseweg. Tränenüberströmt tischte Else ihren Gasteltern eine Lüge auf, die sie wenig später, immer noch weinend, auch ihrem Querflöten-Professor präsentierte: Ihre Eltern seien verunfallt. Sie müsse sofort zurück.

Am nächsten Tag reiste Else nach Deutschland ab, ohne Marcello noch einmal gesehen zu haben. Eine Zeit lang, nachdem Else Rom verlassen hatte, war sie kühl und gefasst. Ganz allmählich verstrickte sie sich immer tiefer in ihren Stolz und ihre Vorstellung vom Ablauf der Geschichte, sodass es kein Vor und Zurück mehr für sie gab.

Else öffnete den ersten Brief und begann zu lesen. Vollkommen konzentriert. Dann wurde sie blass. Ihr Blick starr. Ihre Stimme klang brüchig. »Flavia Triton ist seine verheiratete Schwester.« Else verdeckte ihre Augen mit einer Hand. »Ich wusste nicht, dass er eine Schwester hat. Er hat sie nie erwähnt. Wir sind uns vorher nie begegnet.« Else las und las und schien Ninas Anwesenheit zeitweilig ganz zu vergessen. Briefbögen und Umschläge überall um sie herum.

»Er war in Deutschland und wollte zu mir, und ich war nicht da.« Drei Seiten fielen zu Boden. Auf den Brief in ihrer Hand tropften Tränen. Sie legte ihn weg und putzte ihre Nase. Als Else den letzten Brief gelesen hatte, ließ sie ihn auf ihren Schoß sinken, nahm beide Hände vors Gesicht und weinte bitterlich. Blind vor Tränen reichte sie Nina den Brief. Ihr »Bitte lies!« war kaum zu verstehen.

Mit großen Augen las Nina Marcellos große, schwungvolle Schrift:

Meine geliebte Else,

in 33 Briefen habe ich dich angefleht, mir zuzuhören, mich das Missverständnis aufklären zu lassen, mich nicht in deinem Schweigen sterben zu lassen. Nun gebe ich die Hoffnung auf. Dein Stolz besiegt mich. Aber er wird auch dich besiegen. Oder vielleicht lasse ich mir doch eine letzte Hoffnung: Wenn du mich in dreißig Jahren noch nicht vergessen hast, wenn dich unsere Liebe dann immer noch so anrührt, wie sie mich bewegen wird, dann nimm diesen Brief und komm zurück nach Rom. Du weißt, wo ich zu finden bin. Bitte, Else, fahre, wenn es jemals so weit kommen sollte, nach Rom. Du wirst mich finden, wo ich immer zu finden war. Daran wird sich nichts ändern. Fahre nach Rom, komm in mein Büro und halte mir diesen Brief hin, in dem ich dir schreibe: Egal, in welcher Lebenssituation ich in dreißig Jahren sein werde, ob verheiratet oder nicht, ob in einer Besprechung, am Telefon oder allein am Schreibtisch, ich werde auf dich zukommen, dich in die Arme nehmen und sagen: »Gott sei Dank bist du gekommen.« Es ist egal, ob wir dann in eine Cafeteria gehen werden oder in ein Ristorante, ob wir uns von unserem Leben berichten oder die alten Fäden wieder aufnehmen wollen – ich werde sagen: »Gott sei Dank bist du gekommen!« An jenem fernen Tag wirst du dir über eines sicher sein: Auch wenn meine Lebensumstände es vielleicht nicht mehr zulassen werden, dass ich es dir werde aussprechen können, so sollst du doch in meinen Augen lesen kön-

nen, dass ich dich immer noch liebe und dass es immer so sein wird. Und wenn du das gesehen hast und wenn ich es vielleicht in deinen Augen gesehen habe, so Gott es mir gewähren wird, magst du wortlos gehen und uns den inneren Frieden schenken, den ich bis zu jener Stunde ersehnen werde.

Meine Else mit den blauen Augen, komm, wenn es für dich gut und richtig ist. Ich werde mich immer freuen, wenn du kommst. Zeit spielt keine Rolle.

Dein Marcello!

Nina sammelte die Briefe auf Elses rechter Seite zusammen, setzte sich mit auf das Sofa und legte ihren Arm um die Schulter ihrer Freundin. So saßen sie lange, bis sie am Ende beschlossen: Sie beide würden nach Rom fliegen und Marcello suchen. Else würde Marcello seinen letzten Brief bringen, und ihre Seelen würden – so oder anders – zur Ruhe kommen.

Else hat damals zu früh losgelassen, dachte Nina. *Bei dir ist es anders. Du würdest dein eigenes Glück versäumen, wenn du dich weiter an das Stück Treibholz auf dem Meer klammern wolltest.*

Marcello war sicher ein ganz anderer Mann als Max. Vielleicht hatte die Geschichte zwischen Else und Marcello noch Zukunft. Nina atmete schwer aus. Dieser Brief, dieses wunderbare Zeugnis wahrer, bedingungsloser Liebe, zeigte ihr umso deutlicher, wie brüchig, wie illusorisch die Liebe zu Max war. Von Max wäre so ein Brief nie zu erwarten gewesen.

» BEINHART UND GEFÄHRLICH «

Der Flug nach Rom war gebucht. Absichtlich hatte Nina den Reisezeitpunkt einen Tag vor Maximilians Abflug nach San Diego gelegt. Sie wollte nicht in Freiburg sein, wenn er, begleitet von Hannah, dem Piraten Moritz und Bernhard, dem Bärtigen, nach Basel zum Flughafen aufbrechen würde.

Drei Tage vor dem Abflug nach Rom packte Nina Kleidung in ihren Koffer und legte Max' letzten Brief auf den obersten, dünnen Pullover. Sie wollte seinen Brief bei sich haben, obwohl sie seine Zeilen auswendig kannte. Einen Tag lang lag der graue Umschlag mit der hochauffahrenden Schrift im offenen Koffer. Immer wieder einmal, im Vorbeigehen oder wenn sie noch etwas hineinlegte, warf Nina einen Blick auf den Brief, bis sie ihn schließlich wieder herausnahm und zurück in die Schublade des Sekretärs legte.

Es war der Tag vor Ninas Abflug nach Rom. Nina und Max waren verabredet, um sich voneinander zu verabschieden. Bei Max wollten sie sich treffen. Hannah würde nicht da sein. Als Nina mit ihrem Golf in die Ludwigstraße einbog, begann ihr Herz zu klopfen. Als sie die Fahrertür abschloss, merkte sie, dass ihre Hände zitterten. Als sie auf die Haustür zuging, betete sie: »Herr Jesus Christus, steh mir bei.«

Max kam Nina schlanker vor als bei ihrer letzten Begegnung in der Brennnessel. Seine Hände zitterten leicht, während er ihr die Jacke abnahm. Max hängte die Jacke auf den Garderobenständer zu seiner schwarzen Lederjacke. Alles roch nach Max, die ganze Wohnung. Heute fand Nina sein Parfüm zu intensiv, zu warm, zu penetrant.

Diese Wohnung, die bis heute tabu gewesen war, war ein kleines, dunkles, unordentliches Loch. Überall, auf der Ablage im Flur und in der Küche, lagen benutzte Taschentücher. Eilig sammelte Max sie ein, als habe auch er sie gerade erst entdeckt. »Das ist eine entsetzliche Angewohnheit von ihr. Sie ist erkältet, fährt weg und hinterlässt mir ihre vollgerotzten Taschentücher.«

Nina folgte Max in sein Zimmer. Auf einem hohen Holzregal lag alles durcheinander. Auf den unteren zwei Brettern stapelten sich CDs, auf dem oberen lagen Passbilder, der Impfpass, eine Bürste, ein Gürtel, eine leere Flasche Zino Davidoff.

Überall auf der Welt, dachte Nina, als sie die Flasche sah, würde sie diesen Duft kaufen können. Und solange dieses Eau de Toilette so hergestellt werden würde, wie es heutzutage komponiert war, würde es sie an Max erinnern. Es war ein beruhigendes Gefühl, dass Nina Maximilians Duft würde nächste Woche in Rom kaufen können und in zwanzig Jahren anderswo auf der Welt. Etwas Greifbares, Riechbares von ihm würde ihr bleiben. Andere Männer würden nach ihm riechen.

Neben der Parfümflasche lagen Taschenbücher, ausländisches Münzgeld, Briefmarken, eine Zigarettenschachtel und Kaugummi. Max' Bett war ungemacht und sicher acht Wochen lang nicht frisch bezogen. Darin lagen Boxershorts und ein benutztes Taschentuch. Auf dem weinroten Laken und am Bettbezug entdeckte Nina helle Flecken. Am Fußende des Bettes stand eine Yuccapalme mit spitzen Blättern. Max goss sie, während Nina neben dem niedrigen, abgewetzten Sofa stand und in den Schrank ohne Türen schaute, in dem Kleidungsstücke von Max hingen, die sie kannte. Auch das hellblaue Hemd.

Als Max mit dem Gießen fertig war, gingen sie in die Küche. Er holte restliche Tortilla aus dem Kühlschrank, Oliven, Schinken, Brot, Rotwein. Sie setzten sich an den kleinen, quadratischen Tisch mit einer rosa geblümten Plastiktischdecke, die an zwei Stellen Brandlöcher hatte. Neben dem Herd stand ein Wäscheständer mit Hannahs Unterwäsche und Handtüchern. Sie aßen von weißen, zerkratzten Tellern und tranken aus hohen Rotweingläsern. Ein Kerzenstummel brannte in einem flachen Kerzenständer aus Glas. Die schwarze Poljot lag um Maximilians Handgelenk.

Sie sprachen von Hannah, von Rom, von Max' letzten Vorbereitungen und von Ninas Nachschlagewerk, das kurz vor der Veröffentlichung stand. Nina erzählte, dass der Verlag das Fachbuch gerade noch rechtzeitig auf den Weg gebracht habe, bevor nun alles digitalisiert werden solle. Der Redaktionsleiter, Herr Gutbier, fürchte, bald werde es keine Bücher mehr geben. Er drohe, an den neuen Plänen des Konzernverlags zu zerbrechen, denn diese machten ihn und seine Redaktion überflüssig.

Während ihrer Unterhaltung wirkte Max ungewohnt scheu auf Nina, beinahe verunsichert – selbst dann, als er von einer Brünetten erzählte, die ihm im Bürgerbüro seinen Reisepass ausgehändigt habe. Diese junge Frau habe ihm sehr gefallen mit ihren langen, ganz fein gelockten Haaren. Eine Pracht sei sie. Er habe erst überlegt, sich Tipps von Nina zu holen, wie er es anstellen könne, mit der Hübschen in näheren Kontakt zu kommen. Aber das mache ja nun, so kurz vor San Diego, keinen Sinn mehr. »Sie hatte auch diese warme Ausstrahlung, dieses Weiche in den Augen. Ich glaube, ich war ein kleines bisschen in sie verliebt, aber nur ein bisschen, nicht wie bei ... nicht wie ...«

Schweigen. Nina wartete nicht darauf, dass Max seinen Satz beenden würde. Sie hoffte nicht darauf, dass das Satzende lauten würde: wie bei dir, Nina. Sie überging das beinahe Ausgesprochene. Maximilian sprach über sein Gefühl, dem er in Zukunft mehr Platz einräumen wolle. Er sei bisher zu verkopft gewesen, hab seinen wahren Gefühlen keinen freien Lauf gelassen. Don Juan habe aber gerade damit bei Frauen einigen Erfolg gehabt habe. Dann trat erneut eine Pause ein.

»Max, lass uns keine Spielchen mehr spielen.« Es kam Nina vor, als würde Max durch diesen Satz innerlich ruhiger.

Ninas Eindruck verstärkte sich, als er mit weicherer Stimme sagte: »Das ist kein Spiel. Jedenfalls nicht für mich. Für mich ist das Ernst.« Seine Finger streichelten sein Glas. Er lächelte Nina zärtlich an. »Unsere Zeit war schön, nicht?«

Nina nickte und hielt seinem Blick stand. Es war so schön, Liebe für sie darin schimmern zu sehen. Doch sie hatte nicht den Willen, darauf einzugehen. Sie wollte aufrecht bleiben. Das fiel ihr immer leichter, je mehr er von prachtvollen Brünetten oder von seinen Don-Juan-Ambitionen erzählte.

»Die Spaziergänge im Wald, in den Weinbergen, die Abendessen und Mittagessen, das andere ...« Brach seine Stimme? Oder hatte er absichtlich aufgehört zu sprechen? Er wiegte sein Glas in den Händen. »Du wirst mir sehr fehlen, Nina.« Max setzte sich aufrechter hin. Er stählte Blick und Stimme. »Eines will ich jetzt aber mal betonen: Ich bin grundsätzlich gegen deine verstandesbetonten Ansätze, die du neuerdings an den Tag legst.«

Nina schmunzelte, lehnte sich zurück und musterte Max. Sie erinnerte sich an das Verbrechen, für das Max sie damals in der Brennnessel als Komplizin hatte anwerben wollen, das originelle, gut geplante und diszipliniert durchgeführte. *Du bist ein guter Mörder,* dachte sie, *einer, auf den Verlass ist – wenn man keinen Beistand hat. Ich allerdings habe Beistand. Ich habe den Mann an meiner Seite, 24 Stunden jeden Tag, der niemals mit mir spielen wird – Jesus. Und vielleicht gibt er mir die Kraft, einen irdischen Mann zu finden, der mich liebt, ohne Spiele zu spielen. Jesus ist kein Ersatz für Max. Aber Jesus gibt mir die Kraft, mich aus Max' Griff zu lösen.*

Im schwachen Licht wirkten Max' Augen dunkel. Er trank den letzten Schluck Wein aus. Sie standen auf.

Max spülte das Geschirr, und Nina trocknete ab. Er wirkte auf einmal so sterblich an der Spüle und wie fehl am Platz. Nach dem Abwasch setzten sie sich nebeneinander auf das niedrige Sofa in seinem Zimmer. Max war Nina wieder so nah. Er war so dicht neben ihr. So gefährlich. Sie spürte die Wärme seines Körpers. Sie roch ihn und hörte ihn atmen.

Nina knetete ihre Hände. »Es gab eine Zeit, da habe ich jede Nacht von dir geträumt.«

Max grinste. »Und nun? Keine Träume mehr?«

»Ich träume von Bahnhöfen und Abschieden. Immer der gleiche Traum: Wir sind am Bahnhof und verabschieden uns. Du steigst ein und fährst fort. Dutzende Abschiede. Nacht für Nacht.«

»Und weiter?«

»Es gibt kein Weiter.«

Max atmete tief durch und legte dann seinen Arm um Nina. Am Anfang ihrer Liebesbeziehung war seine Berührung wie das Ankommen an einem Ort gewesen, nach dem Nina sich so lange Zeit gesehnt hatte. Jetzt war es nicht mehr so. Max' Gesicht näherte sich ihrem, rasch wie beim ersten Mal. Sein Mund küsste sie erst sanft, dann leidenschaftlicher. Nina spürte ihre anfängliche Entschlossenheit und ihre Stärke schwinden. Sie hatte Max unendlich geliebt. Und sie liebte ihn noch. Ihre Körper drängten sich zueinander hin.

Max' Hand glitt die Innenseite ihres Schenkels hoch. So sicher, wie Nina am 8. Februar gewusst hatte, dass sie diesen Mann liebte, so sicher wusste sie in diesem Augenblick: *Ich bin am falschen Ort. Die Liebe, die ich suche, gibt es hier nicht.*

In diesem Moment, auf dem Sofa, so nah bei Max, mit seiner Hand auf ihrem Schenkel, war auf einmal alles vorbei. Nina wollte nicht mehr. Endgültig.

Sie setzte sich auf und zog ihren Pullover zurecht. Sie strich sich mit der Hand ordnend durchs Haar.

»Nun müssen wir uns verabschieden«, sagte sie bemüht sanft, um Max nicht noch mehr zu verletzen.

Max riss die Augen auf. Er richtete sein Ohr auf Nina aus, als höre er schlecht. »Wie bitte?«

Nina blieb unbeirrt. »Sollen wir uns hier verabschieden oder am Auto?«

Ungläubig starrte Max sie an.

Nina überkam ein schlechtes Gewissen, weil sie es zu diesem leidenschaftlichen Küssen hatte kommen lassen und Max nun zurückstieß. Nina senkte den Kopf und schaute auf seine Hand, die von ihrem Schenkel abgerückt war und jetzt auf ihrer Hand lag. »Es tut mir leid, Max.«

»Wie kannst du jetzt ...?«

Nina nahm seine Hand in ihre Hände. Das war etwas, das sie noch nie bei einem Menschen getan hatte, die Hände eines anderen in ihre zu nehmen. »Ich wünsche dir für San Diego von Herzen alles Gute. Erfolg, gute Begegnungen und dass du glücklich bist.« Sie schluckte, weil ihr das Weitersprechen schwerfiel. »Und ich danke dir für unsere Zeit. Für unseren Sommer.« Sie küsste Max auf die Stirn, obwohl sie wusste, dass er das nicht leiden konnte. Sie tat es, weil es ihr ein Bedürfnis war, ein letztes Mal sein schönes Gesicht zu küssen.

Sie stand auf. »Jetzt muss ich gehen.«

»Jetzt?« Seine Stimme war nicht mehr als ein Hauch.

»Ja.«

»Nina, bitte. Wie kannst du das machen? Das ist unmenschlich.« Seine Augen wirkten gerötet. Max protestierte zaghaft, aber ohne Druck.

Der geschmeidige Fechter, der seiner Mannschaft den Sieg im Turnier eingebracht hatte, der bejubelt worden war und dienstags sogar in der Badischen Zeitung abgebildet gewesen war, hing halb liegend und besiegt auf dem Sofa. Seine Beine waren zu Nina ausgestreckt, sein Hemd etwas hochgerutscht. Dieser Anblick war Nina ein wenig peinlich. Da stand sie vor ihm. In voller innerer Rüstung. Zum ersten Mal mit dem glasklaren Bewusstsein: Ich habe Unmögliches von ihm erwartet.

Ihr kam das spanische Zitat von Johannes in den Sinn. Sie sprach es aus, weil sie wusste, dass sie Max damit überraschen, ja, beeindrucken würde: »No pidas al olmo la pera, pues no la tiene. Fragen Sie die Ulme nicht nach der Birne, weil sie sie nicht hat.«

Max setzte sich auf und winkte genervt ab. »Ja, ja, ich weiß was das heißt.«

Schweigend starrten sie einander in die Augen. Nina dachte an sein seelisches Morden mit aufeinandergepressten Lippen. An seine Sätze, die wie glühende Florettklingen in sie ein- und durch sie hindurchgedrungen waren, als sie noch keine Rüstung getragen hatte.

Weil Maximilians Gesicht wie das eines Verwundeten aussah, wollte Nina ihm eine Erklärung geben, die er verstehen würde. »Max, ich muss an das Danach denken. So habe ich es von dir gelernt. Du wirst in San Diego sein und ein Leben ohne mich führen. Ich kann nicht mehr nachgeben. Das verstehst du doch?« Nina verschwieg ihm, dass sie auch dann nicht nachgegeben hätte, wenn er in Deutschland geblieben wäre. Er konnte sie jetzt nicht einmal mit einem »Ich liebe Dich« umstimmen.

Max lehnte sich nach vorne. Er stützte seine Unterarme auf seinen Schenkeln ab, verschränkte die Hände und sah zu Boden. Er schüttelte den Kopf. »Nein, das verstehe ich nicht.«

»Du hast doch bei unserer Trennung gesagt, dass du willst, dass wir Freunde sind.«

Max hob den Kopf und sah Nina ins Gesicht. »Ja.«

Ninas Augen verschmälerten sich wie bei einem Kurzsichtigen. »Also. Ich schlafe nicht mit Freunden.«

Ein weiteres Mal riss Max die braunen Augen auf. Eine Flamme schoss heraus, als hätte man einen Bunsenbrenner voll aufgedreht. »Du willst mich in die Klapse bringen!«, rief er aus, »jawohl, das willst du.« Sein Blick forschte in ihrem Gesicht. »Du hast einen anderen. Stimmt's?«

»Es gibt jemanden.«

Max sprang vom Sofa auf und stellte sich vor sie. »Was? Wen? Los, sag es.«

Nina schwieg.

»Johannes? Diddi?« Maximilians Augen verengten sich zu Schlitzen. »Etwa Achim?«

Nina schüttelte den Kopf.

»Das bist du mir schuldig, dass du mir sagst, wer es ist.«

Nina war es Max schuldig, ja.

»Es ist Jesus. Aber er nimmt nicht deinen Platz ein. Er gibt mir die Kraft, Entscheidungen zu treffen, die gut für mich sind.«

Mit offenem Mund ließ Max sich auf das Sofa zurückfallen. Als sei mit einem Schlag, mit einem Wort, mit einem Namen alle Kraft aus ihm gewichen. Sicher eine halbe Minute lang starrte er Nina an.

»Jesus?« Seine Stirn lag in Falten.

Nina nickte bestätigend mit dem Kopf. »Ja, Jesus.«

Langsam, wie in Zeitlupe, stand Max wieder auf. »Du willst mich in die Klapse bringen. Das ist es, was du willst,

Schaf. Warum auch immer. Vielleicht stimmt mit dir was nicht.« Sein Blick wechselte erst zwischen ihren Augen hin und her, wie bei einem Menschen, der rasend schnell nachdachte, dann blieb er stehen. Nina musste höchst Lächerliches von sich gegeben haben, so jedenfalls klang sein Tonfall.

»Also bitte. Was könnte dir ein Mann geben, der schon lange tot ist?«

»Wie ich sagte: Er tritt nicht an deine Stelle. Er gibt mir Kraft. Außerdem ist er nicht tot. Er ist lebendiger als wir alle.«

»Das ist nichts als Glaube. Kein Wissen.«

»Es ist eine Erfahrung. Ich habe das an mir selbst erfahren. Er hat mich gestärkt. Und er gibt mir treue Liebe. Er ist immer da, entzieht sich nicht, zerstört nicht. Er spielt keine Spiele mit mir.«

Max drehte die Augen zur Decke, als ginge ihm ein Licht auf. »Ach, darum geht es. Um Treue. Meine Liebe, du kriegst im Leben nun mal keine Garantien. Das solltest du in deinem Alter langsam wissen.«

»Doch, ich kriege sie. Bei Jesus finde ich Treue und niemals endende Liebe. Er liebt jeden Menschen. Ob der Mensch das weiß und es annehmen will oder nicht. Dich liebt er auch. Außerdem gibt es Treue unter Menschen. Du kannst nicht für alle sprechen.«

Max winkte ab, das lästige Gespräch beendend. »Okay, wir steigen hier jetzt nicht in Glaubensdiskussionen ein.«

Nina erinnerte sich daran, dass Johannes einmal gesagt hatte: »Jesus ist ein Gentleman. Er drängt sich nicht auf. Er wartet geduldig.« Darum schwieg sie. Sie fühlte Jesu' Nähe. Er gab ihr das Gefühl, das Zentrum seiner Welt zu sein. Seine Liebe hatte ihr ihre Würde zurückgegeben.

»Wir wollten doch«, sagte er flehend, »mal mit dem ...«

»... ja, ich weiß«, kam sie ihm zuvor, »wir wollten mit dem Nachtzug nach Lissabon fahren. Wir wollten so viel.«

»Ja, das stimmt«, murmelte Max halb abwesend. Er machte einen Schritt auf Nina zu. »Ich habe aber solche Lust auf dich.«

Nina wich zurück. »Lass es, Max. Max, wir hätten keine Chance.«

Wortlos begleitete Max Nina zum Auto. Sie warf ihre Handtasche auf den Beifahrersitz und drehte sich zu ihm um.

Es war etwas Erschöpftes in seinem Blick. »Man muss die Männer vor dir warnen. Wenn einer glaubt, er könne ein bisschen mit dir spielen, hat er sich getäuscht. Du bist kein Mädchen. Du bist beinhart. Du bist gefährlich.«

Nina nickte. So war sie geworden. Gefährlich für Männer, die spielen wollten. Sie umarmte Max, wie man Freunde umarmt, wenn man sie verlässt. Dann stieg sie in ihr Auto und schloss die Tür.

Max deutete Nina an, die Scheibe herunterzudrehen, was sie ohnehin getan hätte. »Wann fahrt ihr? Wann kommt euer Taxi?«

»Morgen um zehn.«

Dann schlug Max mit der flachen Hand zweimal auf das Dach des Golfs und ging zur Haustür, ohne sich noch einmal umzudrehen.

HEIMFAHRT

Auf der Heimfahrt spürte Nina, dass ihr Herz nach dem Abschied viel schwerer war, als sie in Maximilians Wohnung noch gedacht hatte. Tränen drängten in ihre Augen. Die Vorstellung, Max tatsächlich nie mehr wiederzusehen, bereitete Nina körperlichen Schmerz. Ihre Haut brannte. Ihr Inneres krümmte sich. Ihr Herz krampfte. Würde Max manchmal an sie denken?

Sie hielt an einer roten Ampel. Der Himmel oszillierte zwischen Rot und Blau. Sogar der Himmel war in einem Dilemma. Als ließe sich keine Entscheidung für das eine oder andere treffen. War es mit Max nicht genauso gewesen? Hatte ihre Liebe nicht allein aus inneren Widersprüchen heraus gelebt? Ihre Amour fou hatte sich in der Eindeutigkeit aufgelöst. *Ich finde nur Ruhe*, dachte Nina, *weil ich vom Schlachtfeld gehe. Doch dabei verliere ich Max.*

Neben dem Gefühl des Verlusts stellte sich, immer größer werdend, die Gewissheit ein, nicht nur verloren, sondern auch gewonnen zu haben. Max hatte Nina zu der leidenschaftlichen Frau gemacht, die sie heute war und bleiben würde. Die Steinfrau lebte in Fleisch und Blut, weil Max ihr Leben eingehaucht hatte. Und sie würde untrennbar mit Nina verwoben bleiben. Sie machte sie vollständig und lebendig. Nina war eine leidenschaftliche Frau geworden, weil es Max in ihrem Leben gegeben hatte. Zwar war Nina von ihm fortgegangen, aber Max blieb ihr auf eine gewisse Art als das, was er einmal für sie hatte sein wollen: der ewige Geliebte.

Nina spürte, wie mit jedem Kilometer, den sie fuhr, Erleichterung sich in ihr breitmachte, als würde sie nach einem langen Krankenhausaufenthalt nach Hause entlassen – zurück in der Freiheit. Sie war noch unsicher im Gang und innerlich zittrig, aber befreit mit neuem Blick auf das Leben.

Vorbei waren die vielen Momente der sich immer neu zerschlagenden Hoffnung darauf, dass sie beide stark genug sein könnten, ihre Beziehung das sein zulassen, was sie in einem Kernpunkt tatsächlich gewesen war: Liebe. Gemeinsam waren sie nicht stark genug gewesen für die Eindeutigkeit.

Nina parkte vor Elses Haus. In ihr vermischten sich Erleichterung und Trauer. Sie machte sich keine Illusionen: Es würde zukünftig Momente geben, ganze Tage womöglich, in denen die Erinnerung an Max sie auswringen würde wie einen nassen Lappen. In ihrer Fantasie würde Max auf sie zukommen. Ihr Herz würde wild schlagen. Dann würde er sich wegderhen. Wie es immer gewesen war.

An solchen Tagen würde Nina tränenüberströmt mit Fäusten auf ihn einschlagen wollen für die Macht, die er immer noch über sie besitzen würde, und für die Macht, die er so viele Monate über sie besessen hatte. Aber dann würde Nina wieder einfallen, dass sie einmal mehr durch die Tür hinausgehen konnte, die Jesus ihr längst in die Freiheit geöffnet hatte und die er für immer und ewig offen halten würde. Nur drei Schritte nach rechts musste sie gehen, dann durch die Tür nach draußen. Nicht durch die Wand.

Jesus liebte Nina vollkommen. So, wie sie war. Er war bei ihr. Ihm vertraute sie. Er löste ihre Schlingen und sprengte ihre Fesseln.

Bevor Nina ausstieg, wischte sie sich die letzten Tränen ab und putze sich die Nase. An der Haustür drehte sie sich noch einmal um. Ihr Blick war wieder klarer. Die Welt kam ihr vor wie neu.

EIN LETZTER AUGENBLICK

Am nächsten Morgen frühstückte Nina mit Else, die vor Aufregung wie ein Wasserfall redete. Alle möglichen Plätze und Straßen in Rom fielen ihr ein, die sie Nina zeigen wollte. Dutzende möglicher Szenarien spielte sie durch, wie die erste Begegnung mit Marcello sein mochte. Was, wenn sie ihn nicht antreffen würden? Was, wenn er verheiratet war?

Nach dem Frühstück, gerade als Nina die Treppe hochging, klingelte das Telefon im oberen Flur. Nina nahm den Hörer ab.

»Ich bin in zehn Minuten in deiner Straße. Ein bisschen weiter unten, bei dem blauen Haus. Nicht direkt vor eurem Haus. Ich habe das Auto von Moritz geliehen. Bitte komm raus. Nur drei Minuten.«

Zehn Minuten später trat Nina aus dem Gartentor. Die ersten Schritte die Straße hinunter ging sie schnell, dann wurde sie langsamer. Sie wollte sich Max mit Bedacht nähern, um noch umkehren zu können, falls ihr danach zumute sein würde.

Max lehnte am Auto, und sein Lächeln war ungewohnt mild. Aus Leibeskräften hätte Nina zum Himmel schreien wollen: *Ihn will ich und niemanden sonst auf der ganzen Welt.* Während sie auf ihn zuging, lagen ihr Blicke ineinander. Innig. Und so blieb es auch, als sie voreinander standen.

»Ich wollte dir nur sagen, dass alles gut ist.« Er holte den Autoschlüssel aus seiner Hosentasche und setzte die Brille auf, die er in der Hand gehalten und die Nina noch nie an ihm gesehen hatte. »Das war es auch schon. Ich will nur, dass du weißt: Es ist alles gut zwischen uns.« Sonnenstrahlen fielen in sein Gesicht. In seinen Bronzeaugen standen die Worte ›Ich liebe dich‹.

Er stieg ein und fuhr fort.

Nina sah ihn nie wieder.

EPILOG
VERFLÜCHTIGUNGEN IN DER ZEIT

Oben am Abteilfenster steht *Laissez-vous rêver*, erlauben Sie sich zu träumen. Noch eine Stunde bis Paris. Nina beobachtet Christian, der ihr gegenübersitzt. Ihr Sohn gähnt, drückt seine Schultern nach vorne und lächelt Nina müde an. Er lehnt sich wieder lässig zurück, als fahre er in den Urlaub und nicht zu seinem bisher wichtigsten Konzert. Als man den Termin vor einem Jahr, im Mai 2017, festgelegt hatte, war Christian in die Luft gesprungen. Sein achtzehnter Geburtstag in Paris! Seit der Landung nach diesem Luftsprung wirkt er, was das Cello-Konzert mit dem Orchestre Philharmonique de Radio France betrifft, ruhig und gefasst.

Vor seinem ersten Bundeswettbewerb hatte Nina geglaubt, er schütze die Gelassenheit nur vor. Aber Christian hat in einer Selbstverständlichkeit die Bühne betreten, wie er sonst in die Küche an den Kühlschrank geht. Warum er kaum Lampenfieber habe? »Es ist halt so.« Diese Besonnenheit ist ein Erbe seines Vaters.

Christian zieht sein Handy aus der Hemdtasche und liest etwas darin, während Nina den Ärmel ihrer weißen Bluse ordentlicher hochkrempelt. Anders als Christian ist Nina wegen des Konzertes sehr aufgeregt. Sie schaut zu, wie Christian in seinem Handy scrollt. Sein Vater neben ihm schläft immer noch. Johannes hatte in dem Buch, das sie ihm zu Weihnachten geschenkt hat – eine Biografie über Alexander von Humboldt – lesen wollen. Nach einer Viertelstunde war er aber schon eingeschlafen.

Während ihre beiden Männer schliefen, hat Maximilians Zino Davidoff Nina an den Überresten ihrer alten Sehnsucht aufgestöbert. An deren Karkassen. *An der Brandmarkung, die meine ehemalige Sehnsucht in mir hinterlassen hat.* Diese Sehnsucht existiert als alte Operationsnarbe. Verheilt, aber eben noch sichtbar. Dieser Duft nach Patschuli und Sandelholz hat in den vergangenen drei Stunden unerbittlich die Erinnerung an Max hervorgezerrt, mit allen Emotionen, Bildern und Tönen.

Ein paar Mal in den vergangenen Jahren ist ihr das so ähnlich passiert. Die Gegenüberstellung hat immer nur kurz gedauert. An der Kasse im Kaufhaus hat sie stattgefunden. Im Schalterraum bei der Bank. Am Glühweinstand auf dem Weihnachtsmarkt. In all diesen Situationen ist der Duft mitsamt der Erinnerung nach wenigen Augenblicken wieder verflogen, weil sie stets abgelenkt gewesen oder weitergezogen war.

Aber hier im Zug ist Nina drei Stunden lang gefangen gewesen, eingeschlossen mit ihren Erinnerungen an *ihn*. Nicht mehr lange, dann werden sie am Gare de l'Est in Paris aus dem Zug steigen können.

Die Frau, von der Maximilians Duft ausströmt, steht auf und geht an Nina vorbei Richtung WC. Das Zino drängt sich so in Nina hinein, dass sie wieder eine leichte Übelkeit in sich aufsteigen spürt.

Vor ihrem inneren Auge taucht noch einmal der Betonklotz auf, der im Jahr 1995 die Universitätsbibliothek beherbergt hat. Heute ist kein Stein mehr von ihm übrig. Stattdessen steht an der alten Stelle ein transparentes, lichtes Gebilde aus Glas. In Gedanken geht Nina durch die düstere Eingangshalle des ehemaligen Baus. Damals hat sie ihre Fachliteratur über Mikrofiche recherchiert und ihre Texte mit der Hand vorgeschrieben. Jetzt gibt es überall Steckdosen für Handys, Laptops und Tablet-Computer.

Nina beobachtet, wie Christian sein Handy in die Hemdtasche zurücksteckt, den Kopf anlehnt und die Augen schließt.
Damals, denkt Nina, *hat es für die breite Masse noch keine Smartphones gegeben.* Man hat sich Nachrichten in Briefen geschrieben, oder man hat über das Festnetz telefoniert.
Nina schaut hinaus zu den Wolkentürmen. Sonnenstrahlen fächern ihr Licht über die weiten Felder. Zwei Stromleitungen rasen neben dem Zug her. Einmal verlaufen sie parallel zueinander, dann sacken sie etwas auseinander und ziehen sich anschließend wieder gerade nebeneinander. Die Leitungen stören Nina. Als habe jemand zwei schwarze Striche direkt vor die Wolken gemalt, weil er einem den himmlischen Anblick nicht gönnen will.
Christians Kopf kippt nach vorne, er scheint wieder einzuschlafen. Im Halbschlaf hebt er ihn wieder hoch, bis sein Kopf wenig später auf die rechte Schulter seines Vaters sinkt. Johannes wacht auf. Er findet Ninas Blick und lächelt sie liebevoll an. Müde blinzelt er. Nina schmunzelt bei dem Gedanken, wie es sein wird, wenn Christian wieder aufwacht und seine Schlafposition realisiert. Wahrscheinlich wird er sich schnell gerade hinsetzen, und sein Blick wird die Umgebung scannen, um festzustellen, wer diese unfassbar peinliche Situation bemerkt haben könnte – an der Schulter des eigenen Vaters geschlafen zu haben. Mit fast achtzehn.
Sonnenlicht schimmert durch die Wolkenlücken. Johannes nimmt das Buch vom Schoß, öffnet es und streicht die aufgeschlagene Seite mit der Hand glatt. Er fängt an zu lesen.

Seinen großen Schreck vor vier Wochen hat er verarbeitet. Sie sind mit Grisch wieder auf dem Laber Berg gewesen. Dreihundert Meter vom Auto waren sie noch entfernt, als Grisch starke Schmerzen in der Brust bekam. Den ganzen Tag habe er sie schon gefühlt, er habe aber nichts sagen wollen, habe sie nicht so ernst genommen. Dann sank er auf die Knie und krümmte sich nach vorne. Nina fingen die Hände an zu zittern und Johannes wurde kreidebleich. Er raste zum Auto und kam mit seinem Notfallkoffer zurückgerannt. Nina rief den Notarztwagen per Handy.

Johannes murmelte, während er einer Glasampulle den Kopf abbrach: »Oh nein, Grisch, mir stirbt nicht schon wieder ein lieber Mensch unter den Händen weg, hörst du?«

Nina legte ihre Jacke unter Grischs Nacken und hielt seine Hand, während Johannes am anderen Arm Notfallmedikamente - ASS 500 und Heparin 5000 i.E. – in die Vene spritzte.

Grisch hat überlebt, weil Johannes da war und alles richtig gemacht hat. Gott war gnädig mit beiden gewesen. Grisch darf weiterleben und in zwei Jahren seinen *ganz anderen* Judas auf der Bühne bei den Passionsspielen erleben. Und Johannes musste sein Trauma mit Magali nicht neu durchleben.

Nina nimmt das Nachrichtenmagazin vom Tisch, das sie sich vor der Abfahrt in der Bahnhofsbuchhandlung gekauft hat, weil auf der Titelseite ein Foto des Pferdekopfnebels abgebildet ist. Nina schlägt das Magazin bis zu den ganzseitigen Farbfotos auf. Sie zeigen vom Hubble-Teleskop und von Astrofotografen aufgenommene kosmische Nebel aller Farben: Adlerkopfnebel, Carina-Nebel, die Säulen der Schöpfung, Interstellarer Nebel IC 349. An diese Seiten schließt sich ein langes Interview mit einem führenden Astronomen an. Nina blättert weiter, weil sie sehen will, wie viel noch zu dem Thema folgt – und erstarrt:

Von einem kleineren Farbfoto schauen sie die cognacbraunen Augen des Maximilian Pallas an. Nachdem sein Duft während der letzten Stunden an allen inneren Toren gerüttelt und sie dann aufgerissen hat, tritt nun Max' Foto geradewegs in Nina ein. Noch einmal klopft ihr Herz in ihren Schläfen. Es rauscht in ihren Ohren. Ihr Gesicht wird heiß.

Ganz bestimmt ist es voller roter Flecken, doch inzwischen ist ihr diese Eigenheit völlig gleichgültig. Auch bei Vorträgen. Dann hat sie eben Flecken, wenn sie einen Vortrag hält. Anderen zittern die Knie oder die Hände oder die Stimme versagt. So what?! Ja, und es rutschen ihr Anglizismen heraus, obwohl sie sie nicht mag. Nur jetzt, jetzt gerade wäre es ihr recht, keiner würde die roten Flecken sehen, damit sie nichts würde erklären müssen. Prüfend schaut Nina zu Johannes hinüber, um festzustellen, ob er etwas von ihrem Schreck bemerkt hat, ob er sich wohl fragt, weshalb sie rot im Gesicht wird? Doch Johannes liest konzentriert.

In der Bildunterschrift steht: Maximilian Pallas, auf kosmische Verschmelzung spezialisierter theoretischer Astrophysiker der University of California, Berkeley. Nina atmet schnell und flach, wie vor zwei Stunden beim ersten Einatmen des Duftes.

Auf dem Foto trägt Max ein schwarzes Hemd. Vermutlich auch eine schwarze Hose, aber die sieht man nicht. Seine Lippen sind angespannt. Wahrscheinlich ist es ihm unangenehm gewesen, geknipst zu werden. Sein Haar ist ordentlicher gekämmt als früher, aber dünner. Sein Unterkiefer tritt stärker hervor. Er ist genauso schlank.

Sein Gesicht wirkt nicht so, als habe er die letzten zwei Jahrzehnte im Glücksrausch hinter sich gebracht. Es kommt Nina müde vor, übersättigt, spiegelt unerfüllte Sehnsüchte wider – so, wie die gläserne Tischplatte, auf der Max' Hand liegt, das Schwarz seiner Kleidung widerspiegelt.

Nina hört Gustave in ihrer Erinnerung sagen: Patschuli ist die Farbe Schwarz. Gustave wird in Paris sein, wenn sie ankommen werden, und er wird dem Konzert beiwohnen. Anfang der Woche, wenn die Aufregung um das Cellospiel vorbei sein wird, haben Gustave und Nina Termine mit dem Chefparfümeur von Guerlain und der Chefparfümeurin von Hermès, einer Frau. Danach wollten Nina und Gustave nach Cartagena reisen zur Konferenz der IFEAT: *International Federation of Essential Oils and Aroma Trades*. Es wird wieder einmal um die Patschuli-Preise gehen. Die haben sich schon häufiger auf der Konferenz entschieden.

Nina betrachtet das Foto von Max. Langsam und geräuschlos atmet sie – aber bewusst tief, um sich zu beruhigen. Ein einziges Mal, daran erinnert sie sich jetzt, ist sie Moritz, dem Piraten in der Freiburger Altstadt begegnet. Zwei Jahre, nachdem Max nach San Diego gezogen ist und kurz nach Achims Hochzeit mit Alabaster-Bärbel. In einer schattigen Gasse beim Münster ist Moritz Nina entgegengekommen.

Schon von Weitem schien er sie zu erkennen. Er durchbohrte sie mit rabenschwarzem Blick. Dann, kurz bevor sie aneinander vorbeigingen, grüßte er sie mit tiefer Stimme. Zum ersten Mal. Moritz' Gruß war Nina vorgekommen wie ein spätes Anerkennen der Tatsache, dass Nina im Leben von Max doch eine gewichtigere Rolle gespielt hatte.

Die Begegnung mit Moritz hat in der Woche stattgefunden, in der Nina aus Zürich zu Elses Geburtstag gekommen war. Enrico war mit seinem festen Freund da gewesen, ebenfalls einem Tenor und mit Otello.

Es war auch jene Woche gewesen, in der Nina in der Altstadt BDSAT begegnet war. BDSAT, dessen Signatur bedeutete: Begleite dich selbst alle Tage. *Wie froh bin ich*, dachte Nina, *dass ich aus dem Dunst des Selbst-Leistens und Selbst-Machens heraus bin und das Wagnis des Loslassens eingegangen bin. Ich lasse einen anderen machen: Jesus Christus. Und der macht alles perfekt.*

Nina traf BDSAT in der Nähe des Schwarzen Klosters. Sie hatte ihn gleich erkannt. Auf seinem Laken hatte gestanden: 7.631.091.040 Menschen. Er war direkt auf sie zugekommen. Nina hatte sich beinahe erschrocken, denn sie hatten nie zuvor ein Wort miteinander gewechselt.

»Wo ist Max?«

»In Kalifornien.«

»Wann kommt er zurück?«

Nina hatte einen Geruch nach Ungewaschensein erwartet. Nach Muff. Nach altem Hautfett. Aber BDSAT roch nach Bergamotte.

»Erst mal gar nicht, nehme ich an, er ist dort hingezogen.«

»So ein Mist.« BDSAT zog seine grauen Augenbrauen zur Nasenwurzel und legte die Stirn in Falten. »Hast du noch Kontakt mit ihm?«

»Wenig. Warum?«

»Ich hab immer gedacht, ich begegne ihm mal wieder. Wir haben uns ja regelmäßig getroffen. Unten bei der Dreisam haben wir gesessen. Er kennt genau meine Bank, auf der ich immer gesessen bin. Max ist mindestens einmal die Woche gekommen. Dann haben wir gequatscht, und ich habe ihm meine neuen Bilder gezeigt.«

»Ich kenne eine deiner Zeichnungen. Den Tigerkopf.«

»Das war das erste Bild, das er bei mir gekauft hat. Weißt du, ich will mich unbedingt bei ihm bedanken. Aber er kommt nicht mehr.«

»Bedanken?«

»Ja!« Das sagte BDSAT so laut, dass eine Passantin sich im Vorbeigehen zu ihnen herdrehte. »Max hat meine Miete für zwei Jahre im Voraus bezahlt. Behauptet mein Vermieter. Der will kein Geld von mir, weil ein Maximilian Pallas schon alles überwiesen hat.« Er schlug sich mit der rechten Hand gegen die Hüfte. »Nicht mal danken kann ich ihm jetzt, nicht mal Bilder kann ich ihm schenken.«

»Falls ich ihn mal spreche, soll ich ihm etwas ausrichten?«

»Sag ihm: Er ist der beste Mensch, den ich kenne.«

Nina schaut dem Foto in die Bronzeaugen. Wann, fragt sie sich, haben Max und ich aufgehört, uns zu schreiben? Nach drei Jahren? Oder Vier? Nina hat von Maximilians Promotion erfahren und er von ihrer Stelle als Leiterin des Qualitätssicherungslabors in Zürich. Max nahm Anteil daran, dass der Redaktionsleiter, Herr Gutbier, einen Schlaganfall erlitten hat. Wochen der Anspannung waren diesem vorausgegangen. Gutbier hat herausgefunden, dass die Lektorin Spieß hinter seinem Rücken Gespräche mit Leitern der Verlagsgruppe geführt hat. Spieß war bald nach der Übernahme des Lexikon-Verlags zur Co-Ressortleiterin in der Publishing Group ernannt worden. Gutbier hat sich nur so rasch von seinem Schlaganfall erholen können, weil die Volontärin Froehling sofort reagiert hat, als Gutbier am Computer gesessen ist und kein Wort mehr herausgebracht hat. Fünf Minuten später ist der Notarztwagen da gewesen.

Umgekehrt hat es Nina leidgetan, dass Hannah eine Fehlgeburt erlitten hat, nachdem sie von einem Besuch bei Max in San Diego zurückgekommen ist. Ein paarmal hat Max Nina aus Kalifornien angerufen. Über die Feiertage habe er Entzugserscheinungen gehabt.

»Das ist an den Weihnachtsfeiertagen normal«, hatte Nina gesagt. »Da fehlt einem die Familie.«

Kurzes Schweigen.

»Ich habe Entzugserscheinungen *deinetwegen* gehabt.«

Schweigen. »Wann kommst du nach San Diego? Komm doch!«

Wenn Nina Maximilians tiefe Stimme am Telefon hörte, versuchte sie, sich seinen weichen Mund vorzustellen, seine braunen Augen und seine schmale Hand, die den Hörer hielt und Nina einst gestreichelt hat. Max berührte Nina immer noch in ihrem Inneren.

Vielleicht hat ihr Kontakt aufgehört, nachdem Nina Maximilians Profil bei Facebook entdeckt hat. Nina hat feststellen wollen, wie viele schöne Frauen dieser Welt inzwischen mit ihm befreundet waren. 2782 Facebook-Freunde. Zwanzig davon waren Männer. Der Rest waren Frauen aus aller Welt. Aus Kalifornien, Litauen, Thailand, Japan, China, Frankreich, Spanien, Italien, Indonesien, Portugal. Damals hat Nina das noch etwas ausgemacht. Heute denkt sie anders. Männer schauen Frauen an. Auch Johannes tut es manchmal. Dezent und so, dass es weder für Nina noch für die andere Frau respektlos oder verletzend ist. Unter allen Frauen, auch den schönen, jungen Frauen, unter deren nackten linken Brüsten Johannes gelegentlich einen Herzultraschall vornehmen muss, ist Nina diejenige, mit der er zusammen sein will, die er liebt, der er vertraut, die ihn zurückliebt und hält. Nina weiß, wer sie ist und was sie will. Das hat sie in der Zeit mit Max nicht wirklich gewusst.

Immer wieder, aber immer seltener ist Max nachts im Schlaf als Traumbild aufgetaucht. Dann hat er vor ihr gestanden: groß, schwarz gekleidet, wie auf dem Foto in dem Magazin, das Nina auf ihren Schoß hat sinken lassen. In ihren Träumen tanzte sie mit Max auf fremden Hochzeiten. Sie stahlen sich flüchtige Berührungen. Während des Tanzens konnte Nina Max eine Weile ansehen. Dann war sie glücklich. Wie in den seltenen Augenblicken ihres einzigen Sommers.

Nina betrachtet das andere Foto neben dem Porträt von Max. Es zeigt den Blue Ring Nebula, den Max erforscht, wie

Nina im Text liest. Unter dem Bild steht: Überreste zweier Sterne, die miteinander kollidiert und zu einem einzelnen Stern verschmolzen sind.

Christians Handy gibt einen Ton von sich. Er hört es nicht, weil er schläft.

1995, denkt Nina, haben Max und ich uns noch postlagernd geschrieben. Ich habe gewartet, bis Max mich auf dem Telefonapparat im oberen Flur in Elses Haus angerufen hat.

Könnte nicht jemand eine Tracking-App erfinden, eine Warn-App für Liebeswahn-Gefährdete? In Ihrer unmittelbaren Nähe befindet sich eine für Ihr weiteres Leben schicksalhafte Person, und *Sie haben ein für den Verlauf Ihres weiteres Lebens gefährliches Gebäude betreten.*

Eine der letzten Wogen des Patschuli-Sandelholz-Duftes schwebt zu Nina herüber. *Mein Maiglöckchen-Parfüm wird Max nie mehr begegnet sein.* Es ist ein gnädiger Duft. Keiner, den es überall auf der Welt gibt, wie Maximilians Zino Davidoff. Keiner, der einen im Buchladen oder bei der Post hinterrücks überfällt oder sich im Zug von der Seite anschleicht. Keiner, der einen erstarren lässt und einem die Tränen in die Augen treibt, weil ein Fremder den Geruch des Geliebten als den seinen trägt, als habe er dem Verlorengegangenen die Haut abgezogen.

Nina betrachtet das Bild von Max und erinnert sich an seinen Brief, den, für den sie nachts das Licht angeknipst hat, um ihn noch einmal zu lesen, obwohl sie ihn schon auswendig gekannt hat. Jetzt versucht sie, sich an eine Zeile daraus zu erinnern. Aber keine einzige fällt ihr ein. Es ist, als sei kein Wort davon in ihr übrig.

Christian hebt den Kopf, blinzelt Nina müde an, holt sein Handy hervor und liest die Nachricht. »Oma schreibt, dass sie im Hotel angekommen ist. Sie grüßt uns alle lieb.« Kurzer, kontrollierender Blick aus hellblauen Augen, ob Nina gehört hat, was er gesagt hat. »Ich grüß mal zurück.« Er tippt.

Oma ist Ninas Mutter. Beide Großmütter werden in Paris sein, um Christian zuzuhören. Nina freut sich auf ihre Mutter. Sie hat ihr ihre Kälte vergeben. Jesus ist für alles eingesprungen, was Mutter Nina nicht hat geben können. Jesus will, dass man vergibt. Denn er selbst hat Nina schon alles vergeben durch seinen Tod. Er hat Ninas Rechnungen bei Gott bezahlt. Das war der Sinn seines Todes. Er hat *allen alle* Rechnungen bezahlt, die daran glauben, dass er es getan hat. Durch Jesus steht Nina gut da vor Gott. Für alle ewigen Zeiten.

Immer wieder einmal erinnert sich Nina mit warmem Gefühl an ihren Spaziergang mit Mutter im Berggarten gegenüber der Herrenhäuser Gärten in Hannover. Nur sie beide lachend im Sonnenschein. Sie fotografierten Blumenstauden und das Eichhörnchen, das um das Welfenmausoleum sprang. Und am Ende, auf dem Parkplatz am Auto, schütteten sie sich aus vor Lachen, als Mutter ihren Autoschlüssel in der Tasche suchte und statt des Schlüsselbundes zwei vergessene Rettiche vom Markt herauszog.

Nach Felix' endgültigem Umzug nach Peru, wo er mit seiner Ehefrau Jasmin in einem inzwischen weltweit beachteten Projekt Niembäume anpflanzt, hat Mutter eine Krise erlitten. Sie ist nun Richterin a.D. Sie geht mit Vater auf den Markt, kocht und verreist mit ihm. Auf einmal haben diese Dinge einen Wert für Mutter. Sie klammert sich nicht mehr nur an Status, Ansehen und Geld. Gemeinsam besuchten Mutter und Vater Nina und ihre Familie in Zürich und, seltener, Felix und seine Frau in Piura in Peru. Mutter ist nicht mehr so getrieben wie früher. Sie nimmt sich Zeit für ihre Familie.

Christian tippt mit den Daumen in sein Handy und scrollt durch Instagram und trinkt einen Schluck Tee aus seiner Thermoskanne. Er hebt den Kopf. »Wann kommen Else und Marcello in Paris an?«

»Die sind schon die ganze Woche in Paris. Sie haben noch einen Kurzurlaub vor dein Konzert geschoben.« Die beiden sind immer noch ein glückliches, in der Ewigen Stadt lebendes Ehepaar. Else weint ihrem Elternhaus keine Träne nach. Sie hat es an die Unternehmerin Lydia Bosse verkauft.

»Ah, cool. Und Enrico?«

»Der schafft es nicht. Der hat ein Engagement. Schuberts Oper *Des Teufels Lustschloss*.«

»Schade. Der ist so witzig. So witzig«, machte Christian Enricos Neigung zu Verdoppelungen nach. Er deutet mit dem Kopf zu Ninas Magazin hin. »Was liest du da?«

»Einen Artikel über die Schönheit kosmischer Nebel.«

»Aha.«

Am Tonfall erkennt Nina, dass das Universum Christian nicht sonderlich interessiert. Für ihn gibt es nur das Universum der Musik. Er schiebt die Flasche zurück in den Rucksack zwischen seinen Beinen, lehnt sich zurück und schaut aus dem Fenster. Die letzte Viertelstunde der Reise ist angebrochen.

Vor zwei Monaten hat Christian das Elgar-Konzert mit dem Sinfonieorchester des Hessischen Rundfunks gespielt. Die wichtige Stelle, in der das Cello das Thema im ersten Satz zum Fortissimo hintreibt, ist ihm so ergreifend gelungen, dass Nina am liebsten aufgesprungen wäre. Tränen rollten ihr übers rotfleckige Gesicht, und es war ihr egal, wer es bemerkte.

Während sie durch einen Tränenschleier ihren Sohn vor dem Orchester sitzen und spielen sah, kamen ihr Gedanken an Max. Hört er dieses Konzert dann und wann? Es sind dieselben Töne, die sie damals in dem kleinen Musikladen in Basel über Kopfhörer gehört haben, als seine Hand ihre berührte. *Denkt Max an mich, wenn er dieses Stück hört?*

In der Nacht nach Christians Konzert, hat Nina Max im Traum die Haustür geöffnet. Er war kaum älter als damals im Sommer 1995. Erkundigen wolle er sich, wie es Nina ginge. Seltsam, dass mancher Schmerz solche Überreste hinterlässt.

Nach dem Aufwachen, noch mit geschlossenen Augen und ganz erschrocken darüber, dass Max immer noch in ihr war, betete Nina zu Jesus: *Herr, Max taucht in meinen Träumen auf. Er lässt die Dornen weg und kommt nur mit den Rosenblättern zu mir, um mich wieder in Haft zu nehmen. Ich gebe ihn dir. Nimm dich seiner an. Ohne dich verwelkt er. Gib du ihm die Antwort auf seine Frage: Gibt es Gott? Lass ihn die einzige Wahrheit erkennen, die ihn befreit – dich.*

Nach dem Gebet löste sich ihr Traum langsam auf, wie Nebel in der Morgensonne über den Wiesen, bis er ganz verschwand.

Nina liest das Interview mit Max. Die letzte Frage an den Astrophysiker Maximilian Pallas lautet: »Glauben Sie an Gott?«

Max' Antwort: »Wie viele andere Physiker der Modernen Kosmologie bin auch ich zu der Erkenntnis gekommen: Ja, es gibt Hinweise – wohlbemerkt nicht den Beweis, sondern Hinweise – darauf, dass ein Schöpfungsakt aus dem Nichts gewollt war.«

»Das heißt, Sie glauben an Gott?«

»Ganz klar: Ja. Aber ich gebe zu, noch nicht sehr lange. Aber ja, ich glaube an einen Schöpfer.«

Nina schließt ihre Augen, lässt ihren Kopf an den Sitz zurückfallen und riecht Patschuli-Sandelholz. *Gott hat meine Gebete für Max erhört. Er hat ihn zu sich geführt.*

Hinter Nina knistert die mondäne Frau wieder mit einer Papiertüte. Ein Mann geht mit einem Koffer vorbei Richtung Ausgang. Ein letztes Mal betrachtet Nina das Foto von Max.

Am Handgelenk seines linken Arms, der auf der spiegelnden Glasplatte liegt, trägt er keine teure Skelettuhr, die er sich längst leisten kann, sondern immer noch die schwarze Poljot.

Nina klappt das Magazin zu. Christian schiebt seine Thermoskanne in den Rucksack und schließt den Reißverschluss. Nina schaut zum Fenster hinaus. Erste Häuser von Paris ziehen an ihr vorbei.

Sanft und leise breitet sich Ruhe in ihr aus. In ihrem Inneren hört sie die Worte des stärksten und zugleich zärtlichsten Mannes, Jesus: ›Ich bin bei euch alle Tage bis zum Ende der Welt. Ich bin immer bei dir. Jeden Tag.‹

Seit jenem verzweifelten Samstagmittag in der Kirche in der Freiburger Innenstadt ist Jesus bei ihr. Er ist in Nina. Mit ihm erlebt sie die Liebesgeschichte ihres Lebens.

Nina erwartet keine Wunder von Johannes oder von ihrer Mutter, mit der sie sich ausgesöhnt hat, auch nicht von Christian oder von Gustave oder von Tobias mit Inès und den drei Kindern oder von sonst irgendjemandem. Nur eines weiß Nina mit Sicherheit: Jesus wird sie nie mehr verlassen. Er wird sich niemals unerwartet gegen sie entscheiden zugunsten anderer oder von etwas anderem. Er ist ihr treu. Immer schon hat er mit offenen Armen auf Nina gewartet, geduldig und zurückhaltend, bis sie sich entschieden hat, zu ihm zu kommen. Zu ihm nach Hause. ›Du bist zu Hause, wo *ich* bin.‹ Das hat Jesus in ihrem Inneren zu ihr gesagt und immer wieder beteuert: ›Vertrau mir.‹ Majestätisch und heilig ist er, und er liebt Nina so sehr, dass sie mit allem zu ihm kommen darf. Seine Liebe ist verlässlich. Unauflöslich. Treu. So ist seine Liebe. Und so wird sie für immer sein: Die allergrößte Liebe, bei der Zeit keine Rolle spielt.

Nina lässt das Magazin im Zug liegen und steigt hinter der nach Zino duftenden Frau aus dem TGV. Sie alle gehen über den Bahnsteig Richtung Abfahrtshalle. Nina sieht der Madame nach, sieht, wie sie mit wehendem Mantel in Richtung des Monumentalgemäldes *Die Abfahrt der Frontsoldaten* geht und verliert sie dann aus den Augen. Und mit der Fremden verschwindet der Duft nach Patschuli und Sandelholz, der von nun an zu dieser mondänen Frau mit den wasserhellen Augen und der schwarzgerahmten Brille gehört.

Margit Heider, geboren 1963, wuchs in Stuttgart, Hannover und Poughkeepsie/New York auf, schloss ihr Studium in Gießen ab und arbeitete anschließend in Freiburg im Breisgau in der Klinik für Tumorbiologie. Heute lebt sie mit ihrem Mann am Fuße der Burg Hohenzollern umgeben von einem Englischen Rosengarten. Sie hat zwei erwachsene Töchter.

Seit ihrer Jugend ist sie fasziniert von Liebestragödien und legt nun – nach Kurzgeschichten, Novellen und Erzählungen – mit *Auf den Sternen liegt Schnee* ihr Romandebüt vor.

Wie hat Ihnen mein Buch gefallen?

Ich beantworte jede Nachricht persönlich:

E-Mail: autorin-margit.heider@web.de
Website: http://margitheiderautorin.jimdofree.com
Instagram: margit heider (@margitheider.autorin) • Instagram-Fotos und -Videos

Hier https://bit.ly/Newsletter-margitheider können Sie sich in meinen Newsletter eintragen und Hintergrundinformationen zu diesem Buch lesen. Auch zum neuen Romanprojekt wird es regelmäßig Infos geben.

Für zukünftige Leserinnen und Leser kann Ihre Beurteilung dieses Romans ein Wegweiser sein. Darum ist Ihre Rezension sehr hilfreich.